KB038405

나비

나비

기억을 지우는 자

김다인 장편소설

스윙테일

Prologue

한여름 밤. 평택시 통복천에 가벼운 출조를 나온 낚시꾼들이 무료하게 앉아 있다.

몰려드는 벌레떼를 막기 위해 방충모를 쓴 차림으로, 모처럼 입질이 와 벌떡 일어섰다가도 다시 간이의자에 주저앉기 일쑤다. 그나마 잡히는 건 피라미뿐이지만 선선한 날씨에 만끽하는 여유는 특별하다. 낚시를 하는 데는 별다른 비용이 들지 않으니 일석이조다.

유일한 흠이라면 세교동에서 동삭동으로 이어지는 천변이 좀 으스스하다는 정도일까. 하지만 그런 걸 일일이 신경 쓰고 겁내는 건 요즘 애들도 거의 안 하는 짓이다. 중요한 건 차지하고 앉을 수 있는 적당한 자리가 비어 있느냐 아니냐다.

7월 1일 오후 11시 30분.

한 낚시꾼이 통복천 중간 어딘가쯤에 자리를 펴고 앉았다. 굳이 대어가 있는 호수가 아닌 이곳을 택한 이유는 간단했다. 사람이 적기 때문이다. 하품을 내뱉으며 적당히 준비를 마치고 막 미끼를 낚싯바늘에 끼웠을 때였다.

"……뭐여?"

하천 상류에서 뭔가가 눈에 띄었다. 낚시꾼은 강한 위화감에 눈살을 찌푸렸다. 목에 걸고 있던 안경을 주름진 미간께에 삐뚜름하게 걸치고, 다시 시선을 모았다.

처음에는 어떤 몰상식한 놈이 스티로폼 박스라도 집어던졌나 했다. 그러나 물살을 따라 떠내려오는 그것과 점점 가까워질수록 본능적으로 수상함을, 불안감을 느꼈다. 그것은 스티로폼 박스치고는 길고, 물풀 덩어리라고 하기엔 지나치게 묵직해 보였다. 그리고 수면에 아슬아슬하게 걸린 채 둥둥 떠 있는 이목구비를 보고, 그는 확신했다.

"사, 사람?"

화들짝 놀란 나머지 의자에서 벌떡 일어난 순간, 낚시꾼은 다리가 풀리며 크게 휘청이고 말았다. 그 와중에도 점점 이리로 떠내려오는 사람의 형태에서 도무지 눈을 뗄 수 없었다. 시력이 많이 좋지 않은 눈을 시리게 할 만큼 창백한 피부는 하루 묵은 시체에서나 날 법한 색이었다.

이 근처에서 강력범죄라도 일어난 것일까. 온갖 생각이 그의 머릿속을 마구 스쳐 지나갔다. 하지만 낚시꾼은 정의감이 출중한 사람이었다. 호들갑을 떨기 전에 우선 신고부터 해야 했다. 침착하게 주머니에서 핸드폰을 꺼내 119 버튼을 눌렀다. 손이 부들부들 떨렸지만 참아냈다. 발신음이 끊기고, 상황실에서 전화를 받자마자 그는 장황한 설명을 마구 퍼붓기 시작했다.

"하천에서 낚시, 아니, 산책하던 사람인데요. 상류에서 사람이 떠내려왔어요. 아무래도 죽, 죽은 것 같아요."

"선생님, 현재 위치 좀 불러주세요."

상황실에서는 별로 놀랍지도 않다는 듯 무덤덤하게 대답했다. 자기 일이 아니라는 듯 말하는 투가 조금 불쾌했으나, 지금은 더 중요한 일이 있었다.

"글쎄 여기가 통복천…… 그러니까 비전동 소사벌아파트 근처인디……."

낚시꾼은 말을 끊고 어깨를 한차례 부르르 떨었다. 등산화를 신은 발목에 무언가가 턱 걸린 느낌이 났기 때문이다.

'설마, 설마…….'

낚시꾼은 자신의 발목 부근을 쳐다봤다. 새하얀 손이 자신의 발목을 움켜쥐고 있었다.

"흐아악! 뭐여 씨벌!"

낚시꾼은 놀란 나머지 폰을 떨어뜨렸다. 버둥거리는 바람에 낚싯대가 휘청이고 낚시 의자가 뒤로 넘어갔다. 뒤로 자빠진 그가 엉덩이에 발이라도 달린 듯 황급히 물러났다. 그걸로는 부족해 연신 다리를 털어냈다. 방금 그 상황이 대체 뭐였는지를 이해하려 노력해가며.

"어, 어디 갔어?"

부릅뜬 눈을 굴리며 낚시꾼은 자신이 뿌리친 시체를 찾았고, 이내 안심했다. 당황한 나머지 착각한 모양이었다. 시체는 어딘가에 걸렸는지 물가에 가만히 떠 있을 뿐이었다.

창백한 손은 낚시꾼의 발목 대신 위태롭게 휘청거리는 갈대를 움켜쥐고 있었다. 한계까지 달한 체력을 써가며 어떻게든 떠내려가지 않으려는 듯이.

'응? 잠깐만. 그러면 시체는 아닌 거 아닌가?'

익숙하지 않은 상황에 적응하기 위해 애를 쓰던 낚시꾼은 슬며시 몸을 일으켜세웠다. 그리고 용기를 내 갈대를 붙들고 있는 하얀 손을 살피며 조심스럽게 팔을 뻗었다.

의외로 여리고 가는 손목이다. 물에 잠겨 잘 보이지는 않지만, 체구도 작은 편. 이십 대, 혹은 그보다 어린 나이의 여자인 걸까.

"학생, 학생? 괜찮아요? 이 손 좀 잡아봐요."

조심스럽게 말을 걸었지만 대답은 돌아오지 않았다. 그럼에도 정체 모를 떨림과 오한이 느껴졌다.

분명히 살아 있었다. 마지막으로 한번 더 용기를 냈다. 침을 꿀꺽, 소리가 나도록 삼켰다.

"대답 안 해도 되니까 꽉 잡아봐요. 지금 수초에 걸려서 힘을 줘야 끌어낼 수 있어."

다행히 조금씩이나마 말을 알아듣기 시작했는지, 차가운 손이 잡혔다. 낚시꾼은 그녀를 안전한 위치까지 끌어올리려고 했다. 낚시꾼을 붙든 손아귀의 힘이 미친 듯이 억세진 건 바로 그 순간이었다.

"아힛. 아히힛. 아히히히히힛."

기괴하기 짝이 없는 웃음소리를 듣는 순간, 낚시꾼은 온몸에 소름이 돋는 것을 느꼈다. 조악한 가성 같은 그 목소리는 고장 난 녹음기처럼 음색이 마구 째지고 번졌다. 웃음과 동시에 고개를 치켜들어 낚시꾼을 쏘아보는 소녀의 눈은, 귀신마냥 희번덕했다.

"못 보던 얼굴이네. 새로 왔어?"

미친 게 분명했다. 정신이 나가도 단단히 나가 있었다. 염소가 속삭이듯, 뱀이 속삭이듯, 전갈이 속삭이듯, 광인이 속삭이듯 소녀는 지껄이고 있었다.

하지만 낚시꾼은 물가로부터 멀찍이 떨어질 수 없었다. 수면 밖으로 나온 소녀의 손아귀가 곰 잡는 덫처럼 그를 억세게 물고 놔주려 하지 않았기 때문이다.

"학, 학생. 진정, 진정해. 우선 이것부터 잠깐 놓고 얘기해볼래요?"

"히히힛. 아하하핫…… 놔? 놓으라고?"

이유를 알 수 없는 갑작스러운 실소와 함께, 소녀는 두서없는 표현들을 아주 정확한 발음으로 거칠게 쏟아냈다. 마치 저주를 퍼붓듯이 말이다.

"죄인을 덮쳐오는 천라지망. 대악마의 꿈틀대는 위장. 여기는 그 안에서도 가장 깊숙이 내려온 밑바닥이야. 도망칠 수도 없지만 이따위로 어설프게 반항하면……."

힘이 몇 곱절로 늘어난 소녀의 손이 낚시꾼의 팔을 갑작스럽게

획 끌어당겼다. 낚시꾼은 변변한 저항도 못한 채 물속으로 끌려들어 가기 시작했다.

"어, 어어! 흐악! 흐아아악! 놔! 이거 놔!"

첨벙거리는 물소리와 비명은 거칠게 흘러내리는 하천의 물살에 묻혀버리고 말았다.

이성 대신 본능이 외쳤다. 이것은 틀림없이 물귀신이다. 자정이 지나 나타난 것이다. 줄다리기를 하듯 아무리 빠져나가려고 애를 써도 낚시꾼의 몸은 속절없이 강 속으로 끌려들어 갔다.

"사, 사람! 사람 살려……!"

마침내 허리 위쪽까지 수면 아래로 쑥 가라앉으며 이대로 죽는구나 싶은 순간이었다. 낚시꾼은 양발이 통복천의 밑바닥을 이루는 진창에 닿았음을 깨달았다. 그리고 어처구니없게도, 소녀는 요상한 표정을 띤 채 그를 빤히 바라볼 뿐이었다. 자기가 무슨 짓이라도 했느냐는 듯이, 표정에서 의아함마저 느껴졌다. 심지어 허옇게 치켜뜬 귀신의 눈도 아니고, 그냥 흐리멍덩한 검은 눈동자였다.

낚시꾼은 그제야 깨달았다. 여긴 저수지나 큰 강이 아니다. 수심은 아무리 깊어봐야 1.5미터를 넘지 못한다. 절대로 빠져 죽을 수가 없는 깊이였지만, 워낙 놀란 나머지 잠깐 잊어버렸던 것이다. 그러나 소녀의 의미 모를 독백은 끈질긴 위화감을 풍기며 그를 붙들었다.

"오퍼넌츠(Opponents). 디스트러스트(Distruster). 퍼세큐터(Persecutor). 데몬(Demon). 워더(Warder). 피어 앤 테러(Fear and terror). 밑바닥의 주인께서는 야훼의 전능을 증오하며 지옥의 전능을 아끼고 사랑하나니."

검은 강물 속에서 소녀는, 틀림없이 웃음을 짓고 있었다. 기쁨이나 감동, 희열의 표현이 아닌, 체념과 허탈함의 실소였다.

"무서워? 걱정하지 마. 이제 얼마 안 남았어. 열둘 곱하기 열둘을 다시 열두 번. 그만큼의 묵시력이 반복해서 지날 때까지만, 죽고 또 죽으면 돼."

"으, 응? 묵시력이 뭐여?"

어리둥절한 낚시꾼의 얼굴에 비웃음을 날리더니, 소녀는 또다시 중얼거리기 시작했다.

"주인께서 묵시에 대해 논하시니, 핏덩이여, 들으라. 이것은 당신이 흘린 피로 쓰인 달력이니라. 이에 너희들은 서로를 억겁에 가두고 더없이 괴롭게 하라. 육백육십육 년의 그레고리력의 열두 번째 주기마다 한 해를 새로이 쓰거라."

말이 너무 빨라서 정작 낚시꾼의 머리에는 666이라는 숫자밖에 입력되지 않았다. 하지만 그녀는 전혀 개의치 않는 듯했다. 이미 눈이 풀려 있었으니까.

"그 순간이 온다. 마침내 검은 고원의 비석이 부서지고 깎여 무너진다. 죄인도 악마도, 모두 먼지만도 못하게 돼. 다들 사라질 거야. 그럼 이 빌어먹을 고통도 끝나……."

소녀의 말이 갑작스레 뚝 끊기더니, 기행을 넘어선 발작이 시작됐다. 낚시꾼의 팔을 내팽개친 그녀가 게거품을 물며 팔다리를 비틀었다. 흰자위와 실핏줄이 드러나도록 눈을 까뒤집고 소리 없이 광란하더니, 몸을 가누지 못하고 쓰러졌다. 천만다행으로, 낚시꾼의 굳어 있던 몸이 어색하게나마 말을 듣기 시작했다.

"학생, 정신 차려! 학생! 기절하면 안 돼, 눈 떠야 돼!"

당황한 나머지, 낚시꾼은 물에 반쯤 잠긴 소녀를 일으켜 뺨을 강하게 쳤다.

"콜록…… 콜록! 커헉!"

소녀가 먹은 물을 토해내며 구역질에 가까운 기침을 내뱉었다. 거기에 발작과 경련 증세도 보였다. 어찌되었든 간에 빨리 병원으로 옮겨야 했다.

"다리에 힘줘, 조금만 참아봐! 지금 구급차 오고 있으니까!"

낚시꾼은 있는 힘을 다해 소녀의 몸을 강 밖으로 끌어냈다. 낚시 의자 옆에 가까스로 소녀를 눕힌 그가 한숨을 폭 내쉬었다.

"미친, 이게 무슨 상황이여 진짜. 어디서 마약이라도 한 거야?"

자신도 물에 젖은 쥐새끼의 몰골이었지만, 그보다는 소녀가 걱정이었다. 자세히 보니 고등학생쯤 되어 보이는 아이였다. 군데군데 찢어진 누더기 한 겹만을 걸쳤다. 큰 외상은 없었지만 추위를 느끼는 듯 두 눈을 질끈 감은 채 바짝 웅크린 몸을 오들오들 떨고 있었다. 급히 얇은 담요를 끌어다 그녀에게 덮어주고 아까 떨어뜨린 핸드폰을 도로 주워들었다.

"학생, 이제 정신이 들어? 괜찮아? 왜 이래, 누가 밀었어?"

"……."

낚시꾼이 묻자, 소녀는 온몸을 축 늘어뜨린 채로 입술만을 달싹거렸다. 아까처럼 무어라고 말하려는 것 같았지만, 목소리가 너무 작아 알아들을 수가 없었다. 가느다란 호흡을 확인한 낚시꾼은 하는 수 없이 다시 119 버튼을 눌러 전화를 걸었다.

"119죠? 아까 전화한 사람인데, 시체가 아니라요, 살아 있는 사람이에요. 어린 학생인데 탈진한 것 같아요. 예, 예. 빨리 와주세요. 여기 위치가……."

누군가가 말하길, 무지와 망각이 인간에게 주어진 최후의 행운이라고 했던가. 남자의 사소한 오판은 그를 기이한 인연으로부터 멀찍이 떼어냈다. 더는 그가 관여할 일은 없었다. 그는 이 근처에 사는 평범한 시민이고, 앞으로도 평온한 일상을 보낼 것이다. 그러니 그가 우연히 구해낸 한 소녀가 어떤 사람인지에 대해서도 알 필요가 없었다.

그는 스스로를 안전하게 물 밖으로 끌어낸 것이다. 이후 그 안에서 무슨 일이 벌어질지도 전혀 모른 채.

1.

"뭘 원해요?"

내가 녀석을 면전에서 똑바로 마주하자마자 들은 말이었다.

직전까지는, 아수라장이었다. 한 놈을 뺀 모두가 필사적으로 엉켜 싸웠다. 그 모든 일이 일단락되고 저놈과 나, 둘만이 살아남은 순간, 태연히 제안을 던져온 것이다. 상당히 어처구니가 없었지만, 돈 좀 번다는 집안의 꼬마라는 사실을 상기하자 이해가 될 것도 같았다. 어차피 결과는 달라지지 않을 것이었다. 일처리가 정석에서 아주 조금 빗나갈 뿐.

"뭘 원하냐고요."

"니 모가지."

"잠깐, 잠깐! 우선 진정하고 대화 좀 해봅시다. 다 큰 성인들끼리 이게 뭡니까?"

권총의 방아쇠에 손가락을 걸자, 놈이 급격히 비굴해졌다. 열 명이 넘는 사람의 머리를 날린 총구가 자기한테 향하는 걸 막기 위해 애를 쓰는 모습이 가소로웠다.

"왜 그렇게 못 잡아먹어 안달이에요? 좋게 타협하면 말로도 해결볼 수 있을 텐데."

"말로 해결 못 해."

일할 땐 가급적 목소리에 사적인 감정을 싣지 않는다. 하지만 시간을 끌수록 짜증이 느는 것은 어쩔 수 없다.

"그리고, 네가 무슨 짓거리를 해도 해결이 안 되지."

슬라이드의 디코커를 아래로 향하도록 누르고 잠시 총구를 거뒀다. 앞으로 한 발짝 더 다가가 타깃의 시선을 확실하게 읽어냈다.

"이쯤 되면 등신이 아닌 이상 눈치껏 알아챘을 거 아냐?"

대전 도룡동의 폐공장 부지, 그 안에서도 가장 으슥한 곳에 자리한 건물의 2층 설비실 안쪽. 직원들이 미사를 보도록 다른 집기는 모두 빼고 십자가와 성모상만을 벽에 걸어둔 이 기도실에서 타깃과 함께 대기를 타고 있던 자들은 열다섯 명의 용역 깡패였다. 하나같이 잘 벼려진 연장들을 휘둘렀지만 기껏해야 충남에서 좀 날리는 수준이어서, 군용 나이프 한 자루와 열다섯 발들이 자동권총 한 정으로 충분했다. 알아서 개싸움을 하려고 지근거리로 치고 들어오니 명중률도 크게 늘어났다.

"아니라도 상관은 없지만."

그렇게 절반쯤 죽이거나 불구로 만들면, 나머지는 기세에 눌려

주춤거리게 마련이다. 일이 거기까지 나아가면 더 이상 큰 문제는 없다. 나머지는 마무리짓는 과정에 불과하다. 방해꾼들이 공포에 머리가 굳어 멈춰버린 사이, 깊숙이 긋거나, 찌르거나, 방아쇠를 당긴다. 그렇게 모두 확인사살을 할 필요가 없을 정도로 구멍을 낸 다음, 타깃과 대화한다.

"그래, 이렇게 합시다. 우선 김소정이한테 받은 돈 세 배 드릴게! 거기에 회사 차원에서 탈 없는 업무용 커넥션도 하나 만들어드릴 테니까, 그만하자고. 여기서 난 불상사는 말 안 나오게 청소에 세탁까지 말끔히 해둘 테니 그쪽만 바로 물러나면 돼요."

"……."

"어차피 그런 좀벌레들이 부탁하는 의뢰 수주해봐야 결국 푼돈 벌이잖아요. 나를 통하면 지금까지와는 비교도 안 되게 인정받아 제값 이상으로 페이 올려 칠 수 있다고요."

노주현. 태강정밀 노회장의 친아들. 나이만 좀 어릴 뿐 명명백백한 차기 회장 1순위. 이런 놈이 폐공장에 깡패들과 있었다는 건, 십중팔구 누군가를 몰래 파묻으려는 수작이었다. 그리고 이들이 묻어버리려는 사람은 나였다.

한동안 의뢰인과 그 외 주변 요인을 활용하여 노주현에게 나를 심각한 골칫거리로 인식시켰고, 마침내 여기에 한데 모았다. 무장 강도마냥 대놓고 쳐들어가 들쑤시는 것보다 이편이 더 쉽고 빠르게 일을 끝낼 수 있었다.

"게다가 이 정도면 실력도 엄청난 수준이고! 총이 있다지만 열다섯 명을 한 번에 제꼈잖아! 충분히 인정한다고요! 다 없던 일로 처리하고 주기적으로 일 생기면 부를게요! 예?"

식은땀이 노주현의 먼지투성이 뺨을 타고 끊임없이 흐른다. 몸빵이 있을 때는 기세등등하더니만, 십 분 사이에 태도가 적잖이 바뀌어 있다.

"그래, 할 말은 다 했어?"

"뭐?"

아직 내 손엔 권총이, 베레타 92FS가 들려 있었다. 탄창을 갈아끼운 다음, 디코커를 다시 위로 올렸다. 안전장치는 모두 풀렸다. 방아쇠만 당기면 즉시 격발된다.

"딱 한 발 남았었는데."

탄창을 깔끔하게 비우는 걸 선호해왔지만, 이번만은 예외다.

"아무래도 두 발 이상 필요할 것 같아서."

"뭐, 두 발? 야, 이 씨이발. 지금 장난해?"

찰칵거리는 쇳소리에 얼어붙어 있던 노주현이 두 발 이상이라는 말에 판단력을 잃고 발악하기 시작했다.

"너 이거 뒷감당할 수 있겠냐? 나 건들고 이 나라에서 한 달이나 붙어먹을 수 있을 것 같아? 뒷골목 시궁창 해결사 나부랭이 주제에 기본적인 눈치도 없냐? 나 노주현이야! 태강정밀 노병구 회장 장남이라고! 네깟 게 총질 좀 배웠다고 달라지는 게 있을 것 같……"

"쉿."

가죽 장갑을 낀 손가락 끝으로 노주현의 윗입술을 꾹 짓이겨 눌렀다.

"조용히 해. 꼴 보기 싫어지잖아."

침묵의 순간이 일치한 시점에 다시 한번 서로의 시선이 마주쳤다. 극단적으로 차가워진 눈빛은 펄펄 뛰던 다른 한쪽의 광기마저 식혀버린다. 녀석은 이런 서늘함을, 평생 단 한 번도 경험해본 적이 없었으리라. 포식자의 번뜩이는 안광은 사냥감이 되었을 때만 느낄 수 있는 것이니까.

"그나마 반말 존댓말 가리는 건 마음에 들었는데, 이제 됐어."

총을 쥔 손의 전반적인 각도를 살짝, 아주 조금 밑으로 꺾었다. 내 입술이 조금씩 달싹대는 걸 뚫어져라 주시하느라, 노주현은 미처 모르는 듯했다. 어느새 이쪽에서 겨눈 총구가 정확히 놈의 발등을 가리키고 있다는 걸.

"그냥 가라."

쾅—.

소음 차단을 거치지 않은 총성이 울려 퍼졌다. 살이 뭉개지는 소리 정도는 가볍게 지워졌다. 노주현의 몸이 중심을 잃고 넘어져 피투성이가 된 바닥을 굴러다니기 시작했다.

"흐, 흐아악! 흐아아아아아악! 발! 내 발! 이게 뭐야아아아아!"

평생 느껴보지 못한 고통을 일시에 몰아서 받으면, 사람은 극도로 솔직해진다. 더 물러설 곳이 없어진 채 그간 짓밟아왔던 약자들에게서 본 반응을 따라 하게 된다.

"사, 살려줘! 뭐든 줄게! 미안, 아니, 잘못했어요! 여기서 내보내주면 소정이한테 가서 사과하고 머리도 박을 테니까 한 번만 봐주세요! 진짜 시체보다 더 조용히 살게요!"

"야."

함부로 뛰어나가지 못하도록, 노주현의 머리채를 쥐고 들어올렸다. 눈물로 범벅이 된 얼굴이 슬며시 나를 올려다봤다.

"진작 그렇게 나왔으면 얼마나 좋아."

"으, 으흑흑. 흐으으윽. 엄마아아아. 나 아파, 아파아아아. 살려주세요⋯⋯."

"징징대기만 할 줄 알았는데, 그나마 비극에는 소질이 있네. 덕분에 꽤 좋은 블랙박스 영상이 나왔어. 소정 씨 심리치료에 도움이 될 것 같아."

어지간히 듣기 싫은 울음소리를 내는 타깃이다. 하지만 이제는 그 눈물도 멈추게 될 것이다.

"비교적 단순한 트라우마이기는 하지만, 넌 좀 똑같이 생겼거든. 바깥의 '그놈'이랑."

다시 한번, 폐공장 전체를 때려 부수는 듯한 격발음이 기도실을 뒤흔들었다. 이번엔 정확히 두개골을 겨눴다. 머리통 일부가 날아간 시체가 실 풀린 인형처럼 쓰러졌다. 그와 동시에 한 가지 잊고 있었던 사실이 떠올라 개인적으로 다소 난처해지고 말았다.

"아아, 참. 그랬지."

마무리 장소가 적절치 않다. 적어도 문밖으로 끌어내고 나서 죽였어야 하는 건데.

"이래서는 담배 꺼내기가 좀."

일을 마치고 한 대 피우는 건 오랜 습관이었지만, 성전 안에서 삼가야 할 결례는 진즉 범할 대로 범한 후였다. 그렇기에 이번만큼은 마무리 흡연을 깔끔하게 포기했다. 그 대신 십자가와 성모상을 번갈아 바라보며, 격식을 차린 목소리로 가볍게 읊조렸다.

"네, 맞아요. 끝입니다. 더러운 일은 제가 다 마무리했어요. 남은 사람들은 전부 잊고 살아가겠죠."

이것은 신실하지 않은 자가 우연히 믿음을 시험받는 자리에 들렀을 때 하는 의례적인 기도인가? 아니면 단지 짊어진 부담을 떨치고자 스스로를 위로하는 독백에 불과한 것인가?

"그 정도면 제가 할 일은 다 한 거예요. 당신네들 목적이 방황하는 어린 양의 구원 아닙니까."

그래, 확실히 그런 종류의 신념이다. 무지와 망각은 나의 소명과도 같다. 누군가가 자신의 상처를 시작부터 끝까지 전부 잊게 만들어주는 것이 내 일이니까.

"트라우마는 여기까지. 정신을 좀먹는 기억은 차라리 뿌리째 뽑아 태우는 게 나아요."

말을 마친 나는 죽은 노주현의 정장 주머니를 뒤지기 시작했다. 그리고 이내 뭔가를 찾아냈다. 콘돔이었다. 아직 어디에도 쓰이지 않은, 싸구려 은박지에 든 500원짜리 자판기용 콘돔. 그것을 두 눈으로 빤히 응시했다. '블랙박스'에 모조리 담기도록. 찾아낸 경위가 확실해지도록.

"한번 생긴 과거는 아무도 못 바꿔. 그런 데 바치는 집착은 담배 꽁초만큼 가치가 없지."

지겹게 쫓던 트라우마를 죽였고, 볼일은 끝났다. 망설임 없이 콘돔을 바닥에 던져버렸다.

그러자 1개월간 지겨우리만치 고요했던 세상에, 아주 급격한 변화가 생겨나기 시작했다. 좁은 실내의 벽이 소리 없이, 조각조각 분해된다. 이미 공장도, 공장 부지를 둘러싸고 있던 철책도 사라져 있다. 이 두 눈동자에 비치는 모습은, 오직 원점으로 돌아가며 자취를 감추는 세상의 풍경뿐이다. 도시가 바깥부터 무너져내린다. 깊이를 알 수 없는 암흑 속으로 매몰되듯 꺼져간다.

내 역할은 이제 끝났다. 트라우마가 죽으면, 내면세계는 기억 일부와 함께 소실된다. '내면세계.' 말 그대로다. 내가 방금까지 머물던 장소는 원래의 현실, 대한민국이 아니다. 한 인간의 마음이 기억을 토대로 구현해낸, 상상과 뒤섞인 가공의 세계에 불과하다.

정확히 12분의 1초가 지난 후, 진동벨이 찌르르 울렸다. 실제로는 사람이 인지할 수 없는 짤막한 시간이 지났을 뿐이다. 그래서 신호로 의식을 깨우는 방법을 쓴다.

환자로서 내원한 김소정의 손을 놓고, 이마를 짚으며 자리에서 몸을 일으켰다.

"방금 끝났습니다. 이제 침대에서 내려오셔도 돼요."

"네?"

어안이 벙벙한 듯 나를 빤히 응시하는 김소정. 저건 의아하다 못해 좀 혼란스럽다는 눈빛이다.

"아…… 저기, 그런데요, 선생님."

"뭐 문제라도 있나요? 어지럽다든가."

"앞뒤 설명도 안 드리고, 그런 성의 없는 말투는 좀 아니죠. 안 그래요, 고유진 선생님?"

뚱한 목소리로 김소정에게 대꾸하자 곧바로 태클이 날아왔다. 흘 깃 고개를 돌려보니 환자 케어 담당인 추지혜 원장이 나를 째려보고 있다. 나비의 내면 탐사가 시도될 때, 일반적으로 신경정신과 전문의가 동석하기에 추지혜도 이 자리에 와 있다. 혼날 만한 짓이었나. 그러나 그녀는 별꼴을 다 본다는 듯 다시 한번 핀잔을 주었다.

"아직 업무 안 끝났다, 응? 똑바로 일 안 할래?"

젠장. 환자는 미어캣마냥 두리번거리고, 추지혜는 뻗대고. 아무도 내 걱정은 안 한다. 어쩔 수 없다. 진료실 안에서는 환자가 왕인 법. 그 정도는 기본적인 상식이다.

"궁금한 점 있으면 지금 물어보세요. 아직 시간 남았으니까."

김소정은 여전히 안절부절못했다. 자기가 죄인이라도 된 듯 말이다. 그러다 이내 마음속으로 결의를 다졌는지, 어색하게나마 묻기 시작했다.

"얼마나 걸렸죠?"

"한 달 정도."

"감사합니다."

김소정은 작업 기간만으로 내가 얼마나 큰 수고를 치렀는지 이해했다. 인간의 내면세계란 그런 장소다.

"트라우마가 상당히 짙게 깔려 있었어요. 평범한 사람보다 한참 심한 수준이네요."

"네에?"

"아아. 별건 아니고, 고선생 진단법이에요. 환자분이 많이 고생하셨을 것 같다고."

뒷수습이 목적인 한마디와 더불어 추지혜의 팔꿈치가 내 옆구리를 쿡 하고 찔렀다. 신경정신과 전문의 추지혜. 본인의 분야에서 프로 중의 프로인 여자다. 환자의 필요에 따른 케어를 최우선으로 하며, 그러기 위한 최적의 판단과 대응을 할 줄 안다. 그리고 최상의 케어를 위해 덩달아 묵혀둔 성질머리는 다시 내게로 돌아오지.

옆에 앉아 있는 추지혜로부터 압박이 느껴졌다. 동업자를 불편하게 하면 괜스레 껄끄러워지니 좀더 유해져보기로 했다.

"아무튼 깨끗하게 지웠습니다. 일주일쯤 지나면 관련된 기억도 상당히 희미해지겠죠. 물리적인 폭력으로 입게 된 상처만큼은 어쩔 수 없지만요. 앞으로도 꾸준히 치료받으세요."

말을 끝마쳤건만 내담자는 아직 나를 빤히 쳐다보고 있다.

"그러니까…… 고유진 선생님, 선생님 같은 전문가, '나비'들은 내면세계란 곳에서 마음속 트라우마랑 싸우는 건가요?"

"단순히 싸운다고 하면 좀 유치하니 사냥이나 살충이라고 해두죠. 뭐, 일단 대부분은 그런 식이에요."

눈앞의 이 환자는 내담자인 동시에 피해자다. 정확히는 질 나쁜 성범죄의 피해자. 그 피해의 끔찍한 과정을 자기 입으로 일일이 설명할 수 있는 사람은 많지 않다. 따라서 치료에는 좀 색다른 방법을 쓴다. 동의를 받아 진행하는 트라우마 치료 겸 내면세계 탐사. 그때의 기억이나 느낌을 내가 직접 보고 느끼는 거다. 물론 꿈을 꾸듯 무의식의 형태로 말이다.

"호접경, 사이콜로지컬 디멘션(psychological dimension). 소위 내면세계. 이 심상 안의 트라우마에게도 일종의 생존 본능 같은 게 있거든요. 따지고 보면 기억을 좀먹는 기생충 같은 것들이니 당연한 거죠."

내면세계란 한 사람의 무의식, 과거의 흔적, 기억과 생각 등을 들여다볼 수 있는 고유의 영역. 존재 여부마저 불명확한 이 영역에 접근할 수 있는 자들을 사람들은 이런 단어로 칭한다. 호접자(胡蝶者), 이른바 '나비'라고.

"트라우마는 가장 끔찍한 기억을 숙주 삼아 더 지독하게 형태를 바꿔가며 자라요. 오랜 시간 겪은 강렬한 사건일수록 트라우마로 발전할 확률이 높아지죠."

설명에 집중하느라 한동안 놀려두었던 손가락 끝을 위아래로 슬금슬금 까딱였다.

"내면세계에선 설정이 조금씩 바뀌기는 하지만, 트라우마의 형태는 주인의 실제 삶에서 직간접적으로 영향을 받을 때가 많아요. 현실과 유사한 인과관계로 뭉쳐 있다면 대처 역시 비슷한 방식으로 하면 됩니다."

"그렇군요. ……어떻게 생겼나요? 제 내면세계는."

"평범한 대한민국의 대도시였어요. 구체적으로는 대전요."

"그런가요? 생각보다 별거 없네요."

"물론이죠. 그게 정상이에요. 거의 모든 내면세계는 주인이 실제로 지낸 장소 위주로 형성돼요. 트라우마가 사람이라면 녀석도 그 안에서 사회적 지위를 이루고 살 확률이 높고요."

김소정의 팔과 이마에서 전극을 하나둘씩 떼어내며, 말을 이어나갔다.

"그래서 내면세계의 주인으로부터 얻은 단서를 가지고 트라우마를 추적하고, 놓쳐서 숨어버리지 않게 특정한 장소로 유인해서 일망타진하는 거죠. 설정이나 관계도 같은 걸 알아봐야 하니까 탐사 중에도 충분한 준비 기간이 필요한 거고요."

"결국 그 사람을 찾아내서 죽이고 나오신 건가요?"

"탐사를 마치려면 그럴 수밖에 없고, 딱히 살려두고 싶지도 않았으니까요."

"잘됐네요. 현실에서도 진짜로 그렇게 할 수 있었다면 더 좋았을 텐데."

"소정 씨."

그녀가 좋지 않은 눈빛을 띠고 있다는 것을 느꼈는지 추지혜가 나섰다.

"진정해요. 어그레시브한 생각은 트라우마 극복에 하나도 좋지 않아요."

"노력했는데, 지금까지 계속 어제 일처럼 생생한 걸 어떡해요. 술 먹이고 강제로……."

"시도와 노력 하나하나가 의미 있고 중요한 거예요. 자, 할 수 있다. 심호흡, 심호흡."

추지혜는 김소정의 배에 손을 올리고 숨 고르기를 독려했다. 잘도 달랜다. 저런 게 정말로 효과가 있는지는 잘 모르겠지만.

"트라우마가 지닌 설정은 배경에 동화되기 마련이에요. 트라우마가 내면의 소정 씨를 해치지 못하도록, 기억에 모순을 유발하지 않도록 하기 위함이죠. 그런데 그걸 감안해도 이번에는 좀 큰 변화가 있었거든요?"

사생활 침해가 되지 않는 선에서 김소정에게 한 가지 물어보기로 했다. 그래도 상담 기록을 남긴답시고 셋이서 자주 만나왔던 사이니까. 나는 블랙박스 영상으로 기록될 김소정의 내면세계에 대해 간단히 요약해주었다. 이야기는 묘한 의문점을 향해 나아가고 있었다.

"가해자의 신분은 부유한 공장주의 아들이 아니었는데, 그런 설정이 잡혔더군요. 천주교 신자인 걸 빼면 본래의 신상 기록과 여러모로 딴판이어서 내부 조사가 길어졌어요."

근육이 쑤시는 걸 감출 겸, 김소정의 주의를 환기할 겸, 슬쩍 허리를 펴면서 다리를 꼬았다.

"이 부분에서 좀 골치 아프게 꼬였죠. 왜 하필 공장의 기도실이었을까요?"

"어렸을 때, 초등학교에 막 들어갔을 즈음 아빠가 일하던 공장에 놀러간 적이 있었어요."

의외로 이 부분에서만큼은 김소정 역시 담담하게 이야기를 풀었다.

"아빠는 딸이 일터에 온다고 들떠서 직원들까지 데려와서는 절 소개했어요. 그리고 다 같이 기도실에서 미사를 보고 휴게실로 가서 짜장면을 먹었어요. 다들 친절했어요."

"좋은 추억이네요. 즐거우셨나요? 음식은 입에 맞았고요?"

"네. 그랬던 것 같네요."

추지혜가 묻자 내내 납빛이던 김소정의 얼굴 위로 그제야 희미한 미소가 번졌다. 그사이에 나는 다른 방향에서 생각을 정리하고 있었다. 그리 평범하지만은 않은 상황이었다. 좋은 기억은 내면세계에서 가장 안전한 공간인 '안식처'를 형성한다. 그런 기억과 트라우마가 뒤섞여 배경을 형성하는 건 유별난 일이었다. 변수란 난해한 현상이지만 기억해두면 도움이 된다. 경험으로 남겨두면 될 일이리라.

"블랙박스에 증거와 가해자의 행적이 찍혔어요. 김소정 씨의 주장을 사실로 밝혀줄 증거가 되겠죠."

"……그 말씀은?"

"법적 증거로 채택될 수 있을 거예요. 그간 이중으로 상담 받느라 수고 많으셨어요. 남은 재판 과정에서도 최대한 신경 써서 도움을 드릴 테니 걱정 마세요."

"감사합니다, 선생님. 두 분 다 정말 감사드려요."

김소정이 내 손과 추지혜 선생의 손을 양손에 잡고 흔들었다. 눈물을 글썽이기까지 했다.

뭐가 그리 기쁠까? 몸에 새겨진 상처는 평생 갈 테고, 기억이 사라질 때까지는 계속 치료를 받아야 할 텐데. 결국 김소정이 바라는 건…… 생각하는 순간 머리가 한층 복잡해졌다. 개인적인 감정이란 알량한 것이다. 옳고 그름 따위는 휘발되고 사적인 복수에 대한 열망만 남기 십상이다.

"다음주 화요일에 오시면 돼요. 그날 상담 결과에 따라 약을 조절해보죠."

그다음 일은 전부 의사의 몫이기에 가만히 앉아 추지혜의 상담이 완전히 끝나기를 기다렸다. 할 일이 사라져 허전해진 탓에 책장에 꽂힌 영문 심리학 이론서나, 무선 마우스나, 작은 선인장 같은 것들을 하릴없이 바라봤다.

"내면 탐사로 트라우마를 없앴으니 열두 시간 내로 관련된 기억이 점점 희미해질 거예요. 기면증 증세가 올 수도 있으니 오늘은 귀가하셔서 일찍 약 드시고 주무세요. 술은 자제하시고."

추지혜는 돌아가는 김소정을 데스크 앞까지 따라 나가며 계속해서 당부하고 위로했다. 조곤조곤하면서도 간곡한 말소리가 진료실 문 바깥에서까지 쉬지 않고 들려왔다.

반쯤 열린 진료실 문틈으로 그들을 흘깃거리며, 나는 다른 종류의 상념에 잠겼다. 마음의 상처를 공감의 말 몇 마디로 덧대어 가린다고 한들, 통증이 사라질까? 결국 인간은 어떤 걸 잊어버려야만 살 수 있는 생물이다. 그리고 그 망각을 돕는 것이 나비의 생업이다.

"가도 돼?"

김소정이 병원 문을 열고 사라진 다음에야 진료실로 돌아온 추지혜에게 물었다.

"안 돼. 너도 상담 좀 받고 가. 친구가 병원장인 애가 어디 흔해? 공짜로 얘기 듣고 좋잖아."

"왜 또 트집이야? 이제 환자분도 갔잖아."

"앓는 소리 하지 마. 사실 긴 얘기는 필요 없고, 주말에 미용실 예약 잡아줄 테니까 가서 머리라도 좀 해라. 무슨 사흘 꼬박 밤새워서 재택근무한 것도 아니고, 꼴이 그게 뭐니?"

"내 꼴이 어떤데?"

"장난 아니지. 정장 입은 미친년 같아. 언밸런스도 이런 언밸런스가 없다."

"살다 살다 별소리를 다 듣네. 28년 평생 통틀어서 동생 빼면 니가 유일하다. 나한테 하나부터 열까지 죄다 따져가면서 잔소리하는 애 말이야."

"신경 쓰이니까 그러지. 대충 빗어놓은 티가 팍팍 나잖아. 요즘은 관리 잘 안 하는 남자들도 그러고는 안 다녀."

"아무튼 전화하지 마. 위치랑 전화번호 찍어주면 알아서 찾아갈게."

"잘도 가겠다. 시간 없다는 소리 말고 대충이라도 정리하고 다녀.

비즈니스 매너 몰라?"

"비즈니스는. 형사과장이나 정일구 팀장한테 되도 않는 매너 지키느니 그냥 모자 쓰고 말지."

"됐다, 이것아. 그냥 너 하고 싶은 대로 하고 살아라."

기가 찬다는 듯 헛웃음을 내뱉은 추지혜가 나를 살짝 안아주며 등을 토닥였다. 긍정적이면서도 적극적이고, 진심에서 우러난 제스처를 싫어하는 사람은 없다. 하지만 이럴 때는 무슨 표정을 지어야 할지 도무지 감이 오지 않았다.

"한 달 동안 힘들었지? 무슨 일이 있었는지는 몰라도, 고생 많았어."

"뭐, 한두 번 있는 일도 아니고…… 세상에 나쁜 새끼들 참 많아."

"착하게 살면 손해 보는 시대니까. 특히 인간관계에서는 정직하게 굴어봐야 남는 거 없잖아."

이해와 공감의 영역에서 우리가 피해자에게 동조했기에 내면 탐사에서도 좋은 결과를 낸 거겠지. 세상이 지옥으로 뒤바뀔 바라는 게 아니라면, 선악 개념은 마땅히 제 위치를 지켜야 한다. 와중에 추지혜가 분위기를 바꾸려는 듯 밝은 목소리로 물었다.

"끝나고 약속이라도 있니?"

"왜, 저번처럼 비싼 바 데려가서 종류별로 골라다 먹이려고? 난 블랙박스 기록 정리해야지. 오늘 내로 파일 넘길 테니 모레 3시까지 정리해서 줘."

"와, 장난 아니게 쪼아대네. 서에서 조서를 부지런히 써내는 것도 아닐 텐데 왜 이리 급해?"

"니가 술 마시자고 꼬드기는 날만 아니면 원래 그렇게 해. 내 머릿속 기억은 갱신되잖아."

블랙박스. 나비의 활동에 공신력을 부여하는 기록장치. 특수한 구조로 발달한 나비의 해마에 직접 접속할 수 있는 일종의 뉴럴링크형 생체 컴퓨터다. 머리에 심는 뇌파 해석용 인조 신경 임플란트와 외장 하드웨어 및 전극으로 구성된다.

내담자와 나비의 머리를 전극으로 이어 공통된 기억을 찾아 기록하는 원리로, 내면세계를 영상으로 빠르게 복사할 수 있다. 다만 그만큼 뇌를 한계치까지 활성화하기 때문에 작업 후에는 쉽게 피로해지고, 심한 경우 잠에 빠져버리거나 두통에 시달리기도 한다. 이런 번거로운 상황 덕분에 내면 탐사를 한 날은 택시를 타거나 대리운전 신세를 져야 한다. 기면 증세로 인한 졸음운전으로 도로 한복판에서 비명횡사하기 싫다면 말이다.

"차 가져왔어?"

"그럴 리가 있나."

전극과 선, 블랙박스를 가방에 챙겨 넣으면서 다시 한번 눈길이 다른 데로 치우쳤다. 그러다가 상담 기록용 PC 옆, 널찍한 테이블 한쪽 끝에 놓인 책 한 권이 눈에 들어왔다.

《악마의 사전》, 앰브로즈 비어스 지음. 제목 참.

"이건 또 어디서 구한 사이비 책이냐?"

"저거? 요즘 짬 내서 보는데, 장난 아냐. 재미있게 읽고 있지. 그럴듯한 말 많아. 시원하게 등 긁어주는 느낌도 들고."

대체 무슨 '그럴듯한' 텍스트로 빼곡하게 채워져 있는지에 대해서는 묻지 않기로 했다. 신경정신과 의사에 대한 실망과 불신이 모락모락 피어날지도 모르는 일이니까.

2.

추지혜로부터 블랙박스 파일을 전달받은 뒤로도 일은 쉴 틈 없이 밀려들었다. 새로 들어온 의뢰에 대한 검토와 사전조사로 책상 앞에 붙어 지낸 지 며칠째, 문득 정신이 들어 핸드폰을 켜서 날짜와 시간을 확인했다.

7월 10일, 오후 8시 30분.

늦었다. 미리 전화로 못 박아둔 시간으로부터 무려 한 시간이나. 골치 아프게 됐다는 생각에 입맛이 썼다. 경찰서로 출근하게 될 때는 거의 매번 그런 기분이었다.

서둘러 나와 정신없이 운전을 했지만 도로는 차들로 꽉 막혀 있었다. 덕분에 특수심리소견서 제출이 늦어져 버렸다. 점점 더 재수 옴 붙었다는 생각이 커져갔다. 바빠서 이렇게 된 거였지만, 뒷구멍으로 욕을 얻어먹어도 어쩔 수 없겠지.

"복사 다 됐으면 빨리 가져와! 하루종일 복사기 앞에 서 있다 퇴근하려고?"

"아니, 그러니까. 그건 민사사건이라고요. 뭔 체포예요. 저희도 영장 안 나오면 못 그래요. 글쎄, 수사과로 돌려드린다는데도 계속 그러시네."

"팩스 왔습니다! 과장님한테 바로 올려보낼까요?"

"있어봐! 내가 정팀장님 자리로 돌아오시면 직접 들고 가게!"

강북 종로구 서울지방경찰청 3층에 위치한 형사과 강력계 사무실에 들어서자마자 시끌벅적하고 요란한 소리가 여기저기서 울렸다.

내가 선호하는 분위기와는 상당히 동떨어져 있다. 여름 해가 진지 오래인데도 이렇다. 퇴근은커녕 업무 마감을 할 것 같은 분위기조차 아니다. 일선에서 사투를 벌이는 사람들의 모습은 언제나 보기 좋지만, 정작 당사자 개개인은 어떨까. 저러다 과로사라도 하지 않는다면 다행일 텐데, 그나마 형사들이라 잘 버티는 걸까, 생각하고 있을 때였다.

"선생님?"

어딘가 어리바리해 보이는 직원 하나가 내게 다가와 말을 걸었다. 신참인 모양이었다. 대개 이런 상황에서는 할 일이 애매한 사람이 눈치껏 응대를 하기 마련이다.

"저기, 선생님. 혹시 무슨 일 때문에 오셨습니까?"

"고유진이라고 합니다. 윤영도 형사님을 뵈러 왔는데요."

"아…… 곧 자리로 돌아오실 겁니다. 실례지만 무슨 일로 그러시죠?"

"성범죄 사건 조서 작성에 필요한 자료 제출을 위해 직접 방문했어요. 피해자 대상의 특수심리치료 및 사건증명분석을 위한 블랙박스 기록과 전문의 소견서입니다."

언급은 했지만, 따로 파일을 보여주기 위해 서류 가방을 열지는 않았다. 풋내기에게 보여줄 필요는 없었다.

"절차대로 담당 형사님을 직접 뵙고 자료를 넘겨드리려고 하는데……."

내가 안내에 따르지 않자 당황했는지 신참 형사는 눈 둘 곳을 못 찾고 허둥댔다. 매뉴얼에 집착하는 시기일 테니 이해가 가기도 했다. 내 또래 같은데도 서투르기 짝이 없는 그를 안쓰럽게 흘겨보았다. 아니, 내가 지나치게 일찍 일을 시작한 탓인가.

"아. 그러니까, 고유진 선생님이라고 하셨죠? 그럼 의사 선생님이신가요?"

"아뇨, 그건 아니고요. 심리 감정을 통해 수사에 자문을 드리고 있기는 한데."

"그래도 규정상 이런 건 저희 쪽에서 철저하게 확인을 해둬야 하거든요. 신원이 불분명하면 청사 데이터베이스까지 대조해봐야 해결이 되는 문제라서요. 실례지만 어디서 오셨……."

"윤영도 형사님과는 이미 사전에 통화를 마쳤습니다. 문제는 없을 것 같습니다만."

정말이지 골 때리는 신참이었다. 왠지 상판대기를 마주할 때부터 이렇게 될 것 같더라니. 바로 그때였다.

"아이고, 인마! 미친 소리 작작 좀 해라! 데이터베이스는 무슨 데이터베이스! 그리고, 어디서 오시긴, 어? 어디서 오긴 뭘 와? 나랑 통화하셨대잖아! 나랑 통화한 건 뭐 통화도 아니냐?"

신참을 꾸지람하며 뒷통수를 때린 사람은 다름 아닌 윤영도 형사였다. 이 사람이 이렇게나 반갑게 느껴진 것은 같이 일을 시작한 이래로 처음이었다.

"아 진짜, 인마. 모르면 제발 가만히 있으라고요. 혼자 해결하려 하지 말고, 쫌."

뾰로통한 표정을 짓는 후배의 머리를 서류철로 두어 차례 두들기며 있는 대로 핀잔을 준 윤영도 형사가 이쪽을 보며 어색하게나마 미소 지었다. 근속기간이 족히 7년은 넘는 베테랑인 이 남자는 날 상대하는 법을 알았다.

"고선생님, 오랜만입니다. 제가 바빠서 미처 들어오시는 걸 못 봤네요."

"저쪽 형사님은 새로 오신 분인가 봐요?"

"아, 예. 이 친구가 얼마 전에 이쪽으로 발령 나가지고 나비에 대해서는 잘 모릅니다."

'나비'라는 한마디에 우두커니 서서 멍하니 있던 신참 형사의 눈이 동그랗게 변했다. 윤영도 형사는 그다지 개의치 않는 듯한 태도였지만, 나는 저런 유의 반응을 정확히 캐치한다. 보아하니 술 처먹고 아는 것 이상으로 떠들어댈 기세다. 썩 달갑게 받아들이기 어렸다.

"파일은 확인해본 다음 따로 연락을 드리겠습니다. 이런저런 업무가 좀 밀려 있어서요. 혐의가 확실한 만큼 검찰로 송치될 것 같기는 한데, 그래도 조서는 최대한 신경 써서 써야겠지요. 연락이 조금 늦어져도 이해해주십시오."

"네, 뭐…… 그나저나, 정일구 팀장님은?"

"아아, 정 팀장님요? 과장님 사무실에 들어가서 30분째 안 나오고 계시네요."

"형사과장이라, 대충 무슨 상황인지는 알겠네요."

"그런가요? 하하, 이해해주십시오. 경찰 일이라는 게 늘 그렇죠 뭐."

"그럼 먼저 올라가 기다리고 있겠습니다. 저 왔다고 말씀 좀 전해주시죠."

"옥상정원 말씀이시죠? 알겠습니다. 올라가셔서 조금만 기다리세요."

애써 미소로 일관하고는 있었지만, 윤영도 형사가 이래저래 쩔쩔매는 게 눈에 보였다.

어떻게든 당장이라도 날 이 정신없는 사무실에서 끄집어내려는 것마냥 굴고 있었다.

방금 전부터 이쪽을 힐끔거리는 후배 형사의 실례를 염려해서 그러는 걸까.

"그럼 수고해주세요. 연락 기다리겠습니다."

"예, 예. 조심해서 들어가세요."

다만 한 가지는 확실했다. 윤영도, 이 사람은 나와의 접촉을 노골적으로 어려워하고 있었다. 자기와는 전혀 다른 물에서 노는 사람처럼 여기는 느낌. 뭐, 일을 방해하지만 않는다면 아무려나 상관없었다.

3.

"선배님."

"뭐. 왜."

고유진이 문 바깥으로 사라진 지 5초가 지나고 나서야 신참이 윤영도에게 말을 붙였다.

"아뇨, 갑자기 아무 말도 안 하시길래."

"말을 하고 말고 할 게 있나. 저 여자는 나도 어떻게 대해야 할지 모르겠는데, 너라고 뾰족한 수가 나오겠냐? 큰물에서 노는 사기꾼들도 나비 앞에서는 그냥 머저리야."

"그래요, 그거 말입니다. 나비라니, 대체 뭡니까? 설마 저 사람이 그……."

"뭐긴 뭐야. 나비가 나비지. 하긴, 조서 쓸 때나 얼굴 보는 사이이니 모를 법도 하지. 껌 있어?"

"안 그래도 아까 편의점에서 하나 샀습니다."

윤영도는 후배가 내민 박하맛 껌을 받아들자마자 포장을 벗겨 입에 넣고 주절거리기 시작했다.

"나비란 건, 한 줄 설명이 어려워. 수사현장에서는 '정신감정 보조의'라고 불리지만 정작 영향력은 장난이 아냐. 정신감정 전문의나 특수수사관보다 훨씬 희귀하기도 하고."

"선배님이 쩔쩔매는 것만 봐도 대충 감이 오기는 하네요."

"야, 후배님. 궁금해서 물어봤으면 얌전히 주둥이 닫고 듣기나 하십시다."

그 와중에 큰 소리가 나는 형사과장실을 슬쩍 흘겨본 윤영도가 재차 말을 꺼냈다.

"희소성 때문에 청장님도 함부로 못 하는 게 저런 사람들이야. 나비가 없으면 증거불충분이 성립하는 사건이 많은데, 협조 잘하는 사람 구하기도 쉽지가 않으니까. 성질도 더럽고."

"이상한 걸로 트집 잡고 그럴 사람처럼 보이지는 않던데요."

"개뿔. 진짜 까다로워. 특히 너처럼 넘겨짚듯이 말하는 놈들 엄청 질색한다고."

그 말을 들은 신참이 묘한 표정을 지었지만, 그는 전혀 개의치 않았다.

"게다가 나비의 능력은 워낙 전문성을 갖추기가 힘들어. 선천적 재능이라고 알려지긴 했는데, 사고 나기 싫으면 받아야 할 훈련도 많단다. 일반인도 머리 다치면 죽는데, 걔네들은 오죽하겠냐?"

"그런데 그, 내면세계에서 다치면 현실에서도 타격을 입는다는 게 가능한 일입니까?"

"정팀장님이 그러시던데, 정신적으로 동기화가 되는 거나 마찬가지라더라. 뇌의 정보 갱신에 따라 실시간으로 계속 업데이트가 된다니까."

"에이, 사람 머리통이 그렇게까지 기능한다는 건 좀 믿어지지가 않는데요. 기껏해야 원숭이에서 조금 더 진화해서 여기까지 온 거 아닙니까?"

"또, 또 까분다. 너 대학에서 경찰행정학과였다며. 빨리 자리로 안 가?"

"에이, 좀 이따 50분에 팩스만 받으면 일은 다 끝난다니까요. 이왕 시작한 얘기는 끝을 봐야죠."

"아, 새끼 진짜……."

윤영도가 자신을 피해 자리로 향하는데도 신참 형사는 그 뒤를 졸졸 따라갔다.

애초에 나비를 아는 사람도 많지 않을뿐더러, 알지만 미신으로 치부하는 사람도 제법 된다. 보통 사람들의 눈에 나비란 존재는 '초능력자'였다. 나비들이 경찰 수사에 직간접적으로 개입하게 되기까지 겪은 갈등과 시행착오가 윤영도의 기억 속에 생생했다.

"나비는 사람의 내면세계란 곳에 신체접촉만으로 들어갈 수 있어. 꿈과는 조금 다른데, 무의식이라는 점에서는 비슷해. 기억이 추상적으로 형상화된 공간이라고 해야 하나."

"그런 애들이나 할 법한 얘기를 법정에서 채택해준다는 겁니까?"

"뇌 영상이나 뇌파 같은 신경생리학적 자료보다는 직관적이라 채택하기 쉽다는 거지. 무의식은 거짓말을 하지 않으니 증언을 신뢰할 수 있고, 무엇보다 블랙박스란 장치가 나비의 탐사 기록을 보증하니까."

"흠…… 정말 그렇다고요? 그게 말이 되나?"

"뭘 미심쩍은 척하고 자빠졌어? 제대로 끝까지 대답해줬으니까 이제 니 할 일이나 해."

"아니요, 그런 게 아니라 선배님. 이건 좀 개인적인 질문인데 앞뒤가 안 맞아요. 접촉하는 순간 머릿속을 훤히 들여다볼 수 있다면 차라리 다른 일을 하는 게 낫지 않습니까?"

"무슨 첩보영화냐? 계좌 비밀번호까지 탈탈 털 수 있는 그런 능력은 아니라더라. 어떤 경험과 기억이 실제로 일어난 일인지 아닌지를 입증하는 정도가 다야."

"무의식이라면서요? 당사자의 생각을 처음부터 끝까지 뒤집어 까듯 들여다보는 거 아닙니까."

"무의식이란 것도 만능은 아닌갑지. 워낙 모호해서 해석하기 어려울 수도 있고. 게다가 대상의 정신상태에 따라 나비 자신이 위험해질 수도 있단다."

"그런가요."

뭔가 불만족스러운 듯한 신참의 표정을 윤영도 형사는 애써 모른 척했다. 애초에 심리학 박사도 아닌 자신은 아는 게 많지도 않을뿐더러, 더 이야기해봤자 왜곡될 소지가 컸다. 무엇보다 자신이 아는 한, 고유진은 나비에 관한 이야기가 이상하게 새나가는 걸 좋아하지 않았다.

"뭐, 우리 같은 일반인이 뭘 알겠냐. 지들도 그런 짓거리가 안 먹히니까 이런 데서 수사 협조나 하고 돈 받아먹는 거지. 그래도 저 양반들 특수 인력이라 제법 많이 번다."

"얼마 버는데요?"

눈치 없게 계속 파고들 줄 알았더라면 말하지 않았을 테지만, 이미 늦었다. 손가락으로 수를 셈하던 윤영도 형사가 이내 신참의 귀에 대고 살짝 속삭였다.

"예에, 진짜요? 아니 무슨 경무관급 간부도 아니고……."

"야, 야! 조용히 안 해?"

결국 윤영도는 입을 떡 벌린 채로 기함하는 후배를 서류철로 한 대 더 쥐어박아야만 했다.

4.

　내면세계 탐사의 전문가로서 알려지게 되면 높으신 분들로부터 제법 의뢰가 들어온다. 아내의 외도 여부를 알아봐달라든가, 경쟁 상대의 뇌물수수 혐의를 증명해달라든가⋯⋯. 그런 것들은, 대개 이 업계의 생리를 전혀 모르는 이들의 헛짓거리다.

　나비가 진실을 밝히는 데 결정적인 역할을 수행하는 경우는 의외로 많지 않다. 일단 법적 증거물을 내놓기 위해서는 블랙박스란 거추장스러운 장치를 대상에게 연결해야 한다. 애초에 심리치료를 통한 처치가 불가능한 사람들은 탐사를 허락하지도 않는다. 그리고 트라우마를 특정할 단서가 존재하지 않으면 나비는 움직이지 않는다. 왜냐하면 나비가 내면세계를 벗어날 수 있는 방법은 단 두 가지뿐이니까.

　"그 인간이 뭐라고 여기서 이러고 있는지, 원."

7월의 밤은 습하다. 열대야라는 말이 언론에서 이리저리 떠돌 시기다. 서울의 중심에 있는 건물의 옥상정원답게, 하늘에는 밝게 빛나는 별조차 거의 보이지 않는다. 담배 연기가 눈앞을 가리지 않더라도 마찬가지다. 도시의 빛과 상공의 먼지가 기승을 부리기 때문이다. 그렇게 상념에 잠겨 허우적거리고 있는데 듣기 싫은 목소리가 저 멀리서 툭 날아왔다.

"여, 고유진이."

정일구. 직책은 형사1팀장. 계급은 간부 중에서는 적당히 알아주는 수준인 경감. 줄 그어진 폴로셔츠와 촌스러운 단색 바지라는, 형사 하면 떠오르는 전형적인 복장을 하고 있다.

생리적으로 거부감이 들어 묵묵부답인 채로 뚫어지게 쳐다보고만 있자 정일구가 동네 건달처럼 눈에 띄게 건들거리기 시작했다. 네가 먼저 시비를 걸었다, 라는 표현인 듯한데 사십 대 후반이 이래도 되나. 무슨 동네 아파트 단지에서 힘 좀 쓰는 애새끼도 아니고.

"여기 금연이야 인마. 벌금 내고 싶어?"

"호들갑은…… 댁도 잘만 대놓고 피우면서."

"어, 흐흐. 눈치도 빨라. 상사 히스테리에는 이거만 한 게 없다."

6밀리짜리 독한 담배를 꺼내며 실실대는 꼴이 보기 좋지 않았다. 저승길이 훤했다.

다시 흐린 밤하늘을 올려다보며 애써 옆에 선 중년 남성을 할 수 있을 만큼 외면했다. 내 기분을 아는지 모르는지 이 양반은 담배에 불을 붙이며 목깃을 세워 자기한테만 멋있게 보이는 옷차림을 완성했다. 연기를 한 모금 빨며, 정일구가 기묘한 표정으로 날 쳐다봤다. 이럴 때면 그렇게 힘들던 금연이 하고 싶어졌다.

"나 찾았다면서?"

"정확히는 댁이 문자 하나 날렸죠. 스팸 처리할까 했는데."

"야아, 서운하게도 말한다. 지금까지 같이 합 맞춰서 일한 게 몇 년이냐?"

"그다지 맘에 안 드는 일들투성이였죠. 사건도, 담당 형사가 항상 일 개판쳐놓는 것도."

"불 있지?"

"당신 라이터 써요."

"방금 고장 났어."

"아, 진짜."

짜증스럽게 대꾸하며 들고 있던 담배꽁초를 바닥으로 던지고 발로 밟아 꺼뜨렸다. 왜 이런 보기에도 안 좋은 버릇까지 쓸데없이 닮게 되는지, 원.

"너 지금 수사 협조 요청받은 사건 거의 마무리했다며? 영도가 그러던데."

한참 줄담배를 뻑뻑 피우던 정일구가 대뜸 말을 꺼냈다.

"대충요."

"그럼 일 하나 맡아라."

당연하게도 이 인간이 제안한 일은 도통 달갑게 받아들일 수가 없다. 닭대가리가 아닌 이상 알 수 있다. 이게 비공식 라인을 거쳐

온 부탁이라는 것을.

"바빠요."

"야, 내가 삼겹살에 소주 한잔 사면서 이런 부탁을 해야겠냐? 그냥 좀 들어보지?"

"더럽게 당당하시네. 수사에 관련된 일이라면 공문서라도 들고 오세요. 제가 무슨 심부름센터 직원도 아니고."

"그럼 여기엔 왜 왔냐?"

어이가 없다 못해 기가 막혀서 눈을 동그랗게 뜨고 정일구를 바라봤다. 얼굴에다 철판을 깔았는지, 쏘아보는 정도로는 뚫리지도 않을 듯한 낯짝이었지만.

"니 말마따나 문자 씹으면 될걸, 왜 여기서 쓰잘데기 없이 맞담배나 피우고 있었냐고."

"두 번 말해야 돼요? 댁이 한번 얼굴이나 보자고 불렀잖아, 여기로."

"그러니까. 여기로 불렀으면 대충 알 거 다 알고 온 거잖아. 무슨 일이고 얼마나 챙겨줄지 들어보기나 하자, 이런 생각으로 나온 거 아니냐? 내 말이 틀려?"

"가만히 듣고만 있었더니 아예 각본 짜고 제목 짓고 살판났네요. 더 하실래요?"

"하, 새끼. 어떻게 한마디도 안 지냐. 어지간한 사내놈보다 훨씬 더 지랄 맞아. 하긴 정신병자나 사이코패스 상대하는 녀석 멘탈이 두부처럼 물러서야 되겠냐마는."

정일구의 기세가 한풀 꺾였다. 기를 눌러놓는 데 성공했으니 이제 잠자코 들어줄 차례였다.

"솔직히 오랫동안 같이 일했지만 아직도 난 나비가 미덥지 못해. 초자연현상의 수혜자란 말로 대충 얼버무리기가 좀 그렇다고. 내면 세곈지 뭔지, 도통 알 수가 없어. 그게 말이 돼?"

"설마 나라가 미쳤다고 거기다 지원금 붓고 사업 일구고 하겠습니까?"

"그래, 나보다 머리 좋은 양반들이 진짜라고 믿으니까 돈 쓰겠지. 하지만 난 내가 직접 안 가본 곳은 안 믿어."

아마도 정일구는 아직도 지구가 평평하다고 믿는 사람들과 수준이 거의 동급인 모양이었다.

"인간 뇌의 시냅스가 초은하단의 형태와 비슷하다는 연구 결과가 나온 적이 있죠. 마치 규모가 작은 우주를 형성하고 있는 것처럼요."

"거 좀 알아들을 수 있게 말합시다, 전문가 나비 양반."

"뭐, 그냥 단순한 미신이나 유사 과학은 아니라는 소립니다. 아무튼 이렇게 떠들었으니 얘기라도 듣고 갈게요. 노땅이랑 저녁에 시간 내서 같이 술 마시는 것보다야."

"이런 씨, 내가 왜 노땅이야? 아직 은퇴하고 연금 받아먹으려면 십몇 년도 넘게 남았는데."

역정을 내며 투덜거리는 정일구의 반응을 살포시 무시하자 그도 이내 말꼬리를 흐렸다. 그리고 아쉬운 쪽답게 얼마 안 가 혼잣말이라도 하는 것처럼 주절거리기 시작했다.

"일단은 심리치료야. 격리 환자의 트라우마를 없애서 난폭하고 비협조적인 행동을 멈춰달라더라. 그런데 그건 그냥 시나리오 쓸 때 붙이는 가제 같은 거고, 문제가 하나 있어."

"무슨 문제?"

"치료 대상이라면서도 한편으로는 이용해먹을 구석이 좀 많은 모양이야. 일종의 긁지 않은 복권인 셈이지. 지금은 미친년처럼 보이지만 잘만 치료하면 대박 당첨이라고 해야 하나. 그래서 정신 나간 꼬맹이 기억을 한번 헤집어보자는 거야. 나비를 불러다가."

"헤집을 기억이 뭐길래? 갑자기 그런 식으로 비유하면 이해가 잘 안 되는데요."

"앞뒤 다 잘라먹고 요약하자면, 지가 지옥에서 왔다더라."

"네?"

"지옥에서 고문당하다 탈출해 여기로 돌아왔다고 했어. 죄짓고 뒈지면 육신이 땅에 묻히기도 전에 끌려간다는 그 지옥. 잡혀 있던 기간이 최소 수십 년이란다. 그래서 얘기 듣고 나서 한바탕 뒤집어졌잖냐. 어이가 가출해가지고."

"아니, 나이를 그렇게 주워먹고도 그런 말을 진짜 믿어요? 오히려 미친 건 그쪽 같은데?"

"야, 아직 내 말 안 끝났어. 다 듣기라도 하고 미친 새끼 취급하라고."

"뭐 적당히 개소리면 이해라도 해주겠는데, 순 허언이잖아요. 트라우마고 뭐고 그냥 팔다리 묶어서 병동으로 끌고 가는 게 나을 것 같은데요."

"아니, 근데 이 말을 믿는 사람이 있긴 있더라. 그래서 일이 복잡해진 거야. 지옥이 종교계에서 무슨 의미를 지니는지 몰라? 각종 고위직 인사들이 눈독 들이는 사업판이 크게 벌어졌다고."

이 시점에서 나는 귀를 의심할 수밖에 없었다. 해괴한 표정으로 정일구를 쳐다봤다.

"종교 사업이란 거, 절대로 무시 못 할 스케일이야. 실제로 교계가 물밑에서 움직이고 있어. 보은교회 알지? 국내에서 제일 신도 수 많다는 대형 개신교회 말이야."

"대충요. 제일 큰지 아닌지는 잘 모르겠지만."

"거기 박재영 담임목사가 주도하는 의뢰야. 그 양반이 해외투자자까지 여럿 끌어모아서 전 세계의 개신교회가 주시하는 사업이 됐어. 그중 15억 원의 현찰이 담당 나비의 몫이라고."

"뭐라고요?"

꼬맹이의 헛소리에 나비의 고용비만 15억이라는 돈이 걸렸다고? 아무리 잘 봐줘도 정일구 팀장이 장난하는 거라고밖에 생각할 수 없었다. 이 얍삽한 인간이 이런 얼치기나 당할 법한 사기에 걸려들다니. 그럼에도 불구하고 정일구의 표정은 사뭇 진지했다. 이미 홀딱 넘어간 모양새였다. 두 눈을 부릅뜨고는 이 일에 걸린 거액의 수임료를 강조하고, 또 강조했다. 하긴, 그만한 돈이 세계적으로 오고 간다는데 동네 무당의 말이라도 믿고 봐야겠지.

"지옥이 실재한다는 것이 증명되면 무신론자도 신을 믿게 될 수밖에 없지. 신도가 몇 배로 불어날 거야. 교회도 몇 개나 더 세울 수 있을 거고. 자기 자산이 미친 듯이 뛸 테니 눈이 안 돌아가고 배기나."

"어디까지나 그게 사실이라는 전제하에 말이죠. 근데 진짜 미친 거 아닌지?"

"그러니까 네가 가라. 걔 내면세계로 들어가서 직접 증명해봐. 실제로 겪은 기억, 지옥이 존재한다는 증거, 무엇이든 좋아. 그걸 기록한 블랙박스만 가져오면 돼. 쉽지? 무의식은 거짓말을 절대 안 한다며?"

"우선 정리부터 좀 합시다."

생각도 못 한 전개에 당황한 나머지 정일구의 이야기를 따라가지 못하고 깊은 숨을 들이마셨다. 내가 버벅거리고 있으니 먼저 정신을 차린 이 양반이 선수를 쳤다.

"좋은 일 소개해주면 그냥 넙죽 받아먹기나 해라. 애초부터 박봉은 아니었겠지만, 부수입이 이 정도라니. 거참 지랄 맞게 부럽네그려."

"앞서나가지 좀 마세요. 그 환자한테 정신적으로 큰 문제가 있다는 진단이 내려진 거 맞아요?"

"일단 내가 들은 내용으로는 그래."

가볍게 목 관절을 돌리며 정일구는 얼굴을 찌푸렸다.

"원인은?"

"뻔하지. 지옥이라면, 트라우마 침식이 최종 단계까지 갔다고밖에 생각할 수 없어."

"최종 단계? 그건 함부로 쓸 말이 아닌데. 내면의 무대 자체가 통째로 뒤바뀌어 있다?"

"그래. 트라우마가 심리 일부가 아닌 내면세계의 배경 전체에 덧씌워진 경우는 한 가지뿐이라던데."

"맞아요. 내면에 구현된 장소에서 실제로 오랜 기간 생활했을 때죠."

"그래. 아무튼 여기저기서 진단을 받아다가 그렇게 판단한 모양이야. 일리가 있다고."

내가 뭐라 태클을 걸기도 전에 정일구는 계속해서 주절거렸다.

"야, 사실 지옥의 여부가 중요하겠냐? 그냥 니 말대로 걔가 진짜 완벽하게 미쳤을 수도 있어. 죽어서 직접 기어들어 가보기 전에 누가 아나? 중요한 건 남들이 죽고 사는 미신이 하필 기독교계에 유리하게 제기됐다는 거야. 그걸 받아다 그럴듯하게 증명했다면서 신도 숫자를 불리는 게 목적인 거라고."

"아무리 그래도 너무 뜬구름 잡는 소리 같은데……."

"심리 게임이지. 대중은 프로파간다에 약하고, 꾸며낸 근거라도 들이밀면 쉽게 넘어가. 그래도 너무 허황된 얘기엔 저항감이 생기니 납득하게는 만들어야지. 알았냐? 믿을 만하니까 믿는 거다, 유진아. 그게 중요한 거야."

정일구가 할 말은 다 했다는 듯 침묵했고, 나는 눈을 감은 채로 복잡한 생각에 빠져들었다. 박재영이라는 목사가 이 일에 끼어든 이유는 또 뭘까. 그는 나비가 지옥이 실존한다는 증거를 가져다줄 거라고 확신한 건가? 그렇다면 정말로 지옥이 존재할 수도 있다는 말인가? 돌아가는 상황을 머릿속으로 얼추 정리한 후, 눈을 게슴츠레하게 떴다.

"왜 굳이 접니까?"

"당연한 걸 뭘 물어? 네가 이쪽에서는 최고 전문가잖아."

정일구는 손끝으로 이쪽을 척 하니 가리키며 날 띄워줬다.

"내면세계 탐사의 가장 중요한 규칙 두 개만 읊어봐."

"내면세계에는 한 번에 한 명의 나비밖에 들어갈 수 없다. 그리고……."

잠시 말을 멈췄다. 꺼림칙한 느낌이 들었기 때문이다. 그러나 이내 순순히 답을 마쳤다.

"나비가 내면세계에서 죽으면, 당사자가 아닌 나비의 뇌가 쇼크를 받아 뇌사자가 된다."

"그래. 죽으면 아무 의미도 없다고. 그 미친 여자애는 그냥 중증 정신병 진단을 받고 정신병동에 처박히겠지. 우리는 그 애의 내면세계의 끝까지 갈 수 있는 사람을 찾고 있어. 그쪽 동네 규칙을 제대로 인식하고 있는 사람. 그리고 그 안에 가장 많이 들어갔다 나온 사람. 공통된 인재는 너밖에 없어. 그래서 가장 먼저 찾아온 거고."

내 얼굴이 순식간에 굳었다. 헛소리, 즉 대화의 모순을 캐치해냈기 때문이다.

"좀 들어준다 싶으니까 대놓고 거짓말을 치네. 그런 앞뒤도 안 맞는 말을 나더러 믿으라고요? 그 의심 넘치는 목사 양반들이 고작 꼬맹이 헛소리 하나만 듣고 그런 큰돈을 걸어?"

평소와 달리 능글맞게 지껄였다. 스스로의 판단에 조금의 의심도 없었다.

"하나만 물어보죠. 지금까지 그 애의 내면에 들어갔다 나오지 못한 나비가 몇 명이나 됩니까?"

그 말에 정일구의 표정이 망치로 한 대 얻어맞은 듯 딱딱하게 굳어버렸다. 하지만 낭패라는 듯한 반응도 잠시, 이내 정일구는 입술을 비틀어가며 피식거렸다.

"……그래, 뭐 하도 개코라 속이고 말고 할 것도 없구먼. 사실대로 말하자면 그 여자애가 발견된 이후로 다섯 놈이나 들어갔다가 제대로 좆됐다고는 하대. 하지만 자세한 건 나도 몰라."

거짓말을 던져놓고 태연하게 딴청을 부리는 꼴이 짜증났다. 하지만 관심은 곧 다른 곳으로 쏠리고 말았다. 내 입장에서는 나름 큰일이 벌어진 셈이었다. 전문가 수준의 나비가 내면의 트라우마에게 살해당해 뇌사 판정을 받는 경우는 흔치 않으니까.

"형식적으로 심리 감정을 진행하던 중 나비가 당사자의 내면에서 지나친 정신발작을 일으켜 사망했다. 그런데 당사자를 조사해본 결과 일반적인 실종자와는 양상이 많이 다르다. 이상할 정도로 과거 행적이 일절 나오지 않는 것부터 석연치 않은 점이 다수 존재한다. 최소 지옥과 유사한 공간이 실재하고, 당사자의 경험담 또한 실제 기억에 기반했을 확률이 높다. 이러더구먼."

"듣기에는 그럴듯해 보이는데, 하나하나 뜯어보면 좀…… 비약적인 결론 아닌가요?"

"아냐, 아냐. 네 생각보다 더 그럴듯해. 조사 결과가 그 견해에 유리하게 나와버렸거든."

오해하지 말라는 듯 정일구는 황급히 손사래를 쳤다.

"국내 청소년 실종자 명단에 없음. 신원 조회 불가. 하다못해 CCTV 기록도 말이 안 돼. 발견된 장소인 비전동 인근뿐만 아니라 서정동, 송탄까지 싹 훑어봤는데 아예 없었어. 제대로 된 이동경로 조차 밝혀지지 않았다고. 갑자기 하늘에서 뚝 떨어지지 않은 이상 그건 사실상 불가능에 가까운 일이지."

"그건 좀 놀라운 일이긴 한데."

"1퍼센트라도 복권치고는 긁어볼 만한 확률이야. 이런 데 들이대는 게 타짜나 호구 개미들이라면 도박이 맞지. 그런데 잔뼈 굵은 자산가나 사업가가 끼는 순간 그건 비즈니스가 돼."

머리가 아파왔다. 난데없이 종교계에서 일을 받아온 이 인간의 태도도 그렇고, 모든 게 묘했다. 아무리 생각해도 상식 외의 일이었다. 상식 외의 개연성, 상식 외의 수임료. 여러모로 수상했다. 결국 돈이고 뭐고 발을 빼는 게 상책이었다. 스케일 큰 사기극일 가능성도 배제할 수 없고.

"지금 당장은 결론이 안 내려지네요. 확실히 해결할 수 있다고 장담할 수 없는 일이니 맡겠다고 약속할 수도 없고 말이죠."

"무슨 애매한 말이냐, 그건?"

"애매한 얘기만 들었으니 애매한 대답을 할 수밖에. 그럼, 저는 그냥 이 일에서 빼줘요."

"그러니까 안 하겠다고?"

"안 해요. 엄청나게 수상하잖아. 특히 교회 일이라면 더더욱."

"해결만 하면 입이 떡하니 벌어지는 금액의 돈을 퍼다 주는데도?"

"지들이 보기에도 쎄한 일이니까 그런 거지. 애초에 못 먹는 감일 수도 있고."

손을 휘휘 내저었다. 그러자 정일구는 한숨을 내쉬며 옥상 담장에 팔을 얹었다. 하도 처음부터 단호하게 선을 그으니 구슬리며 설득하기도 난감해진 모양이었다. 여기에서 멈췄으면 아무 탈 없이 깔끔하게 대화가 마무리지어졌을 것이다. 하지만…….

"혹시 뭐 안 좋은 기억이라도 남아 있어서 그러는 거냐?"

"안 좋은 기억요? 그건 또 무슨 소리예요?"

"야, 한번 생각해봐라. 지옥이 있으면 천국도 있어."

정일구는 목소리를 높이면서도 나를 자극하지 않으려고 부드럽게 말했다. 하지만 넘지 말아야 할 선을 못 재는 사람에게 그런 노력은 부질없기만 하다.

"유영이 좋은 곳으로 떠난 거 알고 살아야 너도 마음이 편치 않겠냐?"

아니나 다를까, 기어코 선을 넘어왔다.

"미쳤어? 당신이 뭔데 그 애 이름을 입에 담아?"

"아니, 걱정하는 거잖냐. 우리가 뭐 한두 해 알고 지낸 사이도 아니……."

변명이 끝나기도 전에 나와 시선이 마주친 정일구의 표정이 당혹 감으로 물들었다.

"입 닫아."

차갑게 식은 미소를 띤 채 잔뜩 날을 세우고 상대를 몰아붙였다.

"지금 딱 한 번만 경고할 거야. 다시는 하지 마. 분명히 말했어."

"……."

정일구는 얼굴을 있는 대로 구긴 채 침묵으로 답을 대신했다. 그 가 속으로 어떤 생각을 하고 있건 간에 충분히 명심하기를 바랐다. 그러지 않으면 유쾌하지 않은 상황에 직면하게 될 테니. 빠르게 태 도를 전환해 평소와 같은 말투로 이야기를 마무리했다.

"쓸데없는 시간 낭비도 시키지 말고. 다음부턴 공무 외엔 연락하 지 마요. 바쁘니까."

공연히 뻘짓거리만 했다는 생각이 들어 꽁초를 대충 튕기며 돌아 섰다. 상황이 일단락되자, 뒤에서 구차한 말소리가 들려왔다.

"야, 사흘이다, 사흘! 그쪽에서 네 경력이 마음에 든다더라. 그러 니까 최대한 여유 있게 시간 줄게! 대신 그 안에 답장 안 주면 다른 나비한테 전부 넘어가!"

어떻게든 날 잡아놓으려는 말에도 일절 반응하지 않았다. 그렇게 발걸음을 재촉하고 있자니, 가래침 뱉는 소리가 뒤편에서 들려왔다.

5.

"후우우……."

밤늦게 집에 들어서서도 거실 한복판에서 어쩔 줄 모른 채 이리 저리 서성였다. 두통이 끊이지 않았다.

이렇게 머릿속을 휘저어놓은 자식은 두세 번 따져볼 것도 없이 정일구다. 내 입장에서는 거하게 엿을 먹은 것이나 다름없었다. 여러모로 불쾌해서 견딜 수 없었다. 한 신원 불명의 여자아이를 두고 사업을 벌여대는 혐오스러울 정도로 썩어빠진 신앙의 민낯. 나를 회유하기 위해 그건 전부 선동일 뿐이라고 못 박아놓고는 내게는 거기로 넘어가 적극적으로 개입하기를 강요한 셈이었다. 그런 식으로 사람을 머저리 취급하며 떠든 것도 모자라 동생까지 건드리다니.

"내가 뒈져서 다시는 볼 일 없게 되길 바라는 건가."

사적인 원한이 있는 게 아니라면 십중팔구 브로커랍시고 받아 처먹는 뒷돈 때문이겠지. 형사과 팀장 정도 되면 알음알음 만나는 높은 분들이 많을 테니 그들이 원하는 대로 움직여 신망을 얻고 싶기도 할 거다. 그놈의 벌이에 비하면 제 입으로 칭한 '업무 파트너'의 안전 따위는 신경 쓸 것도 못 될 테지. 정일구에게 나는 써먹을 수단이지, 목적 그 자체가 될 만한 존재는 아니니까 말이다.

"빌어먹을 새끼."

기분이 나빴다. 그간의 패턴으로 봤을 때 이런 날엔 높은 확률로 불면증이 왔다. 수면제는 없다. 업계 파트너 겸 주치의인 추지혜 원장은 약에 의지하길 권하지 않는 부류였으니까.

새벽까지 가만히 누워 오지 않는 잠을 기다리기만 하느니, 차라리 딴걸 시도하는 게 나았다. 예전엔 이런 식의 딜레마에 빠질 때마다 다섯 살 터울의 동생은 매번 한 가지를 조언했었다. 기도하라. 함께 기도해줄 사람이 없다면 혼자서 눈을 감아라. 그냥 지금 가진 바람을 읊고, '아멘' 한 번으로 간단히 마무리한 셈 쳐라. 굳이 신앙을 논할 필요도 없이 바람을 외치면 기분이 나아진다. 그런 논리였다.

"언니는 그런 건 잘 모르니까, 그냥 하고 싶은 말만 해. 그리고 맨 마지막에 '아멘'만 제대로 따라 해주면 돼. 별로 안 어렵지?"

그때, 나는 한심한 표정을 지으며 물었다. 기독교 신자도 아닌 내가 굳이 '아멘'이란 말을 덧붙여야 할 필요가 있느냐고. 그러자 동생은 내 뺨을 손가락 끝으로 쿡쿡 찔러가며 무척이나 재미있는 답변을 내놨다.

"왜긴. 언니는 메일 보낼 때 받는 사람 주소도 안 적어? 그러니까,

기도할 때도 '수신인'은 필요하잖아. '아멘'을 해야 하나님한테 전하는 말이 되는 거야."

고유영.

2년 전 원발성 뇌종양으로 세상을 떠난, 내 하나뿐인 가족. 나비의 재능을 꽃피우기를 택한 나와는 다르게 평범한 삶을 살아온 소녀였다. 그와 동시에 밝고 착하며, 순수했다. 타인을 위한 사랑과 배려에 관해 그 누구보다 잘 이해하고 있었다. 그런 선한 인격은 예배를 통해 접한 목사의 가르침과 성경 말씀으로부터 기인했다.

동생을 잃은 후에도 일상을 살아가는 순간순간에 그녀의 활기찬 목소리가 들려오곤 했다.

'아, 언니! 언니는 사진 찍지 말라니까! 그냥 내가 찍어서 보내줄 테니 적당히 브이만 해!'

동생은 독실하면서도 즐기는 듯한 마음가짐으로 꾸준히 교회를 찾았다. 인근 주택가나 아파트에 사는 주민들이 일요일마다 모여 말씀을 듣는 작은 교회였다. 분위기가 꽤나 자유로웠는지 그애는 종교가 없는 나와도 단 한 번도 신앙 때문에 충돌한 적이 없었다.

사실 당연한 일이었다. 성의 없지도, 광신에 가까울 만큼 지나치지도 않은 마음가짐이었으니까. 식사 전 기도를 잊지 않고, 주일예배와 방학마다 열리는 성경 캠프에 개근하는 정도의 믿음. '건전한 신앙.' 난 그 아이의 투명한 신앙심을 그런 단어로 표현하곤 했다.

'언니, 생일 축하해. 나 아니었으면 또 바보같이 까먹고 넘어갈 뻔했다, 그렇지?'

그 어떤 면을 보더라도 충분히 사랑스럽다고 여길 만한 아이였다. 내게 고유영이란 사람은 자매를 떠나 이상적으로 신실한, 깨끗한 인격체로 여겨졌다.

그렇기에 장례식과 발인을 마치고 화장되는 그녀를 바라보며 한 가지 의문을 품게 됐다. 신이란 작자는 어떤 빌어먹을 잣대로 사람 가는 순서를 정하는 건가. 동생이 일찍 납골당에 잠든 것도 하나님의 거룩한 뜻인가. 신의 가르침에 따르며 선하게 살다 간 내 동생은 천국으로 갔을까. 그곳엔 동생 같은 사람들만 모여 있을까. 현실에 집착하는 사람들에게 천국은 과연 만족스러운 종착지인가. 살아가기 위해 추잡스러워진 자들이 지옥을 두려워하기나 할까,

"멍청이들이 그런 걸 궁금해하기는 할지 모르겠네."

홀로 방안에 있음에도 불구하고, 중얼거림과 한숨이 튀어나왔다. 고민을 할 때의 버릇이었다.

"아니면 사실 내가 멍청이든지. 왠지 그럴 수도 있을 것 같아."

이런저런 생각을 떠올리다가 기도보다는 좀더 도움이 되는 일을 찾았다. 샤워도 않고 침대 한가운데에 누워서 스마트폰 갤러리를 열었다. 서류만 잔뜩 찍어놓은 업무용 폴더를 제치고 제일 아래까지 목록을 내리자 유일한 개인용 폴더 하나가 눈에 들어왔다. '동생'이라는 제목의 가족사진을 따로 정리해놓은 폴더였다.

그간 동생과 함께 찍은 사진이나 영상은 항상 조심스레 다뤄왔다. 혹여나 오류로 삭제될까 신경이 쓰여 외장 하드나 클라우드에도 여러 번 백업해두었다. 기껏해야 백 장이 안 되는 사진과 열 개

남짓한 영상이다. 그렇지만 이것이 우리가 자매였음을 알려주는 몇 안 되는 증표였다.

단순히 사진을 모아두는 역할만 하던 이 폴더의 역할은 동생의 죽음 이후 완전히 바뀌었다. 동생의 생전 모습을 보여주는 것으로. 살아 숨 쉬고 움직이는 동생. 납골당 어딘가에 있는 유골 항아리와 다른, 생생하게 미소 짓는 존재. 말 그대로 보물이었다. 2년 동안 순서가 외워질 정도로 셀 수 없이 바라봤었다. 조금만, 아주 조금만이라도 동생이 곁에서 살아 숨 쉬는 듯한 기분을 느낄 수 있도록.

"이게 뭐지?"

분명히 전과 별반 다를 게 없는 마음으로 폴더를 클릭한 차였다. 하지만 이미지를 순서대로 넘기는 도중, 큰 위화감을 느꼈다. 지나온 미디어 파일들 사이에 무언가가 끼어들어가 있었다. 지금껏 본 적이 없는 이미지였다. 파일을 다시 반대로 넘겨 문제의 이미지를 찾아냈다. 흔들림이 심한 상태에서 촬영된 동영상 파일이었다. 당연히 영상에는 동생의 모습도, 내 모습도 전혀 담겨 있지 않았다.

언젠가 실수로 찍힌 영상이 설마 잘못 옮겨진 걸까. 하지만 이 폴더는 동생이 죽은 이후 업데이트가 없었고, 내용물은 수도 없이 넘겨보지 않았던가. 도깨비처럼 폴더에 나타나 주의를 강탈한 이 영상은 한동안 괜한 짓거리를 하게 만들었다.

하지만 몇 번이고 반복해서 재생해봐도 마찬가지였다. 고작 12초간 이어지는 동안 카메라의 앵글이 이리저리 마구 꺾이는, 의식하지 못한 사이 촬영됐을 법한 영상일 뿐이었다. 당연히 내용도 없었고, 음향 역시 잡음과 이런저런 마찰음이 뒤섞여 알아들을 수조차 없었다. 중간중간 큰 충격에 의한 소리가 들린다는 것 외에는 딱히 알 수 있는 게 없었다. 마치 무언가가 강하게 충돌하는 듯한 굉음.

"……충돌?"

문득 이상한 '촉'이 발동해 영상을 다시 한번 처음부터 끝까지 돌려 봤다. 영상은 말 그대로 카메라가 통째로 발에 채어 굴러다니는 수준이었다. 초점은커녕 앵글 자체가 미친 듯이 돌고, 쿵쿵거리는 충격음이 쉴 새 없이 들려왔다. 그러나 어느 순간부터 심상찮은 분위기를 눈치챘다. 어깨가 움찔 떨렸다.

급히 침대를 벗어나 데스크톱 앞에 앉았다. 이 세상에 개연성 없는 우연이란 존재하지 않는다. 이미 벌어진 일인 이상 파고든다면 얼마든지 파고들 수 있다. 파일을 컴퓨터에 옮기고 속성을 뜯어보자 다행스럽게도 촬영 위치 열람이 가능했다.

"8월 11일. 강원도 정선군."

의자에서 벌떡 일어섰다. 차 키를 낚아채듯 주워들어 침대 한복판에 잘 보이도록 던졌다. 서둘러 옷장 문을 열고 얇은 재킷을 꺼냈다. 영상을 몇 차례 돌리던 중 우연히 알아낸 소리의 정체 때문이었다.

비명.

비록 시끄러워서 제대로 파악하기조차 어려웠으나, 그것은 비명이었다. 그것도 한 사람이 아니라 최소 수십 명, 화면 곁에 있는 이들이 저마다 공포에 질려 내지르는 처절한 비명 말이다.

6.

　새벽 2시 30분. 자가용의 헤드라이트만이 으스스한 산간도로를 비춘다.

　한밤의 구불구불한 도로에는 지나가는 차 하나 없다. 그 흔한 가로등 불빛조차 거의 없다시피 했다. 차라리 간혹 지나는 터널 안이 나을 정도였다. 본인의 실력에 자부심이 있는 오너 드라이버들도 이런 난이도의 운전은 대부분 사양한다. 그럼에도 굳이 직접 여기까지 찾아온 이유는 하나뿐이었다. 이상할 정도로 영상에 관련된 다른 정보를 찾을 수 없었기 때문이다.

　파일의 유입 경로나 만든 이를 알 수가 없었다. 영상이 촬영된 일시에 정선에서 일어난 사건 사고도 없었다. 지나치게 평범함에서 벗어난 상황에 나비의 본능이 더해져 보통이라면 실행치 않을 판단이 섰다. 말도 안 되는 상상으로밖에 해석이 안 되는 이 불안을 해소해야 한다고.

내 상태를 표현하기에 불안이라는 단어만큼 적절한 단어가 없었다. 자정이 가까운 시간에 차를 몰고 급히 서울을 떠나게 된 가장 큰 원인은 깊이를 가늠할 수 없는 떨림이었다. 형언하기조차 곤란한 흔들림 너머에서 무언가를 맞닥뜨리게 될 것만 같았다. 공감에서 나오는 두려움이나 호기심과는 또 다른 무언가였다.

가벼운 오류로 핸드폰 폴더 하나에 섞여 들어간 영상이 아니었다. 데스크톱, 노트북, 외장 하드나 USB까지. 내가 사진첩을 백업해 둔 모든 저장장치에 똑같은 순서로 이 영상이 끼워넣어져 있었다. 수도 없이 훑었던 목록에서 단 한 번도 본 적 없는 파일을 발견했다는 것 자체가 말이 되지 않았다.

한 가지 더. 영상에 찍힌 장소는 거의 방문할 일이 없는 지역인 것치고는 상당히 익숙했다. 분명 어디선가 그런 풍경을 본 기억이 나는데, 묘하게 그 이상으로 뚜렷해지지 않았다.

"진짜 귀신이라도 나오겠는데."

급커브가 늘고 낙석 주의 표지판이 익숙해졌을 즈음 속력을 눈에 띄게 낮췄다. 거의 동시에 목적지에 도착했다는 알림이 떠오르며 내비게이션 안내가 종료됐다. 여기서부터는 감으로 찾아가야 했다. 파일 속성에 적힌 위치는 너무 포괄적이었다. 어쩌면 영상이 정선군 일대의 어느 산길에서 찍혔을 가능성도 있다는 소리였다. 게다가 아직 세상에 드러나지 않은 사고라도 난 것이라면 목적지는 오히려 그런 으슥한 곳일 확률이 높았다.

슬슬 상정한 범위에서조차 벗어나는 느낌이 들어 잠깐 차를 세웠다. 이런 산길을 지나는 국도에는 갓길이 드물다. 그러나 그만큼 지나는 차가 거의 없다시피 하기에 엔진과 깜빡이를 켜놓은 채 창문을 열었다.

잠깐 쉬어갈 겸 바깥을 살피며 앞으로의 동선을 그려볼 생각이었다. 비록 한밤중이라 도로가 텅 비어 있다고는 해도 바로 태백이나 영월 쪽으로 가기는…….

쾅―.

콰직―.

"어?"

내가 뭔가를 저지른 게 아니었다. 상황이 갑작스레 심각해질 것이라는 전조도 없었다. 말 그대로 하나부터 열까지 어쩔 수 없는 불가항력. 그러나 한번 터져버린 사건은 되돌리기 힘들고, 갑작스러운 사태의 이후를 예상하는 것은 불가능에 가깝다. 흔히 이것을 재난이라고들 부른다.

내게 무슨 일이 일어난 것인지 이해하기조차 어려웠다. 다만, 에어백에 머리를 부딪혔다. 안전벨트를 맨 몸에도 큰 충격을 받아 가쁜 숨이 토해져나왔다. 기분 나쁜 마찰음과 파열음이 끊임없이 울려퍼졌다. 이 와중에도 도로 위에서 몇 번은 구른 것 같았다.

뭔가를 놓친 것 같은 감각이 느껴진 직후부터는 모든 사태가 판단을 한참이나 앞섰다. 위치상 가드레일 밖으로 밀려났다는 직감과 함께 몸이 붕 떠올랐다. 그런 섬망에 가까운 느낌을 받은 것이 마지막 기억이었다. 받아들이는 자극의 한계를 넘어선 의식이 순식간에 까맣게 물들었다.

막간의 기억.

아이러니하게도 나비에게 돌발상황은 흔한 일이다. 그런 사건은 보통 내면세계에서나 일어나지만 내면세계에서 겪은 경험은 현실에서도 유리하게 작용한다. 더군다나 위험을 감지할 때마다 털을 곤두세우는 본능은 거짓말을 하지 않는다. 본능이 기억하는 한 나는 불시에 공격을 받았다. 분명 내 차를 들이받은 차량은 불을 끈 채로 말도 안 되는 방향에서 커브를 틀어 돌격해왔다. 충격에 찌그러진 차가 가드레일 밖으로 구르듯 밀려날 때 헤드라이트가 그 차의 옆면을 아주 잠깐 비쳤다.

뇌리에 남은 몇 개의 특징. 차체에 유명한 운수업체의 상호가 적혀 있었고, 차량은 트럭이 아니면서도 무척 길었다. 굳이 추리를 거치지 않더라도 이런 국도를 지나는 대형 차량은 꽤 한정적이다. 분명 관광용으로 대여되거나 장거리를 운행하는 45인승 대형 버스였다. 그런 버스가 모든 라이트를 끈 채로 주행하다 내 차를 대놓고 들이받았다.

어디선가 '작업'이 들어온 게 아닌 이상 말도 안 되는 일이었다. 게다가 아슬아슬한 절벽 옆의 도로에서 이런 짓을 했다가는 가해자도 무사하지 못할 것이다.

"그럼 대체…… 컥, 커헉! 콜록!"

메마른 기침이 혼잣말과 함께 섞여 나왔다. 희미한 빛에 집중하자 주변이 어느 정도 분간되기 시작했다.

시야에 들어온 풍경으로 짐작해보면 지금 나는 차 밖으로 튕겨나온 상태인 것 같다. 팔다리는 어떻게 됐는지 감각이 없는데다 눈동자만 간신히 움직여지고 있다. 살아남은 게 신기할 정도다. 차는 박살이 난 채 뒤집어졌고, 헤드라이트는 한쪽만 켜져 있다. 기름이 차 바닥으로 떨어지고 있어 금방이라도 폭발할 듯하고, 보닛에서는 짙은 연기가 피어오르고 있다.

당장 보이는 건 그게 전부다. 나머지는 어둡다. 차에서 2미터 이상 떨어진 곳부터는 아무것도 보이지 않는다.

"살았나……?"

처음에는 손가락 끝. 그다음에는 발가락 끝. 말단에서 중심으로 범위를 넓혀가며 몸을 움직여보았다. 이 과정에서 통증이 발생한다면 골절, 탈구부터 심하면 절단까지 생각해야 했다. 다행히 왼쪽 팔꿈치 외에 큰 부상은 없었다. 몇 군데 자잘하게 부러진 것 같기는 했지만. 삐그덕거리는 몸을 억지로 일으켜세우고, 시야를 가린 피를 닦았다. 동시에 오른손으로 주변을 더듬었다.

시간이 없었다. 119나 112로 연락할 수단을 찾거나 빠르게 이곳에서 벗어나야 했다. 만약 이 미친 사고가 의도된 작업이라면 난 아직 위기로부터 벗어나지 못했다. 적어도 산비탈 아래까지는 내려가야 했다.

핸드폰은 보이지 않았다. 스마트 워치 같은 걸 쓰지도 않으므로 직감 말고는 찾을 방법이 없다. 결국 빠르게 포기하고 손전등의 대체품을 떠올리는 쪽을 택했다. 다행히 주머니 안에 라이터가 있었기에 헤드라이트 너머의 사각을 둘러볼 수 있었다. 가시거리가 좁아도 대충 3미터 정도까지는 시야 확보가 가능할 것이라고 생각했다. 하지만…….

"뭐야, 이거…….'

나무가 없었다. 아니, 좀더 정확히 말하면 아무것도 없었다. 그리고 그제야 깨달았다. 산간지역 가드레일 바깥으로 떨어졌는데 바닥이 평평하다는 걸. 주위는 장애물 하나 없는 암흑일 뿐이고, 발밑의 지형은 평지에 가까웠다. 직전의 추돌사고와 마찬가지로 지극히 이질적인 상황이었다.

이렇게 맞물림 없는 사건들이 연속적으로 나열되는 경우는 내가 아는 한 단 한 가지뿐이었다. 이건 마치 내면세계에서도 '기억의 심층'까지 도달해야 마주할 수 있는…….

"막다른 길이야."

"뭐?"

등 뒤에서 누군가가 말을 걸어왔다. 순간 멈칫했지만 거의 반사적으로 반문이 튀어나왔다. 왜냐하면 기껏해야 십 대 후반이나 될까 싶은, 어린 여자애의 목소리였기 때문이다. 도무지 이 시점에서 들려올 만한 목소리는 아니었다.

"그 앞, 막혔어. 거기서부터는 살아 있는 채로 지나갈 수 없다고."

고개를 돌리자 시선이 마주쳤다. 라이터 불빛을 사이에 두고, 서로를 바라보았다.

상대는 생각대로 중고생 정도의 여자애. 맨발에 하얀 원피스 차림이었다. 다만 귀신 같은 몰골이라고 표현하기는 곤란했다. 머리가 산발이 아니라 차분히 정돈되어 있었으니까. 그것보다 중요한 특징은 차고 넘쳤다. 특히 두 가지가 신경 쓰였다. 이렇게 피투성이가 되어 한쪽 팔을 늘어뜨리고 있는 나를 보고 도망치지 않았다는 것. 심지어 몇 걸음 더 가까이 다가와서는 미친 사람처럼 입꼬리를 올린 채 실실거리고 있다는 것. 여러모로 신경에 거슬리는 특징이었다.

　"……어디서 왔니? 이 근처에 살아?"

　"글쎄, 어떨까? 맞혀볼래?"

　"아, 딱히 대답을 기대한 건 아니야."

　즉각 라이터를 주머니에 집어넣고 오른팔로 소녀의 목을 낚아채듯 붙잡았다. 그리고 한쪽 다리에 중심을 싣고 다른 쪽 발로 그녀의 다리를 걷어차 넘어뜨렸다. 쿵 하는 소리와 함께 소녀가 땅바닥에 메다꽂혔다. 미성년자로 보이는 여자애에게 함부로 저지를 짓은 아니었다. 그 행동에 마땅한 근거가 있었다는 소리다.

　"바로 모가지를 비틀어야 할 대상인지 아닌지 구분하려고 했던 거지."

　소녀의 정체를 확신하고 있었다. 상대가 내면세계의 존재인지 아닌지는 이런 간단한 질의응답만으로 확인할 수 있다. 꿈과 현실을 의외로 아주 쉬운 작업을 통해 분간할 수 있는 것처럼 말이다. 아니나 다를까 소녀는 숨통을 짓눌리고도 슬며시 얼굴 위로 웃음을 띄웠다.

"그렇구나. 혼란스러운 건 잘 알겠어. 그런데 이런 우발적인 이유로 살인을 저지르려고? 다쳤다는 게 남의 생명을 함부로 빼앗을 수 있는 권리가 되는 건 아닐 텐데?"

"개소리는 적당히 해. 요령이라고는 쥐뿔도 없는 꼬맹이 주제에 누굴 놀리려고?"

숨이 턱 막힐 지경에 이르도록 소녀의 목을 짓누르는 손에 강하게 힘을 주었다. 꾸구국, 하고 압박이 가해졌다. 이미 단순한 결박을 넘어선 수준이었지만 상대의 표정에는 큰 변화가 없었다. 약간씩 경련이 일어 간간이 버둥거릴 뿐. 일반적인 청소년의 대응은 확실히 아니었다.

"이빨은 태연하게 잘 털지만 행동 패턴이 너무 뻔해. 기억에 없는 영상이 폴더에 있을 때부터 알아챘어야 했는데. 너는 실체가 아니고, 여긴 누군가의 내면이야. 아마도 나와 깊은 관계가 있는 사람의 내면이겠지. 이런 기형적인 상황은 그런 음습한 장소가 아니면 절대 벌어질 수 없다고."

"끅…… 내면…… 그게 뭔데……? 너…… 무슨 정신병이라도…… 걸린 거 아냐?"

"묻는 말에 대답이나 해. 시간이 얼마나 지났어? 언제부터 내가 '이안류'에 휩쓸린 거지?"

이안류. 내면세계의 심도가 깊고 트라우마의 침식 단계가 높은 경우 생겨나는 현상. 그러한 내면세계가 탐사자인 나비까지 침식하는 일을 말한다. 이런 희귀한 현상이 어떻게 발생하는지는 정확히

규명되지 않았다. 내면세계의 주인이 정신을 완전히 파괴당했을 때 발생할 가능성이 높다고 추정될 뿐이다.

내면 탐사는 서로 다른 두뇌의 전기신호를 상호작용시키는 행위의 변형이다. 내면세계의 주인과 나비가 접촉하는 순간, 둘의 심리가 일시적으로 동화된다. 그런데 이때 나비의 두뇌에 강한 충격이 가해지면, 나비는 내면 진입 과정에서 큰 대미지를 입는다. 이것은 탈출도 죽음도 아닌 현상유지로 이어진다. 나비는 그대로 기억을 잃고 내면의 일부로 남아버린다.

새를 잡아먹는 벌레, 사람을 잡아먹는 식물. 먹이사슬을 거슬러 올라가는 모호하기 짝이 없는 포식. 잡아먹으려다 잡아먹힌다. 타인의 심리를 파헤치는 나비가, 역으로 내면에 끌려들어 가 완전히 동화되는 것이다.

"내가 이런 일을 겪을 줄은 몰랐지만 매뉴얼은 숙지해놨어. 넌 실수한 거야. 내가 어떻게 내면세계 속에 들어와 있게 됐는지 모르겠지만, 경험 많은 나비를 함부로 건드리다니."

"……."

"아, 너도 명령에 따라 움직이는 처지라면 아무것도 모를 수도 있겠구나. 그러면 문답을 좀 바꿔볼까. 너를 보낸 놈이 이 내면세계의 트라우마냐? 아니면 네가……."

"아힛, 아히힛. 아하하하하하핫. 아무것도 몰라? 모른다고? 아무것도?"

분위기가 사뭇 달라졌다. 몹시 기괴한 웃음소리가 이명처럼 귓가에 파고들었다. 전혀 압박을 받지 않는 듯한 음성이었다. 더불어 목을 붙잡힌 채 저항하듯 몸을 비트는 행위도 비인간적으로 변해 갔다.

여기까지 밀린 내가 속으로 떠올린 생각은 단 하나뿐이었다. 내 판단이 틀린 게 아닐까? 여긴 내면세계 따위가 아니라…… 내 실책을 깨달은 순간 역습, 아니, 일방적인 폭력이 날아왔다.

"앙칼지게 굴지 마라, 애새끼야. 무지한 것은 내가 아니라 너 자신이며 그 사실은 영영 변함없을 것이다. 또한, 너는 '흔적'에 불과하기에, 홀로 밑바닥에 남아 고통받을 권리조차 주어지지 않으리라."

아, 젠장. 빌어먹을. 안 그래도 다리 후들거려 죽겠는데 이건 또 뭐야. 그 이후는 말 그대로 상대를 잘못 본 대가, 즉 일방적인 구타였다. 주먹보다 한참 넓은 표면적을 지닌 무언가가 얼굴을 강타했고 나는 그대로 중심을 잃었다. 그 뒤로도 몇 번이나 심하게 뒹굴고, 얻어맞아 나가떨어지고 나서야 숨을 토해낼 수 있었다.

"컥…… 커헉! 쿨럭! 으윽……."

아프다. 고통스럽다. 강하게 내던져진 전신이 땅바닥에 여러 번 튕겼다. 골절과 자상이 늘어났다.

바닥에 엎어진 채 간신히 고개를 들자 끝없는 암흑만이 눈에 들어왔다. 주머니에서 튀어나간 라이터가 변수를 일으켰다. 하필 차 쪽으로 날아갔는지 금세 새어나온 기름에 불이 붙었다. 그로부터 채 10초도 지나지 않아 전복되어 효용성을 상실한 차가 폭발했다. 폭발이 만들어낸 불빛에 그간 사각에 숨겨져 있던 광경이 드러났다. 그것들과 마주하게 된 순간만큼은 나조차도 완전히 할 말을 잃어버릴 수밖에 없었다.

"내가 누군지 궁금했지? 내면의 트라우마인지, 아니면 그 하수인인지. 추측하려고 하지 말고, 그냥 받아들여. 이 아래에서는 거의 모두가 평등하다고?"

수많은 이형의 존재들이 주변을 온통 뒤덮고 있었다. 악마라는 것이 실존하더라도 이들보다 흉측하고 기괴하지는 않을 것 같았다. 그런 것들이 웅크린 채 당장이라도 먹잇감을 찢어발길 듯한 눈빛으로 날 노려봤다. 게다가 하늘 위로는 사슬 같은 게 거미줄처럼 온통 둘러쳐져 있었다. 조그만 틈바구니조차 찾기 어려운 이 천라지망에는 사람 형상을 한 먹이가 부패한 채로 매달려 있었다. 내 예상이 맞는다면, 저것은 듣기만 해도 겁에 질릴 수밖에 없는 공포의 상징이었다.

"누구야. 너, 대체 뭐 하는 놈이야…… 그리고 여기는 대체 어디고?"

"조금 관심이 생겼어?"

비웃는 듯한 어투였지만 틀린 말은 아니었다. 곧이어 난해한 헛소리가 들려오기 시작했다.

"무지한 핏덩이여, 듣고 깨달아라. 네가 선 밑바닥은 낡은 존재의 사상 속 일부의 사실이라. 염부제의 고목이 16만 킬로미터 아래까지 뻗어내린 뿌리보다 더욱 깊은 장소. 그곳은 아비지옥 혹은 무간

지옥이다. 이 위에 차례로 대초열지옥, 초열지옥, 대규환지옥, 규환지옥, 중합지옥, 흑승지옥, 등활지옥이 펼쳐지고 이 여덟을 통틀어 팔열지옥이라 하며 팔한지옥이 각각 나뉘어 옆에 서노니, 지하를 통치하는 밑바닥의 주인은 염마(閻魔)라는 이름으로 불리노라."

"……"

"내 수많은 이름 중 하나야. 그럴듯하지?"

지옥.

이런 급박한 상황에서조차 지난 기억을 떠올리게 만드는 단어였다. 지옥에서 왔다며 정신병동에 갇힌 한 소녀. 이를 보고 지옥이란 게 실존할 수 있다며 사업판을 벌이던 종교 지도자들의 행보. 하필 거기서 돌고 돌아 내게로 들어온 내면 탐사 의뢰.

연관이 없다기에는 지나치게 수상했다. 내 심기를 자극하는 데에만 그치던 허술한 시나리오가 현상황을 야기한 것이라면? 내가 의도치 않게 여기에 깊숙이 말려든 것이라면? 나도 모르는 사이 무대에 섰고, 관객의 박수갈채를 일으키기 위해 장치에 매달려 있는 거라면?

"자아, 슬슬 제대로 된 해답을 찾아보도록 해. 기회는 단 한 번뿐이야. 그러니 최대한 신중하게 기억을 헤집어보라고. 고유진, 넌 어디서부터 시작해서, 어떻게 여기까지 왔지?"

상냥함을 가장한 목소리에서 깊이를 가늠할 수조차 없는 광기가 전해져왔다. 이 소녀의 형상을 갖춘 미상의 존재가 내 뺨에 손을 얹는 순간, 불현듯 생소한 감정에 휩싸였다.

이유조차 알 수 없는 두려움. 그 넓이를 가늠할 수 없을 만큼 방대하고 깊지만, 어렵지 않게 실감할 수 있는 막역한 상처. 그것은 트라우마였다. 불안과 패닉, 감정적 흔들림을 동반하는 부정적 멘탈리티의 지속적인 반복. 그래, 그렇게 지칭해야 옳다.

소녀가 나의 심리 속 깊은 장소로부터 기인한 상처를 억지로 끌어내 벌리려 하고 있었다. 이러다간 정신이 더 견디지 못하고 붕괴될 터였다.

"그런데 내가 어떤 일을 겪어왔는지는 왜 굳이 캐묻는 거지? 자신만만하게 지껄이는 걸 보면 사지를 으스러뜨리고 갈아서라도 알아낼 수 있을 것 같은데. 답을 다 알고 있으면서 그냥 나를 헤집어 보고 싶은 건가? 아니면……."

두려움을 무릅쓰고 나는 상대를 도발해보기로 했다. 공포를 향해 한 발짝 나아가는 것은 웬만한 의지를 갖지 않고는 어려웠다. 하지만 내게는 아직 떨칠 수 없는 의문이 남아 있었다. 그리고 이런 위기를 누구보다 많이 겪어본 인간으로서 쉬이 체념할 생각은 없었다.

"그 트라우마라는 걸 제대로 품고 있는지, 그렇지 않은지. 이따위 간단한 사실도 제대로 모르고 넘겨짚고 있는 거 아냐?"

살아 있는 채로 지나갈 수 없다. 녀석이 내게 처음으로 한 말 중 하나였다. 어디를 지나가는지, 지나가면 어떻게 되는지는 말이 없었다. 하지만 이 한마디만으로도 추측할 수 있는 건 제법 많다. 우선 나는 아직 살아 있다. 죽어서 어딘가로 끌려온 상황은 아니라는 것이다. 그리고 저 녀석은 얼마만큼인지는 몰라도 사람의 생사에 개입할 만한 능력을 지니고 있다. 이외에도 몇 가지가 더 있지만 핵심은 그 두 가지였다. 딜을 하든, 도망을 치든. 이런 조각난 단서에 의존해서 여기를 벗어나야 한다. 나는 이미 이곳에 휘말렸으니 여차하면 정말로 빠져나가지 못하게 될 수도 있다.

"왜 말이 없어? 일단 몇 군데를 분질러놓고 위협하면 목숨만이라도 살려달라고 빌 줄 알았던 거야? 아니면, 내가 무슨 필요한 대답이라도 해주길 원했던 건가?"

"......."

"할 말 없으면 불이나 내놔. 너네가 내 라이터 박살 냈잖아."

주변의 존재들을 포함해 소녀조차 아무런 반응을 보이지 않았다. 오히려 역으로 조심스러워진 모양이었다. 함부로 뭔가 발설해서 계획한 일을 어그러뜨리고 싶지 않아 보였다. 하지만 그런 침묵조차 내게는 하나의 단서로 수집되었다.

"야, 불 달라고. 쪽수도 많으면서 입 다물고 아무 말도 안 해? 스트레스 해소하기는 글렀다, 글렀어."

다만 한 가지만큼은 아쉬웠다. 담배에 붙일 불을 빌리려던 건 진심이었는데 말이다.

"대충 알겠네. 나한테 손을 안 대는 게 아니라, 댈 수 없는 거였어. 네가 직접 공격을 가한 것도 결국에는 조잡한 퍼포먼스에 불과했겠지. 초자연적으로 생각해보면, 물리적으로 공격하지 못하니 그런 착각만 안겨준 거라든가."

아쉬운 대로 담배를 꺼내 입에 물었다. 그리고 억지로 잘근잘근 씹었다. 잘못 나가면 죽을 가능성이 높은 상황에 이걸 못 물고 있으면 억울할 것 같았으니까. 그로부터 한참 만에 소녀 형상을 한 존재의 목소리가 들려왔다.

"네가 되는 대로 지껄인 말들이 허무맹랑한 망상처럼 들리지도 않나 봐? 그런 게 아니라면? 괜히 나를 자극한 대가를 치르게 될 거라면?"

"밑져야 본전이지. 그리고 허무맹랑한 건 너네들 비주얼이 더해. 양심도 없어?"

"정말 담대한 녀석이로구나. 보통의 인간들과는 아주 달라. 두려움이라는 걸 느끼지 않는 건가? 아니면 그런 감정에 효율적으로 둔감해질 줄 아는 건가?"

어처구니가 없다는 듯 내 코앞에서 헛웃음을 뱉던 소녀는 몸을 곧추세워 날 내려다봤다.

"뭐, 네가 한 말대로야. 안타깝게도 나로서는 너를 이 범위 안으로 '끌고 들어올' 수 없어. 경계가 희미해진 틈을 타 잠깐 영역을 '겹쳐'놨을 뿐이지."

"그래서?"

"놓아줄게. 이번만큼은 운이 좋았다고 생각해."

"아니지. 놓아주는 게 아니라 멍청하게 놓쳐버린 거지."

"아히힛, 그래. 그럴 수도 있겠네. 하지만 네가 한 가지 단단히 착각하고 있는 게 있단다, 핏덩이야. 지금 이 상황은 내게는 별로 중요치 않은 분기점에 불과하거든."

무슨 검찰 조사도 아니고, 녀석과 나는 서로 아는 부분과 모르는 부분을 맞춰보기 위해 무던히 애쓰고 있었다. 이럴 때는 아무리 대화를 이어봐야 각자가 불리해진다는 느낌을 지울 수 없게 된다. 그렇기 때문에 저 녀석이 나를 놓아주겠다는 식으로 말하고 있는 거다.

"무슨 의미인지는 스스로 알아내기 전까지 안 알려줄 거야. 그럼 잘 가. 나중에 다시 만났을 땐, 내가 했던 질문에 대해 합당한 답을 말할 수 있길 바라."

"……."

"시간이 그닥 많지는 않으니 열심히 곱씹어보라고."

무대의 불빛이 꺼졌다. 정확히 말하면 주변을 밝히던 차량의 화재가 급속도로 사그라지고 있었다.

자연스레 시야도, 다른 것들도, 소녀의 표정도 그림자 속으로 감춰졌다. 동시에 나 역시 긴장이 풀린 반동으로 머리가 어질어질해지는 것을 느꼈다.

7.

뭐였는지는 모르겠지만 아무튼 살았다고 넘기기보다는 우선 수습이 필요하다. 적어도 한동안은 그렇게 생각했다. 그러나 상황이 애매해진 것은 정작 어려운 과정을 모두 헤쳐나온 직후였다. 흐릿한 잔상이 남더니 주변이 조용해진 바로 그 순간 말이다.

옷과 안쪽의 살갗이 찢어졌거나 피가 흐르는 등의 상처는 없었다. 하지만 마지막으로 차 키를 집어들고 나갈 때의 가벼운 외출복 차림 그대로 정리된 내 집의 침대 한복판에 널브러져 있었다. 그게 바로 지금의 내 상황이었다.

"뭐야, 이거…… 꿈?"

몸을 벌떡 일으키고 나서 스마트폰 갤러리를 열었다. 문제의 영상 파일은 아직 남아 있었다. 하지만 여기서 다시 한번 골치 아픈 상황에 직면해야 했다.

전부 읽을 수 없게 망가져 있었다. 재생할 수 없는 파일이라면서 오류가 떴다. 컴퓨터 하드를 비롯한 다른 폴더에서도 마찬가지였다. 누군가가 의도적으로 이 자료를 훼손시킨 것처럼 없어져버렸다. 딱 하나, 내 머릿속의 단편적인 기억만 빼고.

현실감도 없지만 그렇다고 해서 무의식의 악몽이라고도 보기 어려운 상황.

이런 난제에 한참 골머리를 앓고 있을 무렵 전화벨이 울렸다. 워낙 짜증이 난 탓에 부재중으로 돌리려 했지만 계속 걸려왔다. 결국 책상에 이마를 찧을 정도로 요란하게 고개를 흔든 다음 수신 버튼을 눌러 전화를 받았다.

"고유진입니다."

불만이 가득한 채 웅얼거리듯 대답하는 내 목소리에 아랑곳없이 모르는 번호의 주인은 시끄러운 현장에서 뭐라뭐라 떠들어댔다. 부디 업무 전화라면 조용한 곳에 처박혀서 천천히 설명해주길 바란 것도 잠시, 그게 불가능한 상황이었음을 깨달았다.

"예, 예. 잠깐만요, 갑자기 무슨 말씀을…… 네, 뭐라고요?"

전화를 건 사람은 경찰 수사관이었다. 평범한 시민보다야 한참 익숙하게 여길 만한 상황이었다. 그러나 이번만큼은 예외였다. 상대는 서울은커녕 경기 관할조차 아니었으니까.

정선경찰서 교통조사팀. 불과 30분 전까지 내가 머무른 장소의 관할서에서 내게 전화를 걸어온 것이다. 그것도 자문 요청이 아닌 교통사고에 따른 신원확인을 위해.

"강원도…… 사고차량 번호…… 네, 그 번호예요. 제 차 맞는 것 같네요. 그런데…… 그게 어떻게 거기까지 가서 박살이 났다는 거 죠?"

조금 궤가 다른 질문일지도 모르지만, 정말로 이해가 안 돼서 물은 말이었다.

하룻밤 사이의 요상한 일들은 전부 누군가가 차량을 도난해 저지른 일로 결론 난 후 일단락됐다. 카메라에 범행 과정이 포착되지는 않았지만, 누군가가 나 대신 차를 몰아 강원도까지 갔다. 그리고 무언가에 들이받혀 가드레일을 뚫고 절벽 아래로 떨어지는 사고가 터졌다. 하지만 범행을 저지른 사람은 강원도 일대를 조사해도 발견되지 않았다. 말 그대로 유령같이 사라져버린 것이다.

나는 그런 범죄 사건뿐만 아니라 내가 겪었던 일련의 초자연적인 괴현상조차 제대로 납득하지 못하고 있었다. 또한 내 차를 들이받았던 대형 버스의 정체 역시 여전히 확인되지 않고 있었다. 이 차량도 교통 카메라 일체에 잡히지 않고 사건 현장을 빠져나가 자취를 감춰버렸다는 소리다.

나는 결국 천천히 핸드폰의 키패드에 성가시기 짝이 없는 번호를 찍었다.

"웬일이냐? 최소 몇 달은 연락 안 할 것처럼 굴더니."

"뭣 좀 확인할 게 있어서요."

현실의 어떤 장소와 아주 잠시 겹쳐졌던 어떤 경계 지역. 그리고 소녀라고도 부르기 어려운 미상의 존재가 내게 행한 일과 말한 사실들. 이것이 어제께 수화기 너머의 정일구가 제안한 일과 관계가 없다고 보기는 어려웠다. 따라서 나는 이것을 둘 중 하나로 결론지어야 했다. 나를 의도적으로 끌어들이려는 누군가의 수작인지, 아니면 내가 반드시 개입해야 하는 사건인지.

"그 애, 지금 어디 있어요?"

"무슨 애?"

"지옥…… 아, 그러니까 그 이상한 데에서 탈출했다는 신원 불명의 여자애 말이에요. 지금 평범한 격리형 병동에서 안전하게 치료받고 있는 게 맞냐고요."

격리된 순간 평범한 상황은 아니게 된다. 하지만 내가 파악하고 싶은 요점은 그게 누군가에 의한 의도적인 격리인가 하는 점이었다.

"니가 그게 왜 궁금한데?"

"계속 그렇게 말 짧게 끊어가면서 짜증나게 굴 거면 이만 접고요."

"이런 씨, 짜증나게 하는 건 너 아니냐? 일 안 맡는다는 놈한테 구태여 의뢰인과 관련된 정보를 알려줄까 봐? 심지어 불법행위에도 신뢰와 상도덕이 필요없는 게 아니라는 건 상식일 텐데?"

"닥치고, 지금부터 제대로 설명해요. 일 맡을 테니까."

"뭐?"

"일 맡는다고요. 이전 일은 없던 걸로 쳐줄 테니, 전에 제안한 조건으로 그대로 진행해요. 사흘 줬댔으니 제때 전화한 거 맞죠?"

정일구가 기가 막힌다는 듯 헛웃음을 터뜨렸다. 하긴, 기막힐 법도 했다. 불과 하루 만에 태세를 전환해서 마음을 돌려버렸으니까.

정일구는 내가 그간 겪은 미스터리한 상황을 모르고, 그가 알 필요는 없으리라고 판단했다. 따라서 마음이 바뀌어 그렇다는 둥 시답잖은 이유로 얼버무리게 됐다. 정일구는 내가 돈에 혹했다고 생각하는 것 같았다. 듣기만 해도 한숨이 나왔지만, 굳이 저 양반의 오해까지 바로잡을 필요는 없지.

"뭐, 아무튼 아직 다른 적임자가 나온 건 아니니까 나야 좋지. 그런데 유진아, 내 선에서 딱 한 가지는 확실하게 매듭짓고 넘어가야겠다."

"말해봐요."

"네 말이 맞아. 내면 침식이 그 단계까지 도달했으면 아무리 너라도 실패할 확률이 높겠지. 15억이란 보수가 아무리 크더라도, 그건 제대로 알고 들어가야 해. 아, 그리고 어제는 좀 미안했다. 하도 정신없는 상황에 따로 판을 벌리다 보니 네 입장을 생각 못 했더라."

"……."

"흠, 흠! 그냥 조심하라는 소리야. 돈보다 중요한 건 수도 없이 많아. 내가 중개인 노릇 한 번 못했다고 당장 밥줄 끊겨서 한강 바닥에 다이빙하는 것도 아니고……."

"알았어요."

그래도 나름 혼자 반성을 한 듯했다. 일종의 동료애 같은 것도 있기는 한 모양이고.

하지만 이 의뢰는 금액을 보고 수락한 것이 아니었다. 의문점을 해소하고 싶은 호기심은 둘째 치고, 나는 지금 이 순간에도 쫓기고 있다. 정선에서의 기억이 어느 정도는 사실이었다는 게 확실해진 시점에 나에게도 근거라는 게 생겼다. 더 이상 지옥은 허무맹랑한 환상 속 세계가 아니었다. 적어도 내게는.

"다 생각이 있어서 건드리는 거니까 굳이 신경 안 써줘도 돼요. 그런데 정팀장님도 지금부터 한 가지 정도는 대비해놓으셔야 할 것 같네요."

"응? 뭘 대비해?"

"지옥이 실존한다는 전제하에 생각해보죠. 일개 여자애가 그런 지옥에서 수십 년간 구르다 간신히 탈출할 수 있었다는 게 이상하지 않아요? 당장 지방 교도소에 수감된 흉악범들도 탈옥은 꿈도 못 꾸는데."

"그래서?"

"차라리 거짓말이기를 빌어야 할 수도 있다는 말이죠. 지옥이 있다면 거기엔 악마 비슷한 것들도 있을 거고, 그 애가 탈출에 성공한 걸 보면 지옥과 이곳이 아예 단절된 것도 아니겠죠. 그런 괴물들이 그 여자애를 미끼로 올려보내는 식으로 뭔가를 꾸미고 있을 가능성이 존재하는 게 당연하잖아요?"

"야, 쉽게 좀 설명하라고."

"그럼 단도직입적으로 말할게요."

차 하나를 폐차시키는 대가로 확신을 얻었다. 지옥이 실존할 가능성은 아주아주 높다. 하지만 그곳이 어떤 곳인지는 전혀 모르는 상황. 따라서 나 역시 만일의 상황에 대비해야 할 필요성을 느꼈다. 그런 준비를 하기 위함이라면 정일구를 사전에 내 편으로 만드는 게 제일 바람직했다.

"전 박재영 목사, 그 사람 절대로 안 믿어요. 그러니까 댁도 함부로 믿지 마세요."

뭐가 됐든 이 사람의 본업은 직책도 호봉도 제법 높은 경찰이니까.

"그 여자애를 상담한 결과는 조금씩 공유해줄 테니, 그걸 보고 앞으로 어떻게 할지 생각이라도 해둬요. 그리고 최종 판단은 제가 내면에서 결과를 얻어올 때까지는 유보하고요. 누가 어떤 것들이랑 엮여서 놀아나는지 전혀 추측할 수 없는 상황이니까."

박재영을 용의선상에 두고 있다는 사실을 많은 사람이 알게 될수록 나는 크게 불리해진다. 그렇기에 철저하게 모든 의도를 감추고 핵심까지 접근해야 한다. 해답의 열쇠는 어디까지나 병동에 갇힌 한 소녀의 내면세계 어딘가에 존재하니까.

8.

"처음 뵙겠습니다, 박재영 목사님."

"앉게. 정식으로 얼굴 한번 보기 힘들구먼."

교회 집사의 안내에 따라 박목사의 사무실 안으로 들어섰다. 내가 사전에 알아본 대로 박재영 목사는 연륜이 깊고 사람을 다룰 줄 아는 인물이었다. 초로의 목사가 초면에 보인 반응은 역시 예상을 벗어나지 않는 종류였다. 공식 석상에서 보이던 선한 웃음기는 처음부터 보이지 않았다. 외려 압박감이 느껴지는 목소리와 말투로 나를 찍어누르며 초장부터 잡아먹을 듯이 말을 꺼냈다. 우리는 소파에 앉았고 교회 집사는 조용히 커피잔만 두고 자연스레 퇴장했다. 늙은 뱀 같은 자가 나를 샅샅이 훑었다.

"한국에서는 최고라지? 경찰하고 일해서 그런가, 실적으로는 따라올 자가 없다던데."

"그건 잘 모르겠습니다만."

"아무튼 그런 나비를 '처음으로' 만나서 그런가, 한 가지 물어볼 게 있네."

처음? 치켜세우는 듯한 말을 하며, 제법 교묘하게 치고 들어와 도발하듯 건든다. 정확한 의도를 가늠하기도 어렵지만, 어쩌면 그저 내가 당황하기를 바라고 던진 말인지도 모른다. 고약하기 짝이 없는 인간이다.

나는 의뢰를 받았고, 박재영과 계약을 맺기로 했다. 하수인이나 고용인과는 명백히 입장이 다르다. 그럼에도 이렇게 뜸을 들이며 내게 압박을 가한다는 건 무슨 의미인가? 내가 내면 탐사에서 수행해야 할 임무와 연관이 있는 것인가?

"한 번 거절해가면서까지 줄다리기를 하다가 결국 이 일을 맡게 된 이유가 뭔가? 설마 해볼 만하다, 그런 알량한 생각으로 어설프게 뛰어든 건 아니겠지? 나는 이 일을 반드시 해낼 만한 사람을 찾고 있으니까 말일세."

"그 말씀에 답하기 전에 반대로 하나 질문 드려야겠네요. 목사님께서는 저에 대해 뭘 알고 계시죠? 권총이나 칼 들고 뭔가를 찾아내서 사냥하는 일 말고 더 독한 거요."

이번엔 내가 보여줘야 할 타이밍이었다. 허를 찔린 듯 박목사의 미간이 찌푸려졌다. 말장난에 말장난으로 받아친 셈이니, 눈치가 밝다면 내 의도를 이해했을 것이다. 이런 부류의 인간을 상대로 동등한 입장에 서려면 우선 맞불을 지르는 게 최적의 선택이다.

"대답을 미루시는 걸 보면 충분히 맡길 만하니까 맡긴 건 아닌가 보네요."

"……."

"이해합니다. 평판은 제가 스스로 만들어 굳혀야 하는 것이니까요."

아까와 반대로 박목사가 말을 잃었다. 그사이에 나는 옷매무새를 살짝 정돈했다.

"당장의 신용이 없다면 확신을 갖게 할 게 아니라 믿어볼 만하게 대화를 이끌어야 한다고 생각합니다. 전해들은 의뢰의 내용을 보아 하니 해볼 만해서 뛰어들 사안은 아닌 것 같은데요."

"믿어볼 만하다? 몇 번이고 곱씹어봐도 그냥 재미있는 말장난으로 들리는구먼."

"아뇨, 아주 확실한 차이가 있죠. 친구나 가족 사이에서도 절대 100퍼센트를 기대할 수 없는 게 현실의 법칙이에요. 100퍼센트를 말하는 사람은 상대를 홀리지만 정작 결과는 장담 못 할 테죠. 완벽이라는 허울을 추구하는 자는 보통 둘 중 하나입니다. 상종 못 할 이상주의자거나, 사기꾼이거나."

분위기를 유리하게 가져온 나는 말하면서 하나씩 펼친 중지와 검지를 슬슬 아래위로 까딱였다.

"저는 둘 다 싫으니 전혀 다른 길을 택할 수밖에 없어요."

이 시점에 목사가 처음으로 커피잔을 손에 쥐었다. 그리고 소파에 등을 기대며 피곤에 전 한숨을 푹 내쉬었다.

"지옥에 대해서 뭘 알고 있나? 자네의 상식 속 지옥이 내면의 풍경과 비슷하게 형성되어 있을 거라고 생각하나?"

"글쎄요. 목사님이나 저희 같은 사람들이 흔히 입에 담는 지옥과는 전혀 다를 수도 있겠죠."

여유로운 표정을 띄우며 집무실 벽에 빽빽이 걸린 성경 글귀가 담긴 액자들과 십자가를 쳐다봤다. 개중에는 종교적인 장식물이 아닌 고가의 회화작품도 존재했다. 이런 단순한 관찰만으로도 의뢰인을 만족시킬 만한 대답이 어떤 것일지 가늠할 수 있다.

"하지만 선악 개념이 뒤집힌 상태에서도 무너지지 않는 세상 자체에는 흥미가 갑니다."

"흥미라, 무슨 흥미?"

"굳이 말하자면 어떤 시스템으로 유지되느냐 하는 궁금증이죠. 역사 속의 소련, 현대의 독재 국가나 무정부 상태인 아프리카의 내전국, 이런 나라와는 또 다른 규칙을 지니고 있을 테니까요."

"음."

결국 박재영 목사는 나 외에 더 나은 대안이 존재하지 않는다는 것을 인정할 수밖에 없었다. 그로서는 운 좋게 마음에 드는 부류의 인간이 찾아온 것만으로 만족할 수 있을 터였다. 물론 이 이상의 신뢰도 딱히 필요없을 것이었다.

"오늘은 쉬고, 내일부터 작업에 들어가도록 하게. 그리고 사안이 워낙 민감하다 보니 계약금은 직불이 어려워. 홍콩 쪽 법인을 경유하는 식으로 지급될 걸세. 이의는 없겠지?"

"물론 상관없습니다. 그보다도……."

이 이야기를 꺼내자니 담배를 무척이나 피우고 싶어졌다. 교회에 들어선 뒤로는 내내 건드릴 엄두도 못 내고 있었다.

"지금까지 다섯. 그 애의 내면에 들어간 나비가 한 명도 돌아오지 못했다죠?"

"그렇네. 자네가 여섯 번째야. 이전의 다섯 명은 블랙박스조차 남기지 못했지."

"난이도는 사전 정보를 듣고 판단해봤습니다. 역시 생각과 크게 다르지는 않네요. 배경 전체가 트라우마로 덧씌워졌고, 메인 트라우마가 아닌 다른 잡다한 요소의 영향으로 죽게 될 확률도 높아요."

"추가금이 필요한가?"

"딱히 그런 건 아닙니다. 단지 의뢰인께서도 알고 계시는 게 나을 것 같아서 말씀드리는 거죠."

나는 서류가방에서 수첩과 펜을 꺼내 간결한 그림을 그려나가기 시작했다. 작은 원들이 중심의 커다란 원 하나를 거품처럼 둘러싸고 있는 형태의 그림. 마지막으로 동떨어진 위치에 작은 원 하나를 더 그렸다. 의중을 알 수 없는 표정으로 그림을 바라보던 박목사는 먼저 입을 열지 않으려는 듯 보였다.

"지옥에서 빠져나왔다면 내면의 모든 요소가 크고 작은 트라우마로 구현되어 있을 게 거의 확실해요. 그런 장소에서는 아무리 탁월한 실력의 나비라도 생존을 위해 지켜야 할 규칙들을 동시에 만족하기는 어렵겠지요."

"중개인도 비슷한 말을 하긴 하더군. 역대 케이스 중에서도 찾아보기가 힘든 독보적인 난이도라고."

"틀린 건 아닙니다. 나비도 사람인지라 이건 아니다 싶어서 임무를 포기하고 살아남는 데 전력을 다하게 될 수도 있죠. 그러려면 방법 자체는 간단해요. 내담자의 안전과 블랙박스 데이터 파손을 감수하고 내면세계 속의 내담자를 죽이면 됩니다."

그렇게 말하며 나는 외따로 떨어져 있는 작은 원에 X 표시를 죽죽 그어버렸다.

나름 희귀한 정보다. 내면세계의 룰은 실전 경험이 있는 나비 외엔 대부분 잘 모른다. 실력이 좋지 못한 나비가 내면에서 생환했다면, 가능성은 두 가지다. 트라우마가 약했거나, 내면의 주인, 내담자를 죽였거나.

"그럼에도 불구하고 이전의 다섯 번 동안 아무도 그런 시도를 해보지 못했다는 건 이상해요. 생존 본능에 어긋나니까요. 그러니 두 가지 사실을 추리해볼 수 있어요."

박재영 목사가 내 이야기에 적당히 심취했을 때쯤 다시 한번 수첩을 들이밀었다.

"들어가자마자 죽어버릴 만큼 환경의 '부적합성'이 심하거나, 내담자가 트라우마만큼이나 찾기 어려운 장소에 숨어 있거나. 이해할 수 있으시죠?"

나는 손톱 끝으로 X 표시가 그어진 작은 원을 툭툭 건드려 보였다. 그러고는 아예 보이지 않게 될 때까지 검은 볼펜으로 마구 잉크

칠을 했다.

"처음 안 이야기라 나름 흥미롭게 들리기는 하지만, 결국 전달하고자 하는 바가 뭔가? 일을 그만둘 것도 아니겠고, 추가금을 더 받으려는 의도도 아니고……."

"접근과 사전조사에서부터 차이를 둬야 한다는 의미입니다. 될 일과 안 될 일은 구분해야죠. 탐사 전 내담자와 일반적인 상담을 진행해서 내면세계의 배경을 이해하고, 저에 대한 기억을 내담자의 내면에 각인시키지 않으면 절대로 못 들어갑니다."

경험이 일천한 나비라면 이런 과정을 건너뛰고 곧바로 내면세계에 진입했을 가능성이 높다. 하지만 그런 미숙한 접근은 생존율을 떨어뜨리고, 끔찍한 결과를 낳는다. 트라우마 침식 단계가 한계에 달했을 때 위험이 극대화되기에 그들도 미처 몰랐을 것이다.

"내담자의 심리를 파악할 충분한 시간을 주세요. 그 애의 가장 큰 트라우마를 알아내야 하니까."

이 말을 함과 동시에 박목사의 표정이 미묘하게 변했다. 지금까지 보인 반응 중 가장 커다란 흔들림이었다. 순간 당황한 듯했으나, 다시 보면 불쾌해하는 것처럼도 보였다. 말 그대로 종잡을 수 없이 몇 가지의 미묘한 감정이 끊임없이 오르내리는 그런 변화였다.

반응을 캐치한 것까지는 좋았으나, 도무지 그 원인을 파악할 수가 없었다. 결국 하는 수 없이 입을 꾹 다물고 대답이 나오기를 기다렸다. 불편한 침묵이 무려 3분 가까이 이어진 끝에 다행스럽게도 답변을 얻어낼 수 있었다.

"이 나이쯤 오면 사람을 보는 눈이 생겨. 그리고 만족하기도 어렵지. 그런 입장에서 말하자면 자네는 나이도 어리면서 무척이나 똑 부러지는 친구로군. 그러니 의도를 바꿔서 묻겠네. 자네, 기독교 교리에 묘사된 지옥에 대해 뭐라도 알고 있나?"

"며칠 전까지만 해도 큰 관심은 없었습니다."

"그래도 십계명 정도는 대충 알겠지. 그건 아주 기초적인 원칙일세. 시나이산에서 모세가 받은 그리스도인의 계율. 가장 널리 받아들여지고 있는 율법이라네."

"단어 자체는 들어봤습니다만, 정확히 지옥과 무슨 연관성을 지닌 거죠?"

"대가를 치른 게지. 지옥에 다녀왔다는 건 어쨌거나 하나님께 용서받지 못할 죄를 지었다는 소리야."

그 순간 나는 박재영 목사의 서늘해진 눈빛을 마주해야만 했다. 마치 베테랑 수사관이 질 나쁜 범죄자를 언급할 때 내보이는 눈빛과도 같았다. 그가 지금까지 어떤 태도로 아직 이름조차 모르는 애를 대우해왔을지 예상할 수 있었다. 그렇다면…… 현재 '갇혀 있는' 내담자에게서 그다지 유쾌한 과거사를 듣지는 못할 듯싶었다.

"진정한 용서를 빌게 하고 싶네. 그 애로 인해 더 많은 이를 회개시킬 수 있다면……."

"그렇다면 더더욱 내담자의 안전을 신경 써야 하겠네요."

감정에 치우쳐 일을 그르치지 마라. 지금의 내가 그에게 할 수 있는 말은 이것밖에 없었다.

"살아남아야 회개도 하죠."

잠시간 입을 꾹 다물고 있던 박재영 목사는 이내 지갑에서 명함을 꺼내 테이블 위에 올려놨다.

"병실에 방문할 때마다 언질을 남기고, 상담 기록은 상담이 끝난 직후 직통전화로 보고하게. 특이사항이나 눈에 띄는 변화가 포착되는 경우도 포함하도록 하지."

뭐든 자기 통제하에서 벗어나면 조바심이 나서 못 견디는 노인네로군. 지금까지 나온 견적으로만 보면 아랫사람이 제일 곤란해하는 타입. 정석에 집착하는 사업가라기보다는 독선적인 군인에 가까운 느낌이다. 그게 또 나름의 개성을 띠었으니 돈이 벌린 것이겠지만.

"네, 그러도록 하죠. 대신 상담 중에는 누구도 들어올 수 없게 조치해둘 거예요. 이유는 이미 알고 계시리라 믿습니다."

"그러지. 자네에게만큼은 입회자 없는 병실 면회를 허용하라고 일러두겠네. 다만, 단 하나만큼은 조심하고 또 조심하시게."

그 당부만큼은 박목사도 별달리 압박을 주려는 기색 없이 말했다. 아니, 오히려 내 긴장을 풀어주려는 건지, 아니면 그 반대인지 모를 정도로 어설프게 웃어 보이며 팔을 걷었다. 피를 살짝 머금은 붕대가 감겨 있는 그의 아래팔이 경고라도 하듯이 시야에 들어왔다.

"난데없이 팔을 물어뜯겨 피범벅이 될 수도 있으니 말이지."

9.

"미용실? 갑자기 거기 번호는 왜?"

어이가 없다는 듯 대꾸하는 수화기 너머 추지혜의 말투에서 의구심이 묻어난다. 지금 내가 한 말을 도무지 믿어줄 수가 없다는 듯한 목소리다. 그리 안 믿길 정도로 엉망이었나 싶어 슬며시 부스스하게 엉킨 단발을 만지작거렸다. 조금 푸석거리는 느낌이 든다.

"내가 간다고 약속했잖아. 스케줄 사이에 뭘 새로 끼우는 건 질색이지만, 하긴 해야지."

"엄…… 혹시 남친 생겼어? 아니면 여러모로 분위기 좋게 썸 타는 사람이라든가."

"미쳤냐?"

"물론 그럴 것 같지는 않은데, 그것도 아니면 좀 이상하네. 그 야인 고유진이 굳이 자진해서 시간을 부어가며 머리를 손질할 리가 없는데?"

그간의 내 외모는 유일한 친구에게마저 꽤나 급이 떨어져 보였던 모양이다. 단순히 미용실에 가서 머리를 하려 한다는 이유만으로 추궁을 당하게 될 줄이야. 기분이 이상해진 나머지 우물쭈물하자 추지혜 쪽에서 바로 다시 치고 들어온다.

"너 좀 수상해, 고유진? 또 무슨 일을 꾸미는 건지 제대로 설명……."

"상상력 한번 죽이네. 방문 상담이 잡혔어. 그런데 내담자가 조금 성격이 괴팍하다고 들어서. 트집잡히면 안 되지."

"방문 상담? 전문 심리상담사도 아니고, 현직 경찰하고 협업 중인 나비가? 그게 무슨 뚱딴지같은……."

잠시 말꼬리를 흐리던 추지혜는 이내 한 가지 확신을 갖게 된 듯 내 이야기를 따라잡았다.

"너 또 개인 의뢰 받았니?"

이 개코는 뭐 어떻게 둘러대려 해도 도무지 속일 수가 없다.

"또 또 입 꾹 닫고 나 몰라라? 좋은 거 있으면 좀 같이 나누지?"

"시끄러워. 일거리 물어온 자식 딴에는 꽤 높으신 분이 의뢰한 일이라 다들 쉬쉬하고 있는 거니까."

"높으신 분? 누군데?"

"두 번 묻는다고 말할 것 같아?"

"에휴."

한숨을 푹 내쉰 그녀는 내게 단 한 가지 충고만을 건넸다.

"하아, 넌 일 처리는 확실한데 정작 아슬한 느낌이 다른 데서 종종 눈에 띈다니까."

"그건 또 무슨 소리?"

"너무 열심히 해서 탈이라는 거지. 아무리 재주가 좋아도 매번 백 퍼센트 이상의 업무 효율을 어떻게 뽑아내니? 매번 그런 식으로 하드코어하게 마감하려 들면 언젠가 한계에 막혀버릴 가능성이 높아. 너, 아마추어처럼 어이없게 죽어버릴 것 같다고."

"그래서 좀 살살 하라고?"

"아니, 그게 아니라…… 좀 떼먹어볼 생각을 하라는 거지. 클라이언트의 기대치를 살짝 터치할 정도로다가, 죽지 않을 만큼. 이게 사회에서 살아남는 요령이란다, 오케이?"

수화기 너머의 추지혜에게 보일 리 없지만, 나도 모르게 살짝 고개를 끄덕이게 된다.

"삼십 대도 되기 전에 개인병원 차리고 일억 넘는 에스컬레이드 몰고 다니는 데에는 다 이유가 있네."

"야, 나만 잘 벌고 잘 쓰냐? 넌 그냥 니가 타고 다니던 A6 도둑맞아서 강제로 폐차시킨 거잖아!"

동두천시 소요동 마음건강치유센터의 입원실은 일반 병동과 폐쇄병동으로 나뉜다. 크게는 심리 케어 전문 시설로 분류되지만, 결국 뚜껑을 열어보면 정신병원에 불과하다. 사람을 억지로 가둘 수 있는 시설인 셈이니, 결코 가벼운 마음으로 방문할 수 있는 곳은 아니다.

"저어…… 고유진 선생님이라고 하셨죠?"

폐쇄병동 담당 수간호사는 안경을 낀 사십 대 중반의 여자였다. 하지만 이곳에는 다수의 남자 간호사가 일하고 있다. 날뛰는 환자를 제압하기 위해 그들이 필요한 것이리라. 이에 더해 박재영 목사가 주시하는 '관리 대상'을 데리고 있다는 사실은 이곳의 업무 난이도를 더욱 높인다.

"사전에 연락은 받았어요. 시간에 딱 맞춰 오셨네요. 보은희망재단 측에서 특별 고용한 전문 심리상담사님이시라고…….."

"무슨 문제라도 있나요?"

"아뇨, 아뇨. 어차피 신분증이랑 면회 허가서를 확인할 테니, 따로 짚고 넘어갈 건 없어요. 다만 면회 신청 대상으로 기입하신 분 성함이…… 최서연 환자분 맞으신 거죠?"

"예, 저도 처음 만나는 거지만요."

병원 사람들은 내가 나비라는 것을 모른다. 나비를 향한 기독교의 시선은 그다지 곱지 않고, 이곳은 박목사 재단 소유의 병원이기 때문이다. 목사와 나비가 엮인다면 큰 문제가 생길 것이 뻔하기에 언급 말라는 지시가 떨어진 것이다. 때문에 전문 상담사 신분으로 이곳을 찾게 됐다. 폐차해버린 내 차 대신 렌터카를 타고.

"면회 허가서랑 단독 접견 확인서를 제출해주시면 바로 절차를 밟아드릴게요. 둘 다 재단 이사장님의 서명만 들어가 있으면 돼요. 그리고 반입이 불가능한 물품이 몇 가지 있는데……."

아마 박재영 목사에게서 받아온 서류는 이들에게는 명령문과 다름없는 모양이다. 이것저것 훑어보더니 내부 데스크에 별도로 대기 중이던 남간호사들에게 손짓했다.

이 폐쇄병동은 비상구를 제외한 입구가 전부 이중 구조다. 일반 데스크와 내부 데스크까지도 철제 도어와 **빽빽**한 창살 등으로 철저히 둘러막힌 상태다. 모양새는 요양시설처럼 보이도록 신경을 쓴 것 같지만, 사실상 쇠창살 박힌 감옥이나 다름없다.

"전문가분이신 건 알겠지만 이게 단독 면회인 만큼 조심하시는 게 좋아요. 박목사님까지 물어뜯어서 격리된 환자분이거든요. 말을 걸기 전에 덤벼들지도 모르니까……."

문의 잠금장치가 안에서 풀릴 즈음 수간호사가 덧붙인 말이었다. 경계심을 넘어선 수준의 긴장감이 느껴졌다. 심지어 안쪽의 남자 간호사들마저 나를 뚫어져라 바라보고 있다. 아마 내가 아니라 그 환자에 대해 생각하고 있으리라.

"조심하겠습니다. 그런데 지금은 내담자를 구속하지 않은 상태인 게 확실하죠?"

"네, 이사장님을 통해 요청하신 대로 조치했어요. 그래서 더더욱 조심하시라고 말씀드리는 거예요. 혹시라도 다치시면 저희도 큰일 이니까."

"많이 난폭하게 구는 환자인가 보네요. 나이도 어리던데, 그렇게

심한가요?"

"말도 마세요. 웬만하면 좋게 말씀드리고 싶은데 그 애는 너무 유별나요. 병실 문을 열어야 할 때가 있으면 아예 남자들끼리 2인 1조로 들어간다니까요. 간호사들이 방심하기라도 하면 곧바로 사고 날 거예요."

"알겠습니다."

괜한 호들갑처럼 들리지는 않는다. 아마 극도로 심한 공격성을 띠고 아무나 타깃으로 삼고 봤을 테지. 이런 상처 입은 야생동물 같은 유형에게 필요한 건 단 하나뿐이다.

"안녕."

저항과 난폭한 대응으로 떨쳐낼 수 있는 인물이 아니라는 것을 깨닫게 해주는 것 말이다.

"꽤 귀엽게 생겼네. 산발인 머리카락만 정리하면 여기저기서 사랑받겠어. 그렇지?"

내담자 최서연. 이른바 '지옥의 존재를 증명해낼 만한 기억을 지닌 자'.

단순히 외모만 보면 그냥 어디 아파서 입원한 평범한 여고생이다. 환자복 밖으로 보이는 맨살도 깨끗하다. 흉터나 문신, 낙인 같은 것은 달리 보이지 않았다. 물론 침대 구석에서 극도로 경계심을 올리고 날 노려보는 상대를 이렇게 관찰해봐야 큰 의미가 없겠지만.

"아, 이거? 요즘 유행하는 머리래. 미용실에서 했는데……."

슬쩍 머리카락 끝부분을 잡았다가 도로 놓았다. 털 한 가닥까지 확실하게 정리해서 모양을 낸 머리라 그런지 조심스러워진다. 물론 내담자는 내 헤어스타일 따위에는 전혀 관심이 없다. 저 태세는 차라리 목을 노리는 거라고 봐야 할지도.

"맘에 안 들어?"

그제야 처음으로 시선이 정확히 마주쳤다. 말 그대로 덫에 걸린 살쾡이와도 같은 눈빛. 그렇게 치면 나는 사냥꾼쯤 될 것이다. 그저 영양가 없는 소리만 혼자 주절거렸을 뿐, 최서연과의 대화는 조금도 진척이 없었다. 워낙 상대의 적개심이 큰 탓에 나 또한 최소한의 경계를 풀 수 없었던 것이다. 동맥을 물어뜯기는 건 사양이다.

"무슨 원수를 져서 그런 눈으로 노려보는 건지 모르겠네. 우리 지금 초면인데."

"……그리고 지옥 밑바닥에서 다시 만나게 될 사이이기도 하고. 그렇지?"

처음으로 꺼낸 말치고는 더럽게 극단적이군. 지극히 평범한 여자애의 목소리였다. 이상한 목소리가 겹쳐 들렸다는 지난 목격자들의 진술은 착각에 의한 허위 정보였나?

지금 이 상황에서 중요한 건, 저놈의 앙칼진 태도가 먹히고 있다는 판단을 철회하게 만드는 거다. 그를 위한 리액션은 결코 쉽지 않다. 내 나름대로의 루틴을 반복하며, 마음을 가라앉혀야 효과를 볼 수 있다. 그렇기에 내가 선택한 방법은 창문 열고 한 대 피우기였다.

"후우…… 참 곤란한 타입의 내담자네. 어디서부터 접근을 해야 할까?"

그게 또 지나치게 뻔뻔해 보였는지 최서연조차 약간 어이없어하는 표정으로 나를 바라봤다. 조금 부차적인 정보지만, 담배가 뭔지 제대로 알고 있는 것 같다. 하긴, 한국어 이름을 달고 한국어로 떠드는 상황이다. 담배에 관련된 지식을 가졌다고 해서 말이 안 되는 건 아니겠지. 지옥의 시간 개념이 현실과 얼마나 같고 다른지조차 모르기도 하고 말이다.

"아, 신경 쓰지 마. 이거, 오래 못 피우면 개인적으로 좀 불안하거든. 어차피 특별실이니 괜찮겠지. 정 꼬우면 일러바쳐. 태클이 걸린다 싶으면 다음부터 안 하면 되니까."

"큭…… 크큭…… 히히힛……."

"왜 웃어?"

"어떻게든 파고들려는 티가 확 나잖아. 그게 또 먹이를 구걸하는 개새끼 같아서 재미있게 느껴지네."

"글쎄…… 파고든다기보다는 기다리는 거거든. 좀 있다가 한 대 더 피워도 되지?"

의도는 들키기 쉽다. 하지만 마음의 동요를 철저히 위장해 숨기는 것은 어렵지 않다. 당장 지금 이 순간만 해도 최서연의 날 선 표정에 약간이나마 금이 갔으니까 말이다.

"히힛, 히하핫…… 이번엔 어중이떠중이 병신 머저리가 아니라 꽤 대단한 선생이 찾아온 것 같네. 그런데 정작 본인은 죄가 많아 보여. 고해성사라도 하지 그래? 내가 들어줄 수 있는데."

"무슨 헛소리인지 원. 내 얘기를 네가 굳이 들어서 뭐 하게?"

"그거야 당연한 거 아냐? 조금씩 모아다가 통째로 씹어먹어야지. 잘게 으깨서 부드럽게 만든 다음 네 주둥이에 다시 집어 처넣어야지."

말버릇하고는. 가만히 입만 달싹여주려니까 혼자 신바람이 나서 날뛰고 있다.

"재미있네. 소싯적에 B급 공포소설 많이 봤나 봐? 아니면 그걸 정말로 열심히 씹어봤든지……."

입꼬리를 슬쩍 올려가며 서류가방을 열어 서류철을 꺼냈다. 예리한 필기구 같은 건 전부 다 압수당했지만 상담 내용을 기록할 종이와 펜을 반입하는 데는 큰 문제가 없었다. 참 다행스러운 일이다. 병동 안 모두에게 아주 중요한 물건을 들이는 판국에 면회 규정이 발목을 잡으면 곤란하지.

"그럼, 이만 슬슬 네 마음속에 대해서 얘기나 해볼까? 어디까지 망가졌나 샅샅이 파헤쳐보자고. 그래야 고쳐볼 만하다는 견적이 나오는지 알 수 있으니까 말이야."

비록 사인펜으로 단서가 될 만한 사항을 적는 아날로그적인 방법이지만 필요하다면 하는 게 옳다. 저 애의 내면에 있는 상처는 밖으로 쏟아내는 비인간적인 말대답과도 일맥상통하는 게 있을 테니까.

"강남에 거주하는 입장에서 의정부 위쪽까지 올라오는 게 쉬운 일은 아니거든. 게다가 내비가 이상해서 빙빙 돌았단 말이야. 그러니까 첫 상담은 빨리 끝내는 게 좋겠어."

최서연의 끔뻑이는 눈이 주절대는 날 빤히 응시하고 있지만 잘 듣고 있으니 안심하라는 의미는 아닐 것이다. 언제라도 유효범위 내에 들어오면 공격할 태세를 잡고 있다. 덕분에 나는 이 아이에게서 멀찍이 떨어져 앉아 기록지를 써내려가야만 했다. 담배 덕분에 위치는 창가에 한정됐지만.

"날 여기서 내보내."

"그건 따로 병원장하고 상담을 해봐. 멀쩡하면 내보내주겠지."

"버러지 같은 년."

말이 안 통한다고 느껴질 정도로 단호하게 커트한 감이 있었나? 바로 욕지거리부터 나올 줄은.

"쇠창살에 갇힌 꼴이 재미있어? 그 즐거움의 대가로 내가 여길 빠져나가면 내가 당했던 전부를 네게 돌려주지. 눈과 혀를 뽑은 다음 손가락 끄트머리부터 천천히 깎아낼 거야. 그다음은 발가락, 코와 귀. 모두 끝나기 전에 빨리 죽을 수 있길 빌라고. 그게 네게 주어진 유일한 축복이니까."

"음, 최서연 씨? 악담은 그만 퍼붓고 슬슬 네 이야기를 하지? 협박해서 될 게 아니라는 걸 알잖아?"

"이곳을 지켜보는 놈들은 지옥에 있던 감시자나 간수들만큼이나 징그러운 눈을 하고 있어. 난 그 버러지들을 가지고 노는 법을 아주 잘 알고."

"징그러워도 현지 전문가들보다야 낫겠지. 걔들은 다른 부분도 사람 미만일 것 아냐. 그리고 가지고 놀았다고? 그럼 아예 거기서 살지 왜 나왔어? 유력 정치인이나 기업 회장은 감방 가서도 편히 놀고먹던데."

그제야 얼굴 표정에 분한 기색이 살짝 드러난다. 알아차린 것이다. 내가 지옥에 관한 이 애의 경험을 전혀 믿고 있지 않는 태도로 일관하고 있다는 걸. 물론 전략적으로 설계된 연기에 가까웠지만.

"뭐, 방금 건 반쯤은 농담으로 한 말이고…… 지금 하는 제안은 진짜야. 편해진 김에 좀더 편해지고 싶다면, 협조해."

"널 어떻게 믿고?"

"싫으면 믿지 마. 강요는 안 할 거야. 하지만 나비는 태생적으로 교계와 친해지기가 어려워. 그나마 다른 애들보다는 훨 신뢰할 만하지."

"나비?"

"호접자라고도 하지. 다섯이나 네 기억을 뒤지려고 다녀갔다던데, 몰랐나 봐?"

담배가 전부 타버렸다. 창밖으로 최대한 고개를 향한 채 연기를 뱉고는 다시 담배 케이스와 라이터를 꺼냈다.

"아무튼 말이야, 이렇게 아무것도 안 하다 도로 거기로 끌려들어가고 싶어? 이승에서는 폐쇄병동, 지옥에서는 나약한 인간. 어디서든 죄인에 호구 취급이네. 참 즐거울 것 같아, 그렇지?"

"뭣도 모르는 주제에 쓸데없이 개수작 부리지 마."

별생각 없다는 듯한 표정으로 담뱃불을 붙이는 나를 향해 최서연이 으르렁거렸다.

"넌 알아? 네가 어떻게 그 장소에서 빠져나올 수 있었는지."

"뭐?"

"어떻게 거기서 탈출했냐고. 엄청 대단한 기지로 추적을 뿌리쳐서? 아니야. 이론상 가능성이 없을뿐더러 넌 그 과정을 기억조차 못하잖아. 아니면 기억 못 하는 척 내막을 숨기고 있다는 건데…… 아무래도 그건 아닌 것 같네."

날 선 태도 속에 숨기고 있던 정곡을 쿡 하고 찔리자 그녀의 눈동자에서 흔들림이 느껴졌다. 잘 짚었다고 생각했다. 어떻게 보면 심리 상담에서 내담자를 들쑤시는 건 상담사의 본분에 맞지 않는 일이다. 하지만 본분에 충실한 것도 우선 내담자가 마음을 열어야 가능한 일이다. 무엇보다 내게는 시간이 없다.

"지옥에 면식이 있는 상대는 있어?"

"……."

"반응이 색다른 걸 보니…… 조금 아픈 부분을 건드린 건가?"

여기서부터는 경박한 인상을 주지 않도록 노력해가며 나름 신중하게 말을 이었다.

"그 녀석, 같은 또래의 소녀였지? 너랑 어느 정도 생김새도 비슷하고. 한때나마 정체도 모른 채 신뢰했거나, 친구처럼 여겼을 가능성도 있을 것 같은데."

"뭐야. 너, 그걸 어떻게……?"

"뭐, 조금 자료를 얻을 수 있었거든. 어느 정도 운이 따르기도 했고. 물론 네가 계속 이따위로 붙잡힌 길고양이처럼 굴면 굳이 자초지종을 설명해줄 이유도 없지."

"죽여버리고 싶은 소리만 골라다 처지껄이네."

"뭐, 어떻게 생각하든 간에 내 할 말은 다 전했어. 다시 상담에 대한 내용으로 넘어가서……."

대화의 취지에 맞지 않는 앙칼진 반응은 일절 무시했다. 철저히 내게 필요한 반응만을 보이길 원했다. 세뇌나 협박이 아니라, 단순히 수긍과 신뢰를 보여주길 반복해서 요구하는 과정을 통해 관계를 설정할 생각이었다. 그래서 나는 계속 일방적으로 떠드는 동시에 최서연의 반응을 하나씩 체크해가며 종이에다 메모했다.

"네 기록은 전부 찾아봤어. 지나칠 만큼 자주 '특정 악마'를 언급했던데…… 많이 친했나? 그게 아니라면, 최소한 네게 관심을 두고 괴롭혔다는 뜻이겠지. 거기다가 내가 알아낸 겉모습하고 합쳐보면…… 어떤 식으로 널 가지고 놀았는지 좀 견적이 나오네?"

당장이라도 눈앞의 날 찢어발기기를 갈망하는 듯한 눈빛이 쉬지 않고 정면으로 파고든다. 인내해야 하기 때문이 아니라, 상대를 아예 건드릴 수 없게 됐기 때문이다.

지금까지 그녀가 보인 반응에서는 무력감에 대한 학습 따위를 눈곱만큼도 찾아볼 수 없다. 그래도 이건 좋은 특징이다. 적어도 모든 것을 포기해버리고 상담에조차 응하지 않게 되어버리지는 않을 테니까.

"어떤 고통과 치욕을 겪고 여기로 돌아왔는지는 공감할 수 없지만…… 네가 알고 싶어 하는 것들을 어느 정도까지는 알려줄 수 있어. 완전한 형태가 아니라 일부 조각 중 하나이기는 해도 말이야."

"……."

"궁금하지 않아? 과연 '밑바닥의 주인'이라는 자가 네게 뭘 원하고 있는 걸까? 어떤 것을 대가로 무엇을 이루기 위해 널 놓아준 걸까?"

이걸로 끝. 최서연의 '협조'를 위해 필요한 말은 모두 전했다.

하지만 이것은 일종의 하이 리스크를 동반하는 도박과도 같다. 최서연의 심리가 예상 범위 안에서 날뛰어야 내가 바라던 결과를 얻어낼 수 있기 때문이다. 내 예상을 벗어난다면 책임을 피하지 못할 가능성이 높다.

"아, 아아…… 아으으…… 어……."

바깥에서 억지로 깎아버린 손톱으로 머리를 긁적이고 얼굴을 마구 할퀴어대는 최서연.

역시나 패닉에 빠져버렸다. 자기부정에 가까운 심리의 붕괴를 견디기 힘들어하고 있다.

만약 내가 사고를 당해 '그걸' 만나지 않았더라면 이렇게까지 할 이유는 없었겠지만.

"나가."

지금은 내게도 방향키를 제시해줄 분기점이 필요한 상황이다.

"나가, 당장. 잡아다 찢어 죽여버리기 전에, 나가라고! 이 개 같은 년아!"

바깥에서도 충분히 듣고 놀랄 만큼 비명을 지른다. 분명 누군가는 들었겠지만, 누구도 이곳에 들어올 생각을 하지 않는다. 그녀는 침대 구석에서 내게 달려들 듯 손아귀에 힘을 줬다. 그러나 그러지 못했다. 거리도 멀었지만 심상치 않은 분위기도 감지한 것 같았으니까. 결국 최서연은 몸을 웅크린 채로 이불과 베개를 잡아뜯으며 벌벌 떨 수밖에 없었다. 그게 내가 그녀에게서 처음으로 본 인간적인 모습이기도 했고.

"최서연."

대화는 이만 일단락 짓는 게 나을 것 같았다. 하지만 먹잇감은 던져줘야겠지. 아주 조금만. 갈증이 더해지되, 죽지 않을 정도로만.

"나는 빈말 안 해. 그러니 내가 오늘 네게 한 말의 의미를 잘 생각해봐."

그녀는 반드시 밑져야 본전이라는 생각에 사로잡혀야 한다. 내 다른 목적을 위해서라도.

"만에 하나라도 이런 고통에서 완전히 도망치는 게 가능하다면, 그걸 도울 수 있는 건 나밖에 없어."

10.

혼란스러워진 병동을 빠져나와 집으로 운전하며 잠시 생각을 정리했다.

도착한 뒤에는 바로 들어가지 않고 집 앞 벤치에 앉아 담배를 꺼내 물었다. 박재영 목사와의 약속대로 그에게 결과를 보고하기 위해서였다.

"연락이 많이 늦는구먼. 다음엔 상담 직후 30분 내로 통화하는 게 어떤가?"

"조금 정리를 해볼 필요가 있어서요. 녹음기를 안 켜면 듣다 헷갈릴 법한 말들을 엄청나게 쏟아내더군요. 아무튼 첫 번째 상담은 끝이에요. 무난합니다. 예상 범위 내에서 마쳤어요."

"그런가? 내가 듣기로는 상황이 좋지 않더군. 병동 간호사들은 자네가 다녀간 직후 그 애가 발작하며 생난리를 피웠다고 하던데. 자네와 최서연이 조만간 서로 목이라도 조를 기세였다던데."

"지옥에서 백 년쯤 고문당하다 온 꼬마한테 공황발작은 예삿일이
죠. 그리고 그쪽 간호사나 의사들은 이 애한테 관심도 없던데요? 무
지한 감시인들의 평가 따위는 굳이 신경 쓰지 않으셔도 됩니다."

대놓고 재단의 의료인들을 낮춰 부르고 안심하라는 식의 무리수
를 던졌다. 아마도 의뢰인을 안심시키기에는 많이 부족한 답변이었
을 것이다. 물론 내 알 바는 아니었다. 짤리는 게 두려웠다면 아마
박목사의 압박 면접을 통과하지도 못했을 테니까.

"그리고 한 가지는 확실히 알아두시는 게 좋겠네요. 이 사전 상담
은 전선의 참호를 하나씩 뚫고 전진하는 것과 같아요. 대치부터 돌
파까지 걸리는 기간은 하루도 안 될 수 있고, 반면 아예 몇 년씩 고
착화될 수도 있어요. 그리고 그걸 결정하는 건 대개 아주 작은 계기
들이지요."

부정할 길 없이 최서연은 공격적이고 비협조적이다. 아주 오랜
기간 상당한 스트레스를 받아왔고, 현재도 비슷한 상황에 처해 있
다. 전부 박재영 목사가 자처한 결과였다. 하지만 '최서연은 지옥에
떨어진 자'라는 박재영의 선입견이 한몫했을 게 뻔하기에 달리 언
급하지는 않았다. 종교인의 고지식함은 학계의 권위자보다도 지독
한 수준이니 그의 신념을 깨려는 건 바보짓이다.

"바리케이드가 한 번 무너졌으니 차후 상담에서 대화에 진전이
있을지 확인하도록 하죠."

"알았네. 다음에 다시 통화하지. 그리고 재차 말하지만 상담이 끝

나면 30분 이내에 보고해주길 바라네. 미룬다는 느낌을 받는 건 영 거슬리니까 말이지. 그럼 이만, 좋은 밤 되시게."

전화가 끊어지고도 나는 한동안 자리를 뜨지 못했다.

내담자, 최서연의 격한 반응은 처음부터 예상한 것인데 왜 이리 심란한 걸까. 나 역시 목적을 달성하기 위해 그녀를 학대하고 있다는 느낌이 들었기 때문일까. 아니면 그녀가 감금된 병실의 풍경이 죽은 동생이 투병 생활을 하던 그 병실과 미묘하게 겹쳐 보였기 때문일까.

"거래는 아니지만, 거래가 아닌 것도 아니야. 얻는 게 있다면 잃는 것도 있어야지."

최서연과 신뢰 관계를 형성하는 건 필요하지만 그 이상 동정심을 가지는 건 프로답지 못하다고 스스로를 타일렀다. 중요한 건 주위에 휩쓸리지 않는 것이었다. 중심을 잃고 아등바등하는 순간, 절호의 기회를 놓치게 될 테니까.

"날 도와준다는 거…… 진짜야?"

두 번째 상담을 시작하는 순간 조심스러워진 말투에서부터 확실히 알 수 있었다. 최서연의 반응이 거의 다른 사람이라고 생각될 정도로 누그러졌다는 것을.

사람을 효과적으로 다루는 방법은 어느 정도 숙지한 편이라고 스스로 생각하긴 했지만, 단 한 번의 상담에 내담자가 이렇게까지 다른 눈을 하다니 의외였다. 아마 내가 자극한 두려움을 견디지 못한 것이겠지. 어쩌면 실낱같은 마지막 희망을 내게 걸어보겠다고 마음먹었는지도 모른다.

"그 얘기를 하기 전에 우선 존댓말부터 써. 사람 사이의 기본적인 예의를 지키는 것부터 실천하라고."

"너도 반말하잖아."

"불만 있으면 현실에서 나이를 먹도록 해."

"......."

좀 많이 꼰대 같지만 원활한 대화를 위해서는 뻣뻣한 감정을 남겨두지 말아야 한다. 최서연이 나를 살갑게 여겨 말을 놓는 건 당연히 아닐 테니 그 안에 담긴 적대감부터 치워버려야 했다.

"대답 안 하려고?"

"......아니, 아, 아니요."

"좋아."

살짝 미소 지으며 고개를 끄덕였다. 지금껏 내가 그녀에게 보인 태도 중 가장 살가운 모습이었다. 아마 그녀가 만난 다른 사람 전부를 통틀어도 드물게 친절한 모습이었으리라. 내가 그런 판단을 내린 근거는 두 가지였다. 하나는 그녀의 과도한 공격성에 감춰진 방어적 태도. 그리고…….

"다른 사람들에게 무슨 짓을 당했어?"

"임시 보호 센터에서 저를 빼돌려서 여기에 가뒀어요. 이유 없이 괴롭히는 주제에 당당했던 게 기억나요. 죄를 지었다며 마귀 사탄 년이라고 욕하고 거칠게 밀치고. 심지어 혼자 흥분하더니 뺨을 때리거나 목을 조르려던 놈도 있었어요."

안 그래도 억울한 녀석한테 엑소시즘 비슷한 대우라. 이러니 애가 미친개 행세를 하지.

"네 몸에 손을 댄 사람이 있었어?"

"그건 없었어요. 가까이 오기만 해도 못 볼 꼴을 제대로 보게 해줬으니까."

"잘했어. 그런 놈들은 하나만 본보기로 으깨놔도 제대로 덤비지도 못하는 쫄보들이니까. 얼마나 별 볼일 없는 자식이면 어린애 상대로 그러고들 있었겠어?"

"여기서 그런 칭찬을 들을 줄은 몰랐는데. 확실히 그쪽은 병원이나 교회하고는 별 관계가 없는 사람 같네요."

최서연의 행위를 옹호하고 싶었던 것도 어느 정도는 사실이다. 다만 이 질문의 정확한 의도는 다른 나비의 행보를 알아내기 위함이었다. 이미 실패한 그들이 당시 어떤 식으로 내담자에게 접촉했는지 알아내는 것은 필수다. 그래야 전철을 그대로 밟지 않을 수 있으니까.

"뭐, 그렇게 생각해주면 나야 좋지. 그런데 상담해주러 온 사람한테 그쪽이라는 호칭은 너무 뻣뻣하다. 다른 식으로 부르는 게 낫겠어."

"그럼 뭐라고 부르죠?"

"내 이름이 고유진이니까, 고유진 선생⋯⋯."

중간에 말을 끊고 멈칫했다. 아직 나를 빤히 바라보고 있던 최서연과 시선이 마주쳤다.

"언니라고 불러, 편하게."

"언니⋯⋯?"

"그래."

가슴이 먹먹해지는 말이었지만, 그건 내가 떨쳐내야 할 감정 중 하나였다.

"알았어요."

좀 크게 결심하고 제안한 건데 내 동요는 전달되지 않은 모양이다. 하긴, 딱히 알 이유도 없겠지. 최서연, 그녀에게 중요한 것은 오직 하나뿐이다. 희망을 넘어선 안식을 얻고 자유를 되찾는 것.

"여기서 언제쯤 나갈 수 있는 거예요? 이번만 믿기로 했으니 나쁜 말 안 할게요. 제가 협조하면 언니도 절 도와주겠다고 약속했잖아요."

"궁금해? 알고 싶으면 귀 좀 기울여봐. 안 물어뜯는다고 약속하면 가까이 갈 테니까."

나는 그렇게 말하며 새끼손가락을 슥 내밀었다. 고전적이고 유아틱하지만 신뢰의 증표로는 나름 밥값을 하는 제스처 중 하나다.

"겁이 많네요. 저번엔 악마도 잡아다 끓여먹을 것처럼 굴더니."

"그건 아닌데 다치면 일을 제대로 못 하잖아. 이건 개인 의뢰라 산재 처리도 못 한다고."

"……."

뚱한 표정으로 나를 쳐다보던 그녀는 결국 손가락을 걸어 약속한다는 뜻을 밝혔다. 이로써 등받이도 없는 의자와 병실에서 하나뿐인 침대의 거리가 무려 이틀째에 좁혀지게 됐다.

"사실은 말이야, 나는 종교를 믿지 않아. 표현을 덧붙이자면 완전한 무신론자지."

"그래서요?"

"종교를 전혀 안 믿는데 왜 박재영 목사의 의뢰를 수락했을까? 지옥이 실재한다는 걸 밝혀달라는 이 의뢰를 말이야. 돈이 궁해서? 아냐. 나는 빚지고 살지는 않는 성격이고, 처음에는 이 일을 안 맡을 셈이었거든. 그러면 뭔가가 더 있는 거겠지?"

녹음기를 피해 서로 이마를 맞댄 채로 속닥거리는 꼴이 제법 친근한 사이의 자매처럼 보였다.

"지금 타는 차, 임시로 빌린 렌터카야. 도난당한 내 차가 강원도까지 기어들어가 사고가 나서 폐차했거든. 그런데 차를 훔친 놈이 안 잡혔다? 여기서부터는 뭔가 이상한 느낌이잖아."

최서연이 뭐라고 태클을 걸기 전에 계속해서 말을 쏟아냈다.

"차를 몰고 간 건 나였어. 집에 도착한 뒤 경찰의 연락을 받았기 때문에 알리바이가 생겼을 뿐이지. 한밤중에 산길에 차를 세웠는데 헤드라이트도 안 켠 버스가 달려들었어. 그 이후에 겪은 일은, 솔직히 나도 뭐가 뭔지 잘 모르겠네. 지금 생각해도 기분이 나빠. 그때 본 그것들은 대체 뭐였을까?"

"……뭘 봤어요?"

"저번 상담에서 말했었지? '소녀.' 상식적으로 전혀 모르는 상태에서 모르겠다 하고 찔러볼 단어는 아니잖아?"

일순간 양쪽 모두의 솜털이 곤두섰다. 최서연의 뺨이 부르르 떨려오는 게 전해졌다. 본능적으로 두려움을 느끼고, 핵심을 찔린 채 아무것도 부정할 수 없게 된 것이다.

"뭔지는 모르겠지만 적어도 의뢰인에게 말할 필요가 없는 정보인 건 확실하지. 그런데 나로서도 지금 당장 믿을 만한 사람이 아무도 없게 돼버려서 말이야. 설마 지옥 비슷한 거라도 진짜 있다고 생각했겠어? 종교도 안 믿는 내가."

다행히 최서연은 여자애 하나를 봤다는 설명만으로도 내 말이 사실임을 충분히 인지한 것 같았다. 하긴, 가지고 놀 요량이었으면 이렇게 장황한 설명을 늘어놓지는 않았을 테니까. 수긍했다면, 지금부터가 진짜다. 사실상 이제부터 나와 최서연이 나누는 대화는 심리 상담이 아니라 협력 수사에 가까울 것이었다.

"내가 굳이 이 말을 하는 이유는 네 트라우마는 상담 따위로 고치는 게 불가능하기 때문이야. 차라리 알고 있는 정보를 주고받아가며 엉킨 실타래를 풀어내는 게 낫지. 내가 그 사고를 당하고 나서 느꼈는데, 아무리 봐도 그 트라우마란 게 한번 문 사람을 가만히 놔둘 기세가 아니었거든."

"무슨 소리를 하는지 모르겠어요. 지옥이랑 트라우마가 무슨 상관인가요?"

"상관 많아. 처음 만났을 때, 내가 나비라고 했었지. 기억나?"

"대충요."

"나비는 일종의 천부적인 재능을 지닌 사람들이야. 접촉만으로 상대의 심리를 들여다보고 해석하지. 내 진짜 임무는 네 마음에 존재하는 '내면세계'에 들어가는 거야. 네 경험이 진짜였는지 증명할 방법도, 네 마음속의 괴로운 기억을 없앨 방법도, 다 거기에 있어."

나는 내 관자놀이를 손가락 끝으로 툭툭 건드렸다.

"트라우마란 것도, '소녀'도, 적어도 네 마음속에서는 비슷한 존재일 거야. 그렇기에 내가 직접 가서 그걸 없애버리려는 거지. 즉 네 괴로운 기억을 떼어낸 다음 지울 거야. 파일로는 남기겠지만, 네 기억 속에서는 트라우마가 희석되고 결국엔 사라지도록."

"어떻게 없애는데요?"

"간단해. 들어가서 권총을 주워. 그리고 놈을 찾아서 머리통을 날려."

뾰로통하게 입을 다문 채 최서연은 내 이야기를 경청하고 있다. 약이나 상담 치료에 비해 다소 파격적인 시도가 제시돼 의아한 듯하다. 그간 다섯의 나비가 차례로 다녀갔음에도 이 애는 전혀, 아무것도 모르고 있었다.

"아직 잘 받아들여지지는 않네요. 정말로 처음 듣는 얘기라서요. 그리고 왜 하필 언니가 그년이랑 엮이게 된 거죠?"

"몰라. 모르지만 네 말대로 내가 엮인 건 확실해 보이니 마음 단단히 먹어. 이건 상담이지만, 동시에 문답이기도 해. 시간이 좀 걸릴 거야. 나는 여태까지 너를 두고 줄다리기를 하던 녀석들하고는 달라."

"……네."

반신반의하는 듯한 말투가 뒤를 이었다. 굳이 재차 말하지 않고 서류철을 세워 들었다.

나는 내 나름대로 지옥에 관한 내용을 자세히 캐물었다. 녹음기를 켜두고, 최서연의 대답을 일일이 적어내려갔다. 지옥이란 어떤 형태였는지. 주로 무슨 일을 겪었는지. 그중 가장 끔찍한 경험은 무엇이었는지. 또한 그녀를 가장 잔혹하게 괴롭힌 자가 내가 봤던 '그것'이 맞는지. 어렵겠지만 솔직하게 대답해주길 요구했다.

"여자애의 가죽을 뒤집어쓴 악마예요. 제 희망을 꺾으려고 의도적으로 그런 모습을 띠고 나타났겠죠. 이름은 몰라요. 하지만 본색을 드러낸 후에는 자기 자신을 여러 가지 이름으로 바꿔 불렀어요."

"'염마' 같은 거 말이지."

"아마도요. 성경에 나오는 마귀나 사탄이라는 존재랑 어느 정도는 겹치지 않을까요?"

최서연은 처음엔 다소 어려워하는 기색을 보였으나, 얼마 안 가 순순히 대답했다. 약속은 약속이니까. 한번 입을 열자 정보가 차곡차곡 쌓여나갔다. 예상대로 듣는 와중에도 기분이 불쾌해지는 묘사가 자주 스쳐 지나갔다.

"굳이 그년이 아니더라도 악마들에게 잡히면 무슨 끔찍한 짓을 당할지는 아무도 알 수 없어요. 머릿속에 악한 감정만 들어차 있는

족속들이니까."

"내가 만나야 할 녀석들이기도 하지. 너는 어떤 방식이 제일 효율적이라고 생각해? 그것들을 직접 만나서 죽이려고 한다면 말이야."

"곧바로 머리통을 날려버려요. 언니 말대로 권총을 주울 수 있다면요."

자기가 말하고도 웃겼는지 그녀는 입을 가리고 쿡쿡거렸다.

별 끔찍한 짓을 다 당해놓고서 이렇게 태연할 수 있는 걸까. 아무리 솔직한 대답을 원한다고 해도 내담자의 트라우마를 '일부러' 자극하는 건 금물이다. 필요한 정보만 얻고 빠져야 한다. 그렇기에 공황발작이 올 만큼 기억을 상기시키거나 파고들지는 않았지만, 대충 무슨 일이 있었는지 짐작이 갔다. 지옥에서 겪은 일에 대해 이야기하기 시작하면서부터 나는 오히려 말을 아꼈고, 그녀는 그런 내 반응을 기껍게 받아들였다.

"지옥불은 뜨겁고 고통스럽지만, 바다처럼 온 세상에 다 깔려 있는 건 아니에요. 오히려 검게 물든 땅이 많아요. 용암에 맞닿은 밑바닥이나, 악마의 피로 물든 땅. 그리고 죄인의 살 속으로 파고드는 기생생물 같은 것들밖에 자라지 않는, 무풍지대의 고원이죠."

"붉다기보다는 검은색인가 보네. 들어가자마자 타 죽을 일은 거의 없을 듯하고."

"대신 좀 많이 더우면서도 답답했어요. 지옥 표면의 열기에 면역이 있는 건 악마 빼고 없으니까요."

"참고할게."

얻은 정보를 바탕으로 서술하자면 이랬다.

그곳은 성경 속의 불지옥이나 불교에서 말하는 초열지옥같이 녹아내릴 것 같은 세계와는 극히 거리가 멀다. 지옥불은 사람을 끝없이 고통스럽게 태우고 죽이는 형태가 아니다. 일종의 부비 트랩이나 함정 같은, 예상치 못한 타이밍에 튀어나오는 성가신 변수일 뿐이다. 크게 실수할 경우엔 끝장이겠지만, 그것만 아니라면 적당히 피해 살아남을 수는 있다. 오히려 신경 써야 할 것은 살아 움직이는 존재들 전부다. 죄인은 잃을 게 없고, 사냥개들은 탐욕의 끝을 가늠할 수 없다.

예상했던 것과 비슷했다. 존재하는 하나하나가 환경에 녹아든 트라우마다. 달리 말하면 '그 계집애'한테 다다르기 전에 다른 놈에게 사냥당할 가능성이 크다는 이야기다. 주워든 권총 한 정만으로는 해결하기 힘든 상황이 올지도 모른다.

하루치 분량으로는 충분한 정보였다. 며칠 후 다시 이야기 나누기로 하고 병실을 나서는데 문득 궁금한 점이 떠올랐다. 너무 기본적이어서 미처 물을 생각도 들지 않았던 사항이었다.

"아 참, 너 몇 년생인지 기억해? 몇 년에 태어났는지, 몇 살인지."

"히틀러나 나폴레옹은 알아요. 아주, 아주 유명했죠."

이건 대체 농담일까, 진심일까. 최서연의 표정이 한없이 진지해서 문득 싫은 기분이 들었다.

11.

그로부터 다시 며칠 후, 이번은 세 번째 상담이자 커뮤니케이션이다. 복장과 서류철, 필기도구 같은 소지품은 전과 같지만 이번엔 평일 한낮이다. 장마가 끝나고 찾아온 무더위답게 햇볕도 쨍쨍하니, 이전 상담과는 분위기가 사뭇 다를 것 같았다.

이번에는 들어가기 전에 두 번 살짝 노크하고 병실 문을 열었다. 최서연은 전과 다를 바 없이 침대에 앉아 있었다. 나를 보자마자 살짝 화색이 도는 듯 보였지만, 이내 표정을 감추고 제 눈길을 슬며시 볕이 드는 창 쪽으로 돌렸다.

"정말로 같은 사람을 이렇게 여러 번 마주 보게 될 줄은 몰랐는데……."

"다시 오겠다고 약속했잖아."

힘주어 말하는 내 목소리를 들은 최서연이 희미한 미소를 지었다. 내심 기뻐하는 의중을 읽기가 어렵지 않았다. 그녀의 미소가 좀 더 오래 지속되면 낫겠다고 생각했다. 소지품 검사에 안 걸리는 사소한 선물이라도 하나 사다가 건네줄 걸 그랬나?

"그런데 언니, 저도 궁금한 게 있어요. 궁금한 채로 대답만 하려니 좀 지치네요."

좋은 반응이었다. 최서연이 웬일로 내게 먼저 화젯거리를 던지려 하고 있었다.

"그래? 하긴, 정말 지옥에서 지내다 왔으면 이것저것 모르는 게 많겠지. 뭔데?"

그녀는 내가 했던 수수께끼 같은 말들을 기억하고 있었다. 생각보다도 훨씬 많이.

"……나비."

최서연의 질문은 약간 의외이면서도 상식의 범주에서 크게 벗어나지는 않았다.

"내면세계에 들어간다는 나비에 관해서 자세히 이야기해줄래요? 조금 궁금해졌어요."

"그럴까?"

대충 설명은 했지만 이 애가 알고 싶어 하는 것을 충분히 납득될 만큼 가르쳐줄 필요도 있겠지. 우리는 말싸움을 하는 게 아니라 거래를 하고 있는 거니까. 서로에게서 필요한 정보를 얻어내기 위해 대화하고 있으니까.

집어들었던 서류철을 백팩 위에 내려놓았다. 이 백팩을 들여오기 위해 폐쇄병동의 직원들을 설득하는 과정은 매우 험난했지만 결국 그들을 수긍시켰다.

"이것부터 시작하자. 전에 말했다시피 나비는 개인의 심상, 이른바 내면세계를 탐사해. 나비가 한 사람의 내면세계에서 죽지 않고 무사히 빠져나오는 데 성공하면 그 사람의 기억이나 주장이 사실인지 아닌지 증명할 수 있지. 딱 그 정도만 알면 돼. 꿈하고는 큰 차이가 있지만, 뇌에 남은 기록이 반영된다는 점에서는 본질적으로 다르지 않아."

"네."

"하지만 네 내면은 트라우마 침식이 최종 단계까지 이르렀어. 간단하게 비유하자면 불지옥 난이도라는 거지. 그런 내면은 배경 자체가 현실과 괴리감이 크고, 나비의 탐사 과정에 막대한 영향을 미쳐."

"제 내면세계는 전부 지옥인가요?"

"똑똑하네."

칭찬하듯 머리를 쓰다듬어주려다 그녀의 심리를 고려하여 그만뒀다.

"그러니까, 내가 지금 네 내면세계로 들어가기에는 아직 준비가 다 안 됐어. 지금까지와 지금부터의 모든 상담이 그 준비를 하기 위한 과정의 일부야. 이해되지?"

"이해할게요."

그 말과 함께 최서연은 느닷없이 간지럼 태워진 것마냥 고개를 푹 숙였다.

"하지만 기초 원리 정도는 설명해줄 수 있지. 내면세계가 정확히 뭐일 것 같아?"

"……무의식?"

"비슷하기는 하지만 좀더 큰 범주에 속해. 무의식이 반영될 뿐만 아니라 감정, 트라우마, 인상적인 기억까지 잔뜩 들어가 있어. 정확히 말하면 이 모든 게 섞여서 내면세계의 구현이 완료되는 거야."

손바닥을 짝 소리가 나도록 맞부딪치며 주의를 환기했다.

"가령 너와 내가 만나서 상담을 하는 게 좋은 기억이라고 치자. 하지만 그래봐야 소용 없어. 끔찍한 기억이 더 크다면 네 내면세계의 배경은 지옥처럼 변해. 어디까지나 비율 문제인 거야. 좋은 기억이라고 해봐야 기껏해야 반쯤 무너진 건물 같은 게 되어 있겠지."

"왜 하필 건물이에요? 별로 쓸데도 없을 것 같은데."

"닫힌 구조물은 대개 안식처, 혹은 상대를 속이기 위한 비밀스러운 수단을 나타내거든."

"그러면 안 좋은 기억은 뭘로 나타나죠?"

"셀 수도 없을 정도로 종류가 많아. 따라서 가장 중요한 문제는 얼마나 안 좋은 기억인가야. 트라우마까지 가면 대개 살아 있는 괴물의 형태를 띠지."

이 말을 끝으로 백팩의 지퍼를 열어다가 최서연의 앞에 놓았다. 그녀는 약간 움찔거렸지만, 예상 외의 행동을 취하지는 않았다.

"내면세계에 존재하는 모든 건 네 입장에서 봤을 때 수많은 무대

연출들과 다름없어. 현실에서 좋은 요소건 나쁜 요소건, 내면세계의 주인이 인상 깊게 받아들인 정보가 내면세계로 녹아들면 그 세계의 배경에 맞는 형태로 나타나지."

나는 백팩 안에서 권총을 꺼냈다. 당연히 총구가 플라스틱인 모조품이다. 최서연은 약간 의아한 표정을 띠었지만, 이내 물건의 정체를 알아맞혔다.

"총, 권총이네요. 언니가 말했던 그거 맞죠?"

"그거 맞아. 모형이기는 하지만 형태와 구조만큼은 명백한 권총이지. 내가 내면세계에서 즐겨 사용하는 무기이기도 하고. 내가 왜 지금 이걸 꺼냈는지 알 것 같아?"

"몰라요."

"네 기억의 아주 자잘한 부분의 형태를 바꾸기 위해서야. 공격적이고도 사소한 기억들은 대체로 무기의 형상으로 구현되니까. 칼 같은 거. 권총에 대한 인상을 받으면 그런 기억의 일부가 이걸로 치환될 거야."

그녀의 손에 가짜 권총을 쥐여주었다. 그녀는 흥미롭다는 듯 곳곳을 매만지고 살펴보았다. 십 대 여자아이의 근력으로는 제법 묵직하게 느껴질 것이다. 총구의 주황색 플라스틱만 제외하면 재질도 생김새도 내가 쓰는 베레타 92FS랑 정확히 같으니까.

"모조품이니까 걱정은 하지 말고…… 구조랑 원리를 아는 게 나한테 도움이 되니 대충 배워둬. 장탄 수는 기본 열다섯 발. 탄창을 이렇게 넣고 슬라이드를 당겨서 장전해. 장전 시 약실에 총탄이 들

어가고 방아쇠를 당기면 그대로 발사. 디코커를 내리고 올리느냐에
따라 방아쇠만 당겨도 재장전되느냐, 일발 후 재장전이 필요하냐로
갈려. 좀 복잡하지?"

탄창을 꺼냈다가 다시 밀어넣어가면서 꼼꼼히 설명했다. 그녀는
얌전히 이야기에 집중했다.

"그런데 이걸 쏘면 제가 봤던 그것들이 정말로 죽어요?"

"물론. 그런 쪽에서 차이는 크지 않아."

한 차례 손가락을 소리나게 튕겼다.

"내면의 그것들은 마음이 구현한 내면세계의 부산물이니까. 물론
트라우마가 짙을수록 더 기민하거나, 잘 안 죽어. 그러니까 그런 상
대하기 어려운 적을 얼마나 잘 처리하느냐로 실력 좋은 나비와 그
렇지 않은 나비가 나뉘는 거야."

"재미있네요. 이걸 봤으니 제 내면세계의 무기는 전부 이걸로 바
뀔까요?"

"전부는 아니겠지만…… 내가 써먹을 정도는 되겠지."

빙글거리며 모조품 권총을 도로 백팩에 집어넣었다. 그때 최서연
이 다시 한번 눈을 반짝이기 시작했다.

"하나 더 궁금한 게 있어요. 내면세계에서 빠져나오려면 어떻게
해야 돼요?"

"좋은 질문이야. 사실 너는 이미 어느 정도까지는 알고 있지만 말
이지. 왜냐하면 내면에서 탈출하는 일은 트라우마를 죽이는 행위랑
거의 맥락이 같거든."

오른손을 그녀의 눈앞까지 뻗었다. 검지와 중지를 펼치고 나머지 손가락을 접었다.

"두 가지 방법이 있어. 내면세계 어딘가에 있는 내면세계의 주인을 죽이든가, 가장 큰 트라우마를 죽이고 일의 전말을 알아내든가."

"내면세계의 주인……?"

"당사자 말이야. 내가 네 내면세계에 들어가면 분명 너는 그곳 어딘가에 있어. 이 사실은 절대 안 바뀌어."

"또 다른 제가 내면세계의 어딘가에 있단 말인가요? 나비가 절 죽일 수도 있고요?"

"죽일 수는 있지만 그런 짓을 했다간 그 나비의 경력은 그걸로 끝이야. 트라우마고 뭐고 해결을 포기했다는 소리니까. 내담자가 정신적으로 큰 대미지를 받는데다, 블랙박스가 망가지기까지 하니 다시는 의뢰를 받지 못하게 되겠지."

"트라우마를 죽이기까지의 시간제한 같은 게 있나요?"

"그건 없어. 내면세계에서 얼마나 시간을 보냈든 간에 현실에선 12분의 1초가 흘러. 그 이후로도 깨어나지 않으면 나비는 뇌사상태에 빠지게 돼. 사실상 뒈진 거지."

"죽어요? 내면의 주인이 아닌 나비가?"

"메인 룰이야. 내면세계에서 트라우마나 사고에 의해 죽으면 나비는 뇌사자가 돼. 그만한 리스크를 쥐고 하는 일이니 돈을 많이 받지. 최소한 괴물을 사냥할 능력은 갖추고 들어가야 돼. 그게 없는 채로 내면에 진입하면 자기가 역으로 사냥당하니까."

최서연은 사뭇 놀란 듯한 반응을 보였다. 그리고 낯빛이 살짝 어두워졌다.

"거기다 비전문가 나비가 이 일에 뛰어들기 곤란한 이유가 하나 더 있어. 바로 이거야. 멘탈."

나는 내 머리를 손가락 끝으로 툭툭 건드렸다. 이게 조금 애매한 케이스긴 하지만…… 설명해서 나쁠 건 없겠지.

"낮은 확률로 일어나는 일이긴 해. 그런데 실제로 일어나는 일이야. 아무리 나비라도 자세가 안 돼 있으면 내면세계에 동화될 수 있거든. 기억을 잃고 원래 그 세계에 살던 것처럼 살아가는 거야. 이걸 이안류 현상이라고 해."

"그렇게 수십 년을 살다 어떻게든 빠져나온다고 해도 미친 사람이 되는 거네요."

"그러진 않아. 깨어난 후 10분 내로 꿈을 꾼 것처럼 기억이 희미해지니까. 내면세계에 대한 기억은 원래 그런 식이야. 블랙박스가 대신해서 자세한 기록을 맡는 이유도 그 때문이고."

그때 최서연이 느닷없이 얼굴을 찡그리며 귀를 틀어막았다. 그러고는 고개를 도리도리 젓더니 하던 행동을 멈추고 나를 빤히 바라봤다. 내가 한꺼번에 너무 많은 걸 설명해서 머리에 쥐라도 난 걸까?

"……신기해요."

이어지는 그녀의 말투는 전에 비해 상당히 호의적으로 변해 있었다.

"이런 사실들을 하나하나 알리고 이해시켜준 건 언니가 처음이에요. 그동안은 이런 게 존재하는지도 몰랐었고…… 자기를 나비라고 소개한 사람도 아예 없었고……."

"그랬겠지. 알고는 있었어. 양쪽에서 얘기를 들었으니까."

"왜 그랬을까요? 전문가라면서요?"

"아마도 자기가 나비라는 사실을 밝히고 싶지 않았겠지. 우선 이 의뢰의 기반이 되는 프로젝트 자체가 워낙 비밀스러워. 너도 네가 이 병실에 갇혀 있다는 걸 알잖아."

"……알죠."

"종교인은 나비를 신뢰하지 않아. 네가 내 도움을 받는 것도 따지고 보면 운이 좋은 거야. 보통 상황이었다면 나비가 한 번 죽은 시점에서 넌 사이코패스 진단을 받고 바로 기약도 없이 감금됐을 거야."

"그게 무슨 소리예요?"

"뭐, 뻔하디뻔한 비도덕적 시나리오야. 박재영 목사는 널 경찰로부터 빼돌려서 의도적으로 계속 나비들을 투입시키고 있는 거야. 어떻게든 지옥의 존재를 증명하려고 종교계 거물들을 끌어모으고 투자금을 퍼붓고 있지."

"굳이 그럴 필요가 있어요? 지옥이 있으면 죄를 짓는 사람이 줄어드니까?"

"그게 진짜 목적이라면 얼마나 행복한 세상이겠니. 구원받는 사람을 늘린다는 건 지 마음 가는 대로 지껄인 핑계고 그냥 지극히 세

속적인 목적이야. 돈 때문이지."

문득 애 앞에서 너무 시니컬했나 싶어 자세를 한번 가다듬고 부드럽게 말했다.

"그래도 너무 적개심을 내보이면 안 돼. 착한 사람이라고 하기에는 무리가 있지만, 일단 나보다 지위가 높으니까. 네 모든 권리를 쥐고 흔드는 사람이니 잘 보여야 하는 게 옳기도 하고."

"언제까지, 언제까지 내가 그렇게 해야 돼요?"

핵심을 찌르는 듯한 한마디에 살짝 긴장이 감돌았다. 그런 문제가 있었다. 그녀는 하루라도 빨리 이 지옥 같은 방에서 나가길 바라고 있다.

내가 최서연의 내면에서 생환하면 모든 일이 해결되고 여기서 나갈 수 있다……고 말해주고 싶지만, 모르겠다. 박재영. 속에 능구렁이를 수십 마리 품었을 것 같은 그 인간이 과연 이 애를 가만히 놔둘까.

"내가 무슨 말을 해줬으면 좋겠어? 네가 바라는 대답? 아니면 보다 현실적인 대답?"

"둘 다 필요 없어요. 언니가 진심으로 하는 대답이 아니면, 들을 가치도 없으니까."

천성적인 순수함이다. 이빨을 드러내며 으르렁거리면서도 전부 지워내지 못한 누군가에 대한 믿음. 어떤 대답을 해주건 간에 난 그녀를 내버릴 수 있다. 하지만 그렇게 속아놓고 또 내게 속아버리면 이 아이는 어디까지 추락하게 될지. 그런 짓이 과연 용납할 수 있는 수준의 악행일까.

"내가……."

마침내 좀더 확실하게 해줘야 할 시간이 온 모양이다.

"내가 널 나가게 해줄게. 아니, 자유롭게 만들어줄게."

"정말요?"

"정말이야."

내 동생 유영이가 죽어서 어떤 결과를 맞이했는지, 난 정확히 모른다. 지옥이란 곳이 경험을 통해 직접 감각되었을 뿐 천국의 흔적 같은 것은 발견되지 않았다. 하지만 그렇다고 해서 지옥에서 빠져나가기를 바라지 못할 이유도 없을 것이다.

"내 이야기, 지금까지 한 번도 해준 적 없었지?"

12.

우리는 고아였다. 부모도 없이 보육원에서 컸고, 내가 나비라는 사실 하나로 일찌감치 독립할 수 있게 됐다. 내 진로를 하나 빼고 모두 잘라버린 대가로 지원금과 집을 얻은 것이다.

무려 10년이 넘게 살았던 보육원을 떠나 우리 둘만의 집으로 가던 날, 유영이가 말했다. 이제는 내 마음대로, 원하는 시간에 잠들고 깰 수 있는 거냐고. 그때 나는 몇 번이고 고개를 끄덕였었다.

성인이 된 이후 나비로서 성공 가도를 달렸다. 이십 대 초반 여성이 벌기 힘든 액수의 돈을 쓸어담았고, 차와 보다 넓은 새집도 생겼다. 동생은 그런 나를 자랑스럽게 여기며 자신의 길을 걸었다.

어두운 과거를 지나 마침내 유영이가 대학에 입학했을 때, 기뻤다. 우리 자매는 앞으로도 행복하게 살 줄 알았다.

"언니."

막 꽃을 피운 희망을 꺾어버리려는 듯 생겨난 병. 머리에 종양이 자라 끊임없는 고통에 시달릴 때도 그 애는 나를 언니라고 불렀다.

"기도해줘."

"어떻게 하는지 몰라."

"그냥 손잡고 내가 하는 대로 따라 하면 돼."

앞조차 제대로 보지 못하는 아이를 위해 내가 곁에서 손을 뻗어 붙잡아야만 했다. 신의 은총을 더없이 바랐다. 살아날 희망이 있다고 생각했기에 머뭇거리며 기도를 드렸다.

"사랑의 하나님. 오늘도 우리 두 자매를 굽어살펴 주셔서 감사드리옵고."

"이렇게 아픈데?"

"언니."

그러나 어렸을 때부터 지금까지 형태만 바꾸며 계속되는 불행. 그걸 생각할 때마다 매번 가시처럼 돋아나는 원망을 어찌할 수 없었다. 누군가의 시작과 끝을 전부 다 이런 식으로 만들어버린다면, 신이란 어찌나 비합리적이고도 불공평한 작자인가.

"따라만 해."

하지만 동생은 내게 조금도 공감하지 않았다. 그냥 이 한마디만 내뱉고 계속 기도했다. 이후로는 목소리에서조차 힘이 빠져 뭐라고 하는지도 알아듣기 어려웠다. 그래도 애써 웅얼거렸다. 목이 메는 심정으로 따라붙듯 웅얼거렸다.

"아멘."

"아멘."

이후로는 기억하고 싶지 않은 것들투성이다. 동생은 그로부터 한 달 후에 세상을 떠났다. 장례, 발인, 화장은 빠르게 마쳤다. 그리고 나는 그 후 단 한 번도 그 애가 안치된 납골당을 찾지 않았다. 유골 항아리에 남은 것은 유영이가 아닌, 막막한 내 한탄뿐이라고 생각했으니까.

물론 누구에게도 이런 속 이야기를 한 적이 없다. 나는 둘이 살던 집마저 처분한 다음 서울의 반대편으로 이사했다. 원체 정을 두지 않는 성격 탓에 따로 연락을 주고받을 사람도 없었다. 가끔씩 정 일구마냥 눈치 없는 인간들이 동생의 죽음을 언급할 때면 그때처럼 가차없이 쳐냈다. 그런 식으로 어영부영, 추억과 동생을 가슴에 묻어둔 채로 2년이 지나 여기까지 왔다.

"미안해요."

"왜 미안해?"

"아무한테도 얘기한 적 없었다면서요. 절 안심시키려고 안 좋은 기억을 꺼낸 거 아녜요?"

"굳이 큰 의미를 두고 입을 다물었던 건 아냐. 다만, 너처럼 말을 아낄 만큼 적극적으로 공감해줄 사람이 없었던 거야."

허심탄회하게 숨겨뒀던 비밀을 꺼내놓은 것 같지만 단지 지금껏 털어놓을 사람이 없었을 뿐이었다.

"천성이 그래. 격투기라도 잘하니 건드리는 놈이 없었을 뿐이지, 어렸을 때부터 쭉 왕따였거든. 28년이나 살았는데, 지금 당장 친구라고 할 만한 사람도 한 명뿐이야."

타인의 필요성을 못 느낀 건지, 그걸 전부 유영이가 채워주었기 때문인지, 아직은 잘 모르겠다. 다만 유영이가 없는 지금 눈앞의 어린 내담자에게 쓸데없이 연민을 느낀 게 우연은 아니리라.

"내가 약속을 지킨다는 징표 같은 건 아무것도 없어. 하지만 노력할 이유 정도는 댈 수 있으니 얘기한 거야. 믿는 건 순전히 네 몫이지만……."

"거짓말 아닌 거 알아요. 얘기하는 동안 계속 떨었잖아요."

처음으로 그녀가 자진해서 내 손을 잡았다. 평범한 사람하고 큰 차이가 없었다. 호의를 지닌 이의 온기는 언제나 따뜻한 법이니까.

이후 여러 차례의 상담을 거치며 최서연이 지닌 거부감과 적의를 차차 희석시켰다. 적어도 일주일에 두 번 병원을 찾았고, 그 결과 최서연은 이전보다 훨씬 더 살가운 태도로 변하게 되었다.

내 다른 사정이나 과거 같은 것을 적극적으로 묻는 등 나에 대해 관심을 가졌다. 뭐, 어렸을 때부터 나비라는 이유로 여러 훈련 기관을 전전했던 나에게 밝은 과거란 얼마 없지만. 최서연은 언제부턴가 내가 지옥에서 반드시 살아 돌아오기를 바라게 된 듯했다. 그녀는 내게 지옥의 생리와 내가 그곳에서 갖춰야 할 생존 전략을 꼼꼼히 일러주었다.

나는 그에 따라 최서연이 그리는 기억 속의 지옥을 수없이 시뮬레이션했다. 마치 지금 당장 그 자리에 떨어져 살아남아야 하는 것처럼.

"한 가지 더 신경 써야 할 게 있기는 한데……."

지옥이라는 장소가 마치 일상적인 장소처럼 친숙해졌을 때 최서연이 머뭇거리며 말을 꺼냈다.

"아니, 아니다. 아마 괜찮을 거예요……. 그러니까, 언니한테는 밑바닥의 낙인이 생기지 않겠죠? 진짜도 아니고, 그냥 지옥과 유사한 형태를 갖춘 내면세계에 진입하는 거니까요."

"무슨 낙인?"

"지옥에 떨어진 사람들은 몸 어딘가에 낙인이 있어요. 저주받은 낙인이에요. 그 낙인이 생기면 죽어도 끝없이 밑바닥 어딘가에서 되살아나요. 그래도 여전히 악마들은 잡은 사람을 최대한 고통스럽게 죽이는 방법을 택하죠. 한번 죽인 사냥감을 다시 볼 일은 거의 없거든요."

"네 몸에도 그런 낙인이 있어?"

"있었는데 지옥을 나오면서 사라졌어요. 사람들 어깻죽지나 등을 보면 알 거예요. 어차피 다 누더기 차림이나 알몸으로 애벌레처럼 기어다닐 테니까."

최서연은 자신의 어깨를 조심스럽게 매만졌다. 안 좋은 기억을 떠올리는 듯 표정이 서서히 어두워졌다. 낙인에 관한 트라우마가 자극되어 내면세계에 변동이 일어나면 곤란했다.

"아무래도 썩 유쾌한 비주얼은 아니겠네. 그럼 그냥 생각하지 마. 낙인에 대해서는 더 이상 안 물어볼게."

"내 심리상태가 걱정되는 거라면, 상관없어요. 이 정도로 트라우마가 돼서 내면에 등장한다면 이미 수천 번은 그러고도 남았어. 그나저나……."

갑작스럽게 최서연의 시선이 내 얼굴을 벗어났다. 내 가슴 언저리를 빤히 응시하길래 뭔가 싶었는데, 알고 보니 세미 정장 상의의 주머니를 쳐다본 거였다. 그 안에 들어 있는 건 담뱃갑이 든 스틸 케이스. 반대쪽 주머니에는 꽤 값이 나가는 브랜드의 기름 라이터가 있다. 정일구가 연신 불 빌리기를 시도했던 그 라이터를 잃은 뒤 적당히 구한 대체품이다. 하지만 외형은 물론이고 청량감마저 느껴지는 소리는 나무랄 데가 없었다.

"왜 지금은 담배 안 꺼내요?"

"병원이잖아. 병원은 전 구역 금연이야."

"그땐 대놓고 피웠었잖아요?"

"아, 내가 그랬던가?"

"딴청은……."

픽 하는 소리를 내뱉으며 최서연이 투덜거렸다. 그러지 않는 이유를 이해하면서도 내가 담배를 꺼내기를 묘하게 기대하는 눈치다.

"필요한 과정이었다고 생각하자고. 거기서 한 대 안 피웠으면 내가 너에게 쓸데없는 말실수를 했을지도 모르니까."

"흡연은 언제부터 하기 시작했어요?"

"동생이 처음으로 중환자실에 다녀왔을 때부터. 그전까지는 딱히 큰 고민도 없었지만 스트레스 푸는 법을 몰랐었지. 의외로 고지식한 성격이라서 말이야."

"하필…… 제가 또 실수한 거네요."

"신경 쓰지 말라니까 그러네. 가만 보면 니가 더 예민하게 구는 것 같다. 그나저나 갑자기 담배 이야기는 왜 나왔을까?"

내 말에 즉시 병실 벽에 붙어 있는 경고문을 가리키는 최서연. 워낙 할 일이 없다 보니 병실 내의 안내 문구는 모조리 숙지했나 보다.

"창밖에서 가끔 담배를 피우는 사람이 보이기도 했어요. 연기나 가스가 짙어지면 화재경보란 게 울린다면서요? 이 병원에서는 불을 아주 조심스럽게 다루나 보죠?"

"네가 살던 곳과는 천지차이지. 화재감지기나 소방차도 있고 스프링클러도 있고. 비상용 완강기도 있고. 해머나 도끼도 있고. 그러고 보면 인간들이란 게 참 우스워. 어느 누구보다 적극적으로 불을 써먹으면서 정작 통제 안 되는 불은 끔찍하게 싫어하거든."

"위험하니까 그렇겠죠. 그래도 우스운 건 맞네요. 사람들은 아픈 걸 싫어하나 봐요. 아니, 죽는 걸 싫어하는 것에 더 가까울까요?"

"화재가 나면 대개 불에 타 죽기보다는 연기에 질식해서 죽어. 그게 차라리 나을지도 몰라. 세상에서 가장 고통스럽게 죽는 방법이 산 채로 불에 타는 거라잖아."

"그거 알아요? 달궈진 쇠로 피부가 지져질 때도 비슷한 느낌이라는 거. 연기가 나고, 불길이 살갗을 마구 태워요. 악마가 즐기는 고문 중 하나예요."

끔찍한 묘사를 담담하게 풀어내는 최서연의 태도에 그만 할 말을 잃어버렸다.

"트라우마에 가까운 기억은 다시 떠올리지 않는 게 좋아. 자꾸 떠오른다면 그것도 문제야. 의사에게 부탁해서 약이라도 타 먹지 그래?"

"언니가 오기 전에는 틈만 나면 진정제라는 걸 놓는답시고 바늘로 쿡쿡 찔렀어요. 그게 기분이 나빠서 약은 안 먹어요. 비슷한 거라면서요?"

"그 사람들 나름의 대응책이었겠지. 너무 나쁘게 생각하지는 마. 다짜고짜 생살을 물어뜯기는 것도 상당히 아플 거거든."

"그건 이해해요. 하지만…… 솔직히 저한테는 다들 인정 같은 게 없고…… 너무하잖아요?"

"인정할게."

"제발 가만히 내버려두면 좋을 텐데. 아니면 신경 쓸 필요도 없이 내다 버리든가."

침울해진 최서연은 고개를 푹 숙였다.

"언니, 만약에 이 병실에서 무사히 빠져나갈 수 있게 되면……."

"스톱."

갑자기 말을 끊어버리자 그녀가 나를 의아한 표정으로 바라봤다.

"너, 나한테 무리한 부탁 할 거지. 자세가 엄청 비굴하게 바뀌었는데?"

"아, 아니거든요!"

"그럼 뭐라고 말하려 했는데?"

"그냥…… 잠깐만이라도 언니네 집에서 신세 져도 되는지 물어보려고."

"내가 이 나이 먹고 룸메이트를 들여야겠니? 집세도 안 낼 거면서 깡도 좋아."

"돈은 벌어서 갚으면 돼요."

"안 벌어봤잖아."

"벌어볼 기회조차 안 줬잖아요. 아무도."

이거 참. 여러모로 내게는 불리한 구도의 언쟁이다. 그녀가 나를 의지할 상대로 인식하게 된 것은 좋은 일이지만 곤란한 부탁은 곤란한 거다.

"내가 너와 한 약속은 교회와 병동으로부터 자유롭게 해준다까지가 전부야. 그 이후의 일은 내면 탐사를 끝마치고 다시 얘기하자. 그것 외에는 뭐라고 확답을 줄 수 없어. 나는 사람이지 전지전능하신 뭔가가 아니니까."

"100퍼센트 거절은 아니네요."

"물론 거짓말하지 않는다는 조건에 한해서야. 내가 속고 있다는 걸 알면서도 간이고 쓸개고 다 내줄 호구가 아닌 건 알고 있지?"

"알아요."

"아직도 지옥에 어떻게 끌려들어 갔는지 기억 안 나?"

"네."

단호한 대답. 내가 그녀에게 던질 수밖에 없는 가장 중요한 질문이지만 여전히 답을 얻지 못한다. 최서연의 기억은 완전하지 않았다. 그녀는 어떻게 지옥에 끌려들어 갔는지 그리고 어떻게 탈출했는지를 전혀 기억하지 못하고 있었다.

"믿어줘요. 정말로 기억 안 나요. 제 기억은…… 친구인 척하며 다가온 그 악마가 말을 걸어준 시점부터 시작돼요."

절실함은 느껴지지만 여전히 풀리지 않은 의문이 남아 있다. 지옥이란 것의 의의를 생각해볼 때 그녀는 죄를 저질렀을 가능성이 높다. 내면 탐사만 생각한다면 신경 쓸 필요 없을지도 모르지만, 약속을 지키기 위해서는 무슨 일이 있었는지 알아야 한다. 최서연, 이 아이에게 내가 공감하지 못하게 되는 순간 어설픈 동행은 끝이니까.

"상담 끝났어. 기꺼이 응해줘서 고맙고, 나는 이만 가볼게."

"이번이 끝 아니죠? 다음에도 또 와줄 거죠? 저, 정말 거짓말 안 했어요. 정말로."

다소 간절한 눈빛이 나를 향했다. 부담스러웠지만 어떻게든 태연함을 가장했다.

"그렇게 어려워하지 마. 말했잖아. 나는 옛날에 널 건드렸던 나비들과 달라. 적어도 네가 잠든 사이에 접촉을 시도하지는 않을 거야. 너는 네 상황에 대해 알 권리가 있으니까."

"그럼 충분히 안심할 수 있어요. 하나만 더 부탁해도 돼요? 이번엔 어려운 거 아니에요."

"뭔데?"

"내면세계에 들어갈 때 제 손을 잡아주세요."

그 정도는 그다지 거부감이 느껴지지 않는 부탁이었다.

13.

여느 때처럼 상담이 끝나고 병동을 완전히 벗어난 직후 어김없이 보고가 시작됐다.

"목소리가 자신만만한 걸 보니 일에 진전이라도 있나 보구먼."

"예, 의도한 바가 잘 먹혀들었어요. 최소 3개월은 걸릴 각오를 했는데 경계를 풀고 마음을 여는 시간이 생각보다 짧았어요. 필요한 정보를 전부 얻었으니 그 애와의 상담은 더 이상 필요 없죠."

사실은 가장 중요한 문제가 하나 남아 있었다. 박목사가 합리적인 양심을 지니고 있어야 했다. 하지만 이 말은 애써 속으로 삼켰다. 고용인의 도덕성은 내가 알아볼 수 있는 게 아니다. 차라리 일을 빨리 마치고 결론을 내는 게 확실하다.

무엇보다도 나는 현재의 상황에 겁을 먹고 있지 않다. 의뢰를 해결할 수 있으리라는 자신감이 생기고 있었다. 머릿속에는 조금이라도 빨리 실전으로 들어갈 생각뿐이었다.

"자기 목적을 확실히 한 듯 보여서 다행이야. 앞서 말한 사전 작업은 제대로 됐나?"

"네, 계획대로요. 내면세계의 배경에 대해 알아냈고, 거기 들어가서 이용할 수단도 미리 심어뒀습니다."

"그렇다면 확실하게 묻지. 그 애의 내면세계의 끝까지 갈 준비가 됐다는 뜻인가?"

"내면의 끝이라…… 뭐, 그렇게 말할 수도 있겠네요. 확실한 건 당장이라도 진입이 가능하다는 거죠."

꽤나 힘을 주어 단정했다. 상황의 불확실함으로 인한 긴장감이 없지는 않았다. 하지만 이 늙은이를 만족시킬 정도의 자세는 되어 있다. 어디까지나 마인드가 중요한 법이니까.

"모레 저녁 7시. 준비해주세요. 그때 바로 시작하죠."

답을 원한다. 힌트 하나 없는 난해한 수수께끼는 질색이기에, 미지로 뛰어들 것이다. 설령 그것이 어느 한 사람도 안식을 얻을 수 없는 잔혹극이라 하더라도.

그날은 아침부터 유난히 바빴다. 준비물, 아니, 일종의 여장을 챙기는 데 신중을 기했다.

고민을 거쳐 나이프 한 자루를 가방에 넣기까지도 꽤나 오랜 시간이 걸렸다. 이것은 호신용이라기보다는 흉기에 가까운 의미를 지녔기에 그랬다. 하지만 확정된 것은 아무것도 없었다. 나는 처음부터 박재영 목사의 행보가 석연치 않다고 생각했다. 정일구 팀장에게 따로 귀띔을 해줄 정도로 말이다. 그런 의심은 아직 유효했다. 모든 퍼즐이 맞춰지는 순간 어느 누가 돌변할지 몰랐으므로 내 쪽에서도 최소한의 대비를 해둬야 했다.

결국 병동에 도착할 때까지 칼을 가방에서 빼놓지 못했고 그대로 면담에 들어가야만 했다. 데스크는 언제부턴가 여러 번 병동을 들락거리는 나에게 익숙해져 소지품 검사를 실시하지 않았기에 무리 없이 최서연에게 갈 수 있었다.

"이 날씨에 긴바지 입으면 안 더워요?"

"여긴 에어컨 틀어주잖아."

"하긴, 언니도 얼마 안 가서 지옥으로 들어갈 테니, 여름 정도는 버틸 수 있어야겠네요."

"지금 나 걱정해주는 거야?"

"거긴 에어컨 없잖아요."

자기가 말해놓고선 큭큭거리며 진심 섞인 웃음을 터뜨리는 최서연. 이 상황에서 나 역시 얼굴에 미소를 띨 수 있을까. 제법 힘든 일이었다. 애초에 저 해맑은 모습이 진짜인지 가짜인지조차 확신할 수 없었으니까.

내면세계 탐사가 임박한 지금, 나는 조금 경직되고 예민해져 있었다. 긴장하거나 겁먹은 건 아니었다. 자신감은 차고 넘쳤다. 다만

다녀와서 이 아이를 어떤 눈으로 보게 될지 확신이 들지 않았을 뿐
이다.

그런 생각에 빠져들어 잠깐 정신을 놓고 있는데 최서연이 내 손
을 슬며시 붙잡았다. 내내 예민해져서 꽁하게 앉아 있었음을 곧바
로 깨달았다.

"미안."

"미안이라뇨?"

"여러 가지로. 오늘은 상담하러 온 게 아니거든."

이제는 사실대로 말해야 했다.

"밑 작업이 전부 끝났어. 오늘 바로 내면세계 탐사에 들어갈 거
야. 어쩌면 너도 기다려왔던 상황일지도 모르겠지만, 아무튼 사과할
게. 사전에 고지할 방법이 없었어. 너의 내면세계를 최대한 동요시
키지 말아야 했거든."

"……."

최서연은 대답하지 않았다. 그렇다고 배신감을 느끼지는 않는 것
같았다. 그저 담담하게 올 것이 왔다는 듯 모든 상황을 정리하고 받
아들였다. 그뿐이었다.

"언니."

내가 무슨 말을 해야 할지 몰라 머뭇거리는 사이 침묵하던 그녀
가 입을 열었다.

"생각날 때마다 종종 말해줬었죠? 절 가장 오래 지켜본 악마가
누구였는지."

"네 또래의 여자애……처럼 생긴 괴물. 그리고 나를 잠깐 찾아오기도 했던 정신 나간 계집애 말이지?"

"잘 기억하고 있는 것 같아 다행이네요. 아마도 제가 보고 느끼고 이해한 게 맞다면 그 악마가 지옥, 밑바닥의 주인일 거예요. 끝까지 저를 쫓아다니며 괴롭히다 죽인 악마이기도 하고요."

밑바닥에서 함께 살아남기 위한 전우 행세를 하다가 가장 힘들었던 시기에 본색을 드러냈다고 했다. 그건 지옥에 떨어져 벌벌 떨던 소녀에게 엄청난 충격을 주었을 것이다. 정확한 타이밍과 연출, 치밀한 설계였다. 악마 같은 것들이나 할 짓거리지만 악마 본인의 소행이라니 도리어 놀랍지도 않다.

"가장 큰 트라우마가 뭔지는 이미 정해졌다는 소리네. 네 기억 속에 자리잡고 마음을 좀먹는 기생충. 그런 것들은 몸에 퍼지면 퍼질수록 깊숙한 곳에 명줄을 숨겨놓지."

"네, 그리고 언니는 그 악마를 죽여야 해요. 그 망할 년 머리통에 바람구멍을 내주세요. 그것 하나만으로도 충분히 복수했다는 기분이 들 것 같아요."

"혹시 트라우마가 숨어 있으리라 짐작되는 장소가 있어? 판타지 소설의 마왕성처럼."

"처음엔 두고 볼 수도 있겠지만 지옥 심층으로 깊숙하게 들어갈수록 이목이 쏠릴 거라고 생각해요. 하늘에는 거미줄 같은 사슬이 깔렸고, 지상에도 눈 역할을 대신할 만한 존재들이 차고 넘쳐요. 어디서든 언니를 볼 수 있겠죠."

"무섭네."

"어차피 마음이 만들어낸 결과물 중 하나라고 언니가 그랬잖아요. 언니는 유능한 나비니까 충분히 이길 수 있을 거예요."

"나라고 해봐야 별거 없어. 총을 좀 잘 쏘고, 사람 모가지를 좀더 잘 비틀 뿐이지."

"살아남기 위해 필요한 최선의 재주네요. 제 내면세계에 권총이 많이 생겼기를 빌게요."

"그것 참 고맙……."

말이 끝나기도 전에, 갑작스러운 노크 소리가 들려왔다. 여태껏 의료진이 상담을 방해하거나 긴장감을 조성하는 일은 일절 없었다. 그래서 나와 최서연은 약속이라도 한 듯 굳어버렸다. 두 번째 노크는 없었다. 대신 문이 열리고 한 무리의 떡대들이 병실에 우르르 몰려들어왔다.

"뭐죠?"

"고유진 선생?"

앞장서서 내게 신원을 묻는 이 남자는…… 더럽게 컸다. 키가 족히 190센티미터 후반은 될 것 같은데, 범상치 않았다.

"우선 대표자 한 분 빼고 전부 나가주시죠. 내담자 정신건강에 좋지 않으니까."

"다들 병실 밖에서 대기해."

역시 저 남자가 대가리였다. 한 덩치 하는 남자들이 그들의 리더로 보이는 사람에게 고개를 꾸벅 숙이고 병실 밖으로 나갔다.

불청객들이 하나 빼고 전부 퇴장하고 나서야, 나는 침대 곁을 벗어나 상대에게로 다가갔다. 내려다보는 구도에 굳은 표정이 주는 중압감까지. 쉽지 않은 상대라는 직감이 들었다.

"한규태라고 해. 박목사님의 업무를 도와드리고 있어. 그쪽 얘기도 많이 들었지."

"무슨 용건이시죠?"

"지시가 내려왔다. 고선생이랑 선생 등 뒤의 꼬맹이를 교회로 데리고 오라던데."

갑자기 여기가 아니라, 교회에서 내면 탐사를 진행한다고?

"지금까지 어떤 일을 준비해왔는지 대충 아시죠?"

"여기까지 왔는데 모를 리가 있나."

"그런데도 환자를 군이 거기까지 옮겨서 내면 탐사를 시도한다고요? 잘못하면 내면에 동요가 일어나서 내면세계의 위험도가 높아진다고요."

"왜, 문제 있어? 혹시 더 위험해진다는 그런 핑계로 일을 놓고 튀어버릴 만큼 자신이 없으셨나?"

"곧바로 이런 식으로 나올 거면 군이 노크를 할 필요가 있었는지 모르겠네요."

"기본적인 예의는 지켜야지. 당신, 이쪽 업계에서 나름 전문가라면서."

예의 운운하는 걸 보면 나름의 규칙이 통용되는 일에 종사하는 사람인가. 거기다 '이쪽 업계'라는 말이 마음에 걸렸다. 자기가 나비라고 소개하는 것 같지는 않은데, 그렇다면 '같은 과'라는 건가?

가볍게 내뱉는 투였지만 말에는 확실히 무게가 실려 있었다. 싸움에 익숙한, 프로의 냄새가 났다. 해결사의 범주에 가까울 만큼 지독하게.

"그건 그렇고, 많이 친해졌나 봐?"

"무슨 말씀인지 모르겠네요."

"저기 저 애, 날 보자마자 어떻게든 당신 뒤로 숨으려고 아등바등하잖아."

박재영 목사는 내 예상보다 훨씬 제정신이 아닌 작자인 것 같다. 아무리 물밑에서 큰 사업을 벌인다고 해도 대형 교회 담임목사가 이런 가드를 데리고 다닌다니.

"최소한 검은 옷을 입고 온몸에 흉터가 수두룩한 거구의 남자보다는 제가 믿을 만하겠죠."

"큭큭…… 뭐, 아주 틀린 말은 아니군. 아무튼, 20분 내로 준비하고 이동하도록 하지. 차량은 전부 대기시켰어."

"자리 옮기는 것도 고지가 안 된 마당에 그것까지는 곤란해요. 환자와 저는 제 차로 따로 이동합니다."

"그건 안 돼. 지시 사항에 어긋나."

"한규태 씨."

아무리 거구에 위압감이 크다고 해봐야 내면세계의 괴물들만큼은 아니다. 숱하게 그런 것들을 베어온 나로서는 정색하며 압박을 뿌리치면 그만일 뿐이다. 한 차례 신경에 거슬리게 하면, 역으로 똑

같은 기분을 느끼게 해주면 된다.

"상황판단이 좀 많이 느리신 것 같은데, 이건 환자 이송 작업이에요. 앰뷸런스에 태워다 조심스럽게 옮겨도 모자랄 판에 겁먹은 애를 억지로 끌어내 데려가겠다고? 뭐, 공황발작으로 내면 진입부터 막혀버리면 박목사님께 해명할 거리는 생기겠네요. 직원분들이 강제로 압박을 줘서 내담자의 정신이 못 견뎠다고."

"……"

석고상마냥 한결같던 그의 표정에도 균열이 생겨났다. 이거 봐라? 하는 표정인데, 평소에 웬만큼 깡 좋은 놈을 못 봤던 모양이다.

"정 데려가야겠다면 어쩔 수 없죠. 동승하긴 할 테지만 내담자가 버틸지 쓰러질지 장담은 못 해요. 그대로 진행할래요?"

"앞장서. 우리는 뒤에 붙어서 따라갈 테니."

"잘 생각했어요. 그럼 시간을 좀 주시고 나가서 기다리세요. 좀 달래서 데려가려고 하니까."

한규태는 더 이상 아무 말도 안 하고 문밖으로 나가버렸다.

병실 안에 감돌던 긴장감이 옅어지고 나서야 최서연을 돌아볼 여유가 생겼다. 침대 위에서도 최대한 내 뒤에 딱 붙어 앉은 그녀는 무표정이었지만 극히 불안정했다. 금방이라도 무너져버릴 듯한 평정심을 유지하기 위해 애를 쓰고 있었다.

"기분이 어때?"

"솔직히 언니가 방금 한 말 그대로예요. 좀 무서워요."

"신경 쓰지 마. 허접이야. 네가 불과 40일 전까지 보고 다녔던 것들하고는 비교도 안 돼."

"그럼 저 사람이랑 한판 붙으면 언니가 이겨요?"

"싸워야 해?"

잠시 분위기 전환을 위해 농담을 주고받았다. 시선을 맞추고 몇 가지 간단한 체크를 했다. 종합심리검사를 하듯 반응과 손발의 떨림 등을 유심히 확인한 뒤 다시 말장난을 했다.

"어려운 일 하는 건 난데 정작 벌벌 떠는 건 너네."

"언니가 죽으면 제가 어떻게 될지 모르니까요."

"설마 죽겠어?"

친근함의 표시로 그녀의 뺨을 손가락으로 톡톡 건드렸다.

"벌써 긴장하면 어떡해. 아직 탐사는 시작도 안 했는데. 그리고 다행히 교회까지는 내 차로 가게 됐잖아?"

"그건 아주 잘된 일 같아요."

약간 안심한 듯 그녀는 희미한 미소를 지었다. 이제 좀 마음이 놓였다. 하지만 아직 신경 써야 할 문제는 이곳저곳에 산재해 있다. 갑자기 신 스틸러마냥 등장한 검은 덩치들과 그 대장 격인 한규태, 그리고…….

"혹시 지금까지 보은교회에 간 적이 있었어?"

"아뇨."

왜 갑자기 자리를 옮기면서까지 상황에 변수를 만드는 것인지 도무지 이해할 수가 없었다. 설마 그간 내가 단 한 번이라도 박목사에게 경계심을 내보인 적이 있었나? 만약에 그 노인네 역시 나를 어떤 식으로든 의심하고 있다면 상황이 복잡해질 수 있었다.

"이봐, 고선생. 언제 마무리되나? 시간 거의 다 돼가."

한규태가 그새를 못 참고 바깥에서 문을 두드리며 재촉을 해댔다. 확실히 시간이 얼마 없으니 지금은 상황에 맞춰 흘러가 보도록 할까.

14.

"웬일이야? 메시지 하나 없이 대뜸 전화부터 걸고."

"그게, 별건 아니고."

"별거 맞는 것 같은데?"

역시 추지혜 선생, 아니, 추지혜도 심리전의 프로다. 날 너무 잘 알고 있는 것 같다.

차를 몰고 서울 강북에 위치한 보은교회까지 내려가는 수십 분. 아주 바쁘게 움직여야 할 시간이다. 내가 최서연을 데리고 따로 차를 몰려고 한 건 최서연을 위해서만이 아니었다. 여유를 되찾고, 변수에 대처할 시간이 필요했다. 지금 이 순간이 상대의 눈을 피해 보험을 걸 유일한 기회다.

추지혜와는 차량 내 스피커폰으로 통화하고 있다. 최서연은 뒷좌석에서 최대한 소리를 내지 않으려 하며 통화를 경청했다. 대화 내용을 숙지하면 이 애 스스로 빠릿하게 행동하는 데에도 한층 도움이 될 거다.

"부탁 몇 가지만 할게. 만약 지금부터 세 시간 이내에 내가 직접 전화를 걸어서 말을 바꾸는 게 아니라면 정일구 팀장한테 대신 얘기 좀 전해줘. 내가 말했던 일이 그대로 벌어졌다고만 하면 돼."

"대체 뭔…… 기가 막힌다, 정말. 갑자기 무슨 첩보영화 같은 대사야? 저번에 무슨 일 맡았다더니, 꼬였구나?"

"아직은 아니야. 그런데 상황에 따라 그렇게 될 수도 있을 것 같아서."

룸미러와 사이드미러로 뒤쪽을 살폈다. 검은 승합차 세 대와, 마찬가지로 검은 세단 한 대가 내 차에 붙어 따라오고 있다. 이것이 어떤 의미인지는 나도 최서연도 너무나도 잘 안다. 위협받고 있다는 것. 기지를 발휘한 행동이 그나마 이 상황을 뒤집을 대책을 만들어주고 있었다.

"변수가 생겼어. 조금, 이 아니라 아주 큰 변수야. 그리고 혹시 모르니까 오늘 일정이든 진료든 전부 캔슬하고 보은교회 근처에 있어줘. 날 데리러와야 할 사람이 생길 수도 있어."

"야, 나랑 한 번 상담하려면 며칠 전부터 예약을 잡아야 하는지 알기나 해? 제대로 알려주지도 않고 갑자기 이러면 어떡해?"

"남친 생겼어?"

"너 죽어, 진짜?"

이전에 말장난을 건 대가를 뒤늦게 치른 추지혜가 분개했지만 전

화를 끊지는 않았다. 내 목소리가 평소보다 진중했기 때문일까. 아
니면, 자기 역시 무언가 불안한 기류를 직감했기 때문일까.

"미아사거리 근처에서 시간 때우고 있을게. 지금 가면 한 시간 안
에는 도착할 거야. 또 멍청이같이 배터리 바닥나서 전화 못 걸지 말
고."

"안 그래도 충전 중이니까 걱정 마. 그리고 일이 어떻게 끝나든
간에 오늘밤은 여유 있을 것 같아. 이따 만나면 어디 가서 술이나
한잔하자. 이 정도 약속이면 충분하지?"

"오, 웬일로 고유진이 술로 사람을 꼬시려 하네? 뭐, 알았어. 쓸데
없이 무리하다가 사고 치지 말고, 나중에 봐."

"그래."

전화가 끊긴 후 좀더 확실하고도 보장성이 큰 수단을 일일이 따
져보기 시작했다.

내가 잘못될 상황에 대비해 최서연에게도 연락 수단을 전해두어
야 했다. 가능하다면 의도가 읽히지 않는 형태, 누군가에게 들키지
않을 크기의 무언가를. 결국 내가 슬며시 최서연에게 건넨 것은 다
름 아닌 블루투스로 작동하는 버저였다.

"받아. 밖에서 안 보이게 아래로."

"이게 뭐예요?"

"스마트 버저야. 3초 이상 버튼을 꾹 누르면 방금 통화한 언니한
테 전화가 갈 거야. 핸드폰보다 훨씬 얇고 작으니까 충분히 몸 어딘
가에 숨길 수 있어. 잃어버리면 안 돼."

"저한테 이걸 왜 주는 거예요?"

"혹시 모르니까. 지금부터는 모든 상황 하나하나가 외나무다리라고 생각해."

뾰로통하게 입을 다무는 최서연. 그럼에도 의도는 적당히 파악한 모양이다. 다만 얇은 바람막이 안으로는 아직 환자복 차림이었기에, 자기 몸 이곳저곳을 살피다 곤란한 표정을 지었다. 룸미러로 그 모습을 지켜보는 내게 그녀가 말을 걸어왔다.

"머리핀이나 끈 있어요? 하나쯤은 선물로 줄 수 있죠?"

"그럭저럭 좋은 생각이네."

이러나저러나 꽤 머리가 비상하게 돌아가는 아이다.

핸드폰 화면을 켜 날짜를 확인했다. 8월 11일. 그러고 보면 최서연과의 첫 만남 이후로 거의 한 달이 지났다. 처음과 비교하면 그녀의 반응은 정말 타인이라고 해도 믿을 정도로 달라졌다. 그만큼 나를 절대적으로 신뢰하고 있다. 아니, 신뢰라기보다는 마지막 희망을 내게 전부 걸어버렸다고 보는 게 맞을 것 같다.

아쿠타가와 류노스케가 집필한 단편소설 〈거미줄〉에서 희망은 미약한 실 하나로 그려진다. 죄를 짓고 지옥에 떨어진 주인공에게 내려진 석가모니의 거미줄. 이것은 극락으로 갈 수 있는 유일한 기회다. 결말 자체는 별로 논할 만한 게 아니지만 최서연은 여전히 밑바닥 어딘가에서 헤매고 있다. 얇은 실이 지옥 밖으로 이어진 것을 본 간다타는 어떤 기분을 느꼈을까.

"결국 붙잡고 오르게 될 수밖에. 거미줄의 종착지가 어디든 간에 상관없어. 적어도 현재보다는 나을 거라는 생각 하나만으로 어김없이 손아귀에 힘을 주겠지."

끔찍한 고통 속에서는 아주 희미한 기회라도 광명보다 환하게 다가온다. 그런 기회가 한 번이라도 찾아와 귓가에 속삭이는 순간 모두를 제치고 절박하게 쫓아갈 수밖에 없다. 인간은 선천적으로 고통 속에서 살아갈 수 없는 존재니까. 마음속 이기심과 고통을 벗어난 다음에 논할 만한 문제가 된다.

"고선생, 방금 무슨 말 했나?"

"아뇨, 아무것도 아닙니다. 그나저나 굉장하네요. 설마 이 정도일 줄은 몰랐는데 말이죠."

보은교회에 도착하니 박재영 목사가 우리를 기다리고 있었다.

한규태는 내담자의 이송 방식에 대해서는 딱히 이야기를 전하지 않은 모양이었다. 우직한 모습과는 다르게 꽤나 잔머리를 잘 굴리는 사람이었다. 덕분에 차 안에서 최서연에게 건네준 물건은 아무런 문제 없이 교회 안으로 반입할 수 있었다. 그렇게 두 눈으로 확인하게 된 보은교회의 내부는 가히 장관이었다.

"정문 근처의 커다란 십자가를 보고 알아봤어야 했는데…… 신기할 정도예요. 이렇게 넓고 웅장한 교회는 처음 봤습니다. 이름난 성당이나 오페라하우스까지 통틀어 견줄 만한 사례를 찾기 힘들어 보이네요."

"자네는 기독교 신자가 아니니 놀라는 게 당연하겠지. 보은교회는 세계에서도 손에 꼽는 규모의 개신교 교회야. 만 명 이상을 수용할 수 있는 예배당을 보유한 건 부자연스러운 일이 아니지."

내면 탐사는 휴게실과 소모임 전용 기도실이 즐비한 지하 1층에서 진행한다고 한다. 여기로 빠르게 도달할 수 있는 방법은 가장 큰 홀인 중앙 예배당 앞쪽에 난 계단을 이용하는 것이다. 예배를 마친 목사가 곧바로 휴게실로 내려가 쉴 수 있도록 배려한 것 같다.

"바로 B107호실로 가게. 지하 1층에서는 가장 넓은 장소야. 미리 다른 것들을 치우고 침대와 의료기기를 배치해놨네. 혹시 달리 준비할 게 있다면 여기 한대표나 다른 직원들에게……."

"아, 달리 준비할 건 없습니다. 내담자의 긴장만 풀리면 바로 진입하도록 하죠. 그건 그렇고, 동행한 분들은 하나같이 전에 뵌 적이 없었던 것 같은데…… 목사님하고 연이 있는 업체 쪽 직원들인가요?"

"사설경호 전문 회사네. 일 처리 하나는 확실하게 해주는 것으로 유명하지. 이래 봬도 내가 여러 곳에서 미움받고 있어서 말이야."

해명을 들어도 그다지 믿기지가 않는다. 경호원이라기보다는 차라리 해결사, 용병에 가까운 인상들이다. 그나마 어느 정도 복장에 격식을 차리고 체계적으로 움직여서 용역 깡패 같은 느낌이 지워졌을 뿐. 한여름이라고 나처럼 세미 정장 위주로 차려입고 나온 거라면 얼추 추측이 맞아떨어진다.

"사설경호팀이라, 확실히 무게감이 있네요. 문제가 생길 일은 없겠어요."

만약 여러 변수로 인해 우려했던 상황에 처하게 된다면 나는 이들과 맞서야 할지도 몰랐다. 내색하지는 않았지만 경호원들을 향한 경계 또한 늦추지 않기로 했다. 이들이 맡고 있는 업무가 경호에 국한되지 않을 확률도 높았다.

지하 1층은 조용했다. 이곳에 있는 사람은 경호원 스무 명가량과 박재영 목사, 그리고 나와 최서연이 전부다. 아마 의료진이나 인부들은 사전에 준비를 마친 후 전부 빠져나갔겠지. 굳이 나비를 고용한 사실을 들키고 싶지 않은 박재영의 지시일 것이다.

"이제부터는 내담자에 대한 모든 권한은 전부 저한테 맡겨주시죠. 내담자에게 불필요한 압박을 주거나 탐사를 방해하는 모든 행위는 일체 금물이라는 의미로 이해하시면 됩니다. 아시겠죠?"

"알고 있네. 나도 그 아이에게 딱히 말을 걸 생각은 없어. 직원들에게도 따로 주의시켜두도록 하지."

"그럼, 부탁드리겠습니다."

이제 정말 시작이었다. 최서연은 아직까지 내 등 뒤에 숨어서 모습을 드러내지 않기 위해 애를 쓰고 있었다. 그런 그녀의 손을 살짝 잡고서 몇 가지 형식적인 당부를 건넸다.

"1초도 안 지나서 결과가 나와. 모든 준비를 그전에 해두고, 나중에는 결과를 보며 수습하는 거지. 그러니까 전극 붙인다고 불쾌해하지는 마. 블랙박스라는 장비가 없으면 안 되거든."

"……죽지 마요."

"안 죽어. 충분히 이야기 나눴잖아. 한 달이라는 시간을 써서 네 기억 속에 나라는 존재를 각인시켰어. 트라우마까지 약해져 있길 바라는 건 무리겠지만, 적어도 내가 생존할 수 있는 수단은 이미 다양한 형태로 만들어져 있을 거야. 그 정도면 충분하니까, 내 걱정은 하지 마."

이런 대화를 주고받는 와중에도 곱지 않은 눈초리가 이곳저곳에서 느껴진다. 대체 박재영이 이 어린애에 대해 뭐라고 말했는지는 모르겠지만 다들 꽤나 강한 경계심을 드러내고 있었다. 아니면 내가 하는 모든 일이 꼴사납다고 여기고 있는지도 모른다.

최서연을 침대에 눕히고 전극을 하나하나 붙여가며 나와 그녀를 이었다. 내면세계를 만들 최서연과 그 안에서 무의식을 탐사하며 기억을 기록할 나를. 그리고 전극과 연결된 또 하나의 장치, 블랙박스가 최서연의 내면세계를 영상으로 담을 것이다. 물리적인 리스크는 나비인 나에게만 지워진다.

내가 할 일은 아주 간단하면서도 아주 복잡하다. 대놓고 드러나 있는 내면의 입구로 들어가 감춰진 출구를 찾아 나오면 된다. 내면에서 생명을 위협하는 사고를 당하면 즉각 현실의 나에게도 영향을 미칠 것이다. 아무리 긴 시간 동안 내면을 탐사하더라도 현실에서는 12분의 1초에 지나지 않으니까.

"하나님의 축복이 함께하기를 짧게나마 기도하겠네. 피고용인이 사고를 당해 죽는 상황은 더 이상 일어나지 않았으면 하니까."

"호언장담을 하는 건 좋아하지 않지만 납득하실 만한 결과를 가져오려고 합니다. 뭐가 됐든 제 생존과 직결된 문제이기도 하니까요."

"그래. 인간의 생존 본능이란 앞날의 가능성을 맹렬히 쫓게 된다는 면에서는 계시와도 같지. 잘 활용하시게."

박재영 목사로부터 시선을 돌려 몸 이곳저곳에 전선을 늘어뜨린 채 누워 있는 최서연을 쳐다봤다. 블랙박스가 작동하고 있는지 마지막으로 점검했다. 이제는 정말 돌입 외에 남은 절차가 없었다.

"최서연."

"죽지 마요."

"자꾸 똑같은 말 반복할래?"

"중요하니까 한번 더 말하는 거예요. 죽지 말아요. 살아서 돌아와요. 제발……."

처음으로 최서연이 울상을 지었다. 얼마나 조바심을 내고 있는지 느껴졌다.

"잠깐 있다 다시 만나는 거야. 손 내밀어봐."

사소한 약속이지만 기꺼이 지킬 심산이었다. 최서연 역시 자기가 한 말을 기억해냈는지, 슬며시 손을 내밀었다. 그 손을 맞잡았다. 평범한 이들과 차이 없는 온기가 전해져왔다.

멀찍이 서 있던 박재영 목사가 성경을 펼쳤다.

"나의 어린 자녀들아. 내가 이것들을 너희에게 쓰는 것은 너희가 죄를 짓지 아니하게 하려 함이라. 만일 누가 죄를 지어도 우리에게 아버지와 함께 계신 대변자가 계시니 곧 의로우신 분 예수 그리스도시라. 그분은 우리의 죄들로 인한 화해 헌물이시니 우리의 죄들

뿐이 아니요, 온 세상의 죄들로 인한 화해 헌물이시니라……."

그리 외는 한 구절이 끝맺어지는 순간 세상이 멈췄다. 정확히 말하면 나를 제외한 모든 존재가 그대로 굳어 움직이지 않게 되었다. 오직 박재영이 읊는 성경 구절만이 정말 하늘의 계시가 내려온 것마냥 울림으로 되풀이되었다.

"너는 하나님 앞에서 함부로 입을 열지 말며 급한 마음으로 말을 내지 말라. 하나님은 하늘에 계시고 너는 땅에 있음이니라. 그런즉 마땅히 말을 적게 할 것이라."

원래 이런 문구였나?

"진실로 진실로 너희에게 이르노니, 죄를 범하는 자마다 죄의 종이라. 종은 영원히 집에 거하지 못하되 아들은 영원히 거하나니. 진실로 진실로 너희에게 이르노니, 내 말을 듣고 또 나 보내신 이를 믿는 자는 영생을 얻었고 심판에 이르지 아니 하나니 사망에서 생명으로 옮겼느니라."

아찔함과 울렁거림. 이 두 가지의 자극이 나를 한계까지 몰아붙였다. 다른 생각조차 떠올릴 수 없을 정도로 내 정신을 흔들어댔다.

스트레스에 의해 반사적으로 욕지거리가 나올 정도가 됐을 즈음, 시야가 마구 뒤바뀌었다. 주마등은 아니다. 두 개의 의식이 겹쳐지는 순간, 강렬한 기억들이 단편적으로 나열되는 것이다. 시끄러운 사고 현장의 웅성거림. 현장에 파견된 방송국 기자의 상황을 전달하는 목소리. 경찰서의 교통과 순경들. 지금의 내게는 이 모든 광경이 한눈에 내려다보인다.

강원도의 어느 산길. 그런 아슬아슬한 구간을 달리면서도 빠르게 속도를 내는 45인승 버스. 급커브에 다다라 갑작스럽게 정반대 방향으로 핸들을 꺾고 가드레일을 통째로 들이받는다. 유일한 안전책인 가드레일 바깥은 절벽과 같이 깎아지른 듯한 비탈. 버스는 그대로 중심을 잃고 아래로 떨어진다. 내가 탄 승용차가 보이지 않는다는 것만 빼면 내가 가진 기억과 아주 유사하다.

버스 사고에 대한 장면은 그것으로 끝이었다. 그 이후부터 나의 기억과 최서연의 기억, 어느 쪽에도 속하지 않을 것만 같은 생소한 장면들이 여럿 떠오르고 있었다. 알 수가 없다. 이것들은 대체 누구의 기억일까?

떨어진다. 높이조차 알 수 없는 허공. 아니, 깊이라는 말이 더 어울릴 것 같다. 그나저나 나는 왜 떨어지고 있는 거지? 누구 때문에 여기로 밀려난 거지? 나는 누구를 위해 여기까지 와서 버둥대고 있는 거지? 두서없는 의문이다. 그런 생각마저도 무의식 아래로 깊숙이 잠길 만큼 자아가 희미해지려는 찰나였다.

"우욱……."

언제 어지러웠냐는 듯 정신이 분명해졌다. 원인은 어렵지 않게 알 수 있었다. 피부마저 살살 아려오는 듯한 독하고 자극적인 연기가 코끝을 찔렀으니까.

마치 끔찍할 정도로 효과가 빠르고 탁월한 각성제처럼 말이다.

15.

사람의 영혼을 거래 따위로 앗아가는 것은 언제나 악마들이다.
또한 그런 악마들에게 영혼을 팔아치우는 것은 오직 사람뿐이다.
욕망에 쩐 그들은 제 발로 지옥을 향해 걸어들어가고 있는 것이다.

분명히 나는 착란에 빠지지 않았다. 지금 두 눈으로 보고 있는 것
들은 나에게는 엄연한 현실과 같다. 나비라는 이름표가 붙은 이상,
어쩔 수 없이 받아들여야 하는 것들이다. 나비는 사람의 심리를 들
여다볼 수 있는 대신 마땅한 대가를 치러야 한다. 나비가 지닌 생명
의 가치는 현실에서나 내면에서나 같은 수준이다. 하지만 내면에서
나비는 트라우마들에게 존중되지 않는다.

지옥은 오직 폭력과 진압, 그리고 형벌만이 중요시되는 '반 무법
지대'. 통상적인 사회적 관계와 법칙이 통하는 현실과는 딴판인 세
계다. 지금까지 내가 경험해온 현대의 한국을 배경으로 하는 내면

세계와는 공략법 자체가 다를 것이다. 파악해야 할 정보와 처리해야 할 대상의 포텐셜 자체가 크게 달라지기 때문이다.

"일주일 안에 끝낼 수 있다면, 그렇게 하는 게 이롭겠지."

지금까지는 복잡한 현실의 이해관계에 기반한 공략법을 세우기 위해 내면세계 안에서만 한 달여의 시간을 소모했다. 수십 일의 조사와 조력자나 내면의 주인을 이용한 작전 준비가 필요했다.

다만 트라우마를 한데 모아 일망타진하는 방식을 주로 활용했으므로 작전에 돌입한 후로는 모든 일을 마무리짓는 데 두 시간도 걸리지 않았다. 물론 트라우마의 무력이 인간의 범주를 크게 벗어나지 않는 점도 한몫했다. 하지만 지옥에서는 체류 시간이 길어질수록 내게 불리할 것이다. 그곳의 환경에 오래 노출되면 신체에 어떤 영향을 미칠지 모를뿐더러, 괴물의 형상을 한 트라우마들을 전부 물리칠 수는 없다.

확실한 목표를 정하고 그를 향해 움직임으로써 시간을 단축해야 한다. 탐사는 상대적으로 빨리 끝나겠지만 트라우마에게 패배해 죽을 확률은 몇 배로 올라간다. 그렇다면 결론은 하나로 모아진다.

'관건은 내면의 최대 트라우마, 소녀의 의태를 거친 밑바닥의 주인이 날 알아보지 못하는 것.' 트라우마와 나비. 극단적인 입장 차를 보이는 둘 사이의 승부를 가르는 것은 바로 '정체 감추기'다.

나비가 트라우마를 특정하면 트라우마는 크게 불리해진다. 물론 그 반대도 가능하다. 트라우마가 나비를 특정하면 나비 쪽에서 큰 위험을 감수하게 된다. 말 그대로, 정체를 확실히 인지하는 순간 트라우마는 나비를 본능과도 같이 적대하게 된다.

아마도 지옥이라는 배경에서는 발견되지 않는 게 최선이겠지. 꼬리를 밟을 때까지는 죄인하고 구분되지 않도록 바닥에서 기어다니거나. 재빨리 실마리를 찾아 내 쪽에서 허를 찔러 기습하거나. 아니면, 정공법으로 '조력자'나 '정보 제공자'를 찾거나.

진짜 지옥이라면 몰라도 내담자의 심리가 반영된 세계라면 두 종류의 아군은 반드시 있다. 긍정적 심리의 형상과 실제로 믿을 만했던 현실 속 인물. 혹여나 그런 것조차 찾을 수 없을 정도로 피폐한 내면이라면 '내면의 주인' 본인을 찾으면 된다.

내 경우에는 당연히 최서연이겠지. 상담을 거친 후이니 당연히 나에 대한 기억도 조금이나마 반영해서 지니고 있을 것이다. 이를테면 권총 같은 것.

"안 그래도 어지러운데……."

빠르게 깨어났다고 해서 마냥 좋은 건 아니다. 각성 반응이 일어날 만큼 환경이 급격히 변화했다는 뜻이며 몸에도 이롭지 못하다.

이 지독한 연기가 사람을 죽일 만큼 치명적인 가스는 아닐 것이다. 하지만 적응치 못하면 도태되는 것이 환경의 이치. 악마들이나 다른 이형들에 비해 인간이란 존재는 한없이 불리한 입장이다.

쓰라리고 매운 연기에 얼굴을 쉼없이 훔쳐가며 주위를 둘러보았다. 지상은 온통 현무암 색, 아무리 밝은 부분을 찾아내봐야 어두운 잿빛 수준이다. 그리고 하늘은 땅을 딛고 서 있다는 사실에 감사할 만큼 요란했다.

전능한 천망(天網), 혹은 먹잇감을 노리는 거미줄처럼 상공에 겹겹이 걸쳐진 사슬. 금에 걸려든 자의 시체가 곳곳에 매달려 있다. 더불어 심상치 않은 기류만큼이나 바람소리가 무척이나 성가시게 들려온다. 다른 존재가 접근해오는 발걸음 소리마저 깨끗이 지울 만큼 거칠고 날 선 폭풍이다.

아주 간단하게 비유하자면, 옛 같은 상황이다. 심장이 빠르게 뛰고 온 신경이 지나친 경계의 태세를 취한다. 불안하고 짜증이 나는 이유가 빌어먹을 자극 때문만은 아닐 것이다. 과도한 불안과 짜증은 두려움과 반항심의 또 다른 형태. 결국 이것도 기억 속의 트라우마라면 트라우마다.

틀림없이 나는 이 '밑바닥'의 참상을 잠깐이나마 겪어본 적이 있다. 강원도 정선의 어느 비탈 아래에서 분명하게 두 세계가 겹쳤다. 수많은 마귀들의 모습을 똑똑히 기억할 수 있을 정도로 분명히.

"그나마 다행이네, 완전히 같은 녀석이 아니라서."

이곳은 진짜 지옥이 아닌 최서연의 내면. 침식에 의해 사실상 거의 비슷한 환경을 유지하고는 있으나 결국 모조품에 불과하다. 나를 집어던졌던 그 계집애의 의태 또한 최서연의 기억에 각인된 트라우마다. 보통이라면 오히려 곤란한 상황이었겠지만, 이것들이 악마라는 전제를 깔아놓는 순간 오히려 어떤 방식으로, 어디서부터 판단하고 행동해야 할지가 명확해진다.

"지금은 네가 나를 보고 있더라도 억지로 끌어내릴 방법이 없어. 그러니 나중에 보자고. 그나저나."

상황 파악의 한 단계로 현재 내 몸을 빈틈없이 감싸고 있는 복장을 살폈다.

"검은 트렌치코트…… 내가 상담할 때 입고 왔던 옷은 아닌데, 어디서 가져온 거지?"

나비는 이미 생성된 내면세계에 개입해 정신적 요소를 탐사하는 존재. 따라서 내면으로 넘어오는 과정에서 기존의 세계관에 맞는 복장을 갖추게 된다. 생김새는 내담자의 기억 속에 있는 내 모습 그대로지만.

지옥이 배경이라면 듣도 보도 못한 옷가지를 걸쳐 입고 다니게 될까 신경 쓰였지만 꽤 마음에 들었다. 현대적이지만 약간 거추장스러운 디자인이다. 불규칙하게 불어오는 먼지바람이나 재가 쌓이면 워싱을 한 듯한 느낌도 든다. 하지만 실용적이다. 바닥에 뒹굴어도 몸에 상처가 덜 날 것이고 무기를 여럿 소지하기에도 좋다. 무엇보다 이곳에서 검은 옷은 사실상 보호색이나 마찬가지다.

"주머니에 담배가 없는 건 조금 아쉽지만."

풍경은 혼잡하지만 일관적이다. 환각일지도 모르지만 유일하게 보이는 것은 첨산에 가까운 깎아지른 봉우리뿐이다. 산에서 길을 잃었다면 정상으로 올라가라. 기본적인 생존 수칙이다. 방위조차 모르는 상황에서는 어떤 식으로든 통하는 수단일 것이다.

하지만 지금은 이야기가 다르다. 가능한 한 저 봉우리에서 최대한 멀리 떨어져서 '안식처'를 찾아야 한다. 베이스캠프의 거점 역할을 하는 큼직한 구조물 형태의 장소다. 그곳에서 만반의 준비를 위해 무기를 수색하고 수색로를 설정해야 한다.

그런데 한 가지 의혹이 남는다. '밑바닥'이라고 불리는 이 지옥에 드높은 '봉우리'가 있다니, 무척이나 수상하지 않은가.

세 시간가량을 움직였다. 한 방향으로 제대로 가고 있는지는 알 턱이 없으나 고도가 계속해서 낮아지고는 있다. 처음 내가 떨어진 곳은 산기슭이나 고원 같은 곳이었던 모양이다.

지금껏 큰 문제는 없었으나 정작 정말로 위험한 건 문제가 없다는 사실 그 자체였다. 사람 혹은 악마, 혹은 그것도 아닌 다른 이형들, 아무것도 마주치지 못했다. 이상할 정도로.

문득 하늘을 바라보니 여전히 거미줄처럼 무언가를 낚아챌 준비를 마친 사슬들이 눈에 띈다. 간혹 시체로 추정되는 덩어리들이 매달려 있는 것도 보이지만, 지상에 가까워지면 그것마저도 보이지 않게 될 것이다. 움직이는 생명체는 몰라도 시체나 풍화된 뼛조각마저 없다는 것은 명백하게 이상하다.

추리해볼 수 있는 사유는 두 가지. 발밑의 토양에 뭔가 극단적인 특성이 있거나, 누군가가 의도적으로 청소했거나. 검은빛을 띤 먼지바람. 그리고 약간의 굴곡과 작은 바위를 제외하면 큰 변화가 없는 지형. 시야가 온통 뿌옇다.

지금은 가시거리 내의 풍경보다는 뒤통수 너머의 변수에 주의하는 게 옳다. 이런 조건에서는 신기루나 착시현상이 심심치 않게 일어날 수 있기 때문이다. 어떤 존재가 내 시야를 가린 채 뒤로 접근해 오는 게 가능하다면, 지금 경계심을 놓는 건 만용에 가깝다.

하지만 만약 그렇다면 언덕을 내려가고 있다는 이 감각 역시 간단한 속임수로 바뀌칠 수 있는 게 아닌가.

"……하."

막상 이런 사실들을 깨닫고 나니 허무하다 못해 기가 찬다. 첨산을 보고 수상하다고 여겼을 때 곧장 알아챘어야 했다. 시작부터 이미 갇혔다. 다시 말해 지금 이 순간의 나는 무언가의 '영역'에 걸린 채 벗어나지 못하고 있다.

"시작부터 별 되도 않는 짓거리를."

여긴 대체 어디지? 만약에 악마 같은 존재의 장난이라면 총도 없는 상황에서 상대할 수가 있나? 아니, 아니다. 대응이 늦었다고 보기에는 내 지형 파악에는 딜레이가 없었다.

장면이 뒤섞이는 환상은 진입의 한 단계이며, 트라우마는 나비의 내면 진입을 통제하지 못한다. 결국, 넘겨짚듯 생각해볼 수 있는 가능성은 단 하나. '심층 방어.' 심리 내 침입을 탐지하고 그에 대응하는 효율적인 시스템. 일종의 '모르면 당하는' 형태의 미로와 같다. 유적에서 종종 발견되는 바닥이 꺼지는 등의 구조적 함정. 여기는 그런 설치형 기물 안일 것이다.

회피하거나 파훼하는 방법을 모른다면 영영 빠져나가지 못한다. 내면세계에서는 이런 함정도 일종의 구조물로 본다. 물론 안식처와는 다르다. 타인에 의해 생겨난 배신감 또는 실망 같은 부정적인 심리가 내면에 구현해낸 장치다. 결국 이것은 최서연이 타인에게 갖게 된 부정적인 심리가 만든 방어기제다.

규모가 이렇게나 큰데다 나비가 정체를 눈치채지 못할 정도로 치밀하다니. 이것을 만들어낸 최서연의 심리가 트라우마만큼이나 강했다는 의미다.

상담 중에 들었던, 최서연의 마음을 뒤집어엎을 정도로 '치밀하고도 잔인한' 사건은 단 하나뿐이었다.

"그년이 저를 속였어요. 같은 처지인 듯이 행세하면서 저를 대악마의 뱃속으로 끌어들였죠. 그 징그러운 감옥에서는 죽어버려도 간수의 눈이 닿는 곳에서 다시 살아나요. 그렇게 속았다는 걸 알고 나서는 끔찍했죠. 온갖 방법으로 고문당하고, 또 고문당했어요."

최서연이 분통을 터뜨리며 몇 번이고 중얼거린 말이었다.

끔찍한 고통과 트라우마의 원인. 치밀한 설계를 통해 심리적으로, 육체적으로 상대를 완전히 망가뜨리고, 그걸 거듭했다. 이건 의도적이라는 느낌이 다분하다. '망가뜨리기'는 지옥에서 빈번하게 일어나지만, '치밀한 설계'가 어울리는 곳은 아니다.

악마는 사람을 괴롭히는 방식을 정할 수 있고, 그렇게 할 만한 능력을 지녔다. 하지만 설령 그렇다고 해도 특정인을 지정하여 쉬지 않고 쫓을 이유는 극히 한정적이다. 특히 그 주체가 밑바닥의 주인이라면 더욱 그렇다. 시시한 가해를 저지르기에는 너무나도 높은 자리에서 죄인들을 내려다보는 존재니까.

최서연의 심리를 근거로 추리를 마쳤으니, 이제는 합리적인 결론을 도출할 차례다. 최서연은 밑바닥의 주인에게 지목될 만한 어떤 원인을 제공했을 것이다. 수십 년에 걸쳐 정성스럽게 '작업할 만한 이유'가 있기에 걸려들었다는 의미다. 이제 대충 납득이 간다.

"뭣 때문에 이승에 기어나오려 하는지는 잘 모르겠지만……."

내면 심리가 만든 막다른 길과는 달리 너무나도 작위적이다. 우선 봉우리라는 상징적 구조물이 나를 내려다보고 있는 것이 그렇다. 자존감이 하늘을 찌르는 게 아니라면 평지 위의 거대하고 높은 산이라는 형태를 띨 수 없으니까.

한숨이 나온다. 심층 방어를 이용해 날 건드렸다는 것은 내면의 규칙을 이해하고 있다는 증거다. 내면에 생성된 트라우마가 그걸 알기 위해서는 반드시 사전 작업이 필요하다. 마치 내가 한 달에 걸쳐 그녀의 기억 일부를 권총으로 치환했듯이.

"적어도 내담자가 기억을 왜 잃었는지는 뻔하네. 최서연, 그 애가 지옥으로부터 도망치는 데에 성공한 게 아니라는 건 충분히 예상했었어. 그런데 정작 돌아오게 된 구체적인 이유는 몰랐었거든."

내 공격의 첫수다. 악마의 덫을 보고 역으로 실마리를 찾아냈다. 놈의 미스다. 무려 지금까지 두 차례나 제 의도를 읽혀버렸기 때문이다. 하나, 그 정신 나간 계집애는 나를 '당장 손쉽게' 처리하지는 않을 것이다. 그리고 또 하나는 복제다.

"네가 일부러 그 애가 현실로 도망치도록 놓아준 이유가 이런 거였나? 트라우마 심화로 네 자신의 존재를 내면에다 그대로 복제하기 위해서?"

지금 최서연의 심리는 사실상 녀석의 입맛에 맞게 설계되어 있

174

다. 일부러 자신에 대한 정보를 드러내며 고통을 가한 것이다. 수십 년에 걸쳐 트라우마를 새김으로써 희생자의 내면에 '또 다른 자신'을 완성시키기 위해.

기억상실. 어디까지나 얕은 층위에서나 통하는 얘기다. 버텨내기 위해, 혹은 타인에 의해 묻힌 강렬한 기억은 절대 완전히 사라지지 않는다. 아주 내밀한 마음의 심층에 숨어 있다가 무의식에서만 종종 모습을 드러내곤 하면서.

기억을 묻어버리는 방법은 최면을 통해 '위치 바꾸기'를 하는 것이다. 최면은 다른 자아를 얕은 층위에 배치해 거짓 기억을 꾸미고, 본래 자아는 심층에 가둬버리는 기술이다. 하지만 뇌를 갈아엎지 않는 이상 원본은 사라질 수 없다. 단지 표면 아래 갇혀서 제대로 빠져나오지 못할 뿐이다.

"지옥의 주재자. 그 정도면 사악한 이미지 중에서도 독보적이지만, 그래도 유별나긴 하네."

기억은 무의식 깊숙한 어딘가에 반드시 남는다. 이 상황이 일컫는 바는 곧 내면세계에 내담자 본인도 모르는 잔재물들이 있다는 것.

"대체 얼마나 더 제대로 해먹으려고 바깥 사람들까지 막 건드리고 있는 거야?"

아마도 성직자가 엑소시즘을 행한다는 것은 허구인 듯싶다. 악마가 사람의 신체와 정신을 조종할 수 있다면, 굳이 이런 식의 고된 작업을 거칠 일이 없었겠지. 즉 악마는 지옥에서만 영향력이 있다. 그렇다면 악마들의 윗대가리가 무엇을 하기 위해 최서연을 현실로 올려보냈는지도 어느 정도 좁혀진다.

적어도 현실에서 수행되어야 하는 일이라는 것만큼은 확실하다. 내면의 표층에서 감지한 현실 바깥의 움직임. 이로 인해 이 세상에 지옥이 존재한다는 것은 거의 확신으로 변했다. 그러나 이제부터가 본격적인 시작이다. 블랙박스에 내 지난 행적이 자연스럽게 기록될 테지만, 파일을 유지하려면 내가 밖으로 나가야 한다.

최서연의 가장 큰 트라우마, 밑바닥의 주인을 찾아내 죽여서 이 내면을 벗어나야 한다. 하지만 상대가 이미 내면이라는 장소의 특성을 이해하고 있다는 것은 내게는 큰 패널티다. 사실상 나비와 똑같은 방식으로 이 환경을 이용하려 들 것이다. 그렇기 때문에 더더욱.

"현실로 넘어오는 악마들은 언제나 다수의 사람들을 속이고, 들키기 전에 도망친다던데."

지금부터 나는 기존의 상식에서 조금 벗어나야 한다.

"여기서도 그럴 수 있나 한번 시험해보자고."

손에 끼워져 있던 가죽 장갑 한쪽을 벗어던졌다. 그리고 맨손바닥을 쳐다봤다. 아마 한 30초 정도는 더럽게 아플 것이다. 그리고 내 기준으로 그 정도는 제법 나쁘지 않은 리스크에 속한다.

16.

콰드득—.

이빨이 손바닥 깊숙이까지 파고들 만큼 온 힘을 다해 물어뜯었다. 통증의 경감은 아예 없다시피 했다. 참지 못해 뱉은 신음이 자연스레 입 밖으로 새나갔다. 지혈조차 쉽지 않은 양의 출혈이 상처를 통해 줄줄 흘러내리기 시작했다. 손끝을 거쳐 땅바닥 위로 후두둑 떨어진 피가 검은 흙과 맞닿는 순간 연기가 피어오르며 치익 소리가 났다.

"심상의 지형을 이용해 나비를 잡으려 했다면…… 내가 각성해서 지형을 깨버리면 돼."

피가 흐르는 왼쪽 손에서 눈을 돌려 첨산을 바라보았다. 아까와 달리 산이 아지랑이처럼 일렁이기 시작했고, 곧이어 지상 역시 불안정하게 흔들렸다. 지진과 같은 진동, 찌그러져가는 주변의 풍경.

그런 것들로 인해 속이 울렁거리기 시작했을 즈음 무언가가 산산이 부서지는 소리가 들려왔다. 다시 말하지만 최면은 자아의 위치를 바꿔치는 것. 안팎을 바꾸는 건 가능하지만, 구조 자체를 무시할 수는 없다. 사람의 선천적인 멘탈은 대개 아주 연약하고, 쉽게 깨지게 되어 있다. 즉 심리 공간을 둘러싼 껍데기 자체를 두텁게 만들 수는 없다는 이야기다.

'심층 방어'는 말 그대로 내면의 깊숙한 곳까지 걸쳐 있는 기제다. 나무가 가지를 뻗듯 깊은 곳에서부터 만들어져 나온 심리적 함정. 정체를 끝까지 알아채지 못하면 죽겠지만, 알아채는 순간 이것은 달걀 껍데기나 다름없다. 직관적인 자해행위로도 간단하게 꿈에서 깨듯 빠져나올 수 있는 수준의 강도를 지녔으니까.

"그럴 줄 알았어."

영역이 부서지는 순간 풍경이 완전히 바뀌었다. 전쟁터 주변의 공동묘지와 같은 풍경이다. 수많은 비석과 조잡하게 쌓아올린 흙더미, 그리고 그 위의 십자가. 다만 몇몇의 큰 차이점이 강렬한 기괴함을 풍기고 있었다. 십자가가 하나같이 뒤집힌 채로 땅에 박혀 있다는 것. 그리고 뭔가를 매장한 듯한 흙더미 곳곳에서 살짝 빠져나온 손발들이 저항하듯 꿈틀거리고 있다는 것. 용케 진짜 지옥 밑바닥까지 다다라 마주한 것치고는 그다지 만족스럽지 않은 비주얼이다. 첨산 위로 펼쳐졌던 어둑한 하늘과는 반대로 노을보다 진한 붉은 광채가 내리쬐는 하늘이다. 검은 태양은 금환일식처럼 바깥의 테두리에서 빛을 쏟아내고 있다.

주변의 배치를 알아보는 작업은 어렵지 않았다. 마을의 형태를 띤 폐허가 태양이 떠 있는 방향에 형성되어 있었다. 그리고 누더기에 가까운 천을 뒤집어쓰고 묘지 한쪽에서 슬슬 움직이는 것들이 보였다. 얼굴은 보이지 않지만 곱사등이에 가까운 체형에 삽 같은 것을 지팡이처럼 짚고 다닌다. 내가 지옥에서 처음 마주친 생물체, '묘지기'라고 부르자. 묘지기들은 내가 있다는 사실을 모르는지 제 주변만을 어기적어기적 순회하고 있었다. 그러나 언제 돌변해서 달려들지 몰랐다. 특히 무기조차 지니지 않은 지금 저것들한테 걸리면 흙더미에 깔린 팔다리 꼴이 날 것이다.

다행히 나는 검은 옷을 입고 있었다. 흙더미 사이로 몸을 낮추고 움직이면 그다지 눈에 띄지 않을 것이었다. 더구나 놈들은 후드 비슷한 걸 걸친 탓에 시야각도 좁고, 귀도 밝지 않은 듯싶었다. 물론 속도를 낮춰 움직이다 보니 저것들이 금방 시야에서 사라지지는 않았다. 자연스레 묘지기라고 이름 붙인 저것들이 뭘 하는지를 관찰할 수 있었다.

그들의 타깃은 무덤 사이로 조금씩 삐져나온 사람의 팔다리였다. 간혹 가다 흙더미에서 그것을 발견하면 놈들은 삽을 그 자리에다 깊숙이 내리꽂았다. 그러면 찢어지는 듯한 비명이 들려오고 이내 뭔가를 우적거리며 씹는 소리가 뒤를 이었다. 씹히는 게 뭔지 알 것 같았지만 그다지 자세히 상상하고 싶지는 않은 광경이었다.

처음의 시행착오에 비해 폐허가 된 마을에 도착하는 데까지는 오랜 시간이 걸리지 않았다. 거주지의 형태를 본따 만들어진 듯싶었지만, 마을이라고 부르기엔 다소 처참했다. 기껏해야 2층을 넘지 못하는 건축물들. 그마저도 대부분이 안에 드러누워 하늘을 바라볼 수 있을 만큼 천장까지 박살이 나 있다. 그나마 천장이 멀쩡하여 건물이라고 생각할 만한 것들이 몇 군데 나왔다. 이런 장소들은 모조리 조사해야 했다.

나비가 도망쳐 숨을 수 있는 장소는 내담자 최서연이 지닌 긍정적 기억, 즉 '안식처'다. 아까 전에 빠졌던 함정과 비슷한 심상의 구조체이지만, 안식처에 반영된 심리는 정반대다. 지극히 안전한 장소인데다 쓸 만한 무기를 감춰뒀을 가능성마저 존재한다는 뜻이다. 마지막 건물에 다다르기까지는 수확이 없었다. 무기도, 다른 도구도, 단서도, 아무것도 발견되지 않았다.

지칠 대로 지쳐서 마지막 건물에 들어가면 일단 잠시 쉬기로 했지만 내심 기대하고 있기도 했다. 유일하게 층이 나뉘었으면서도 멀쩡한 축에 속하는 건물이었기 때문이다. 달리 우연은 아니다. 일부러 가장 마지막에 살필 생각으로 루트를 짠 후 수색을 개시했으니까.

"후우······."

덥지는 않지만 정신적으로 지쳐갔다. 황량한 분위기가 팽배한데다 묘지기들이 했던 짓이 자꾸 떠올라서 그런지 머리가 아파왔다. 결국 마지막 건물 입구를 거쳐 빈 지상층에 들어서자마자 벽에 기대고 주저앉았다.

안식처의 가장 큰 장점은 쉴 수 있다는 것이다. 부정적 심상이나 트라우마는 본질적으로 이런 지역을 기피하도록 되어 있기에. 지금까지 떠올린 생각을 정리해봤다. 내가 알아낸 것은 지옥이라는 내면세계와 수두룩한 트라우마가 생겨난 경위. 그다지 많은 내용을 안 것은 아니지만 아직 탐사를 시작한 직후인데다 내포한 의미도 꽤 핵심적이다.

그 계집애는 최서연을 이용했다. '각별한 작업으로' 내면을 뒤바꾸고 트라우마를 조작함으로써 자신의 목적까지 도달하려는 심산이었다. 하지만 정작 그 목적 자체가 무엇인지는 전혀 파악되지 않았다. 내면을 이용했으므로 나비가 엮여들 수밖에 없는 사건이다. 하지만 고유진이라는 나비가 이 악마의 종착지인지 경유지인지는 당장 알기 어렵다. 어쩌면 나비가 아닌 전혀 다른 제3의 인물을 노리고 있는지도 모른다. 이를테면 박재영 같은.

"어디까지 가야 단서들이 짜맞춰질지."

꽃가루를 찾아 나서는 것처럼 나비들이 최서연에게 몰려든 것은 우연이 아니겠지. 그들이 맥없이 죽어 사라진 과정 그대로 내가 죽을 가능성 역시 없지는 않으리라. 다만, 한 가지 확실한 게 있다. 내가 지난 녀석들보다는 신중했다는 것. 나는 최서연이라는 내담자가 나에게 보여준 긍정적인 반응에서 큰 가능성을 봤다.

"가령……."

먼지로 뒤덮여 미처 알아볼 수 없었지만 바닥을 짚은 손에 튀어나온 촉감으로 느껴진 이 무언가처럼 말이다. 들어올려보니 탄창이었다. 총알이 꽉 찬 열다섯 발들이 탄창 말이다.

"하나는 아니겠지."

안식처의 특성은 보통의 상태를 유지하기 위해 '균형'을 맞춘다
는 것이다. 새옹지마라는 말이 있듯이 행복에도 주기가 있고 적당
한 휴식과 긴장이 공존한다. 아마 이 2층짜리 건물에는 그녀의 안식
이 깃들어 있을 것이다. 그런 생각을 하고 나니 휴식이 자연스럽게
끝났다.

같은 규격의 탄창 다섯 개. 그리고 권총, 베레타 92FS.

최서연이 이곳에 준비해놓은 것들이다. 이로써 그 아이가 내게
보인 호의가 어느 정도 진심이라는 것을 인정하게 됐다. 그 덕분에
살아남아 밖으로 나갈 가능성이 한층 커졌다. 탄창을 끼워넣고 한
차례 장전하여 약실에 탄환을 밀어넣었다. 역시나, 먼지가 쌓였지만
크게 걱정할 정도는 아니었다.

그리고 그 무렵에야 장전할 때 뒤로 젖혀진 슬라이드에 새겨져
있는 문자가 눈에 띄었다. 또렷하게 각인되지 않아서 내용을 파악
하기가 쉽지 않았다. 뚫어져라 쏘아본 끝에 결국 뜻을 이해할 수는
있었다.

'통수치면 죽여버릴 거야.'

"현실 나이는 고딩밖에 안 되는 게 의심 하나는 정말 끝내준다
니까."

대체 뭘 하면 내면에서도 이런 식으로 뻗댈 수가 있는지 모르겠
다. 어처구니가 없어서 큭큭거리는 웃음이 툭 튀어나왔다. 아주 오
랜만에 배를 잡고 구를 만한 상황을 맞아서 그런지, 머리가 당황스

러울 만큼 적극적으로 반응한다. 폭소는 아니지만 윤영도같이 나를 어색하게 대하는 부류의 사람이 이런 내 모습을 보면 멍하니 굳을 것이다. 결국 수색이고 뭐고 한동안 제자리에 주저앉아 입을 가리면서 실실거릴 수밖에 없었다.

"이 발자국…… 아무리 봐도 사람 것은 아닌데, 어디로 움직인 거지?"

땅바닥에 즐비한 검은 모래에 난 자국은 금방 사라지지 않는다. 처음 보았던 환각의 광풍과 달리 근처 지역의 대부분은 사실상 무풍지대다. 바람이 불 이유도 없고, 굳이 냄새로 추적하지 않아도 인간들이 도망치는 것은 불가능하다.

마음만 먹으면 낚아챌 수 있으나 헛된 달음박질을 바라보는 과정 자체도 하나의 여흥거리다. 비록 악마들의 오만이 약간의 핸디캡을 만들긴 했지만 내게는 좋은 지표가 될 수 있다. 가령 지금처럼 위험한 존재의 발자국이 모래 위에 남겨져 있다면 위험지역을 걸러내는 게 가능하다. 악마나 이형들이 자리한 지역은 조력자고 뭐고 전부 씨가 말라 있을 것이고, 그곳에선 나도 위험해진다. 나는 발걸음을 돌렸다.

끽— 끼긱—.
끼이익— 끽—.
낡은 옷가지들이 매달린 장대가 묘지 주위에 헐거운 목책마냥 늘어서 있다.

183

금방이라도 부러질 듯 삐걱거리는 소리가 들리지만 그에 비해 이상하리만치 흔들거림이 없다. 막대도 천도 대부분 검붉은색을 띠고 있었다. 희생자들의 피가 말라붙은 것이리라. 가장 무기력한 상태의 인간만이 이곳에 도달하고, 예외는 오직 나뿐이다.

묘지로 돌아온 이유는 간단하다. 지옥에 들어온 후 처음 만난 생물체, 묘지기들은 찌꺼기 청소부다. 주위를 배회하며 운 나쁘게 살아남은 인간들을 뜯어먹는 존재다. 이른바 악마 취급도 못 받는 최하위의 이형이라는 것이다. 동작이 느릿하고 소리에도 무척 둔감한 데다가, 식사 중에는 뒤통수가 쉽게 노출된다. 심지어 묘지 한 군데에 대여섯 마리 정도밖에 머물지 않는다. 그렇기에 낯선 발자국들이 종종 발견되는 루트를 택하는 것보다는 묘지를 가로지르는 게 낫다. 조력자나 정보 제공자를 만날 확률은 극히 적지만 다른 루트에서 무슨 일을 당할지 모르기 때문에 그렇다. 적어도 삽이 무기의 전부이고 반응속도도 느린 묘지기들 정도라면 무기가 변변치 않아도 전부 처리할 자신이 있었다.

"아무리 그래도…… 웬만한 정상인의 트라우마는 명함도 못 내밀겠는데."

약하다고 해도 키가 2미터에 가깝고 말라깽이도 아니다. 소음에 둔감한 것이지 아예 못 듣는 것은 아니므로 화기 사용도 어렵다. 결국 날붙이로 급소를 도려내는 게 확실할 것이다.

"쓸 만한 재료가 없다면……."

지금으로서는 날붙이를 얻을 방법은 묘지기가 들고 있는 녹슨 삽을 깨뜨려 임시로 쓰는 것뿐이다.

"직접 구해야지."

묘지 하나를 뒤집어엎기 전에 가장자리를 돌았다. 조금 고역이었지만 흙더미를 뒤져 사람 뼈를 몇 개 찾았다. 잘만 부러뜨린다면 찌르는 것 정도는 가능하다. 인간이 아닌 만큼 급소를 정확하게 파악하기는 어렵지만, 머리를 부수면 죽긴 할 것이다.

처음에는 뒤가 비어 있는 녀석을 노렸다. 한 번에, 망설임 없이 땅을 박차고 뛰어 일직선으로 타깃에 도달했다. 반응이 없는 것을 확인하고 곧장 근처의 커다란 흙무더기 위에 착지했다. 그리고 도움닫기하듯 뛰어올라 녀석의 어깨를 움켜쥔 채 매달렸다.

타깃이 움직임을 감지하고 돌아봤지만 이미 늦었다. 그대로 조각난 뼈 중 가장 뾰족하고 긴 것을 머리통에 꽂아넣었다. 그나마 남아 있던 시야마저 완전히 끊겨버릴 정도로, 깊숙하게.

"끄그극. 끅. 끄으윽. 끅."

퍽 거부감이 느껴지는 비명소리였다. 타깃은 소리 한 번 크게 내지 못했다. 물론 온몸을 뒤틀며 어깨에 매달린 것을 떼어내려 애를 쓰기는 하지만 머리가 뚫린 이상 얼마 버티지 못한다. 머리에 꽂힌 뼈는 매달려 있는 내가 손잡이처럼 붙잡기 좋다. 결국 둔감한 동료들이 위기를 알아채지 못한 덕에 묘지기는 그대로 엎어졌다. 자기가 씹어먹던 시체와 빈사 상태의 죄인들처럼 말이다.

중심이 무너지는 타이밍에 맞춰 자연스레 바닥에 굴러 착지했다. 묘지의 흙 위에 묘지기의 사체가 엎어지며 풀썩 하는 소리가 요란하게 울렸다. 쓰러져 움직이지 않는 녀석의 손에서 힘이 풀리는 것을 확인한 다음 녹슨 삽을 손에 쥐었다. 크기는 꽤나 크지만, 무게는 의외로 가벼운 편이었다. 그리고 손잡이 아래의 삽날은 당장 무기로 활용이 가능할 만큼 날카로웠다. 그때 한쪽에서 고개를 돌린 다른 묘지기와 눈이 마주쳤다.

"극. 그극. 끼이익. 끼익……."

묘지기라기에는 지나치게 작은 내 체구와 쓰러진 친구를 보고 녀석은 즉시 삽을 치켜들었다. 동시에 기괴한 비명소리가 귓가를 얼얼하게 만들었다.

"끄어어어어어억! 끼긱! 끼이이이이익!"

"……젠장."

치명상을 입으면 목소리가 쥐꼬리만 해지는 특징을 지녔나 보다. 아주 우렁찬 울부짖음이 계속해서 묘지에 울려 퍼졌다. 결국 이에 반응한 나머지 다섯 놈들의 시선이 모두 내게로 꽂혔다. 그리고 나와 여섯 묘지기들은 거의 동시에 땅을 박찼다.

콰직, 하는 소리와 함께 삽날을 처음 울어젖힌 녀석의 어깻죽지 깊숙이 박았다. 방금 확인한 바로는 이것들도 고통에 반응한다. 벌어지는 상처의 통증에는 장사가 없으니, 짧으면서 강렬한 타격을 가해야 한다. 다만 리치의 한계상 머리에 꽂아넣지는 못했으니, 비명은 더욱 증폭될 것이다. 그렇게 되면 나머지 다섯은 시야와 소리에 동시에 반응하게 된다.

"끄그극. 끄극!"

"그르르륵!"

둔감한 몸은 반응에 따라가지 못하고 힘에 의존한다. 가장 먼저 곁에 도달한 녀석이 다짜고짜 무기를 휘두르는 순간, 삽을 놓아주고 몸을 낮췄다. 관성을 거스르지 못한 강공이 나를 아슬하게 비껴지나 뒤에서 버티고 있던, 어깨에 삽이 박힌 불쌍한 동료의 머리통에 작렬했다.

쾅— 콰지직—.

역시 압도적인 피지컬로 휘두른 삽날의 대미지는 급이 다르다. 묘지기 하나의 머리가 잘린 채 하늘을 날았다. 애초에 두터운 동료애 같은 것은 없었는지 녀석이 무기를 다시 휘두르려 했다. 이와 동시에 다른 네 묘지기들도 삽날을 쳐들고 내 팔다리를 잘라내려 들었다.

"등신들."

나는 곧바로 아래쪽을 향해 몸을 던져 사지를 굴러나왔다. 이에 나머지는 닭 쫓던 개가 되었다. 녀석들은 뒤늦게 균형을 되찾으려 했지만, 치켜세운 삽날을 멈추는 것은 어려웠다. 실로 멍청하기 짝이 없는 자충수였다.

풀썩, 하는 소리와 함께 세 놈이 더 쓰러졌다. 살아남은 둘도 큰 부상을 입은 것처럼 피보다 진한 체액을 쏟았다. 하지만 그보다 더 치명적인 것은 쥐새끼처럼 몰래 빠져나간 내 움직임을 놓쳤다는 사실일 것이다. 어깨 넓은 덩치들 여럿이 시체들 틈에서 허둥대는 동안 시야가 흔들렸으리라. 벌써 넷이 넉다운됐기에 운용할 삽이 남아돌았다.

뼛조각이 송곳이라면, 삽은 도끼와 칼이 뒤섞인 탁월한 날붙이다. 즉 근육을 베어버리고 머리를 찍기 위해서는 두 가지를 뒤섞어 사용해야 한다. 삽날을 비스듬히 기울였다. 이번에 노린 것은 발목의 힘줄. 내리꽂는 자세와 다르게 수평으로 가볍고 확실하게 그어버렸다. 한 녀석이 그대로 쓰러졌고, 나는 그 머리에 어김없이 뼛조각을 쑤셔 박았다.

"윽……."

숨이 끊어졌는지를 확인하기도 전에 아슬한 상황이 찾아왔다. 유일하게 남아버린 묘지기의 손끝이 내 발목에 스쳤다. 하마터면 다리가 박살 날 뻔했다는 판단에, 본능적으로 몸을 뒤로 물렸다. 하지만 최후의 묘지기가 행한 공격은 무리수에 불과했다.

"끄어어어어어!"

정신을 놓고 되는 대로 몸을 날려 상대를 덮치면 결과가 좋을 수 없다. 방향이 뻔하고, 급소에 무기를 찔러넣기 좋은 자세가 되니까. 그대로 목젖부터 정수리 바로 아래까지 끝이 날카롭게 잘려나간 뼛조각이 가차없이 파고들었다. 숨통에 해당하는 부분을 통째로 꿰뚫린 놈은 곧장 비틀대더니 엎어져서 움직이지 않았다.

"시작부터 짜증나게들 하고 있어. 하마터면 깔릴 뻔했잖아."

확실히 둔한 것들이었지만 겁에 질려 판단을 상실한 사람을 먹어치우기에는 충분히 강할 것이다. 묘지 하나에 시체가 일곱 구나 늘었지만, 증원군이 오지는 않았다. 하등한 이형을 도우려고 나서는 악마가 없는 건지, 묘지 근처에 다른 적이 없는 건지는 몰라도.

"당신, 누구요? 왜 우리를 구한 겁니까?"

갑자기 들려온 말소리에 흠칫 놀랐지만 자연스럽게 고개를 돌렸다. 시선에 들어온 건 때마침 반가운 상대였다. 지금의 상황이 도무지 납득이 되지 않는다는 듯한 눈빛을 보내는 누더기 차림의 한 남자. 한 차례 그를 슥 훑어본 나는 짤막하게 되물었다.

"생존자?"

"살아 있다고 하기는 애매해요. 사실상 죽은 것이나 마찬가지였습니다. 여기까지 온 사람들은 둘 중 하나를 골라야 하니까. 저것들에게 팔다리를 잘린 채 잡아먹히거나, 생매장당하거나."

무표정을 유지해가며 어렵사리 바닥을 기어 내게로 가까이 오려는 남자를 내려다봤다.

남자는 있는 대로 용을 쓰고 있었지만, 굳이 접근해오는 것이 마냥 반갑지는 않았다. 묘지기를 죽일 정도의 무력을 지닌 여자가 자길 내려다보고 있는데, 일단 믿고 본다고?

"그런 우리를, 당신이 살린 겁니다. 고맙소. 여기에 갇힌 건 매한가지지만 정말로 고맙습니다."

"뭐, 살아 있는 사람이 있는 줄 알고서 이것들을 건드린 건 아니지만……."

"아, 모를 수도 있겠군. 흙더미에 숨어서 도망칠 틈을 찾고 있었던 거요. 저놈들은 둔감하니까. 그런데 이미 몸이 망가진 상태라 움직이기도 쉽지 않아서 자포자기하고 있었습니다. 지금도 다리에 힘이 잘…… 혹시 좀더 자비를 베풀 생각이 있다면 부축해주겠습니까?"

"대가 없이는 수고하지 않는 게 제 규칙입니다. 지금 필요한 게 많지는 않지만요. 내가 묻는 말에만 충실히 대답해준다고 약속하시죠."

"물론이오. 여기서 나간다면 내가 아는 건 모조리 전해드리겠소. 당신이 누군지는 모르지만, 우리 같은 사람은 실낱같은 희망 하나라도 절실하니……."

"……답지 않게 말을 제법 살갑게 하시네. 우선 팔부터 내밀어봐요."

내가 손에 들고 있던 삽을 내려놓고 순순히 어깨를 내주자 남자는 고개를 꾸벅이며 몸을 기대려 들었다. 부축을 위해 팔을 받쳐주는 동시에 남자의 몸에 약간 힘이 들어가는 것이 느껴졌다. 그리고 이와 동시에 양측 모두의 몸이 비정상적으로 꺾였다. 한 명은 유연한 자세를 취해 안쪽으로 파고들었고, 나머지 하나는…….

"끅, 끄…… 끄아아아아악!"

살아 있지 않은 것들과는 달리 생생하고 덜 기괴한 비명이 울려 퍼졌다. 송곳처럼 벼려진 뼛조각이 남자의 허벅지에 단단히 꽂혀 피가 줄줄 흘러내렸다. 동시에 당혹감에 물든 남자와 내 시선이 한 곳에서 교차했다. 물론 여기까지 와서 좋은 대답이 나올 리 없었다.

"야, 내 말이 우스워?"

녀석의 허벅지에 박아넣은 뼛조각을 더욱 깊숙이 밀어넣은 다음

빙글 돌려가며 쑤셨다.

"아아아악! 아악! 왜, 왜! 갑자기 왜 이러는 거야! 난 사람이야! 사람이라고!"

"내 알 바 아니야. 순수한 의도로 접근했다기에는 부축하는 순간 온몸에 힘이 너무 들어갔잖아? 내 도움 따위는 필요 없을 정도로 말이야."

썩은내가 코를 찔렀다. 중의적 표현이다. 녀석이 어떤 고생을 해왔건 간에 그런 본질은 숨길 수 없다. 더구나 난 눈빛이 어중간하게 흐리멍텅한 녀석은 절대로 신뢰하지 않는다.

"악마나 괴물들은 죽어라 두려워하더니 사람은 해볼 만하다는 생각이 들었나 봐? 내가 지옥 밑바닥에서 구르는 놈을 쉽게 믿어줄 줄 알았어? 네가 살인범인지 강간범인지 어찌 알고 널 잡아줘?"

"끅…… 끄으으…… 으……."

"되도 않는 엄살 부리지 말고 마지막으로 기회 줄 때 연장부터 꺼내. 숨겨둔 거 있잖아. 누가 혓바닥 긴 놈 아니랄까 봐 하는 짓이 뻔하네. 가까이서 기습하면 이길 수 있을 줄 알았어?"

"이런 씨……."

뻐걱—.

남자는 욕지거리를 내뱉으며 뼛조각을 든 채 숨기고 있던 팔을 휘둘렀지만 내가 훨씬 더 빨랐다. 녀석의 면상에다 그대로 꽂아넣은 주먹의 방향은 그의 움직임과 정확히 반대였다. 짧은 거리를 달려들어 내 목을 노리려던 자세 그대로 카운터를 맞은 것이다.

"거의 빈사 상태라고 하더니만, 개짓거리를 할 체력은 남아도나 봐? 하긴 죽어도 다시 어디서 살아난다고 했지."

어깨 힘을 실어 제대로 밀어넣은 펀치였지만, 오랜만에 날려서 그런지 근육이 뻣뻣해져왔다. 손목을 빙글빙글 돌려가며 자리에서 일어났다. 그리고 삽자루를 다시 쥐어든 후 주위의 흙더미를 한 차례 획 둘러봤다.

"거기 쫄보들, 보고 있지?"

극도로 날선 두어 마디가 통보하듯 이뤄졌다. 주위에는 무덤 모양의 흙더미밖에 없는 상황이지만, 보기에만 그럴 뿐이다. 방금 뻗어버린 놈이 언급한 '우리'는 틀림없이 주변에서 날 지켜보고 있을 것이다.

"조용히 말로 할 때 전부 양전히 기어나와서 대가리 박아. 묻는 대로 순순히 대답만 하면 삽날에 머리통 찍힐 일은 없을 테니까."

최후통첩이 던져진 뒤 다섯 명의 죄인이 흙더미 안에서 튀어나왔다. 무슨 두더지도 아니고, 잘도 티를 안 내며 숨어 있었군. 물론 이것보다 더 숨어 있을 확률도 배제할 수는 없지만 상관없었다. 어차피 땅속에서 거리를 둔 채 나를 기습할 수는 없을 테니까.

"이 정도라는 말이지?"

"네, 네. 맞습니다. 정말입니다."

"거, 거짓말 안 했어요. 저 멍청이가 혼자 주제도 모르고 덤빈 거지, 애초에 은인을 적대할 생각은 없었습니다."

현지인들이 실토한 것들은 대체로 쓸 만한 정보였다. 이 일대는

192

묘지 역할을 하는 장소가 몰려 있는 변두리라는 것. 중심부에는 보다 흉악한 것들이 산재하지만, 반면 중심부로부터 멀어질수록 마주치는 빈도가 줄어든다는 것. 아마도 이곳은 먹이사슬의 밑바닥과도 같은 지역인 듯했다.

"저어, 딱 한 가지만 질문드리고 싶습니다."

내내 몇 마디를 웅얼거리기만 하던 자가 어렵사리 입을 열었다. 대답을 할 필요를 느끼지는 못했기에 지나가듯 시선만 보냈다. 녀석은 내 반응을 묵인으로 받아들인 것 같았다.

"당신은 사도(使徒)입니까? 지옥 밑바닥에 올 사람 같지는 않은데 왜 여기에 있는 거죠?"

"별건 아니고, 찾아야 할 애들이 좀 있어서."

사람을 찾고 있다는 말에 몇몇이 눈을 반짝였다. 미안하지만, 찾는다는 의미가 여기서 탈출시킨다는 게 아니었다. 지옥에서 나가는 방법은 '그년'을 찾아 죽이는 것 말고는 사실상 없었다. 이 내면을 떠돌고 있는 자아들이 생존할 수 있는 방법 또한 존재하지 않는다.

"당신네들은 방해만 안 하면 내 손에 죽을 일 없으니 신경 쓰지 말고 제대로 대답이나 해. 그나저나, 혹시 이 근처에서 십 대 후반 정도의 어린 여자애 본 적 있어?"

하나같이 고개를 절레절레 흔든다. 하긴, 지옥에서 특정인을 찾는다는 게 어불성설이다. 자기 살기도 바쁜 마당에 다른 누군가를 기억한다는 게 쉬운 일은 아니리라. 더군다나 그 대상이 어린 소녀라면 오히려 마주친 적 없는 게 다행이다. 호의를 가지고 접근할 리가 없으니까.

"아무도 모른다? 그러면…… 지옥의 주인은? 여기서 어떻게 불리는지는 잘 모르겠지만, '사탄'이나 '염마' 같은 이름을 가진 놈 말이야."

"그런 이름은 들어본 적 없습니다. 혹시 '악마'를 말씀하시는 겁니까?"

"그것들이 어떻게 분류되고 급이 나뉘는지는 몰라도 가장 위에 있는 녀석에 대한 정보가 필요해. 저런 잔챙이들뿐만 아니라 네가 말한 악마들에게도 고개를 숙일 만한 상사나 배후 같은 게 있을 거 아냐?"

내 시선은 방금 전까지 그들을 산 채로 땅에 묻고 사지를 자르던 묘지기들을 향하고 있었다. 그런 괴물들을 잔챙이라고 표현하자 이내 무척이나 술렁거리는 듯한 반응이 돌아왔다.

"군주를 말씀하시는 거군요. 확실히 지옥은 악마들이 통솔하지만, 개체의 능력은 계급에 따라 천차만별일 겁니다. 더불어 이 계급은 더할 나위 없이 명확합니다."

지금까지 가장 많은 정보를 전했던 자가 이번에도 설명을 자처했다.

"다만 악마들의 군주는 본 사람이 없어요. 설령 만나더라도 함부로 타인에게 발설할 수도 없을 겁니다. 그런 암묵적인 규칙은 제가 여기 떨어진 이후로 깨진 적이 한 번도 없는 걸로 압니다."

"그럼 뭐가 대표를 맡아 이 밑바닥을 관리하는 거지? 야생의 상태 그대로 놔둔 건 아닐 텐데."

"존재조차 불확실한 군주 아래에 열두 대악마들이 있습니다. 그들은 지옥 곳곳에 주재자로서 머물고 있어요. 괴물들은 물론이고 최상위 악마들조차 그놈들에게는 거역할 수 없습니다."

꽤 중요한 정보다. 성경에도 예수 또는 그의 제자들, 혹은 성인들에게 영향을 끼치려 든 악마의 이름이 쓰여 있다. 그중 대부분은 지옥에서 뚜렷한 역할을 지닌다고 명시되어 있으며, 꽤나 그럴듯한 명칭을 지녔다. 아마 이들이 말하는 '대악마'는 그들과 비슷한 존재이리라.

"흐음…… 주재자라고? 설마 지옥의 땅을 구역처럼 나눠서 통치하는 건가?"

"아마도, 아마도 그럴 겁니다. 그들만의 법률이 영역에 따라 다르게 적용되지만, 몇 가지 공통적인 게 있습니다. 특히 여기 떨어진 인간들이 무리를 이루고 단합하는 행위를 엄격하게 금하죠. 혹여나 발각된다면 무리에 연루된 전원이 더욱 깊숙한 밑바닥으로 끌려가게 됩니다."

"깊숙한 밑바닥? 이 땅 아래에 또 다른 지옥이 있단 말이야?"

손가락 끝으로 땅바닥 아래를 척 하니 가리키자, 다른 한 녀석이 손사래를 쳤다.

"그건 아닙니다, 사도님. 밑바닥은 단순히 위아래의 기준으로 나눠지지 않아요."

어느새 명칭이 사도가 된 것 같은데, 어차피 오래 못 볼 얼굴들이니 논외로 치자. 지금은 필요한 정보를 순조롭게 뽑아내는 게 제일 중요하다.

"대간수의 뱃속, 그곳이 지옥의 최심부입니다. 하늘에 떠다니는 거대한 괴수 형태의 대악마가 대간수죠. 그의 뱃속 안에는 관리자 격의 대악마가 왕좌에 앉아 있다고 합니다."

"대간수……? 그리고 뱃속이라니…… 잡아먹어 뱃속에 가두기라도 한다는 것처럼 들리는데."

"이해하신 그대로입니다. 열두 대악마 중 가장 몸집이 큰 대간수의 몸 안에는 거대한 감옥이 형성되어 있다고 합니다. 그 안에서는 수많은 간수들이 수감자들을 감시하고 고문하죠. 그런 간수들을 통솔하는 최상위 관리자가 바로 대악마 바르바토스입니다."

이 이야기를 털어놓는 순간 다섯 사람은 모두 어깨를 부르르 떨었다. 지옥에서 또 다른 중죄를 지은 자가 특별한 취급을 받아 끌려가는 곳. 평범하게 죽을 자가 찾아오는 묘지와는 궤가 다를 것으로 추측된다. 그 안에서 무슨 일을 당하게 될지는 상상조차 하기 어렵다.

"……계속 얘기해봐."

"앞서 말씀드렸듯이 크기가 어마어마한지라 대간수는 지옥의 일부로도 여겨집니다. 한번 그 안에 끌려들어 간 자는 다시 나올 수 없다고 하여 무간(無間)이라고도 불리지요."

녀석은 아는 것들을 죄다 끌어모아 떠들어댔다. 다만 시간이 지날수록 다섯 모두가 상당히 초조해하며 진땀을 흘렸다. 말수가 점점 많아지고, 끝맺음이 빨라지는 것이 눈에 띄었다. 아마 탈출의 기회를 놓치는 상황을 우려하는 것이겠지. 당장 팔다리를 뜯어먹히고 싶지는 않을 테니.

"바르바토스는 잘 알려지지 않은 대악마이고, 무간 밖으로 나오지 않습니다. 다만 실질적인 간수장의 역할을 맡고 있다더군요. 이것 말고는 저도 잘 모릅니다. 악마는 사람들이 한마디의 대화를 나누는 것조차 용납하지 않습니다. 그러니……."

밑바닥이 얼마나 드넓은지는 몰라도 모든 죄인이 동일한 고통을 받을 리는 없을 것이다. 그런 의미에서 대간수의 몸 안에 펼쳐진 감옥에 대한 이야기는 꽤나 흥미롭게 들렸다.

트라우마 중에서도 거의 최상위에 속하는 놈이 둘. 그렇다고는 해도 둘 중 하나는 사실상 '필드'로서 존재하는 셈이다.

감옥을 지키는 간수들, 그들을 총괄한다는 바르바토스. 내게는 이들이 가장 큰 걸림돌이 되겠지. 중요한 것은 이 장소의 명칭이 '무간'이라는 점이다. 한번 들어가면 다시는 나올 수 없는 수렁. 또한 최서연은 밑바닥의 주인이 자기를 '대악마의 뱃속'으로 끌어들였다고 했다. 방금 들은 내용과 거의 대부분이 일치한다.

"이제 됐다. 가봐. 볼일 끝났어."

눈치를 주고받는 녀석들로부터 망설임없이 등을 돌렸다.

"그리고 여기서의 일은 최대한 잊어버려. 낯간지럽게 '사도'를 만났다고 떠들지 말고 가능한 한 조용히 숨어서 기다려. 여기의 죄인들이 안식을 얻는 방법은 내가 밑바닥의 밑바닥까지 닿는 것 외엔 없으니까."

"그게 무슨…… 당신은 대체 이곳에서 무슨 일을 하려고 하는 겁니까?"

"차라리 모르는 게 나아."

어차피 아무것도 아닌 녀석들에게 굳이 시간을 더 낭비할 필요는 없다. 내면 안의 생명체는 결국 세계가 무너지는 순간 사라지는 신기루에 불과하니까 말이다. 굳이 이런 모조품들에게 도덕적 잣대를 들이댈 생각은 단 한 번도 하지 않았다. 비효율적이면서도 부질없는 일이기에.

"'조력자'도 아닌 너희들 따위가 내게 도움을 줄 수 있는 건 아무것도 없어."

17.

묘지를 벗어난 이후 하늘을 몇 번이고 쳐다봤지만 커다란 괴물 같은 건 보이지 않는다. 간혹 거대한 날개를 펄럭이며 날아가는 악마들이나 땅에 가까이 늘어져 있는 사슬들만이 눈에 띈다.

그 대간수라는 게 들은 대로 하늘 위에 떠 있다면 그는 하나의 역할을 추가로 수행하고 있을 것이다. '두려움의 상징' 말이다. 죄인들은 그 끔찍한 감옥에 끌려가지 않기 위해 도를 넘는 저항을 포기하게 된다.

"그러면 오히려 어디에서나 보이는 게 정상일 텐데."

심지어 묘지에서 만난 사람들이 하늘을 가리킨 적도 없다. 적어도 쉽게 위치를 특정할 수는 없다는 의미다.

약간의 난관에 봉착했다. 상징으로서 모습을 드러내는 동시에 직접 가닿을 수는 없게 되어 있는 존재라. 뚜렷한 정체만 파악할 수 있다면 굳이 찾아 헤맬 필요가 없…….

"나와."

단번에 경계 어린 말이 튀어나왔지만, 사실은 모호했다. 기척이 느껴진 것은 분명한데 그 발원지가 어디인지 감이 오지 않았다. 다짜고짜 달려들지만 않았을 뿐 사각에 있었다는 의미다. 즉 나를 죽일 수도 있었는데 그러지 않았다. 심지어 그런 기척조차 의도적으로 만들었을 확률이 다분하다.

"대간수의 뱃속으로 왜 가려는 건가?"

모습은 드러내지 않았지만, 말소리가 속삭이듯 들려왔다. 아주 가까이서 말하듯.

"누구시죠?"

"생각보다 예의 바른 아가씨로군. 묘지에서는 전혀 그럴듯한 모습이 아니었는데 말이야."

"그렇게 대할 만한 상대가 아니라는 생각이 들면, 그렇게 해야죠. 그리고…….'

최대한 감각을 날카롭게 벼리며 나지막한 목소리로 말을 이었다.

"묘지에서의 일을 알고 있군요? 제가 아는 한 주위엔 제삼자가 없었던 것 같은데."

"크ㅎㅎㅎ. 간파하기 어렵지 않은 수를 두긴 했지만, 눈치가 빠른 건 마음에 드는구먼."

순간적으로 두어 걸음 뒤로 물러날 수밖에 없었다. 바닥에서, 아니, 내 그림자를 통로 삼아 튀어나온 손은 메말랐지만 흉흉한 기운을 드러냈다. 앞서 했던 예상은 정확히 맞아떨어졌다. 이 빌어먹을 손의 주인이 나를 죽이려는 마음을 먹었다면 즉각 위험한 상황에 처했을 것이다.

"무례를 용서하시게. 내가 워낙 흔적을 남기는 것에 민감해서 말이지. 그리고 자네의 행동에는 상당한 광폭함이 깃들어 있었어. 나로서는 침착한 반응을 기대하기가 어려웠네."

사과를 건네며 그 자리에 완전한 모습을 드러낸 자는 키가 나와 비슷했다. 전체적으로 약간 부푼 느낌이 있지만, 살집이 있다기보다는 뼈대가 굵은 쪽일 확률이 높다. 천 아래로 살짝 드러난 손으로 보건대 상당히 메마른 체형이라고 추측할 수 있다.

"그래, 처음 말을 걸었을 때 나에 대해 물었었지. 누구냐고 말이야."

악마다. 악마라고밖에 생각할 수가 없다.

흔히 오컬트에 대해 생각하면 흔히 떠오르는 상징물들을 대표하는 것만 같은 외형. 산양의 머리뼈를 가면처럼 뒤집어쓴 채, 몸은 검은 천으로 바짝 둘렀다. 어깻죽지 뒤쪽이 불룩 튀어나온 것으로 보아 날개 혹은 기형의 뼈를 지닌 것 같았다. 다만 아주 가까이까지 몰래 접근한 것과는 걸맞지 않게 평화적인 접근을 시도하려 한다.

"열두 대악마에 대한 이야기를 들었을 테지. 강한 영혼을 지니고 있는 자네는 본능적으로 이질적인 영역의 기운을 느꼈을 거야. 그러나 두려워하지는 말게. 나의 근원은 억압과 복종보다는 자의적 숭배에 가까운 것이니."

대악마. 이 밑바닥에도 단 열둘밖에 없다는 괴물이 왜 내게 대화를 시도하는 걸까.

물론 여기는 어디까지나 내면세계이니 악마라고 해서 실제 지옥처럼 본분에 충실하지 않을 수도 있다. 뱀인지 조력자 중 하나인지는 알 수 없다는 얘기다. 설령 그렇다 한들 저것을 쉽게 믿을 수는 없겠지만.

"섣불리 달려들지 않다니, 현명한 자로군. 나는 자네의 뒤를 쫓지 않았어. 다만, 목소리가 들렸다. 그것이 다른 모든 면에서 미약하기 짝이 없는 내가 지닌 유일한 권능이다."

그 무렵부터는 악마의 목소리가 몇 번이고 겹쳐 들리듯 머릿속에 울리기 시작했다. 이렇게 기괴하기 짝이 없는 연출은 이전에 한 번 겪어본 적이 있다. 차 사고가 난 직후 절벽 아래의 경계에서, 한 소녀의 의태가 자신을 칭할 때 그리 들렸다. 속삭이고, 매혹하며, 선언하듯이.

"나는 아주 오래전부터 모습이 알려져왔고 수많은 존재로 묘사되었다. 신실한 자들이 이단이라 칭한 자들의 기도가 나를 향하여 목소리를 높였다. 악마주의자는 나의 형상을 저주의 중재자로서 내세웠다. 악마란 본디 현실과 괴리된 존재이나, 모든 것은 우상과 역사를 통해 전승되었다. 결국 버려진 자들의 맹목적인 믿음이 이 하잘것없는 존재에다 멍에를 씌워 끌어올린 것이다."

양의 머리뼈, 그 한가운데의 움푹 팬 눈구멍에서 한데 뭉친 불꽃과도 같은 안광이 빛을 발했다.

"이 껍데기의 형상을 본뜬 우상을 숭배하는 자들은 나를 바포메트라고들 부르지."

"바포메트."

소설을 즐겨 읽는다면 한 번쯤은 들어봤을 이름이다. 하지만…….

"굳이 이름을 밝히는 이유가 뭐죠? 적어도 당신이 대악마라는 사실 정도는 알리지 않는 게 입장상 유리했을 텐데."

뻔한 답이 나올 가능성이 높은 질문이다. 더구나 뼈만 앙상하게 남아 있으니 반응을 캐치할 수도 없다. 그럼에도 불구하고 이 말을 꺼낸 이유는 간단하다. 아주 멍청이는 아니되 아주 지혜롭지도 않은 인간, 나를 그리 여기게 하기 위함이다. 자기 선에서 가지고 놀 수 있는 대상에겐 어느 정도까지는 수를 던지려 할 테니까.

"그야 간단하지. 자네는 접근해오는 악마가 대악마가 아니라면 물리쳤을 거야. 어느 누구의 하수인이 될 만한 존재는 자네를 흔들 수 없을 거라고 판단한 것뿐이다."

하필 떠보는 상황에서 이런 과감한 답이 나오다니. 악마라 그런지 말의 진위를 가려내는 데에는 도가 튼 것 같다. 어리숙함을 가장한 모습으로는 지금까지 보인 재주를 덮어버릴 수 없다.

"그렇군요."

"놀라지 않는군."

"뭐가 됐든 정보만 얻으면 그만입니다."

"그게 거짓인지 아닌지 판별할 방법은?"

"판별하지 않을 겁니다."

애초에 악마와 말장난을 주고받는다는 것 자체가 미친 짓이다. 그렇다고 솔직한 대답을 줄줄 늘어놓는 건 항복이나 다름없다. 결국 어떤 자세로 이 산양 뼈다귀를 상대해야 하느냐.

"지금 당장은 말이죠. 다만 상황이 애매하게 흘러가거나, 미심쩍으면 바로 쏠 겁니다. 당신을 죽이지 못하거나, 외려 당신이 절 죽이게 되더라도 이야기는 달라지지 않아요."

"경고치고는 살벌하지 않나? 거침없고, 눈앞의 상대를 두고 오만하기까지. 어중간한 각오로는 생각조차 못 할 일들을 번번이 저지르는군."

"조건을 붙이는 것도 이번이 마지막이에요. 정 마음에 들지 않는다면 한번 죽여보시든가."

"……큭큭큭. 큭큭큭크흐흐흐. 하하하!"

일방적인 통보에 그는 소름 끼치는 웃음과 의미 모를 폭소로 응수했다.

"정말이지 어이가 없어지는군. 근 수십 년간 이렇게 대담한 인간은 처음이야. 과연, 스스로 지옥에 뛰어든 '해결사'만큼의 값어치는 해낼 수 있다는 건가?"

"그건 어떻게 알고 있는 건지?"

적의를 나타내는 반응인지 만족스러워하는 반응인지 구분이 가지 않았다. 슬그머니 안주머니로 손을 옮기려 하자 바포메트가 몸을 삐그덕거려가며 고개를 끄덕였다. 그리고 앙상한 손을 앞으로 뻗어 손가락 다섯 개를 펼쳐 보였다.

"지금까지 다녀간 외부인들, 모두 정리된 건 알고 있겠지? 그들은 지옥에서 살아남을 자격이 없었어. '해결사'일지는 모르나 상식을 뛰어넘을 정도로 비범하지는 못했으니까."

"숫자가…… 정확히 일치하네요. 대악마들끼리는 지옥 내의 무슨 소식을 들으면 친근하게 담소라도 나누나 보죠?"

"다시 말하지만 나는 소리를 들을 수 있어. 그들의 단말마까지도 하나하나 귀담아들었지. 굳이 제삼자에게 단서를 흘린 그들을 책망 하지는 말게. 이에 상응하는 정보를 내놓을 테니."

북 치고 장구 치고 혼자 다 하는군. 그런데 묘하게 납득이 되는 모양새인지라 퍼뜩 정신이 들도록 이를 꽉 물어야 했다. 페이스에 말려들어가는 순간 내가 속고 있는 줄도 모르고 멈추지 못하게 되 니까.

"'카타콤'에 대해 알고 있나?"

"들어본 것 같기는 한데 정확히는 알지 못합니다."

"상관없네. 지옥이 수만 가지의 다른 이름으로 불리듯 그것도 수 만 가지의 이름 중 하나니까. 그냥 한 가지만 알면 돼. 그곳은 악마 들의 묘지일세. 분묘 대신 안식의 비에 이름이 적히고, 영면 후에는 바스라지지 않는 뼈가 작은 관에 담기지."

"그게 지금의 제 용무와 무슨 상관이 있는지?"

이 말을 들은 바포메트가 가리킨 것은 하늘이었다. 밑바닥에서 보이는 붉은 하늘. 죄인이 항상 올려다보며 구원을 꿈꾸는 하늘. 그 리고 사슬이 빽빽이 쳐진 그 형세 때문에 단념하게 되는 그런 하늘

말이다.

"단순히 올려다보는 것만으로는 하늘에 닿을 수 없다. 죄인의 눈은 밑바닥에서 맴돌 뿐이며, 감히 다른 존재를 우러러볼 수 없다. 만약 그 너머를 침범하려고 드는 자가 있다면 사자가 그를 찾아가 말하나니 기뻐하라, 미약한 존재여. 비로소 너의 눈이 뜨였다. 고로 소천함으로써 앎에 가까워지며 끝에서는 멀어지느니라."

마치 경전의 구절을 읊듯 그가 말을 내뱉었을 때 나도 모르게 긴장하고 말았다.

이 바포메트라는 악마는 결코 누군가의 하수인이 될 수 없다. 그럼에도 불구하고 충실히 누군가의 '말씀'에 따라 몇 마디를 외운다. 이것이 더할 나위 없이 신경 쓰이고 의심스럽게 느껴졌다. 비록 악마로서의 본성을 덮지 못하는 즉시 머리를 박살 내겠다고 선언했더라도 여기에 반응할 수는 없었다. 어느새 이 악마가 내게 전해준 정보만큼은 반드시 끝까지 들어야만 한다는 생각이 들고 말았던 것이다.

"밑바닥에서 올려다보이는 상공은 사슬로 이뤄진 거미줄에 불과해. 하지만 '성도의 지하 묘'는 다르지. 석실과 감벽(紺碧)의 궤, 개미굴이 즐비한 대공동의 중심이야말로 진정한 밑바닥의 하늘이야. 그 장소는 신의 영역에 다다르고자 하는 악마들의 갈망이 깃든 상징물이니까."

상징물이라. 우연하게도 내 추측과 겹치는 단어였다. 저 하늘이 이곳에서는 두려움의 상징으로서 존재하고 있으리라는 것. 정말로 저 위의 사슬투성이 하늘이 아무 의미도 없는 밑바닥의 허상이라면, 앞뒤가 맞는다.

대악마는 죄인들의 두려움을 불러일으켜 그들을 다스리기 위해 태어난 존재다. 악마들은 죄인과는 다른 영역에 머물러 지옥을 훤히 내려다본다. 현실과 마찬가지로 높은 존재를 향한 경배와 두려움에 의해 지옥이 유지된다. 어쩌면 이 악마에게는 다소 요원할지도 모르는 것들 말이다.

애초에 지옥의 역할은 이승의 업을 단죄하는 것. 죄인의 저항 따위는 완전히 무력화하도록 설계되었다. 그럼에도 밑바닥이 단순한 불바다가 아닌 이유는 죄인들에게 다양한 고통을 선사하기 위함이 아니다. 이곳이 악마들의 세상이고, 그들도 인간과 유사한 면모를 지녔기 때문일 것이다. 그렇다면 중요한 것은 군주와 열두 대악마 아래의 악마들 역시 이들의 발밑에서 떨어야 한다는 것.

수만의 죄인들이 들고일어나 봉기하는 것보다 한둘의 악마가 변절하는 게 더 치명적이다. 결국 지옥의 붕괴를 초래하는 열쇠는 말도 채찍도 아닌, 마부들이 쥐고 있는 것과 다름없다. 아무리 난폭하고 잔인하더라도 그들에게는 의무와 권리라는 게 존재하기에.

"생각이 길어지는 걸 보아하니 조금 생각이 바뀐 것 같은데, 대충 감이 온 건가?"

"악마들이 죄인을 산 채로 불길에 내던질 수 있는 건 행운이 아니에요. 결국 그것도 악마의 의무에 불과하니까. 아무리 수많은 계급으로 나뉜 사회라도 필요한 요소는 단둘뿐이죠. 의무를 기꺼이 행할 중간 하수인과, 권리라는 필수적 대가."

"핵심을 꿰뚫었을 정도로 탁월한 질문이나 단지 그것뿐이로군. 이상적인 해결 방안을 내놓지 못한다면, 결국 빙빙 맴도는 분석에 불과해. 대화는 한없이 길어지기만 할 거고, 결론은 나오지 않을 걸세."

"알아요. 그리고 대화할 필요 없습니다. 그런 입장에 속한 건 당신도 마찬가지니까. 제가 풀어야 할 의문은 하나뿐이고, 당신은 그냥 솔직하게 대답해주면 됩니다."

헛기침이라도 해서 거침없이 쏘아대는 스스로의 기세를 잠시나마 반감시키고 싶었지만, 야속하게도 나오지 않았다. 비록 내면이라 하더라도 상대는 이 드넓은 지옥 밑바닥에서 상위 열세 명 안에 속하는 악마다. 무려 그런 이름값을 지닌 존재를 일개 침입자 따위가 지나치게 몰아붙이는 건 아닐지 모르겠으나.

"대악마씩이나 되는 존재가 굳이 밑바닥의 주인을 등지려는 이유가 뭐죠?"

조력자라면 이용해먹고, 불온하다면 즉각 머리통을 날릴 것이라는 판단은 여전히 유효하다. 설령 내가 생각지 못한 일이 생겨 목숨을 잃더라도 이 두 가지 선택지에서 벗어날 일은 없다.

나는 항상 이런 방식으로 앞일을 대비했고 그렇게 생존해왔다. 탁월함을 갖추기 위한 첫 번째 조건은 자기 자신을 믿어 의심치 않는 것이니까.

산양의 머리뼈에서는 표정을 읽을 수 없다. 다만 이 침묵만큼은 그가 고민하고 있다는 확실한 증거일 것이다. 그렇기에 약간이나마 안심할 수 있게 됐다.

어차피 내면세계의 존재 중에서 완벽에 가깝게 복제된 것은 오직 밑바닥의 주인뿐이다. 다른 악마들이 상식을 한참이고 벗어난 경지에서 날 가지고 놀 확률은 거의 없다시피 했다.

"제대로 미쳤군. 뭣 때문에 미쳤는지는 모르겠지만, 단단히 미쳐버렸어. 웬만한 악마는 함부로 자네를 가지고 놀 수 없을 걸세. 마음에 균열이 없다면, 의심이 스며드는 것 역시 불가능하니까 말이지."

"미친 세상에서 덩달아 미치는 건 어렵지 않은 편에 속한다고 보는데요."

"어렵지는 않지만 물 샐 틈 없이 속임수를 막아내는 건 다른 영역의 얘기지. 빈틈을 메우는 방식은, 자아에 대한 뚜렷한 인지인가? 아니, 오히려 그 반대일 수도 있겠군."

"별로 중요하게 들리는 얘기는 아니네요. 그래서, 대답할 건가요? 왜 밑바닥의 주인을, 당신 동료들을 등지려는 건지?"

"큭큭…… 그래, 맞는 말이야. 이 미친 세상에서 나도 덩달아 미쳐가고, 그러니 여기까지 온 게지. 뭐, 궁금하다면 유감이지만, 대답은 어렵겠군. 나도 이유를 정확히 알 수가 없으니."

모른다라.

"자네의 궁금증을 풀어주기 위해 말할 수 있는 건 단 하나뿐이야. 나는 바르바토스에게 용건이 있다. 그걸 전하기 위해서는 대간수의 눈을 피해 놈의 뱃속에 들어서야 해. 그리고 그 무간으로 통하는 출입구가 바로 카타콤이지. 정 의심스럽다면 어쩔 수 없네만, 어차피 자네도 그곳으로 가야 하리라 예상되는군."

"……."

"자, 나를 쏘고 카타콤에 관한 이야기는 이만 묻어두겠나?"

"아뇨, 딱히 그럴 필요는 없겠어요. 대충 납득했으니까."

바포메트가 굳어버리듯 침묵했다. 내 대답이 예상을 벗어났기 때문일까, 아니면…….

"카타콤이라는 장소로 가는 길은 어디에 있죠? 그리고 그쪽은 밑바닥 어디까지 저와 동행하는 건가요? 대간수에게 출입을 허락받을 수 없는 상황이라면 당신 역시 제 도움이 필요한 것일 텐데요."

"필요하다면 필요하지. 하지만 자네에게 접근한 건 나로서도 우연한 계기에 이끌린 것에 불과해. 소리를 들을 수 있었을 뿐, 자네를 만나게 되리라 예지하는 건 내겐 불가능한 일이니까."

산양 머리의 눈구멍에서 다시금 살기와 광기가 뒤섞인 안광이 뿜어져나왔다.

"애초에 대간수 정도는 혼자서도 충분히 지나칠 수 있다. 하지만 바르바토스는 달라. 그는 군주에게 부여받은 임무에 더없이 충실하여 날 놓치지 않을 거다. 그 시점에 자네가 '내 생각대로' 움직인다면…… 조금은 가망이 있겠지."

"죽이려고요? 같은 대악마를?"

"아니, 빼앗긴 걸 되찾기만 할 뿐이야."

무슨 소리인지 아직은 잘 모르겠다. 하지만 호의와 악의를 구분

210

할 수 있다면 그걸로 족하다.

결국 나는 수긍하듯 고개를 끄덕였다. 그리고 소매에 품고 있던 삽날 조각을 도로 안쪽에 밀어넣었다. 그렇게까지 성의를 보이고 나서야 바포메트는 이야기를 계속해나갔다.

"카타콤은 어디에나 있고, 악마라면 누구나 그곳으로 향하는 통로를 열 수 있다. 그리고 언제 끝날지 모르지만 동행이 계속되는 한 나는 자네의 그림자에 숨어들 걸세. 아까 전까지 해왔던 것처럼 말이지."

"그거 되게 기분 나빴는데. 별로 맘에 들지 않는 플랜이네요."

"큭큭…… 걱정 마시게. 나는 자네가 생각하는 것보다는 써먹을 구석이 많을 테니."

혹시 악마들한테는 기분 나쁘다는 말이 가벼운 인삿말 정도로밖에 들리지 않는 건가?

"자네는 무슨 이름을 지니고 있나?"

"굳이 알아야 할 이유가 있을까요? 밝힐 이유도 마찬가지고."

"피차 서로의 입장을 밝힌 상태에서 숨길 이유도 없겠지."

"고유진이라고 부르세요. 그러는 당신들의 주인은 무슨 이름으로 불리죠?"

"그걸 말하는 건 불가능해. 금기니까. 현실에 직접 개입해 혼란을 빚는 게 불가한 것처럼, 우리 열두 대악마조차 금기는 어길 수 없게 되어 있다. 그게 숙명이지."

거참 편한 설정이네. 날 때부터 그렇게 되어먹었다니 건드리기조차 애매하다.

수상쩍지만 그 이상의 접근은 힘들다. 이래저래 불편한 질문은 손쉽게 피해갈 수 있고, 아주 좋으시겠어.

"뭐, 대충 그렇다 치고, 지금 뭘 하는 건지?"

"통로를 열기 위한 기초적 준비다. 수많은 악마들이 잠든 대공동을 영접하기 위해서는 그리 수고로운 일도 아니지."

바포메트는 땅에 묻혀 있던 풍화된 뼈들을 이리저리 주워다 배치했다. 세심한 손길이었지만 나는 심드렁한 표정으로 팔짱을 끼고 지켜보기만 했다. 입국심사 한번 빡빡하구나, 싶었다.

"우리 세대에는 이런 준비로 10분 이상 기다리면 신경 많이 써주는 거예요."

"각박한 세상이로세. 하지만 우리는 전통을 고집하고, 주어진 것에 감사하는 삶을 살아왔지. 적어도 문을 열기 위해 희생물을 바쳐 피를 흘릴 필요는 없잖은가."

"뭐, 틀린 말은 아니네요."

"그것이 자네의 피가 될 수 있다면 더더욱 그렇지. 자, 준비는 어느 정도 끝났네."

산양 뼈다귀가 자랑스럽게 펼쳐 보인 결과물. 오컬트풍의 소환진처럼 보였다. 자그마한 뼛조각들로 원을 그리듯 테두리를 만들고, 남는 뼈를 곱게 빻아 원 안에 선을 그은 것이었다. 이리저리 가지를 뻗고 있지만 결국 중요한 것은 균형과 패턴. 그리는 순서 하나 어긋나서는 안 된다고 바포메트가 말했다.

그러나 정작 소환진의 중심은 바깥의 형태와 조화롭지 않게도 텅텅 비어 있었다. 뜻깊은 설계일지도 모르겠으나, 가장 중요한 구심점이 없는 그림은 묘한 느낌을 풍겼다.

"뭔가 하나가 빠진 것처럼 보이는데."

"그럴 수밖에. 중심에는 내가 들어간다. 문을 열 수 있는 자격을 시험하기 위해 나를 녹색 불길로 사르는 거지."

"희생은 필요 없다면서요?"

"악마에게 큰 영향을 주는 열기가 아니니까. 물론 인간의 기준에서는 다를 수도 있겠군."

바포메트는 뼛가루로 그린 금을 밟지 않기 위해 뒤뚱거리며 중심부에 들어가 몸을 낮췄다. 그러고는 낯선 언어로 중얼거리기 시작했다.

뜻을 알아듣기 어려웠다. 자기네들이 쓰는 악마어겠지. 다행히 말을 끝맺을 즈음에는 확실하게 이해할 수 있는 말들이 튀어나왔다.

"선조들의 지혜를 빌리고자 하니, 그 뜻을 안다면 나의 몸을 불살라주시오."

땅에 머리가 부딪힐 만큼 고개를 바짝 숙이고, 팔꿈치로 지지한 두 손을 치켜올려 모아쥔다. 믿음의 숭배와, 존중의 경배와는 또 다른 의미. 벼락이 떨어져 타오른 불길을 보는 원시인처럼, 기적을 목도한 불신자처럼, 생각조차 못 한 초자연적인 공포를 마주 본 자가 목숨을 구걸하는 자세다. 그러자 암녹색 화염이 소환진의 뼈를 따라 불타올랐고, 그 불길은 이내 바포메트를 뒤덮었다.

악마는 그 상태에서 미동조차 하지 않았다. 나 역시 아무 말도 하지 않았다. 그보다는 이 드문 광경에 시선을 집중하는 것이 우선이었다. 아니, 분명 그때의 나는 비취색과 쪽빛이 뒤섞인 듯한 그 화톳불의 일렁임과 아지랑이에 매료되어 있었다.

"짙은 안개가 그대를 기다린다. 설령 아침이 찾아오더라도 완전히 모습을 감추지는 않겠지."

문득 처음 듣는 목소리가 귓가에 울렸다. 누가 내뱉는 말인지 도통 알 수가 없었다. 하지만 다음에 이어질 말을 들어보고 싶었다. 나 자신이 무언가에 매혹되어 이끌리는 것은 희귀한 경험이었다.

이 감각을 더욱 느끼고 싶었다. 마치 흡연을 할 때와 비슷한 느낌. 그것이 무언가에 중독되었을 때의 감각이라는 생각조차 하지 못할 정도로 나는 빈틈을 내주고 있었다.

"또한 그것은 우리가 더할 나위 없이 고대해온 순간이기도 하다. 그러니 너는……"

"지옥에 들어왔다면 반드시 마땅한 대가를 치르게 된다. 그러니 너무 원망하지 마라."

두서없는 말들이 저마다 다른 대상의 입에서 흘러나왔다. 수많은 정보가 난잡하게 정신으로 파고들었다. 머릿속이 복잡해지다 못해 터질 듯했다. 마음을 가라앉히기에는 의문스러운 기억의 파편들이 너무나도 많았다. 예를 들면, 최서연이 했던 말들 같은…….

"저는 몰라요. 그곳에 왜 끌려갔는지 생각이 안 나요. 아니, 생각하고 싶지 않아요."

"죄를 지었을 것 같아서? 네가 그걸 숨겨야 할 상황이 오는 게 무서워서?"

"그런 게 아니에요. 저는 죄를 짓지 않았고, 설령 지었다고 해도 타인이 진심으로 저를 증오할 만한 일은 하지 않았어요."

여러 차례 캐물은 점이었다. 나에게 마음을 연 후에도 그녀는 한 가지의 사실을 밝히는 것만은 극도로 꺼렸다.

앞뒤가 맞지 않았다. 떳떳하면서 진실을 밝히기 두려워하다니. 최서연은 여기서 무엇을 보았던 걸까. 아니, 어느 정도까지 볼 수 있게 된 걸까.

"그러니까, 나머지는 직접 알아내세요. 알고 싶은 것이 있는 곳까지 길을 열어드릴게요."

간곡한 목소리에서 떨림이 느껴졌었다.

"언니."

이 순간, 악몽에서 깨어나듯 화들짝 놀라 몸을 휘청거렸다. 덕분에 꼴사납게 비틀대며 중심을 잡는 데 애를 써야 했다. 지옥 한복판에서 정감 가는 말을 듣게 돼서 깨어난 게 아니다. 또 다른 외적 변수가 끼어든 것은 더더욱 아니다. 단지, '언니'라는 그 한마디. 그게 이유의 전부였다. 내담자인 최서연이 아닌, 친동생 고유영의 것에 가까운 목소리였으니까.

"괜찮나?"

"뇌."

바포메트의 말라비틀어진 손이 내 어깨에 닿자마자 그를 거칠게 뿌리치고 한 걸음 물러섰다. 눈앞의 대상을 믿을 수 없었기 때문에 어지러움을 딛고 안주머니를 더듬어 권총을 쥐었다.

"미쳤어? 무슨 되도 않는 개수작을……."

"뭘 봤는지는 모르겠지만 상상력이 풍부하군. 미안하지만 내가 한 게 아니야."

해명을 뱉은 직후 바포메트는 애먼 데로 시선을 돌렸다.

카타콤은 대공동을 중심으로 생긴 낭떠러지와 샛길에 수많은 석문이 달린 구조였다. 그 공동은 위로 갈수록 하늘같이 넓었고, 아래로 갈수록 점점 좁아지는 구조를 띠었다.

"저 대간수 안의 소화된 먹잇감들이 자네의 '분열'을 유도한 거지."

애먼 곳이 아니었다. 분명히 무언가가, 아주 큰 무언가가 하늘에 매여 있었다. 카타콤 중심의 상공, 대공동 한복판에서 수많은 사슬에 매달린 채 움찔거리는 저것이 무엇인지 알기는 어렵지 않았다.

형언할 수 없이 끔찍한 형태를 한 살덩어리의 표면에는 수많은 사슬뿐만 아니라 상처와 낙인, 숨구멍과 촉수가 즐비했다. 그 기괴한 생명체는 자신이 아직 살아 있음을 증명이라도 하려는 것처럼 꿈틀거렸다. 맥박이 뛰는 심장처럼.

"도착했네요."

"자네가 잘못된 선택을 했다면 결코 들어서지 못했을 장소이기도 해. 지혜로운 판단에 마땅한 결과가 따른 것이니, 기쁘게 받아들이시게."

이 장소가 바로 대공동이자 카타콤, 악마들의 요람. 평범한 죄인들은 다다를 수조차 없는 지옥의 최심부였다. 비밀을 숨겼거나, 잊히길 바라거나, 드러나면 안 될 존재들이 숨어들기에 딱 좋은 장소다.

더구나 이렇게 의미가 깊은 장소에 도달하기 위해 안식처와 비슷한 '침입'의 과정을 거쳐야 한다면.

"그 애의 숨겨진 기억들이 전부 여기에 남아 있어."

'기억의 심층.' 최면으로도 없앨 수 없는 근원적인 무의식과 기억. 즉 이곳에서는 모든 것들이 뚜렷한 진실을 담고 있으며, 따라서 블랙박스로 반드시 촬영해야 할 타깃이 된다.

난 이곳에서 일어나는 모든 경험을 해석하고 진실을 밝혀야 할 의무가 있다. 사실상 나비가 행해야 할 작업의 중간 이상까지는 지나온 거다.

18.

"자네를 분열시키는 건 저 죄인들이 선택할 수 있는 최후의 수단이다. 저들의 그런 불합리한 선택은 다른 인간들의 저항 의지마저 꺾어버린다."

"악마가 아니라 먹잇감들이 내가 환각을 보게 만들었다?"

"얼마나 지났는지도 모를 시간 동안 오래도록 이어진 고통은 트라우마라는 상처로 마음에 스며든다. 하지만 밑바닥의 가장 깊은 감옥에서 겪는 고통은 '과거의 일'로 완료되지 않아. 앞으로 얼마나 감내해야 할지 알 수 없다는 게 중요한 것이네. 저것은 죄인의 현재와 미래를 모두 빼앗고 먹어치우지."

"확실히 저런 것에 걸려들면, 기분이 좋지는 않겠어요."

더럽게 못생겼다는 말을 굳이 돌려 뱉을 생각도 없었다. 지금까지 내가 본 악마나 이형들 중에서 가장 끔찍한 비주얼이었다. 반쯤

썩은 살덩어리가 고름을 한가득 머금고 밑도 끝도 없이 부풀어오르면 저렇게 될 듯싶었다.

"무의미한 영겁의 시간, 보이지 않는 극도의 무기력과 체념. 죽음조차도 저버린 중죄인들의 운명을 기록한 묵시력이야말로 '대간수'의 근원이라네. 또한 대공동에서 인간들이 제정신을 유지할 수 없는 결정적인 이유이기도 하지."

"저게 대간수라면…… 놈의 안 어딘가에 바르바토스가 있나요?"

"아마도…… 아니, 반드시 있어. 공작 바르바토스는 열두 대악마 중에서도 군주의 뜻을 가장 열렬하게 받드는 악마니까."

"카타콤에 들어온 것까지는 좋은데, 여기서 어떻게 더 나아갈 수 있죠?"

"그건 가면서 설명하도록 하지. 따라오게. 이 지하 묘에서 자네가 안전할 수 있는 방은 그리 많지 않으니까."

바포메트가 어기적어기적 걸음을 옮겼고, 나도 말없이 그 뒤를 따랐다.

궁금한 것도, 들어야 할 이야기도 아주 많았다. 그렇게 생각하자 참을성이 금방 바닥났다. 물론 여전히 시야를 거대하게 채우고 있는 저 덩어리에게 들리지 않도록 속삭이듯 물었다.

"굳이 제가 안전해야 할 이유가 뭔가요? 어차피 막아선다면 뚫고 가야 할 대상인데."

"대악마 둘을 동시에 상대하는 것을 한 단계 넘어선 상황이 지금이야. 이 카타콤은 대간수가 살기에 아주 적합한 환경이다. 그리고 바르바토스가 아주 오랜 기간을 통치해온 영역이기도 하지. 자네는 지리에 능통한 사냥꾼을 따라잡기 위해 나침반도 없이 숲에 들어가나?"

"경험과 지식의 격차로군요. 그렇다면 그 간극을 줄일 방법은 있는 건지?"

"나는 심장의 고동을 통해 내면에 숨겨진 진실된 소리를 듣는 악마. 그것들은 주로 아우성이나 단말마이지만, 때로는 예외도 있는 법이야."

무슨 뜻인지 잘 이해가 되지 않았기에 뚱한 표정으로 앞장선 바포메트의 뒤통수를 바라봤다. 헛소리를 내뱉으면 망설임 없이 걷어차 땅바닥에 처박겠노라는 다짐과 함께.

"이 밑바닥에서는 대간수의 심장박동 소리를 들을 수 있고, 그 속도는 주기적으로 변화해. 아주 빨라지기도 하고, 느려지기도 하지. 그리고 후자의 경우에는 대간수의 경계가 흐트러진다."

"흐트러진다고요?"

"수면기와 크게 다르지 않아. 한번 잠에 들면 수면의 단계가 점차 깊어질수록 심박수가 떨어지니까. 자신과 연결된 사슬들이 보내오는 신호조차 인식할 수 없을 만큼, 미약해지고 둔화되는 거지."

"무슨 거미도 아니고……."

말마따나 대공동과 대간수는 수없이 많은 사슬로 연결되어 있다. 단순히 편하게 매달려 있으려는 것이 아니라면, 사방으로 뻗어 있는 사슬은 주변을 경계하는 역할을 수행하고 있을 것이다. 거미들이야 잔뜩 굶주려 먹이 하나의 움직임에도 예민하지만, 이놈은 배가 불러 터졌나 보다.

"아무튼 그 순간을 노리면 대간수의 시야에 들지 않고도 안에 침입할 수 있네. 간수와 죄수들 사이에서 벌어지는 내부의 소요(騷擾)는 녀석의 경계 대상이 아니야. 사실상 들어가기만 하면 적의 전력이 반으로 꺾이는 셈이지."

"일을 벌이기에 적합한 환경을 조성하고 들어간다. 딱 그 정도로만 알아들으면 되나요?"

"자네가 강하다면, 그 정도로도 충분한 도움이 될 거라고 생각하네."

내가 이야기를 전부 듣고도 미심쩍어하는 기색을 보이자 바포메트가 우습다는 듯 킬킬거렸다.

"아무리 강하다고 해도 정작 중요한 건 내가 어떤 방면에서 우위를 점하고 있느냐죠. 그래플링을 하거나 머리통에 킥을 먹이는 걸로는 절대 못 이겨요. 체급 차이가 지나치게 압도적이니까."

"그럼 자네는 어떤 방면에서 강한 부류의 인간이지?"

"전부 다요. 조금 바꿔 말하면 강하지 못하다고도 할 수 있고."

"무슨 뜻인지 모르겠군. 수수께끼를 직접 푸는 것은 별로 좋아하지 않아. 나는 보통 수수께끼를 내는 쪽이니까."

더럽게 눈치 없는 양 대가리가 내 의도를 파악하지 못하겠다는 듯 고개를 갸우뚱거렸다. 결국 나는 한숨을 푹 내쉰 다음 옷소매에서 조각난 삽날의 파편을 꺼내 앞으로 슥 내밀었다.

"딱 두 가지만 알면 돼요. 무기의 가장 효과적인 사용법과 상대의 급소. 베는 것, 찌르는 것, 무게를 실어 찍어버리는 것. 날붙이의 형태에 따라 전부 달라요. 급소는 뭐…… 상대가 괴물들이 아니라면 고민할 필요도 없을 텐데, 좀 짜증나네요."

물론 보다 효과적인 무기도 품안에 있지만, 사용 횟수에 제한이 있으니까.

바포메트는 아직 내가 안식처에서 찾아낸 권총의 존재를 모르고 있다. 이 무기는 최후의 최후까지 아꼈다가 사용해야 한다. 총알이 여유롭다고 한들, 탄창 한두 개를 비워버리는 건 순식간이니까.

"형태도 급소도 인간과 비슷한 그 묘지기들은 큰 문제가 안 됐어요. 뼛조각이랑 삽보다 더 좋은 무기가 있었다면, 아까의 두 배로 몰려왔어도 해볼 만했겠죠."

"제법 자신감이 넘치는군."

"이미 많이 해왔던 일이니까 그럴 수밖에."

딱 거기까지 말했을 무렵 간신히 탁 트인 공간으로 나올 수 있었다. 참던 숨을 뱉듯 가장 먼저 한 행동은 가래침을 뱉어가며 옷매무새를 정돈하는 것이었다. 대공동 외곽에 난 좁은 낭떠러지 길을 가로지르고, 이따금씩은 사슬에 걸리지 않기 위해 개미굴을 기어서 지나가야 했다. 덕분에 목적지에 도착했을 무렵에는 온몸이 먼지투성이가 됐다.

바포메트야 전혀 개의치 않고 좁고 너저분한 곳을 뚫고 지나갔지만, 나는 인간이기에 짜증만 치밀어올랐다. 개미굴을 지날 때는 차라리 폐광 탐사가 나을 정도라고 생각할 수밖에 없었다. 그나마 지금 막 당도한 이곳은 깎아지른 절벽이 주변으로 널찍하게 펼쳐져 있어 답답함이 덜했다. 물론 대간수란 괴물은 여전히 천장에 매달려 흉악한 존재감을 마구 드러냈다. 꽤나 오래 내리막길을 걸었음에도 놈의 꿈틀거림은 여전히 시야에 거슬렸고 카타콤의 밑바닥은 보이지 않았다.

"아무튼, 무기의 질이 너무 낮아요. 여기까지 들어왔으니 좀더 살상력이 확실한 장비가 필요하다고요. 부서지기도 쉬운 묘지기의 삽날을 쓰는 건 지나치게 비효율적이니까."

"무기에 대한 정보를 얻어내려는 것 같은데, 안타깝게도 그건 내 영역 밖의 일이다. 지옥에는 엄연히 계약이란 게 존재하지만, 그것은 물물교환을 위한 게 아니야."

"그렇다면 밑바닥의 괴물들은 대체 어디서 무기를 가져오는 건데요?"

"적어도 내가 만들어 보급하는 게 아니라는 건 확실하지."

"참으로 사기진작에 도움이 되는 말이네요."

"다만."

딱 이번 한 번만 속아주기로 하고, 입을 꾹 다문 채 양 대가리의 뒤통수를 빤히 응시했다.

"내가 직접 목소리를 낸다면 이야기가 다르겠지."

"목소리를 낸다고요? 당신의 능력은 남의 심장 소리를 듣고 소리가 나는 쪽으로 찾아가는 거라면서요?"

"그렇지. 하지만 그것만 할 수 있다고는 안 했어. 듣는 것과 반대로 소리를 내어 무언가를 갈망하는 존재들에게 거래를 제시하는 것도 가능하다. 욕망의 충족이라는 미끼를 던지는 거지. 그런데⋯⋯."

"그런데?"

"아니, 별거 아닐세. 공교롭게도 방금 도착한 것 같다고 말하려 했을 뿐이야. 이야기는 들어가서 마저 끝내도록 하지."

바포메트는 몸을 돌려 절벽을 마주 봤다. 그리고 안쪽으로 홈이 파인 부분에 몇 번 손짓하자, 녹색 빛이 벽에서 흘러나왔다. 이어서 빗장처럼 누운 채 걸려 있던 가는 돌기둥이 자연스럽게 안쪽으로 밀려들어 갔고 석문이 열렸다. 그리고 그 안쪽에 드러난 내실의 구조와 분위기는⋯⋯ 그닥 달갑지는 않았다.

"기분 나쁜 걸 보니 뭔가를 처박아놓은 무덤인 건 확실하네요."

"그래, 죽어서 육신을 떠난 악마에게만 주어지는 아주 협소한 공간이다."

바포메트는 어두운 암실 한가운데로 걸어가더니 허리를 숙였다. 그러자 벽에 달린 햇불에서 녹색 불길이 타오르고 앞을 분간할 수 있게 됐다. 그는 석실의 주인으로 추정되는 이의 관에 손을 대고 있었다. 거친 표면을 앙상한 손바닥으로 문지를 때마다 기분 나쁜 마찰음이 생겨났다.

"오래전에 수명이 다한 내 은인이 잠들어 있는 석실. 지금은 카타콤에 침입한 자네가 숨을 수 있는 유일한 은신처가 되어주겠지."

"혹시 앉아서 좀 쉴 만한 데 있어요? 의자 같은 거."

"뻔히 보이는데도 굳이 이상한 질문을 꺼내는군. 관에 걸터앉으면 되지 않나."

내가 어이없다는 표정을 지으며 바포메트를 응시하자 그는 휙휙 손짓해가며 말했다.

"지옥에서 소멸한 자의 넋을 기리기 위해 고생하는 것만큼 바보 같은 짓은 없네."

"제가 있던 곳에서는 안 그러니까 예의상 물어본 거예요."

결국 통나무 벤치에 주저앉듯 악마의 관 위에 앉아 숨을 돌렸다.

"뭐, 아까 이야기를 계속 이어보자면…… 전에도 한 번 한계까지 시도해본 적이 있어. 이 지옥뿐만 아니라 우상의 존재가 영향을 미치는 장소까지 목소리가 닿았네. 이승 말일세."

바포메트의 머리 아랫부분에서 그르렁거리는 소리가 낮게 울려 퍼졌다.

"소리를 흘리고 기다렸다. 그러자 한 노파가 나를 찾아왔어. 목소리를 쫓아 다다른 우상에 대고 숭배하듯 빌더군. 기어코 나와 이야기를 나눌 수 있게 될 때까지 쉬지 않고 빌었지."

"무슨 소원을 빌고 싶었길래?"

"복수 혹은 망자의 성불. 어느 쪽으로 매듭짓든 상관없는 눈치였다."

악마의 힘을 빌린다는 것은 수단과 방법을 가릴 이유가 없다는 소리와도 같다. 그렇기에 그들에게 대가를 바치고 원하는 것을 얻은 자는 신실하지 못하게 된다. 하지만 인간의 마음은 간사하기 짝이 없다. 그렇기에 신실함을 잃어 결국 구원받을 수 없게 되어서도 행복할 수가 있는 것이다. 올바른 가르침의 무책임함에 치를 떨어 본 사람은 어떤 사악함도 수용할 수 있게 된다.

"억울하게 죽은 아들의 원한을 풀어달라고 하기에 대답했다. 어리석은 자여, 그대는 헛걸음을 하였다. 나는 사연을 듣기만 할 뿐, 정작 이뤄줄 수 있는 건 아무것도 없다. 또한 자네의 꺾인 희망이야 말로 나의 양분이며, 내가 악마의 이름을 지녔다는 증거이기도 하다."

그 말대로였다. 애초에 악마에게 소원을 빈다는 것 자체가 지는 게임이었다. 헛걸음한 것으로 끝나지 않고, 과한 대가를 내놓거나 심지어 잡아먹히기도 한다지 않는가. 저런 바포메트의 말장난 정도는 대악마치고는 앙증맞기 짝이 없는 가벼운 유흥일 것이었다.

"그리 말하니 노파가 뭐라고 대꾸했는지 아나?"

고개를 절레절레 흔들자 그는 다시 그르렁거리는 소리를 내며 말을 이어나갔다.

"잘됐군요. 지금 내가 당신께 양분을 바쳤으니 계약은 필히 성립되어야 하오. 단, 이것이 아주 미약한 희생인 것을 잘 알고 있소. 그러니 당신에게는 아주 작은 소원 하나만을 빌겠소."

"악마를 상대로 꼬투리를 잡을 수 있는 용기 하나는 인정해줘야겠네요. 당신 입장에서는 자업자득이겠지만, 상대방은 말 한마디를 하기에도 겁이 나지 않았을까요?"

"그래, 나도 그 점을 높이 사서 더는 그 노파를 외면하지 않기로 했지. 그 말은 사실이었다. 정말이지 간단하기 짝이 없는 소원이었어. 한 가지 성가신 점이라면 계약을 이행하기 전까지 기억을 해야 한다는 것 정도였다."

"기억을 해야 한다?"

"그래, 노파의 요청은 나를 통해 기억되고자 하는 것이었다. 그녀가 말하길, 다음에 만날 사람에게 이 늙은이의 일화를 그대로 전해주시오. 내 아들을 죽인 자는…….''

"관계없는 사람한테 말해도 되는 건가요?"

"아니, 오히려 그 반대야. 소원을 들어주는 것일세."

"그걸 들을 사람이 저라고요?"

"대악마 바포메트를 만날 수 있는 자는 극히 한정되어 있다. 특히 지옥에서라면 더욱 그렇지. 직접 마주하진 못하더라도 나라는 존재를 숭배할 자들은 현실에 보다 많으니까."

"그런 건 별로 안 중요하니까 결론만 얘기하죠. 저 맞아요?"

"맞네. 난 그 이후로 오랜 시간 동안 말을 할 수 있는 사람을 만나지 못했으니까."

지나가듯이 나온 이야기에 갑작스레 엮여든 기분이었다.

노파가 누군지도 모르는 상황에 그녀의 아들이 억울하게 죽은 이야기가 무슨 대수겠는가. 그 노인은 정말로 우연히 나 같은 사람이 자기 자신과 아들의 원한을 전해듣길 바랐던 걸까?

"그러니 오래전 이야기의 다음 주인공이 지금의 자네라는 것도 아주 틀린 말은 아니겠지. 아무튼…… 그 노파가 말한 아들의 원수는 불가사리(不可殺伊)였다. 빌어먹을 탐욕이 극에 달해 지상 바깥의 쇠마저 전부 먹어치우려는 놈이라더군."

"전설에 나오는 요괴 이야기로군요. 그것도 국산이라."

"악마와는 달리 현세에 남아 기승을 부린다고는 하지만 정작 실존하지는 않는다. 어디까지나 악마의 모습이 와전되어 세상에 남은 것에 인간들이 이름을 붙였을 뿐. 즉 그 녀석은 내가 아닌 다른 악마 중 하나일 확률이 높겠지. 아니면 악마의 뜻을 기꺼이 받든 부류의 인간이거나."

불가사리란 게 흔히 회자되는 요괴는 아니다. 그럼에도 노파가 그 이름을 입에 담았다면, 적어도 눈에 띄는 특징이 비슷했기 때문이리라. 물론 전설 속에서 불가사리는 정의로운 불사신이며, 액운을 물리치는 존재로 등장한다. 그런 불가사리를 탐욕스럽고 사악한 괴물로 묘사된 것만으로도 악마와 연관되어 있음을 유추할 수 있다.

"그 노파, 한국인이었습니까?"

"그건 모르겠네. 기억이 모호하다기보다는 자신에 대해 드러내려 하지 않았어. 게다가 우리 악마와의 대화는 언어로 이뤄지는 게 아니니 출신을 파악하기란 쉽지 않아."

대화는 쉬지 않고 이어졌지만 나는 계속해서 집중의 끈을 놓지 않았다.

"단순히 이야기가 후대에 전해져 모두가 그 불가사리를 원망하길 바랐을 수도 있지. 하지만 그 노파가 내가 모르는 무언가를 감추고 있었다면 이야기가 달라진다. 그 늙은이는 미약한 존재라기에는 너무 많은 것을 이해하고, 수긍했었으니까."

"재미있네요. 지옥 최고위의 열두 대악마 중 하나를 가지고 놀 만
큼 간악한 인간이라니."

"어디까지나 결과에 따라 달라지는 이야기지. 또한 굳이 이런 이
야기를 전하는 게 마냥 노파와의 약속을 지키기 위함은 아니다. 자
네가 나와 대화할 수 있다는 것의 의미를 생각해본다면……."

"그래서 들어준 거예요. 이곳에서 그쪽의 목소리를 듣고 대화를
나눌 수 있는 인간은 저밖에 없는 거죠?"

이 양의 형상을 한 악마는 이래봬도 열두 대악마 중 하나다. 권능
을 지녔지만, 자신의 이름을 더럽히지 않기 위해 마땅한 대가 없이
는 움직이지 않는다. 그가 원하는 대가를 나는 줄 수 있는 것이다.
거기다 여기가 내면세계이고 나는 나비라는 점, 바포메트가 내게
'안식처'를 소개해주었고, 거래를 통해 '조력자'가 되어줄 수도 있다
는 사실까지.

모든 것이 하나의 결론으로 모여들게 된다. 내면세계의 배경, 밑
바닥의 룰은 절대적이다. 반대로 생각했을 때 이 규칙을 따르기만
한다면 바포메트는 내게 지금 이상의 도움을 줄 수 있다.

"말을 전달함으로써 퍼뜨린 목소리를 듣고 몰려든 존재들에게 거
래를 제시한다, 맞죠? 제가 당신의 이야기를 듣고, 지난 계약을 이
행할 수 있도록 도왔어요. 마땅한 대가를 받아낼 권리가 있을 것 같
네요. 그 노파의 이야기처럼 계약의 성립에 따른 의무의 이행 말이
죠."

잠시 침묵하던 바포메트는 곧바로 내가 앉은 자리에서 좀더 아래를 손끝으로 가리켰다.

"설마 거기까지 파악한 뒤에 앞장서서 요구를 해올 줄이야. 적어도 자네를 찾아온 게 어리석은 선택이 아니었다는 것은 확실하군. 조건이 갖춰졌다면 나로서는 전혀 주저할 이유가 없지."

"그 말뜻은?"

"관을 열어보게. 자네가 원하는 것들이 들어 있을 거야."

관뚜껑 아래에 감춰져 있던 것은 악마의 뼈나 잔해가 아닌 좀더 위험한 것들이었다. 그러나 내 입장에서는 어느 무엇보다도 스스로를 안전하게 지킬 수 있는 무기이기도 했다. 말 그대로, 스치기만 해도 살점이 잘려나갈 정도로 벼려진 흉기들이다. 정신력과 공격성, 트라우마가 뒤섞인 매개체. 내면에서 '칼을 비롯한 날붙이'란 '폭력'의 상징이나 다름없다.

가장 중요한 사실 하나. 이 '폭력'이라는 요소가 포함된 기억은 가장 흔하게 공유되는 부정적 트라우마다. 폭력은 칼과 도끼 같은 날붙이에 의해 행사되는 경우가 많다. 그 말인즉슨, 폭력을 상상할 때 누구나 떠올릴 법한 물건이라는 소리다. 그러니 누구의 내면세계에나 존재할 수 있고, 어떤 모양으로도 나타날 수 있다.

그럼에도 상당히 쓸 만한 것들을 손에 넣었다는 생각이 들었다면, 제대로 나아가고 있다는 뜻이다.

"이 정도면 얼추 필요한 것들은 다 있는 것 같은데, 아니, 오히려 전부 있어서 당황스럽네요."

"그 부분에서는 이견을 가질 필요가 없겠지. 이전에도 말했지만 대화에 상응하는 값은 자네가 원하는 것 그 자체니까."

도스(ドス), 옷소매에 숨길 수 있는 송곳, 택티컬 토마호크, 페어번-사익스, 마체테, 쿠크리, 군용 컴배트 나이프, 심지어 투척용을 고려한 여분까지. 날붙이를 가지고 악마를 죽인다는 것이 다소 허무맹랑한 계획일 수 있지만, 현대의 중화기나 소총을 가지고 아까운 탄약을 소모하며 싸우는 것보다는 나을 것이다. 때로는 시간대를 무시하고 전통에 따르는 게 옳은 방법일 수 있다. 결국 최후의 순간에 퇴마사가 드는 것은 성수와 십자가이지, 화약이 아니지 않은가.

"오히려 좀더 요란한 것들이 아닌 사실상 암기에 가까운 것들이로군. 그러나 악마는 엄연히 인간과 다른 범주에 속하는 존재야. 급소를 찌르기는커녕 공격 범위 안쪽까지 파고들 수는 있겠나?"

이번에야말로 바포메트가 아닌 내 쪽에서 헛웃음을 뱉으며 큭큭거렸다.

"당신이 그렇게 생각한다면, 충분히 파고들 수 있을 것 같네요. 전부 그렇게 생각할 테니까."

"그런가? 하긴…… 방심이라는 건 생각보다 치명적이지. 더구나 상대가 아예 상상치도 못한 작전을 펼친다면 더더욱 그럴 것이다. 돌을 던져 거인의 미간을 주저앉히는 건, 오직 난쟁이만이 떠올릴 수 있는 작전이니까."

"뭐…… 어쨌든 마음에 들었어요. 꽤 센스가 좋은데요, 악마 양반.

삽보다는 훨씬 쓸 만하겠어."

나이프의 손잡이를 각각 다른 방법으로 쥐고 가볍게 찌르거나 휘둘렀다. 이상하게도 칼을 쥐면 감각이 보다 곤두서고 예민해진다. 매 순간 절벽 아래에서 외줄을 타는 기분. 원체 느끼기 어려운 스릴에 속하다 보니 기분이 짜릿해지기까지 한다.

이것이 광기냐 하면, 나는 그렇게 생각하지 않는다. 무엇이든 익숙해지면 재미란 게 따라붙는다. 그것은 실력에 대한 자부심에서 비롯되는 것이기도 하다. 장비 하나하나가 무게중심이 다르고, 효율적인 활용 방식이 여러 가지로 나뉜다. 내질러 찌르느냐, 휘둘러 베느냐, 장작을 패듯 찍어버리느냐, 후벼 파느냐, 자르느냐. 용도에 맞게 사용해야 살상력이 극대화된다.

"대간수의 심장박동이 가장 느려지는 시기까지 약 40시간 정도 남았다. 네게 필수불가결한 장비들을 챙기기에도 부족한 시간일지 모르지. 다음 시기를 노리는 방법 또한 있으나, 이미 카타콤에 진입한 이상 존재를 들킬 위험이 있다."

그는 내게 촉박한 시간을 염려하라고 말하고 있었다. 나이프를 놀리며 들뜬 내 마음을 알아챘다는 듯이.

내심 탁월한 균형 맞추기라고 생각했다. 무기를 쥐며 날이 선 감각을 무뎌지지 않게 벼리려면 긴장을 놓쳐서는 안 됐다.

"잘 들어라, 고유진. 이제부터 네가 만나는 존재들은 전부 제정신이 아니다."

바포메트가 그르렁거리며 경고했다. 석실의 울림인지, 목소리의

울림인지 분간하기 어려웠다. 하지만 목소리가 전해질 때마다 기분
이 이상해지는 것만큼은 부정할 수 없었다.

저 산양의 머리뼈에서 들려오는 섬뜩한 울림에는 영영 익숙해지
지 않을 듯했다. 말로 이루어지는 거래에 한해 가장 커다란 권능을
지닌 대악마가 바로 이 뼈다귀니까. 그 이상의 언변이나 목소리로
나를 꿇릴 가망이 있는 악마는 '그 계집애' 하나뿐이다.

"인간의 형태에서 한참이나 벗어난, 살아 꿈틀대는 종양들. 자아
를 버리고 오직 형벌과 고문의 이치만을 머릿속에 담아둔 심문관
들. 이 모두가 공작 바르바토스로부터 간수의 이름을 받았다. 이성
과 본능을 지우고 오롯이 살생만을 목적으로 삼는 존재들이다. 넌
마땅히 그들을 두려워해야 한다."

"계속해보세요. 훈계치고 재미있네."

"그리 보인다면 어쩔 수 없지. 하지만 자네의 답변에 아주 미세한
빈틈이 보이고 있다. 우선 단도직입적으로 묻겠다. 자네의 손으로
진작에 숨겨둔 한 수가 그리 믿을 만한 것인가?"

"진짜 대충 얼버무리고 넘어가는 건 포기해야겠네요. 오죽하면
머리가 다 아파올 지경인걸."

고개를 절레절레 흔들기 무섭게 바포메트의 눈가에서 다시금 이
채에 가까운 불꽃이 일렁였다. 내게서 원하는 반응을 그대로 유도
해낸 거라면 가히 천재적인 수준이다.

"날붙이로 살 깊숙이까지 후벼 파이는 치명상을 입으면 보통 고
통 속에서 발악하기 마련이죠. 단검 하나로 곰이랑 싸우는 머저리

가 되기는 싫으니, 다른 무기가 필요하겠네요. 눈을 뒤집히게 만들 준비는 끝났고, 딱 마무리만 할 수 있으면 되겠어."

들고 있던 나이프를 석실의 벽에다 박아넣은 후, 안주머니에 넣어두었던 권총을 꺼내들었다. 물론 이 노련한 양 대가리가 기함하거나 놀라 자빠지리라 기대한 건 아니다. 그는 평온했다.

"날붙이에 비해 상당히 시끄러운 무기로군."

"어차피 시끄러워질 거라면, 굳이 안 쓸 이유가 없는 물건이기도 하고."

태연하게 빈정거림을 맞받아치자 바포메트는 이내 흔들림을 감추려는 듯 고개를 끄덕였다.

"뭐, 좋아. 허장성세만 아니라면야. 하지만 이것만으로 수백의 악마를 모두 죽이고 공작의 면전까지 가겠다는 건 만용이 아닌가. 설령 성공한다 하더라도 바르바토스의 무력은 그들 전부를 합친 것보다 위일 것이다. 이게 결정적 수단이라면, 차라리 운에 기대는 게 옳을 거다."

"미안하지만, 조금 많이 틀렸어요. 권총은 '결정적 수단'이 아니에요. '결정할 수단'이지. 아는 만큼 보인다고들 하는데, 반대로 보이는 만큼 알기는 쉽지 않은가 보네요."

권총을 품안에 집어넣고 벽에 박힌 나이프를 도로 뽑아들었다. 업무용 미소는 덤이었다.

"저 안의 병력이 삼분의 일 아래로 줄어든다면, 그렇게까지 돌려 깎을 수 있다면, 충분해요. 머릿수가 줄 때마다 그만큼 빈틈이 생기지 않겠어요? 방법은 무조건 나와요, 아직 모르고 있을 뿐이지."

내 옆에 웅크리고 앉아 주절대기만 하는 이 뼈다귀의 말대로라면 시간이 얼마 남지 않았다. 첫 기회를 허무하게 놓쳐 두 번째의 기회를 노리는 것은 내 판단에도 명백하게 위배된다. 내가 원하는 것은 시간을 헛되이 쓰지 않는 것일 뿐, 질질 끄는 게 아니다. 조력자의 신뢰를 얻는 건 나비의 기본 소양이 아닌가.

"그러니까 괜히 나를 미끼로 소모해볼 생각 같은 걸 떠올리고 있다면 지금 당장 집어치워요. 당장 서로 죽이느니만 못한 손해예요. 먼저 등을 보이는 것들에 대해서는 오히려 '결정'을 내리기가 쉬워질 테죠."

독선적인 경고와 교활한 침묵만으로 해결할 수 없다면 바포메트역시 인정해야 한다. 피차 마찬가지라는 것을. 혼자서는 목적지에 도달할 수 없고, 도달케 놔둘 생각도 없다는 것을.

목적지까지 함께 간다는 내 다짐은 유효하다. 다만 그 반대도 마찬가지라는 의미를 돌려 전달했다. 당부가 아닌, 경고에 가까웠다. 그러나 바포메트는 개의치 않는다는 듯 말을 이어나갔다.

"과연 자네는 보이는 만큼 알고 있을까? 대부분의 악마들은 눈으로 주변의 흐름을 읽지 않아. 특히 간수들은 의무를 수행하기 위해 의도적으로 자신의 시야를 퇴화시켰지. 눈이 있어야 할 곳에 매달린 사슬을 바닥에 끌며 흔적을 읽고, 죄를 지은 자를 옭아매려 혈안이 된 것들이다."

시야를 스스로 포기했다면 이유는 단 두 가지뿐이다. 하수인들을 부리려는 바르바토스라는 대악마에게 압력을 받았거나, 공간 자체가 극도로 폐쇄적인 탓에 시각이 의미 없는 감각이 되었거나. 어느 쪽이든 이용할 만한 정보이긴 했다.

"당연히 마땅한 대안이 존재하니 그런 리스크를 진 게야. 이런 단점을 뒤덮고도 남을 만큼, 악마의 신경은 더할 나위 없이 예민하다. 그리고 효율적인 사냥을 위해 본능적으로 동족의 영역을 존중하며 간격을 두고 움직이지. 영역을 중시하는 악마들은 그 안에서 최대의 진가를 발휘한다. 동료의 기척이 사라지면 수상한 낌새를 알아차릴 것이다."

"어렵네요."

관에 기대어 앉아 묘실 바닥에 떠오르는 생각을 끄적거리자니 곤란함이 생겨났다. 문제는 어떻게 하나를 처리하느냐가 아니다. 어떻게 하나를 처리하고도 나머지에게 발각되지 않느냐지. 감각이 예민한 자는 대개 공기의 흐름뿐만 아니라 살기 같은 의도마저 읽어낼 수 있다. 모든 외적 자극이나 환경의 변화를 고려해 다음 판단을 정하게 된다는 의미다.

"그런 감각을 일시적으로 끊어낼 수 있다면…… 물론 끊어졌다는 걸 인지하지 못할 정도로 미세하게 둔화시키는 방식으로……."

고민에 차 한참 중얼거리던 그때, 석실 가장자리의 화톳불에 극도로 뜨겁고 밝은 백색의 불이 붙었다. 이전에 본 불꽃과 색상 말고는 큰 차이가 없어 보였지만, 연소에 의해 독한 기체가 피어오른다는 점만큼은 달랐다.

그리고 얼마 지나지 않아서 또 다른 사실을 깨닫게 됐다. 타오르는 불길에서 매캐하게 퍼지는 연기는 그닥 생소한 것이 아니었다.

"중독성 있는 연기인데, 뭐죠?"

"악마, 그중에서도 제대로 된 이름을 받지 못한 것들의 뼈를 모아 태운 것이다. '안장의 불길'로 화장된 악마는 안식을 얻는다. 그 대가로 연기가 된 그들은 카타콤의 소모품으로 쓰이게 되지. 또한 이것은 암녹의 불길과 달리 백색에 걸맞은 치명적인 열기를 지녔어. 고로 악마의 뼈와 살도 지지고 태울 수 있다. 고로, 안장의 불길을 권능처럼 다룰 수 있는 것은 오직 대악마, 혹은 그 이상의 존재뿐이다."

"무슨 소모품?"

"본래 평범한 불에 타지 않는 악마의 뼈를 카타콤에서 연소시키면 연기에 그 흔적이 담긴다. 그들은 연기가 되어 살아 있는 악마처럼 지하묘 일대를 맴돌며 퍼지는 거다. 이렇게 수시로 교란이 이뤄지는 환경에서는 아무도 규칙에 어긋나는 전투를 벌일 수 없다."

"악마가 악마의 묘지를 습격하나요? 그게 무슨 의미가 있어서?"

"서열이란 것에 집착하면, 복수와 반란에 미치면…… 충분히 그렇게 될 수 있는 법이지. 힘을 노리는 자라면 이미 죽은 선대 악마들의 유골을 먹어치우는 것조차 개의치 않을 거다. 애초에 군주와 대악마의 율령 외의 법칙이 존재하지 않는 곳이야. 그러니 그냥 의미 그대로 이해하는 게 나을 걸세."

"뭐, 그렇다면야……."

그간 들어온 말대로라면 이 바포메트란 악마도 대악마 중에서는 최하위, 말석이다. 게다가 일개 인간에게 도움을 청할 만큼 약해빠졌다. 그런 그가 공작 바르바토스를 찾아가는 목적 역시 자리 싸움은 아닐 듯했다. 결국 힘을 키우고 세력을 불리는 행위는 바포메트의 목적과는 요원한 관계에 놓여 있다.

물론, 나로서는 바포메트의 목적 같은 건 사실관계만 파악하면 된다. 거짓이 아니라면 그것으로 족하며, 지금부터 논해야 할 본론은 따로 있다. 악마의 인식 방해가 가능한 탁월한 수단이 존재한다. 연기가 퍼지고 유지되는 동안에는 그 주변의 움직임을 알아채기가 어려워진다. 하지만 연기의 매캐함보다는 중독에 가까운 강렬하고 미혹적인 향이 더욱 인상 깊었다. 그렇다면 이 연기야말로 악마를 속여먹는 데에 써먹을 수 있는 결정적 수단이 되는 게 아닌가?

"뼈를 태워 연기를 피우는 것만으로도 침입자를 알아채지 못할 가능성이 높아지겠군요. 특히 시각을 완전히 상실한 간수들이라면 동료의 죽음조차 인식하지 못할 테고요."

"일리는 있는 말이군. 하지만 쉽지 않을 것이다. 특정한 지점에 화톳불을 피워도 대간수의 영역 전체를 뒤덮을 수는 없을 테니까 말이야."

"화톳불을 들고 다닌다면?"

"횃불을 만들자는 건가? 자네가 전투에 임한다면, 내가 들고 다닐 수밖에 없다. 그러면 카드 하나를 써버리는 셈이 될 텐데, 그래도 상관없나?"

"아뇨, 당신이 지금 생각하는 것보다 더 콤팩트한 사이즈면 좋겠어요. 저랑 연기의 좌표가 사실상 겹쳐 분간할 수 없을 정도로. 뭐, 이를테면……."

악마의 뼈를 태워 피워낸 연기에서 담배 연기와 같은 느낌을 받은 것은 아마도 우연이다. 그러나 그 우연이 그럭저럭 괜찮은 영감을 만들어내고 있었다. 이전의 기억을 살짝 되짚어보았다. 최서연이 한 말들이 머릿속을 스치듯 지나갔다.

"그 애, 내가 피우는 담배에 관심을 가졌었지."

다시금 바닥에 이것저것을 끄적거렸다. 대충 설명을 덧붙여가며 아이디어를 냈다.

요는 뼛가루를 종이 같은 것에 말아다 입에 물고 태워가며 움직이고 싶다는 것이었다. 연기가 친숙하게 느껴진다면 매캐하기는 해도 오랜 시간을 버티는 게 가능하다. 흡연을 해왔다는 사실이 이렇게 고맙게 느껴지는 건 처음이로군.

"이거, 이런 형태로 만들 수 있을까요?"

"흐음."

도안이라고도 말하기 민망한 그림과 설명들을 머리에 입력한 바포메트는 잠시 생각에 잠겼다. 뭔가 결정적인 감이 온 것인지, 진지하게 내 의견을 받아들이고 있었다.

그가 내린 결론은 가능하다는 것이었다. 악마의 뼈를 자르고 부순 다음 크기에 맞춰 모양을 낸다. 거기에 아주 작게 불길을 내면 같은 결과가 나올 수 있다.

"뼈를 직접 무는 게 조금 껄끄럽지만…… 생각해보니 이건 악마 시체잖아요. 지옥에서 담배 한번 피워보겠다고 악마 뼛조각을 입에 물고 태우는 꼴이라니. 강제 금연만큼이나 불쾌하네."

"혼잣말에도 제법 요령이 있어 보이는군."

"예. 뭐, 도안과 비슷한 형태로 조각낼 수 있다면야 상관없을 것 같네요. 며칠 금연하고 사고 나서 죽어버리는 것보다야 불쾌하게라도 피워보는 게 낫지."

왠지 효율적으로 연기를 내는 것보다 흡연에 대한 갈망이 묻어나지만 어디까지나 농담이다. 악마의 뼈를 입에 물고 태우는 시점에서 불쾌감은 이미 하늘 끝까지 치솟는다. 어차피 감수할 일이라면 유쾌하게 받아들여 보자는 생각이었다.

"석실을 뒤지면 일부 온전한 뼈가 나올 거다. 다만 한 가지를 유의하게. 제조는 내가 도울 수 있지만, 뼈를 찾기 위해서는 따로 움직여야 할 거다. 그리고 카타콤을 떠도는 악마들은 자네에게 적의를 내비치겠지. 결국 운이 나쁘면 악마와의 교전도 불사해야 한다. 준비 단계에서 사고를 당해 죽어버리면 곤란해."

"무슨. 아직도 그런 소릴…… 아니, 이제 보니 제법 농담에도 일가견이 있는 것 같네요. 그리 허무하게 나가리될 정도라면 당신이 내게 이 일을 맡기지도 않았겠지."

자리에서 몸을 일으켰다. 가장 익숙한 나이프를 두 자루, 그리고 전술 손도끼인 토마호크도 챙겼다.

만약 카타콤을 떠도는 악마들과 마주친다면, 잠깐이라도 좋은 연습 상대가 될 것이다. 대간수와 바르바토스 휘하의 수많은 악마들을 내 손으로 상대해야 한다. 들어가기 전에 어떤 식으로 찌르고 베어야 죽는지를 알고 있어야 일 처리가 빨라진다.

"당신은 내가 어떤 것들을 상대해왔는지 아직 몰라. 그러니까…… 걱정할 필요는 없어요. 무기만 손에 넣는다면, 근접전에서 저보다 강한 놈은 손에 꼽으니까. 충분한 답이 됐나요?"

"큭큭…… 자네의 여유로움이 섣부르고 치기 어린 행동이 아니라는 것만은 잘 알겠네. 그만큼 자신 있다면 더 이상 말리지는 않겠다. 할 일을 마무리짓고 돌아와라. 막아서고 덤벼드는 대로 전부 죽이고 살아남아라. 나와 손잡고 싶다면, 최소한의 기량을 증명해봐라."

"그렇게 하죠. 이번만은 그럴게요."

닫혀 있는 석실의 문 너머로 시선을 향하던 차에 문득 뒤를 돌아보았다.

이미 바포메트는 조용해졌다. 누더기 망토 위에 달린 산양의 머리는 여전히 포커페이스로 나를 응시할 뿐이었다. 다만 그는 생긴 것과 다르게 꽤나 솔직한 악마다. 툭 터놓고 입을 열었을 때 부정적인 답을 내놓지 않는다면 그것이야말로 기꺼운 긍정이다.

"그나저나 결국 악마의 무덤을 파서 재료를 구하는 건데, 그래도 상관없어요?"

"내 혈육의 관만 아니라면 굳이 신경 쓸 이유는 없다."

"그건 좀 악마답네요. 그럭저럭 좋은 의미로."

나는 곧바로 석실 밖으로 나가 사전 작업에 돌입했다. 해야 할 일이 정해졌고, 이견을 낼 수도 없었다. 실전 감각을 쌓고, 급소를 꿰어 거구의 악마를 사냥하는 방법을 익히는 데 집중했다. 그리고 악마들의 감각을 마비시키기 위해 눈에 띄는 대로 뼛조각을 모았다. 담배 형태의 막대를 만들고, 그것에 안장의 불씨를 틔우는 일은 바포메트의 몫이었다.

이틀 동안 20여 개의 막대가 완성됐다. 우리는 시험 삼아 그중 하나에 불을 붙여보았다.

"연막의 효능은 충분하다. 나조차도 눈을 감으면 주변 파악이 쉽지 않아. 자네는 어떤가?"

"뭐, 괜찮은데요. 이제야 속이 좀 시원…… 아니, 그다지 거부감은 없어요. 딱히 몸에 크게 영향을 주지도 않는 것 같고."

"다행이로군. 모아온 뼈를 사용해 만든 막대는 시험용을 제외하면 총 스무 개. 남는 주머니에 넣어놓고 바로 꺼내 사용하게. 최대한 연달아 피워야 하네. 워낙 소형이니만큼 연기가 멈추는 간격이 길어지면 발각될 수 있으니까."

"아무리 여유롭게 잡아봐도 한 대에 15분이라…… 전부 써서 300분이면 다섯 시간이네요. 그 안에 최대한 핵심 전력을 깎아내고, 대간수의 심장부에 다다른다. 심장을 망가뜨리는 즉시 바르바토스가 움직일 테고, 그마저 죽일 수 있다면……."

"자네가 찾아 헤매던 군주가 반드시 모습을 드러낼 것이다. 물론 내 목적은 공작과의 대면일 뿐, 군주와의 결전이 아니야. 대간수를 넘어선 후로는 나를 믿지 않는 게 이로운 판단이겠지."

"당신이 바르바토스와 이야기를 나누면, 결과에 따라 적으로 돌아설 수도 있나요?"

"지금의 자네로서는 그렇게 생각하고 있는 게 나을 것이다. 대답해줄 수 없는 사항이니까. 자네가 나의 거짓을 원하지 않을진대, 나조차 알 수 없는 내용을 어찌 넘겨짚어 말하겠나?"

"뭐, 앞으로 몇 시간 내에는 알 수 있겠죠. 충고는 잘 새겨둘게요."

무엇이 더 필요한가에 대한 고민은 쓸데없다. 고유진이라는 나비의 내면 탐사는 언제나 이런 식으로 이뤄져왔다. 탐색을 하고 정보를 얻은 다음 조력자를 찾는다. 그렇게 마땅한 수단과 계획이 완성되었다면, 준비를 마치고 스스로의 칼끝을 예리하게 벼린다. 그리하여 운과 변수 이외의 모든 것을 안정궤도에 올린다면, 자세는 더할 나위 없이 여유로워진다.

"결과를 받아들기까지······ 그리 긴 시간은 아닐 거예요."

적어도 이런 방식을 써서 해결하지 못한 문제는 지금까지 단 하나도 없었으니 말이다.

19.

불과 이틀 만에 다시 마주한 대간수의 움직임은 눈에 띄게 둔해
져 있었다. 아니, 아마도 바포메트가 언질을 줬기에 알아챌 수 있었
을 것이다. 하지만 희생자들의 아우성이 나를 괴롭히는 일 같은 건
없었다. 저것이 박동을 낮춰가며 침묵하면 죄인들의 반항심도 사그
라드는 것일까.

"결국 순종할 거라면 노예근성이랑 뭐가 다르지?"

"무슨 의미인가?"

"혼잣말이에요, 혼잣말."

곁에 서서 대간수를 가까이서 올려다보는 바포메트에게 손을 휘
휘 내저어 보였다.

"출입구는 알고 있겠죠?"

"희생자의 뼈와 살은 대간수의 양분이다. 그러나 양분은 재가 되

어 찌꺼기를 남기기 마련. 대간수의 뱃속이 독기로 가득 차기 전에 간수들은 재를 바깥으로 내버린다. 그 토출구로 들어가면 될 것이다. 다만, 절대로 사슬을 건드리면 안 된다. 안정기와 관계없이 업의 사슬은 대간수를 일깨울 테니까."

"토출구라. 거기가 어딘데요?"

이 질문이 나오자 바포메트는 대답 대신 앙상한 손끝으로 한쪽을 가리켰다. 동시에 나는 다소 얼이 빠지고 말았다.

"저기는 대간수와는 전혀 관련이 없는 곳 같은데요."

"주인이 없는 빈 석실 중 하나지. 안장의 불길이 아닌 암녹의 불길을 담아낸 화톳불이 저 방 안쪽에 있다. 그것은 절대로 꺼지지 않아. 간수들이 의지를 모아 피워낸 불꽃이니까."

"확실히 문이 열려 있기는 한데……."

납골당처럼 쓰이는 장소라면 보초가 있을 것이다. 안쪽이든 바깥쪽이든, 기척을 느낀다면 즉시 목을 쳐야 한다. 아니면…….

"굳이 소모품을 사용할 이유는 없지. 여기까지는 횃불의 연기로 처리하세."

바포메트가 꺼내든 것은 일종의 지팡이처럼 보였다. 거의 둔기만큼이나 굵고 긴 정체 모를 목재의 끄트머리에 연마된 뼈 구슬이 매달려 있었다.

그가 무어라 중얼거리자 주변을 다소 환하게 밝히고 있던 안장의 불길이 뼈 구슬에 모여들었다. 연기가 피어올라 주위가 흐릿해질 정도로 독한 환경이 되었음은 말할 것도 없었다.

"두 놈이 있다. 여기까지 접근했는데도 움직이지 않아. 효과는 입증된 셈이지. 자네가 하겠나?"

"뭐…… 당신이 할 수 있는 일은 아니니까."

연기가 짙게 깔린 곳을 따라 석실로 들어서자 묘한 광경이 펼쳐졌다. 핏줄에 온몸이 감싸인 듯한 울퉁불퉁한 근육덩어리를 지닌 간수 둘이 불꽃 근처에 서 있었다. 형체는 인간이라기보다는 고릴라에 가까운 느낌이었고 두 눈을 짧은 사슬이 대체했다. 그러나 바포메트와 나를 전혀 보고 있지 않다.

짧은 사슬로 메운 기형적인 두 눈이 치명적인 약점으로 작용했다. 그러니…….

쿠드득—.

가장 긴 페어번 사익스 대거로 아래에서 올려 찌르듯 턱 부분을 꿰뚫었다. 정수리까지 칼날이 뚫고 나와도 큰 타격이 없지만 목젖 부근에서 안쪽으로 파고들면, 죽는다. 그곳이 지난 이틀 동안 파악한 그들의 급소였다. 두개골을 강화하여 정수리 부분의 뼈를 두텁게 했으나 특정 방식의 칼질에는 무력한 셈이었다.

두 간수를 그렇게 쓰러뜨리자 바포메트가 지팡이를 뻗어 그들의 시체에 불을 붙였다. 시체를 태운 연기가 더욱 지독하게 퍼져 이 방은 완전히 암실처럼 되고 말았다. 단 하나, 통로로 추정되는 입구를 틀어막고 있는 암녹의 불길을 제외하고 말이다.

"이제 어떻게 하죠? 하얀 불꽃이 아니라지만 악마라면 몰라도 인간에게는 영향을 미칠 수 있다면서요?"

"카타콤에 들어왔던 방식으로 똑같이 행하게. 눈앞에 있는 불길의 아름다움에 매혹된다면, 그것은 자네를 그대로 빨아들인다."

"그렇게 하기에는 연기가 너무 심한 것 같은데…… 지금 눈 매워 죽겠거든요?"

"암녹과 안장의 불길이 조금씩 섞여들고 있기 때문이다. 연기의 냄새를 몸에 남기기 위함이니, 참는 게 좋아. 그럼에도 익숙해지지 않는다면 내가 조금은 돕도록 하겠다."

바포메트는 나를 앞질러 한 걸음을 더 나아갔다. 그렇게 연기 안쪽으로 움직이자 바닥의 불꽃과 그의 몸이 겹쳐졌다. 산양의 머리뼈에도 같은 종류의 불이 붙어 천천히 퍼졌다.

이윽고 그의 전신이 암녹의 불길에 휩싸일 때쯤 어떤 목소리가 머릿속에 대고 말하듯 선명하게 들려왔다. 카타콤에 처음 왔을 때도 비슷한 경험을 한 기억이 났다.

"잊지 말게."

이건, 모르는 존재의 말소리는 아니다. 적어도 혼란스럽지는 않으니 저번보다는 나은 셈이다.

"그들은 두려움을 모르는 것이 아니라 두려움에 무지한 것이다. 알려도 좋으나 알리지 않아도 좋다. 어떤 것을 앞서 경험한 이는 언제나 한순간 더 빠르게 움직일 수 있으니까. 얼마나 많은 '순간'을 가지고 있는지가 우위를 점하는 순서를 정한다."

"그게 뭐 별거라고. 나도 알아요."

처음을 점하라. 바포메트는 그렇게 강조하고 자취를 감춰버렸다.

물론, 굳이 강조할 필요는 없었다. 어차피 지금부터 심장부까지 가는 것은 온전히 내 몫이다. 바포메트는 한동안 바르바토스의 시선을 끌어야 할 테니까.

바포메트가 내게서 떨어져 무슨 짓을 벌일지 몰라 내키지는 않았다. 그러나 그는 한 가지 징표를 내밀었다. 그의 왼쪽 눈구멍에서 뽑아낸, 주기적으로 명멸하던 불씨. 눈과 같은 것이었다.

"이것은 내 눈이다. 세상을 바라보는 두 개의 눈 중 하나. 본질적으로는 안장의 불길을 낼 수 있는 것과 더불어 나의 미약한 권능을 품고 있는 정도지만, 또 다른 의미가 하나 더 있지. 나누어 가지면 신뢰의 징표 역할을 할 수 있을 것이다."

비록 빛은 결정으로 변해 보석처럼 빛났지만 뒤편에서 징그러운 촉수가 꿈틀거리며 뻗어나와 내 허리띠에 들러붙었다. 그로테스크한 취향의 벨트 버클처럼 말이다.

"대악마의 눈은 우리가 지닌 권능의 상징이면서도 가장 약한 급소다. 잘 보관하게. 자네가 죽어 이 눈에 무슨 일이 생기면 나도 위험해질 테니. 그것이 사실이라는 증표로 이 눈을 맡기네."

라이터라는 수단치고는 꽤나 엄청난 걸 받았지만, 이거라면 떨어져도 안심이었다. 그가 확실하게 조력자로서의 자기 역할을 수행해 줄 거라는 확신을 주는 징표였다.

연기가 점점 흩어지자 새롭게 변한 안쪽의 풍경이 눈에 들어왔다. 꿈틀거리는 외벽, 좁아터진 통로. 뭔가를 더 생각하기 전에 권총을 수납하지 않은 쪽의 안주머니에서 뼈 막대를 꺼내들었다. 그와 동시에 바포메트의 눈에 담긴 안장의 불길을 막대에 옮겨붙였다.

"후우우…… 콜록……."

막대를 입에 물고 연기를 살짝 빨아들였다. 역시나 유쾌한 기분은 아니다. 그렇기에 다시 뱉어 연기가 가까운 주변을 맴돌도록 했다. 그런 식으로 흐릿함 속을 나아가다, 이윽고 무언가를 발견하여 우뚝 멈췄다.

2미터가 넘는 근육질 덩어리의 거인이 도끼를 들고 통로를 지키는 게 눈에 띄었다. 녀석에 의해 코너가 막혀 있었다. 그러나 몇 번 얘기했을 것이다. 제대로 된 칼 들면 못 이길 놈 없다고. 몸을 바짝 낮추고, 중심을 실어 한 발짝 성큼 나아갔다. 곧바로 거인의 한쪽 다리 힘줄을 깊숙이 베어 끊었다. 통증이 느껴지면 비명이 흘러나올 테고, 주변의 간수들이 이변을 알아채 몰려올 것이었다. 그러나…….

"으큭……! 그……!"

목구멍이 막힌 것처럼 소리가 나오지 않자, 중심이 무너지면서도 간수의 몸이 움찔거렸다. 빈틈이 차고 넘치는 그런 어설픈 반응은 멱을 따기에 아주 좋은 자세를 만들어냈다.

내 손에는 이미 찍고 베기에 최적화된 무기인 쿠크리가 들려 있었다. 서걱, 하는 살벌한 소리. 정확히 말하면 손에 느껴지는 날의 감각이 소리처럼 받아들여진 것이다. 모가지의 절반 이상이 한 번에 후벼 파이며, 근육덩어리의 덩치는 도끼를 쥔 채로 곧장 땅에 처박혔다. 그럼에도 불구하고 비명소리는 나지 않았다. 이쯤에서 만족스러운 표정을 얼굴에 띄웠다.

"여기까지는 괜찮은 것 같네요."

바포메트는 목소리를 듣고 전하는 악마. 그의 권능은 전부 청각에서 비롯된다. 그의 모든 능력을 발산한다면, 대간수 내부 전체를 '일부 침묵' 상태로 만들 수 있다. 그것이 또 다른 계획이었다.

하지만 그러면 권능의 발산을 바르바토스가 알아챌 가능성이 있었다. 그래서 그는 위치를 옮겼다. 바르바토스가 간수들의 죽음을 눈치채지 못하도록 시선을 끌기 위해. 오히려 흔적을 남겨서 그의 능력이 발휘되는 것 자체가 이롭게 작용하는 상황을 만드는 것이다.

"……잘 도망쳐 다니길 바라요. 아직 한 개비도 다 안 태웠으니까."

코너를 돌아서서 바닥으로부터 발을 떼는 순간, 온몸이 앞을 향해 쏜살같이 튀어나간다. 이제부터는 기민함이 곧 효율의 지표다. 여전히 입에 물린 채 타들어 가는 막대는 쉼없이 연기를 겹겹이 둘러친다.

악마들은 흔적도, 소리도 눈치채지 못한다. 바르바토스는 대악마의 흔적을 이 잡듯 뒤질 뿐, 심장까지 파고드는 내 존재는 경시할 것이다. 대간수의 숨통을 끊기에는 이만한 조건이 없고, 수는 단 한 번밖에 먹히지 않는다.

"토출구로 진입한다면 반드시 무간의 최하층으로 들어가게 된다. 총 여섯 계층으로 나뉘어 있지만, 통로는 아주 많으니 어느 쪽으로든 올라가기만 해라. 그리고……."

누누이 그런 말들을 쉬지 않고 설명해왔던 바포메트였다. 이빨로 깨문 막대가 한계까지 타들어 간 순간 하나를 꺼낸다. 대악마 바포메트의 왼쪽 눈, 허리에 달린 이것이 발산하는 안장의 불길에 새 막대를 대면 불이 옮겨붙는다.

이런 방식으로 타이밍에 맞춰 스무 개비를 모두 사용하는 데 걸리는 시간은 다섯 시간 정도. 그리고 심장부에 진입하기 위한 최소한의 조건은…….

"3계층과 4계층 사이에 뚫린 공동에 있는 '심장'에 다다르기 전까지 모두 죽여야 한다."

"모두라니, 무슨 말이죠?"

"말 그대로야. 6계층부터 4계층 언저리에 다다를 때까지 자네가 만나는 모든 간수를 죽여라. 그리고 각 계층의 닫혀 있는 감금실의 입구를 열어 죄수들을 일시적으로 해방시켜라. 그렇게 한다면 바르바토스를 도울 병사는 거의 없다고 봐도 무방하다. 간수들의 최우선 사명은 공작의 신변 보호가 아닌 감옥의 유지니까."

목표가 정해졌다. 바포메트가 시선을 끄는 사이 하층부의 간수들을 전부 죽이고 감옥의 문을 연다. 느닷없이 혼란을 일으켜 우왕좌왕하게 만든다. 그리고 같은 일을 차례차례 반복한다면, 내 행적을 읽지 못하는 그들은 판단이 늦어진다.

마주친 간수 한 놈의 팔을 베어냈다. 눈구멍을 메운 살에 달린 사슬이 철렁거릴 만큼 경련하며 울부짖지만, 가장 큰 비명소리는 침묵으로 바뀌어 목 안에서만 맴돌았다.

바포메트의 권능이 부여한 침묵의 금제 때문이다. 오직 쿵쿵거리는 소리만이 남아 모두를 불안감에 떨게 만들 뿐이었다. 녀석이 몸을 앞으로 낮출 때쯤, 그의 앞으로 돌아 나왔다. 사슬을 고삐처럼 앞으로 잡아당기자, 놈은 미친 듯이 앞으로 달려나갔다. 남은 한 손에 들린 무기를 광전사처럼 휘두르며.

수용 구역을 잇는 복도가 삽시간에 혼란으로 물들었다. 무기를 든 간수들이 덤벼들건 말건, 나는 이미 해치운 녀석의 위치를 지켰다. 흥분한 간수들은 제 영역으로 달려든 동료를 붙잡아 도륙했다. 살벌하게 뼈와 살을 뭉개는 소리가 들려왔다. 녀석들이 거기에 필요 이상으로 정신이 팔렸을 때쯤 다시 움직였다.

콰직—.

하이 킥을 맞고 웅크린 채로 쓰러진 간수의 시체를 밟고 뛰어올랐다. 내 피지컬만으로는 그다지 큰 위력의 펀치를 기대할 수 없지만, 지지대가 있다면 충분히 깊숙이 상대의 얼굴에 꽂아넣을 수 있다. 얼굴을 얻어맞은 녀석은 바닥에 쓰러진 녀석이 살았다고 판단하고, 다시금 무기를 들었다. 재빨리 반대쪽에 서 있던 다른 하나의 시슬 구멍에 칼끝을 걸어 아래로 잡아당겼다.

텅—.

죽은 시체를 두고 서로 적이 되어 부딪치는 아수라장. 그들 중 죽인 자는 아무도 없고, 죽은 자만 늘어난다. 상대적으로 체구가 작은 나는 이 개싸움의 혼란을 가중시킬 최적의 조건을 갖췄다. 거구들의 틈으로 허리를 젖히고 굽히며 빠져나오면서, 가능한 한 치명적으로 베어낸다.

퇴로가 없어진다 싶으면 먼저 튀어나가 관절부에 나이프를 쑤신다. 휘둘러지는 사슬을 빠르게 인지하여 피한다. 그리고 수가 점점 줄어들 때쯤 트렌치코트를 젖혀 손도끼를 꺼냈다. 택티컬 토마호크. 소형 전술 도끼이며, 내가 주로 사용하는 단날의 형태를 이뤘다. 도끼날의 면적 자체는 작은 편이지만 그만큼 헤드가 묵직하다. 날이 짧다 보니 급소를 파고들기보다 뼈가 있되 강도가 약한 관자놀이를 노렸다. 과연, 확실하게 머리에 손상을 줄 수 있는 정도다.

"끄……."

날을 거칠게 뽑아낸다. 쿵쿵거리는 소리는 시체가 쓰러질 때마다 이따금씩 끊긴다.

어느새 한 녀석만이 남아 멀리서부터 달려들고 있다. 점점 개체 수가 줄어들다가 결국 한 명밖에 남지 않았을 때에야 제대로 된 판단을 하게 된 모양이다. 물론, 그 판단이 이뤄지는 사이에 투척된 도끼날이 정통으로 미간에 날아든다.

콰직—.

정통으로 이마 한가운데에 도끼날이 파고들었음에도 죽지 않았다. 다만 녀석은 더 이상 싸움에 필요한 감을 유지하지 못했다. 자기도 모르게 머리에 박힌 도끼를 뽑아내려고 팔을 위로 올렸고.

"가드를 너무 쉽게 푸네."

나는 애초에 허점이 나올 것이라고 믿고 도끼를 던지는 동시에 거리를 빠르게 좁혀둔 채였다. 그대로 허술해진 목젖 쪽으로 컴배트 나이프를 찔러넣었다. 그렇게 여덟의 간수들이 자멸하듯 목숨을 잃었다. 미동도 하지 않는 것들 사이에서 검은 피가 질척댈 정도로 흘러나왔다.

툭, 소리와 함께 가볍게 반대편으로 내려서며 거의 다 타들어 간 막대를 피웅덩이 쪽에 던졌다. 동시에 새로운 막대를 허리띠의 눈을 통해 점화시키고, 입에 물었다. 연기는 계속해서 퍼졌다. 소요가 사라지자 대간수의 고동이 천천히 울려 퍼졌다. 소리에 귀를 기울일 필요는 없지만 안심이 되었다.

정면에 이 복도의 시야를 환하게 밝히는 발광체가 있었다. 말라붙은 핏자국과 비슷한 암적색 빛이다. 정확히 무슨 역할을 하는 기관인지는 모르지만, 하나는 바포메트에게 들어 알고 있었다.

"살덩이로 가득 찬 종양과는 다르다. 곪은 상처와 비슷해서 주기적으로 상처를 내면 비슷하게 재생된다. 피막을 뚫으면 안을 가득 채운 체액과 고름이 흘러나오겠지. 대간수에게는 통증 같은 게 전달되지 않으니, 수납을 목적으로 사용할 수 있다네. 만약 간수들이 열쇠를 소지하고 있지 않다면 그곳을 찾아보게."

"꼭 그래야 돼요?"

나이프로 종양의 점막을 가르자 역겨운 액체가 한가득 흘러나왔다. 따끈하게 달아올라 있어 더욱 기분이 역겨웠지만 방법이 없었다.

액체와 함께 열쇠 꾸러미가 쏟아져나왔을 때에는 그나마 다행이라고 생각했다. 뚫린 피막 안쪽을 맨손으로 헤집는 상황만은 진심으로 바라지 않았으니까. 끈적한 액체가 잔뜩 묻은 열쇠는 사람의 시각으로 볼 때 클래식한 형태를 띠고 있지는 않았다.

구멍에 밀어넣고 돌리는 막대라기보다는, 오히려 패(牌)에 가까운 동전 모양이었다. 그것들이 짧은 고리에 꿰여 하나의 큰 고리에 매달려 있었다. 적어도 이 주변의 감금실이나 폐쇄 구역의 문을 전부 열 수 있을 만큼의 수많은 조각들이.

"그나마 다행이야. 허접한 쇠붙이였으면 좀 화날 뻔……."

태연자약하던 태도가 본능적으로 뒤집혔다. 문득 경계심이 들었기 때문이다. 순간적으로 한 걸음 물러나며 가까스로 몸을 뒤로 휙 젖혔다. 그 찰나의 순간, 내가 벗어난 위치를 꿰뚫은 쇳덩어리가 곧바로 꿈틀대는 벽에 충돌했다.

퍼엉, 하는 소리가 울려 퍼졌다. 돌과 파편 대신 온기를 지닌 피와 살점이 사방으로 튀어나갔다. 감금실 복도의 벽면 일부가 철추(鐵椎)에 부딪혀 뭉개지고 터져나간 흔적이 적나라했다.

"이런, 눈이 달렸네. 이 안에서는 조금 높으신 분인가?"

핏줄이 이리저리 얽힌 한 개의 안구를 눈꺼풀도 없이 달고 있는 악마가 모습을 드러냈다. 그리스신화의 외눈박이 괴물 키클롭스가 떠오르는 순간이었다. 괴상할 정도로 편평하게 다져진 안면 위에서 거대한 눈동자가 이리저리 꿈틀대며 나를 주시했다.

"설마설마했거늘, 일개 인간 따위가 혼자서 이 구역의 간수들을 전부 죽였다는 것인가?"

위압감. 악마 중에서도 '진짜'에게 걸맞은 무거운 살기와 압박. 목소리가 들리는 순간, 그런 느낌을 강하게 받았다. 살의를 지니고 있으되 증오가 없는, 순수한 광기가 멀리서부터 전해져왔다.

"참으로 훌륭하다. 이 정도라면 틀림없이 공작 바르바토스께서 네게 관심을 가질 것이야."

철컹, 철컹. 피로 얼룩진 철추와 사슬이 둔탁한 소리를 내며 바닥에 끌려 주인에게로 돌아간다. 휘둘러지는 순간 사람 한둘쯤은 고깃덩이만도 못하게 찌그러뜨릴 정도의 위력. 저 빌어먹을 근육덩어리만이 놀릴 수 있을 듯 크고 묵직한 무기다.

쉽게 볼 상대는 아니다. 장기전으로 가면 찰나의 틈을 허용하는 즉시 팔다리가 떨어져나갈 게 틀림없다. 이럴 때 상대의 기량을 재거나 스스로의 한계를 책정하는 것은 바보짓이다. 정체가 뭔지는 모르겠지만, 놈 역시 나라는 존재를 잘 모른다. 단지 위협하듯 다가오고만 있다. 그렇다면 전과 같은 방식으로 돌파하면 된다.

"하지만 나는 그분께 침입자를 살려두란 명령을 받은 적이 없다. 그리고 앞으로도 그럴 일은 없을 것이다. 상위 간수, '구역장'과 면전에서 마주친 이상, 형벌의 낙인을 피해가는 것은 불가능……."

피차 대화가 필요한 사이는 아니다. 주절대는 말소리를 끊은 것은 녀석의 목덜미에 박힌 투척용 나이프였다. 허를 찔린 녀석이 반사적으로 상체를 움츠리며 그것을 뽑아낸 순간…….

"끄……?!"

놈과 나의 간격이 순식간에 0으로 수렴했다. 안장의 불길이 붙은 뒤로 10분. 잇새에 물려 밑단까지 타들어 가 있던 뼈 막대를 큼지막

한 눈깔 한복판에 꽂아버렸다.

"크…… 크아아아아악! 이런 버러지 같은……."

불씨에 닿아 녹아내리는 눈과 사라져가는 시야. 구역장은 한 팔로 눈을 감싼 채 반대쪽 팔로 철추를 휘둘렀다. 그러나 마구잡이로 던진 편(鞭)과 퇴(槌)가 내게 닿을 리 만무했다. 철추가 커다란 궤적을 그리며 애먼 위치에 내동댕이쳐졌다. 앞쪽으로 한껏 중심이 치우친 몸을 재빠르게 거둬들이기엔 구역장의 덩치가 너무 컸다. 그리고 나는 놈의 코앞에서 공격 태세를 갖추고 있었다.

이제 녀석이 취할 수 있는 대응은 무기를 놓고 나를 붙잡아 으스러뜨리는 것뿐이다. 다만 그렇게 판단하고 무기를 놓았을 땐, 이미 내 쪽에서 녀석의 두꺼운 목덜미에 박아넣은 칼을 손잡이 삼아 매달린 후였다. 경직된 근육이 칼을 물고 놓지 않아 떨어질 염려가 없었다. 관통력이 강한 날붙이로 단번에 목젖 아래를 파고든 다음, 후벼 파듯 더욱 깊숙하게 찔렀다.

"끄, 끄륵…… 뀌에에에에엑! 끄에에에엑! 크으으으으으끄르륵!"

"야, 조용히 해. 아무리 멱따는 소리라지만 시끄럽잖아."

놈이 기우뚱거리며 미끄러지는 동시에 칼을 놓고 바닥에 내려섰다. 살짝 벗겨진 장갑을 입으로 물어 제자리로 돌려놨다. 목 아래에 구멍이 나 체액이 쏟아지고 있음에도 버둥거리는 녀석의 움직임은 여전히 격했다. 저항은 머리의 온갖 부위에 대여섯 개의 연장이 박힐 때까지도 완전히 멎지 않았다.

"커걱, 컥…… 끄흐억…… 그르륵……."

"워낙 덩치가 크니 빈틈이 많다고는 해도…… 달린 눈깔은 장식이냐? 지금까지 몇 놈이 칼에 맞아 죽었는데, 지근거리를 내주고 싸우려 해?"

한 계층이 아닌 한 구역의 지휘관이라지만 꽤나 허무하게 끝났다. 순전히 상대가 방심한 탓이었다.

운이 좋았다는 사실을 실감한 것은 구역장을 죽인 순간이 아니라, 머리와 목 관절에 닥치는 대로 박아넣은 날붙이들을 하나씩 뽑아낼 때였다. 매달릴 때부터 알아봤어야 했는데 더럽게 안 뽑혔다.

"근육량 하나만큼은 엄청나네. 기습으로라도 단번에 보낼 수 있어서 다행이야."

구역장의 눈에 박힌 뼈 막대를 뽑아냈으나 다시 입에 물려니 위생관념이 허락지 않았다. 결국 시간이 조금 줄어드는 것을 감수하고, 새 막대에 허리춤의 불꽃을 옮겨붙였다.

그렇게 성가신 뒤처리를 마치고 이마에 흐른 땀을 털어냈다. 열쇠 꾸러미를 챙겨 들고 최하층 감금실의 문들을 유심히 살폈다. 패 위에 새겨진 문양들은 제각각인데다 매우 복잡한 형태로 꼬여 있었다. 본 적 없는 문양인지라 어디에 뭘 꽂아야 할지 영 난감했다. 그렇게 한 5분가량을 모양 맞추기에 소모하던 차에 한 가지 특징이 눈에 띄었다. 정확히 말하자면 열쇠가 아니라 문에 새겨진 열쇠 구멍의 특징이었다.

"여기는 왜…… 아무 문양도 없지?"

가장 외진 감금실의 열쇠 구멍에 새겨진 문양은 무(無). 그저 납작한 원 모양 펜던트 형태의 열쇠를 밀어넣을 홈만 길쭉하게 파여 있었다.

상당히 수상했다. 열쇠 하나를 무작위로 골라 꽂았다. 그러자 예상치 못한 일이 일어났다. 문 전체가 꿈틀거리기 시작했고, 그 움직임이 벽을 타고 점점 내 뒤로 뻗어나갔다. 얼마 가지 않아 그 기묘한 반응이 끊긴 장소에 수많은 '입'들이 생겨났다. 하나같이 날카롭고 흉측한 이빨을 단 그것들은 벽면에서 복도 한가운데로 점점 뻗어나왔다.

촉수처럼 삐져나온 대간수 체내의 '포식자'들이 향한 곳은 악마들의 시체가 널브러진 장소였다. 곧이어 끔찍한 식사가 펼쳐졌다. 제 크기를 커다랗게 늘린 입들이 제각기 죽은 악마들을 삼키고 씹어 부수기 시작했다. 그리고 구역장을 먹어치웠던 주둥이가 무언가를 바닥에 뱉어냈다. 빌어먹을 촉수 같은 주둥이들이 완전히 벽으로 돌아가고 나서야 그것의 정체를 확인할 수 있었다.

"청소 한번 기가 막히게 깔끔하군."

입이 뱉어낸 문양 없는 열쇠를 손에 쥐고서야 얼빠진 듯 혼잣말을 뱉었다.

복도는 원래대로 돌아와 있었다. 싸우면서 흠집이 난 곳도, 점막 종양도, 구역장이 때려 부순 벽면도 전부 복구되었다. 가치가 사라진 간수의 잔해를 섭취해 체내를 복구시킨 듯했다.

그로테스크한 풍경에 얼이 빠져 있던 것도 잠시, 곧바로 작업을 속행했다. 다른 것과 달리 문양이 없는, 그리고 구역장이 직접 가지고 있던 열쇠라면 그것으로 열 수 있는 방 안에 갇혀 있는 수감자 또한 특이할 것이다. 적어도 이 구역 내에서 가장 주목받는 죄수를 가둬둔 장소일 테지.

덜컹—.

최하층에서도 가장 깊숙이 자리한 감금실의 문이 열렸다.

20.

안쪽은 어둡고, 차라리 연기를 들이켜는 게 나을 정도로 퀴퀴한 냄새를 풍겼다. 복도에 비해 방 안쪽의 벽과 바닥은 아주 딱딱하고 꿈틀거림이 없었다. 몇 걸음을 더 내딛고서야 또 한 가지 사실을 눈치챘다.

"나 악마 아니야. 아무 짓도 안 할 테니까 나와서 얼굴 좀 비춰."

외침도, 중얼거림도 아닌 어중간한 톤으로 말을 걸어봤다. 여전히 안쪽에서는 기척이 느껴지지 않았다. 그러나 아주 희미하고도 미약한 목소리가 석실 안 깊숙한 곳에서 전해져왔다.

"……싫어."

"싫다고? 그럼 다시 닫을까?"

"싫어. 싫어…… 싫어. 싫어. 싫어……."

힘겹게 토해내는 이 '싫어'라는 말이 질문에 대한 대답이 아니라는 것 정도는 알 수 있었다. 그간 어떤 고문을 얼마나 당했는지 몰라도, 의지도 자아도 완전히 꺾여버린 듯한 기계적인 응답이었다. 오랫동안 입에 거미줄을 치고 살았는지 바싹 마른 목소리이지만 희미하게 앳된 티가 났다.

"손바닥, 보이지? 아무것도 안 들었어. 이제부터 조금씩 가까이 갈 테니까 덤벼들지 마."

허리춤에 달린 바포메트의 눈에 불꽃을 일으키고, 그것을 버클에서 떼어냈다. 그 불씨를 랜턴 삼아 안쪽으로 발걸음을 옮겼다. 걸음을 내디딜수록 '싫어'라고 말하는 목소리가 선명해졌다. 동시에 점점 익숙한 소리로 변해갔다.

"싫어. 제발. 싫어."

그 음성이 더듬어본 기억 속 목소리와 정확히 일치한다는 것을 깨닫기까지는 그리 오랜 시간이 걸리지 않았다. 내면에 떨어진 이래 처음으로 '막다른 길'에 닿은 기분이 들었다.

단 며칠, 짧다면 아주 짧은 시간 동안 많은 일을 겪었다. 그간 잠시 도외시했던 존재를 현실과 멀리 떨어진 장소에서 마주쳤다는 것이 영 낯설었다.

"최서연?"

내게는 내면세계에 진입한 뒤로 겪어온 무수한 경험이 축적되어 있다. 아직 단 한 번도 이런 적이 없었는데, 이 순간만큼은 어색하고 불편하기 짝이 없었다. 지금까지 이렇게나 비참하고 잔혹한 광경에 내던져진 채 자신의 내면에서 소외되어 있던 내담자는 단 한 명도 없었으니까.

최하층. '말로' 혹은 6계층이라고도 불리는 이 영역은 효용가치가 없는 쓰레기들의 종착점이었다. 영혼까지 망가져 이제는 고칠 수 없는 죄인들이 버려지는 장소. 그 언저리에서 나는 최서연이라는 소녀와 다시 만났다.

그 아이는, 밑바닥의 진짜 주인은 아주 비참한 장소에 널브러진 채 썩어가고 있었다. 악마가 뜯어내듯 벗긴 가죽도 이보다 휑하지 못하다. 묘지기가 토막 낸 시체의 뼈다귀마저도 이보다 앙상하지 못하다. 바닥의 이끼와 곰팡이가 온몸에 퍼져 있었고, 한쪽 눈이 존재하지 않았다. 이 아이는 지금 산 채로 먹히고 있었다. 구더기와 파리가 들끓는 팔다리의 통증만으로도 끔찍하게 고통스러울 것이다.

그럼에도 아이가 힘겹게 목소리를 내고 있다. 그럴 수 있는 데에는 누군가의 악의적인 의도가 심어져 있다. 누군가의 목적에 따라 필요한 순간에 필요한 말을 하도록, 온몸을 만신창이로 만들고도 입과 혀를 남겨둔 것이다. 아마도 그렇게 남겨진 입과 혀가 내온 목소리는 대부분 비명이었을 것이다.

고통을 느끼고 비명을 지른다는 점을 제외하면 시체와도 다름없는 상태. 죽고 싶어도 그럴 수조차 없게 되어, 의도적으로 독방에 방치되었다. 최서연이 지닌 기억의 가장 깊은 장소. 내면의 심층에 나타난 그녀 자신은 말도 안 될 정도로 끔찍한 모습이었다. 그녀가 어떤 무거운 죄를 지었다고 해야 지금의 처사를 납득할 수 있을까.

"⋯⋯당신, 누구? 내 이름⋯⋯ 어떻게 알아?"

최서연이 나를 향해 물었다. 그러나 그런 간단한 질문에도 뭐라고 대답해야 할지 잘 모르겠다는 생각이 들었다.

흔들렸다. 이 일을 해오며 지금까지 단 한 번도 그러지 않았는데, 지독하게 흔들리고 있었다. 지금 당장 해야 할 일은 명확하다. 이곳은 내면에서도 가장 깊숙한 기억의 최심부, 자의식의 출발지다. 거기다 이 애가 내면의 주인이라는 사실까지 더하면 충분히 끌어낼 수 있다. 아주 깊은 곳에 파묻혀 있던 경험부터 숨겨진 기억의 진위까지 전부 다.

이 소녀에게서 대부분의 정보를 뽑아내 블랙박스에 담을 수 있다. 결국 나는 그녀를 이용해야만 한다. 그런데 왜 이렇게나 켕기는 걸까. 내가 이 애한테 지은 죄는 아무것도 없을 텐데. 설마 지금 당장 고통을 덜어줄 용기가 없어 미안한 건가? '내면의 주인'을 실수로 죽였다가 돌이킬 수 없는 결과를 불러오게 될까 봐? 고통을 참으며 말하도록 유도하는 행위 자체가 잔혹하다고 생각하고 있어서? 나는 왜 고작 내면의 자아 중 하나를 마주 보며 이런 생각을 하고 있는 거지?

"너…… 왜 이곳에 있는 건지 알아?"

"몰라."

최서연의 몸에는 사슬도, 수갑도, 족쇄도, 뭣도 없다. 아무런 구속구도 채워놓지 않았다. 하지만 해진 누더기 사이로 드러난 선명하고 깊은 흉터가 유달리 눈에 띄었다. 지옥의 죄인 모두에게 새겨지는 '낙인'이다. 하지만 지금 이 순간의 낙인은 오히려 한 줄기 희망

의 기호처럼 느껴졌다. 차라리 이 상태에서 죽으면 멀쩡히 되살아
나기라도 할 테니까.

"나. 빼앗겼어. 전부 다. 아무것도. 없어."

그녀는 바닥에 엎어진 채 힘없이 바닥을 더듬었다. 앞이 보이지
않는 건지, 위쪽을 쳐다보고 싶지 않은 건지는 알 수 없었다.

수많은 '내면의 주인'을 만난 경험을 토대로 진단하자면, 이것
은 특이한 경우다. 근본적인 진실의 일부를 숨기고 있을 내담자 최
서연은 이 자리에 없다. 비어 있는 껍데기만이 쓰레기장에 버려져
괴로움을 곱씹고 있을 뿐이다. 자의식의 완전한 증발. 내면의 주인
이 이렇게 깊은 장소까지 들어와 망가지는 것은 쉽지 않다. 이 아
이의 말마따나 통째로 '빼앗기지' 않고서야 불가능하다. 그나마 지
니고 있던 모든 기억을 빼앗기고, 오랜 시간 동안 망가지지 않고서
야⋯⋯.

"공작. 간수장. 바르바토스. 그 악마. 내 기억. 전부 가져갔어."

이 말을 들은 순간, 나는 할 말조차 잊어버린 채 멍하니 그녀를
바라보았다.

"너, 여기서 얼마나 있었어?"

"몰라. 대답. 못 해. 잊어버렸어."

"이 문, 마지막으로 언제 열렸니? 밖에 있는 악마들이 널 여기에
다 방치해놓은 거야?"

"죽지 않아."

금세 지친 듯 금방이라도 멎어버릴 듯한 그녀의 목소리가 차마

실감하기 어려운 이야기를 전했다.

"먹지 않아. 마시지 않아. 그래도. 죽지 않아. 하지만. 배고파. 목말라. 계속 그랬어. 얼마나 잘지. 모르고 잠들면. 시간이 지나. 그러면. 말을 들으면. 아무도 안 와. 안 괴롭혀."

"지금 당장 죽기를 원해?"

"허락 안 해. 허락 안 할 거야."

아주 오랜 시간 동안 그늘져 있었을 얼굴 위로 희미한 미소가 떠올랐다. 체념의 미소였다.

안다. 저 표정과, 축 늘어진 모습을 나는 알고 있다. 병들어 말라가던 동생, 유영이가 마지막 기도를 끝맺던 그 순간에도 봤던 모습이었다. 그 애는 기도조차 무의미하다는 것을, 자기가 곧 죽으리라는 것을 알고 체념해버렸었다. 그리고 그 애가 모든 것을 놓았을 때 곁에 있던 사람은 나뿐이었다.

"안 된다고 했어. 나는. 못 죽어. 죽을 수 없대. 그렇게 될 수 없어. 절대로."

최서연의 말을 들은 뒤 한동안 굳게 침묵했다. 나는 가만히 선 채 시선을 피했다. 내면의 최서연이 지금 이 순간 나를 바라보고 있는지는 모른다. 알고 싶지 않다. 굳이 느낄 필요 없는 감정에 휘둘려 궁극적인 목표로부터 멀어지길 바라지 않는다. 분명 나는 해야 할 일이……

"씨발."

그만 외면하는 것을 포기해버렸다. 욕지거리가 튀어나올 정도로,

나 자신이 짜증스러워서 견디기가 어려웠다. 순전히 오지랖이라고 해도 어쩔 수 없었다. 상담 중에 나온 말로 추측했던 것 이상의 고통을 최서연이 받아온 게 사실이라면, 절대로 외면할 수 없었다. 지금 나를 붙든 인지부조화는 근본적인 죄책감과 양심에 관한 것이었으니까. 그것은 동생에게서 배우고 납득한 뒤로 수년간 한결같이 지켜져왔다. 지난 유영이와의 기억 속에서 어렵지 않게 찾아볼 수 있는 내 자아의 나약한 급소였다.

"언니, 그거 알아? 나 언니 되게 자랑스러워한다는 거?"

"갑자기 왜?"

"훌륭한 나비라서. 특례전문의 자격증도 있고. 실력도 손에 꼽을 정도로 좋고. 그러면서도 사람들한테 좋은 일도 많이 하고."

"좋은 일? 내가 그런 걸 했던기? 그게 뭐길래?"

"뭐긴 뭐야. 지혜 언니랑 같이 일하잖아. 피해자들 내면에 들어가서 트라우마도 없애, 법적 증거도 수집해. 엄청 밑지는데도 굳이 도와주고 있잖아. 그런 치료는 몇천만 원을 주고도 못 받는 사람이 태반이라던데."

"순진해빠지니 그런 소리나 하지. 지혜 걔가 학계에서 유명한 의사이기도 하지만, 난 그냥 경력 쌓으려고 꼽사리 낀 거야. 이렇게 공공기관이 얽힌 업무에서 꾸준히 실적 올리고 있으면……."

"'내면세계'라는 개념의 학술적 권위가 높아졌을 때, 대박 터진다?"

"그렇지. 상장 전 장외주식이랑 다를 게 없는⋯⋯ 야, 왜 사람 뺨을 막 당기고 그래?"

"에휴우, 이 모지리 언니야⋯⋯ 기껏 칭찬해주는데 자꾸 건성건성 대답할래? 그럴 거면 그냥 지금부터 기업인이나 연예인 상대로 방문 치료 하면 되는 거 아냐. 높으신 분들이 한둘이야?"

"걔네는 비위 맞춰줘야 하잖아. 난 누가 헛소리하는 건 죄다 다큐로 받아서 안 돼."

"이리저리 핑계는. 그냥 하고 싶어서 하는 거라고 말하면 안 돼?"

"⋯⋯."

"언니가 남 도울 성격 아닌 건 알지만, 그렇다고 떳떳하지 못한 일을 건드리는 건 아니잖아? 그래서 좋은 거야. 적어도 나한테는 닮고 싶어질 정도로 자랑스러운 언니라고."

"용돈 더 줘?"

"아아아, 진짜!"

언니가 자랑스럽다. 유영이가 줄곧 했던 말이었다.

그 애가 떠났을 무렵부터 신념이 조금씩 흔들리기 시작했지만, 원칙만은 지켜왔다. 돈을 얼마나 주든 간에 돕고 싶을 때에만 돕는다. 그리고 적어도 무고한 타인을 피해자로 바꿔치는 일은 하지 않는다. 내 동생은 세상에서 가장 '무고한' 존재였음에도 세상을 떠났다. 다시는 그런 고통을 만들지 않으리라.

"나보고 뭘 어떻게 하라고. 저 애가 이렇게까지 망가진 게 내 탓도 아닌데⋯⋯."

두 손으로 얼굴을 감쌌다. 차마 이 꼴같잖은 표정을 겉으로 드러낼 용기가 없었다. 한번 마음속에 인 파문이 도무지 가라앉지를 않았다.

의문이 뇌리를 떠나지 않았다. 내가 여기서 왜 멈춘 거지? 최서연은 언제부터 여기서 날 기다렸을까? 얼마나 마음을 후벼 파이고 괴로워하며 이곳까지 끌려들어 왔을까? 만약 최서연이 정말로 죄에 합당한 벌을 받고 있는 거라면 내면의 그녀는 비참해질 수 없다. 숨겨둔 사실이 만든 안식처는 거짓을 덧댈수록 더욱 교묘해지고, 내면의 주인을 강하게 감싸돌기 때문이다. 이것은 일종의 자기 정당화로, 트라우마조차 침해할 수 없는 고유의 영역이다. 하지만 그녀는 맥없이 여기에 끌려와 갇혔다. 결백을 증명하듯이.

실수했다. 올바르지 못했다. 지옥에 대한 편견에 막혀 내면의 주인인 최서연에게 먼저 접근해볼 생각을 하지 않았다. 기껏해야 안식처 어딘가에 숨었거나 감금된 채 벌벌 떨고 있을 거라고 생각했다. 하지만 내면의 진실을 아는 '염마'의 복제품이 주인의 모든 권리를 앗아가고 말았다. 그렇게까지 해서 지옥의 주재자가 무엇을 감출 수 있는가. 어떤 치부를 가리고 싶었는가. 떠올릴 수 있는 답은 단 한 가지뿐이었다.

"이 애가 죄인이라고? 회개하도록 하겠다고? 개소리하지 마, 이 빌어먹을 새끼들아."

처음 박재영 목사를 만났을 때 나는 지옥이란 곳에 '흥미가 간다'라고 답했다. 이제는 스스로에게 다시 한번 묻는다. 무고한 피해자가 고통받게 된 마당에도 여전히 그렇다고 장담하는가? 선악 개념이 뒤집힌 세상의 가치를, 그렇게 쉬이 재고 말 수 있는가?

"도대체, 도대체 왜 이렇게까지 했어? 이 애는 아무 잘못도 안 했잖아. 아무것도 안 했는데, 여기까지 끌려들어 온 거잖아. 그런데 왜……!"

머리가 어지럽다. 땅이 꺼질 듯한 느낌이 든다. 내 머릿속의 옳고 그름이 온통 뒤집혀버리는 느낌이 든다.

분명 이 상황은 올바르지 않다. 내가 옳다고 믿는 일들이 다른 이들의 믿음과는 사뭇 다르다 해도 절대로 옳을 수 없다. 이런 지옥과 동일한 잣대로 만들어진 천국이 있다면, 그곳 역시 결코 멀쩡할 수 없다. 결국 망자는 어디로 인도되건 하나같이 불행해질 뿐이었다. 내 소중한 동생 유영이조차도.

"됐다. 이제는 됐어. 차라리 잘됐다고."

2년 전, 나는 죄 없이 불행을 겪은 한 아이를 떠나보냈다. 그리고 지금 이 순간, 그 아이와 똑같은 비극에 처한 아이를 다시 만나게 되었다. 둘은 서로 다른 소녀이지만 한 가지 사실만큼은 같았다. 고유진이라는 타인과 인연을 맺고, 계속 곁에 둠으로써 말려들었다는 것.

"끝까지 해낼 수 있어. 잠깐 충격 먹는 걸로 오히려 머리가 맑아진 거야. 이 고생을 사서 해가면서…… 왜 이렇게까지 열심히 하는지 이유 하나 찾기가 어려웠거든."

똑바로 마주 봐야만 알 수 있다. 의미가 없다면, 찾으면 된다. 살기 위해 행동하는 게 아니다. 그 빌어먹을 계집애의 탈을 쓴 새끼를 죽여버릴 것이다. 그러기 전까지는 죽을 수 없다. 군주의 죄, 무고한 이에게 고통을 준 죄의 대가를 치르게 할 수 있는 건 오직 나뿐이니까.

"미안. 조금만, 조금만 더 버텨줘."

그리 간곡히 말했다. 여전히 초점이 흐릿한 한쪽 눈망울로 나를 올려다보는 최서연에게, 다시 한번 약속했다. 내면의 너는 사라짐으로써 악몽을 끊겠지만, 바깥의 너만큼은 자유롭게 하리라. 이 더러운 트라우마를 잊고, 치료받아 평범한 삶을 살아갈 수 있도록…… 그렇게.

"약속, 꼭 지킬게. 다시는 고통받지 않게 할게."

장갑을 벗었다. 그녀의 앙상한 손을 쥐고, 온기를 전했다. 부러지지 않도록 조심스럽게, 내 새끼손가락을 그녀의 새끼손가락에 걸었다. 그리고 다시 장갑을 낀 후 자리에서 일어섰다. 거의 다 타들어 간 뼈 막대를 뱉어내고 새로운 막대에 불을 붙인 다음 입에 물었다.

한 모금 내뱉고, 무덤덤하게 뒤를 돌아봤다.

"참 많이도 몰려왔네. 그러고 보니 시체를 전부 먹어치웠었지."

적어도 수십 마리는 되어 보이는 간수들이 감금실 문 앞에 몰려 들어 나를 노려보고 있다. 평소대로라면 차분히 한 놈씩 해치웠겠지만, 지금은 사적인 감정이 섞여 들어가 있었다. 어찌되든 간에 상관없다는 생각이 들었다. 할 수 있는 일을 하겠다는 생각에는 변함이 없었지만, 마음가짐은 극단적으로 날카로워져 있었다.

어디서부터 어디까지 끌어모았는지 모르지만 상관없었다. 지금부터 세 계층 위쪽까지 올라가는 데 세 개의 탄창을 소비하기로 했다. 총 마흔다섯 발. 나머지는 그 위에서 써야 했다.

처음으로 안주머니 깊숙이 처박혀 있던 녀석에 손을 댔다. 나는 이 녀석에게 꽉 찬 탄창을 밀어넣고, 총구 역시 한계까지 달굴 것이다. 안전장치는 이미 풀렸다. 날 쥐고 흔들어보려고 한 대가는 오직 구멍 뚫린 머리통으로만 갚을 수 있다.

"약속할게. 이거 다 쓰기 전에 전부 죽을 거야, 너네들."

21.

본래 대악마는 공존이라는 삶의 형태를 택하지 않는다. 어느 한 쪽이 영역을 건드리면 둘 중 하나가 쓰러질 때까지 서로 물어뜯는 다. 법칙을 어긴 자가 누구인지는 의미가 없다. 올바른 쪽은 패배하 지 않고 살아남은 악마다. 도덕이 없는 투쟁과 권위, 힘과 욕망이 이 밑바닥의 논리의 근간이기 때문이다.

이 법칙의 예외는 사욕이 없는 악마, 대간수와 공작 바르바토스 뿐이다. 하지만 단지 이해가 겹친 단합일 뿐, 다른 의미는 존재하지 않는다. 중죄인을 처벌함으로써 밑바닥의 근본적 공포를 불러일으 키는 상징. 그런 의미를 지니고 수천 년간 밑바닥의 하늘에 매달려 있다. 오히려 그들이 숭상하는 악은 이 지옥에서 가장 바람직한 법 칙이다.

무자비한 처벌은 가장 밑바닥의 본능적인 공포를 끌어올린다. 악마들은 두려움을 이용해 이곳을 지배한다. 그 밖의 방식은 생각할 필요가 없다. 그들은 잔머리를 굴리는 약자들을 한없이 멸시한다.

"그러하니, 너는 열두 이름의 수치이며 군주의 유일한 결함이니라. 주인을 욕되게 하는 너와, 주인의 이름과 명을 가장 충실하게 받들어 올리는 나. 너와 나는 가히 상극이다. 지금껏 그리 생각하지 않았더냐? 지금 이 순간 영역이 겹쳤음에도 너에게 자비를 베풀 것이라 생각했느냐?"

텅 빈 옥좌에서 울려오는 낮게 깔린 메아리만이 넓은 알현실 내부를 뒤흔들고 있다. 소리는 사방에 퍼지다가, 오직 하나의 종착점에서 멈춘다. 소리의 울림이 멎었을 즈음 옥좌로부터 열 계단 아래의 저지(低地)에 그림자가 생겨났다.

이윽고 산양의 두개골을 머리에 쓴 초라한 몰골의 악마가 알현실 한복판에 모습을 드러냈다. 방 전체가 제 몸의 일부인 대간수는 두개골 속의 눈이 어디를 바라보든 간에 모든 위치에서 상대를 내려다본다. 그리고 옥좌의 주인은 끝까지 실체를 보이려 하지 않는다. 두려움도 무엇도 아니다. 단지 목소리만으로 상대를 압도하려 들 뿐이다.

"말해보라, 바포메트여. 죽을 자리일 줄 알면서도 감히 내 발치에 다다른 이유가 무엇인가?"

"공작 바르바토스. 밑바닥 최심부의 간수장. 무지의 악마인 대간수를 비호하는 자여."

사태와도, 폭우와도 같이 쏟아져내리는 메아리를 향하여 그르렁

274

거리는 목소리가 답했다.

"나, 바포메트. 미약한 숭배의 악마가 그대와 이야기를 나누기 위해 먼 길을 달려왔다. 그러니 잠시 시간을 내어주시게. 마땅한 대가를 치러야 한다면, 대화를 나눈 후에 치르도록 하겠다."

"말장난치고는 재미있구나. 알량히 숨어 살던 주제에, 이번에는 정말로 소멸을 각오하고 왔다는 건가? 아니면 이미 한쪽 눈을 잃어 완전히 체념한 것이냐?"

창백한 조소가 알현실을 가득 채웠다. 그 웃음은 명백한 칼과 독기를 품고 있다. 이 알현실과 옥좌의 주인이 원한다면 언제라도 바포메트를 으스러뜨릴 수 있다고 말하고 있다. 하지만 한쪽 눈만을 해골 속에서 번뜩이며 불태우는 숭배의 악마는 이에 미동조차 않는다.

"뭐, 좋다. 여기까지 온 이상 결코 빠져나갈 수 없다. 네 미약한 존재 정도는 인세라도 지울 수 있지. 그러니 의도만큼은 들어보기로 하마."

"드문 자비에 감사하도록 하지, 바르바토스여. 단도직입적으로 말하겠다. 나는 비밀을 원한다. 나 스스로 깨닫고 행해야 할 바를 그대가 친히 전달해주었으면 한다."

"전달? 어째서 내가 네 녀석이 깨닫고자 하는 것을 알릴 수 있으리라고 생각하나?"

"분명 그대는 알고 있을 것이다. 밑바닥의 군주, 그가 숨겨둔 것이 이곳 어딘가에 남겨져 있다. 지금까지 수면 위로 드러나지 않은 잔재를 직접 넘겨받았으면 한다."

"건방진 놈."

쩌적—.

시작은 단순한 파열음. 그러나 바르바토스가 내뿜는 압력은 이내 강한 굉음과 진동으로 바뀌어 돌아왔다. 알현실 전체가 흔들리고 바포메트 주변의 바닥이 쩌적거리며 갈라진다. 땅이 점차 주저앉고 목소리와 숭배의 대악마는 주저앉지 않기 위해 애를 썼다. 그것이 그의 한계였다.

"보아라, 이 권능의 차이를. 고작 한 번의 진노에도 네 녀석은 버티기조차 힘들어하고 있다. 같은 영역에 설 자격조차 없는 버러지가 위대한 주인의 이름을 함부로 입에 담다니."

"진작에 준비를 마친 지 오래다. 나는 곧 그에게서 완전히 벗어날 수 있게 된다. 그러나 그리되기 전에 그대가 외면해온 탓에 잊혀진 사실들을 거둬가야겠다."

파국과도 같은 틀어짐은 아주 사소한 의구심에서 시작된다. 숭배의 악마는 지옥에서 가장 많은 이야기를 주고받은 자. 그럼에도 단 한 가지의 답에는 도달하지 못했다. 이 세상은, 악마는, 이 밑바닥은 과연 무엇을 위해 존재하는가?

바포메트는 수수께끼를 앞에 두고 고민하는 것을 싫어했다. 그렇기에 아주 오랜 시간에 걸쳐 지옥 곳곳을 헤집었다. 그 결과, 밑바닥의 근본적인 모순을 찾을 수 있었다. 다만 그것은 반쪽짜리의 진실에 불과했다. 그렇기에 그는 바르바토스를 찾아 여기까지 왔다. 이 세상에서 가장 외진 곳에서 한결같이 군주를 비호해왔던 자이므로, 틀림없이 뭔가를 알고 있으리라고 확신했다.

진실을 갈구하는 '목소리'가 그리 말했다. 원하는 바를 이루고 싶다면 군주와 같은 자리에 서서 세상을 내려다보라고. 그것이 반역을 의미하는 것이 아님을, 바포메트는 일찌감치 눈치챌 수 있었다.

"우리 악마는 잘못을 저지른 인간을 심판하며 살아간다. 그리 들으며 존재해왔었지. 말 그대로, 필연적인 존재라고 말이다."

"무엇이 틀렸더냐? 우리들이 살아가는 세상이 바로 그런 곳이다. 이를 부정한다면, 네놈은 그저 한을 품은 망령처럼 떠돌고 있을 뿐이다. 무가치한 의심 따위로 번뇌하면서⋯⋯."

"일말의 거짓도 없다? 그런데 어찌하여 입을 막는가? 어째서 군주가 직접 특정한 인간을 지옥에 처박고, 특정한 악마를 몰아세워 불태우는가? 그가 이 밑바닥의 기원이 알려지지 않기를 바란다는 것을 정녕 모르고 있었는가?"

그 한마디에 바르바토스의 말문이 순간 막혀버렸다. 바포메트는 때를 놓치지 않고 허점을 파고들었다. 의구심의 끄트머리까지 뻗어나가 바르바토스가 오래전 잊은 사실을 회상케 만들었다.

"결국 우리는 '흔적'이다. 목표에 도달할 수단의 일부가 되어 자연스레 진실을 멀리하고 있는 것이다. 또한 그 목표는 우리 악마들이나 인간을 위한 것이 아닌, 군주 자신의 이기심을 채우기 위한 일일 뿐이야."

"⋯⋯."

"내가 해답을 주리다. 그러니 부디 허심탄회하게 알고 있는 것을 전하게. 그대는 줄곧 무엇을 외면하고 있는가? 무엇이 그대의 눈을 장님처럼 가리고 있는가?"

"아니, 틀렸다."

그 뒤로는 심판이며, 처분이었다. 지금까지 바포메트를 짓누르고 있던 무형의 추는 아주 약한 권능에 불과했다.

이제 바르바토스는 명백하게 격노하고 있었다. 그를 화나게 한 자는 어떤 존재라도 상응하는 대가를 치러야 한다. 몰아치는 소란 사이로 외마디 파공음이 한순간 옥좌를 스쳐 지나갔다. 그러자 드넓은 알현실 바닥 전체가 주저앉았다. 파편이 튀고, 균열은 대간수의 내벽에 부담을 주기 직전까지 벌어져 흉터로 새겨졌다.

형태를 띤 거대한 압력. 그 무자비한 권능의 한복판에 서서 열을 올리던 바포메트가 어떻게 됐는지는 말할 것도 없었다.

"군주께서 내리는 말과 칙명이 곧 진실이며, 진리다. 이런 근본적인 법칙조차 잊어버리고 노망이 나서 날 찾아오다니…… 더는 상대할 가치도 없다."

부서진 뼈가 가루가 되어 흩어진다. 본래 형태는 온데간데없고, 구부러진 뿔 역시 잘게 조각나 바닥 곳곳에 나뒹굴었다. 이미 바포메트라는 대악마는 죽음을 피할 수 없게 되었다. 산양의 머리뼈도, 앙상한 신체와 허물만도 못한 누더기도, 불타듯 밝게 빛을 발하던 오른쪽 눈도 영원히 사라져버렸다.

"죽어라. 석실에 안치될 잔해조차 남지 않도록 밑바닥의 밑바닥까지 처박아주마."

"끝까지 눈과 귀를 닫는가……. 그렇다면 짊어질 수밖에 없다. 방관자도, 공모자도, 그 끝에 서 있는 존재도…… 종국에는 자취를 감춘다. 필연적으로 이 지옥과 함께 무너지게 된다."

점점 희미해져가는 그르렁거리되 나직한 목소리가 사념이 되어 메아리친다.

"두고 보아라. 너와 대간수, 심지어 네놈들을 이끈 군주조차…… 종국에는 마땅한 심판을 받을 것이다……. 때가 얼마 남지 않았어……. 너희는 결코 말로에서 벗어날 수 없느니……."

마침내 그가 완전히 무로 돌아갔을 무렵, 옥좌에서 형상이 언뜻 비쳤다. 곧 사라질 듯 꺼져가는 불길을 쥔 손이었다. 분진에 거의 가려졌지만, 공작이 바포메트의 눈을 취하고 자기 자리로 돌아와 있었다. 결렬 외에 다른 결말이 없는 이미 없는 내화가 이어졌다.

"오만함은 여전하구나. 한계를 넘기 전까지 네가 원하는 답을 내어주지 않을 것이다. 네놈은 헛되이 잊힐 것이다. 감사히 여겨라. 감히 군주를 의심한 죄에 대한 처벌로는 한없이 관대한 것이니까."

"처벌이라. 그렇지 않다. 이로써 나는 압제로부터 벗어났다. 이름도, 대악마의 열두 번째 자리도, 처음부터 전혀 필요로 하지 않았다. 내가 원하는 것은 오직 투명한 진실, 그 이상도 이하도 아니다. 그리하도록 나를 추동하는 '목소리'야말로 이 밑바닥의 진정한 주인이다."

"큭큭큭…… 정말이지 어처구니가 없는 놈이로구나. 한쪽밖에 남지 않은 눈의 권능이라도 그따위 궤변보다는 더 가치 있는 답을 내놓을 수 있었을 것을……."

바포메트의 권능. 그중 절반이 담긴 오른쪽 눈은 완전히 바스러졌음에도 그의 '목소리'를 전했다. 그러나 바르바토스는 그조차도 가볍게 비웃어 넘길 뿐이었다.

"처음부터 다른 하늘을 섬기고 있었다고 한들, 무의미하다. 군주께서는 시작과 끝, 섭리와 이치 그 자체다. 그분께서 원치 않으신다면, 이곳은 앞으로도 영원하리라."

이미 듣고 답할 존재는 존재하지 않게 되었음에도 공작은 중얼거림을 멈추지 않았다.

22.

"하…… 이 등신 같은 꼴 좀 보라지."

총성이 잦아들고, 한참의 시간이 지났다. 피투성이가 된 트렌치
코트를 아직 몸에 걸친 채 목표 지점에 도달했다. 지금껏 필사적으
로 구르고 뛰었다. 뼈마디가 욱신거릴뿐더러, 몸 곳곳에 하자가 생
겨났다. 지칠 대로 지쳤음에도 두 눈의 시야만큼은 선명하게 앞을
비추고 있었다.

"뭐, 그래도 길을 잃어버린 건 아니라서 다행이야."

3계층과 4계층 사이에 걸쳐 있는 숨겨진 통로가 좁아터진 방으
로 나를 이끌었다. 그곳에서 마주친 것은 벌들의 산란실처럼 깊은
장소에 처박힌 대간수의 심장. 기껏해야 3미터 정도의 크기다. 그
엄청난 박동과, 바깥의 거체에 비하면 한없이 작은 동력장치다. 말
그대로 무방비상태다.

이 심장을 망가뜨리면, 대간수는 부하를 버티지 못하고 쓰러진다. 또한 바르바토스는 내 위치를 순식간에 찾아내 나를 마무리하려 들 것이다. 최종 단계까지 나아가기 위한 모든 요건을 만족한 셈이다.

"그나저나, 안 왔네. 적어도 눈을 받으러 올 거라고는 생각했는데."

바포메트의 왼쪽 눈을 이용해 여기까지 올라오며 뼈 막대를 총 열아홉 개째 피우고 있었다. 남은 한 개비는 군이 사용할 필요가 없다. 아래층부터 심장을 지키던 이 부근의 간수들까지, 전부 죽이고 올라왔으니까.

나는 그의 조언과 지시 사항을 전부 수행했지만, 정작 그는 다시 만나기로 한 이곳에 나타나지 않았다. 배신이 아닐까, 라고 추측한다면 그건 틀린 생각일 것이다. 만약 그의 태도가 돌변했다면, 내 허리띠에 매달린 이 눈부터가 어떻게든 나를 해치려 들었으리라. 그렇다면 떠올릴 수 있는 상황은 단 하나가 남는다. 뼈 막대가 완성되었을 때, 그는 이렇게 말했었다.

"바르바토스와의 대화가 어떤 식으로 끝마쳐지든 간에, 그는 나를 가만히 놔두지 않을 것이다. 그러니 마냥 나와 합류할 수 있다는 생각을 버려라. 지금부터 나 또한 목숨을 걸어야 하니까."

"그런 소리를 군이 돌입하기 직전에 하는 이유가 뭔가요?"

"내게도 목숨을 걸 만한 이유란 게 존재한다. 그건 애초부터 고유진, 자네의 존재에서 비롯되었다."

"그러면 나를 의심하는 건 아닐 테고…… 정확히 뭘 하고 싶은 거죠?"

"나와의 대면을 마무리짓는 순간, 바르바토스는 아래 계층에서 벌어진 상황을 알아채겠지. 그러면 자네의 존재 역시 수면 위로 드러난다. 예상대로라면, 그는 마지막 침입자를 직접 상대하려 들겠지."

"……."

"할 일은 하나야. 죽여라. 나의 용건과 말 못한 이야기 같은 것들은 괘념치도 마라. 내가 공작에게 영향을 끼치지 못했다면, 자네가 놈을 없애야 하는 이유도 그대로 남아 있을 테니까."

그래, 그렇게 말했었다. 바포메트는 다시 한번 당부했다.

"나는 단지 '과정'에 불과해. 다른 악마들도 그러하며, 오직 고유진 자네만이 열쇠의 역할에 걸맞은 결과를 맞이할 수 있다. 그러니 해야 할 일을 마무리짓고, 모든 진실을 마주하시게."

무언가를 깨닫기 전의 나와, 깨달은 후의 나는 사뭇 달랐다. 바포메트는 '과정'의 일부로서 소멸되었을 것이다. 내가 바포메트와 함께할 수 있는 과정은 이제 끝났다.

이후의 판단은 너무나도 쉽게 이뤄졌다. 아무렇지도 않게 몇 종류의 나이프를 심장 겉부분에 찔러넣어 몸의 무게를 줄였다. 그러고 나서 손도끼와 묵직한 날을 지닌 칼을 양손에 쥐었다. 자르고 토막내는 데는 가장 효율적인 쇠붙이 두 자루. 그것들로 살아 움직이는 고깃덩어리에서 뻗어나온 힘줄들을 가차없이 베어내기 시작했다.

약 세 시간 전.

전의 열 배가 넘는 숫자의 악마들이 몰려왔다지만, 통용되는 전략은 비슷하다. 애초에 영역을 침범하지 않는 것으로 세력의 균형을 맞추던 놈들이다. 좁아터진 곳에서 싸우는 일에는 결코 익숙지 않을 것이다. 거기에 기민하되 치명적인 공격을 가할 수 있는 자가 상대라면, 역으로 불리해진다.

한 놈이라도 거리를 좁혀오기 전에 순순히 감금실 밖으로 빠져나왔다. 방 안에 쓰러져 있는 최서연이 휘말리지 않도록 하기 위함이었다. 그렇게 자리를 벗어나서 구멍에 박힌 열쇠를 뽑아내자, 문이 도로 닫혀버렸다. 갇혀 있어야 할 최서연이 잠시 마음에 걸렸지만, 어쩔 수 없는 일은 순순히 넘기기로 했다.

복도에 들어섰지만 사실상 코너에 몰린 채 벽을 등지고 있는 상황. 그럼에도 대치한 채 10초가 지나도록 어느 쪽에서도 선뜻 움직이려 하지 않았다. 이를 틈타 심호흡으로 흥분을 조금이라도 가라앉혀 보려 했다. 하지만 그렇게 스스로를 달랠수록 악물고 있던 치아에 더욱 힘이 들어갈 뿐이었다. ……정 그렇다면, 정 해소할 수 없는 감정이라면, 더는 질질 끌 필요가 없었다.

방아쇠를 당겼다. 조준과 동시에 이뤄지는 사실상 개전을 의미하는 격발. 권총은 내면에 진입한 지 얼마 안 되어 진작 습득했지만, 소란이 필요한 순간이 아니라면 써먹지 않으려 했었다. 달리 말하자면 이제부터는 소란을 자제할 이유가 없다는 의미였다.

마흔다섯 발에서 마흔네 발. 마흔네 발에서 마흔두 발. 격발음이 울리고 탄피가 바닥으로 튀어나가면, 하나는 반드시 쓰러져 죽는다. 조준과 무식한 반동을 버텨낼 힘, 그리고 어떤 광경을 마주해도 지치지 않을 멘탈. 대인 살상의 충분조건이다. 그러나 만약 상대가 '괴물'이고, 손에 든 게 소총이나 샷건이 아닌 자동권총에 불과하다면 칼로 긋는 것과 비슷하게, 취약한 급소만을 노려 초근접 사격을 해야 한다.

"빌어먹을 근육덩어리들. 무슨 방탄조끼도 아니고."

지금까지 습득한 지식대로 목젖 아래에다 대고 쏘거나, 관자놀이 혹은 미간을 노린다. 그러나 죽지 않았다 해서 한번 더 쏘는 건 사실상 어렵다. 다시 말하지만, 총 마흔다섯 발이다.

콰드득―.

총탄에 의해 깊숙이 파인 간수의 상처를 홈처럼 써먹는다. 가벼운 나이프를 비스듬히 찔러넣은 다음 매달려 버틴다. 그러면 빈틈이 생긴 것처럼 보인다. 그렇다고 판단한 한 놈 정도는 틀림없이 동료가 처할 위험을 감수하고 덤벼든다.

쾅― 쾅― 쾅―.

권총으로 피격된 부위는 최소한 피가 터지고, 대상은 잠깐이라도 멈춰 선다. 그렇게 되면 발밑이 비게 마련이다. 손에 쥐고 있던 나이프를 놓아버린다. 서넛의 간수들이 머리를 치들며 들이박는 순간에, 그 틈으로 파고들어 발목의 힘줄을 노린다.

"크악…… 컥!"

"그으으……!"

제대로 들어갔다면 십중팔구 중심을 잃는다. 놈들이 갖춘 근거리 전투용 무장은 내가 거리를 벌리는 순간 무력화된다. 하지만 내가 한 약속은 '죽여버린다'이지 '팔다리만 잘라놓겠다' 정도가 아니다. 그러므로 연기를 몸에 두른 채 무리의 한가운데에 자연스레 숨어든다.

쿵— 콰직— 으드득—.

순식간에 표적을 잃은 눈 없는 간수들이 가장 먼저 노리는 쪽은 가장 시끄러운 곳이다. 한창 요란하다 갑작스레 잦아든 총성은 오히려 놈들의 신경을 잔뜩 날 세워 폭주시킨다. 무차별적으로 날뛰며 휘두르는 악마들의 폭력은 피아 구분이 없는 혼란을 만들기에 충분하다.

"뭐, 이런 구렁텅이에서는 감각으로 단련한 신체야말로 가장 탁월한 무기겠지만……."

숨죽인 채 타이밍을 잡았다. 무리의 중심에 다다르는 순간 한 놈의 허벅지에 칼을 꽂았다. 순식간에 쓸어내려 베어낸 상처 안쪽에다 마침 거의 다 타들어 간 뼈 막대를 쑤셔 넣어버렸다.

"그렇다고 하기에는 허용된 공간이 너무 좁잖아?"

찢어질 듯한 괴성이 전혀 동떨어진 장소에서 울렸다. 본능적으로 뭔가 잘못 돌아가고 있다는 판단이 섰다. 하지만 이미 늦었다. 격통을 느낀 간수가 무리 한가운데에서 닥치는 대로 몸을 비틀자 혼란이 가중됐다.

"캬아아아아악!"

다시 방아쇠에 손가락을 걸었다. 확실하게 죽일 놈 하나, 빈사 상태로 만들어도 될 놈 하나에게 총 세 발의 총알을 써먹었다. 머리에 탄환이 두 발이나 파고들면 그대로 쓰러져 걸리적거리는 장애물이 된다. 한 발만으로는 급소를 맞았더라도 낮은 확률로 움직일 수 있다. 하지만 연수까지 총알이 들어간 마당에, 둔한 머리가 망가지지 않을 리 없다.

퍼억, 콰드득. 그런 둔탁한 소리가 나도록 때리고 부러뜨린다. 이런 지경에 이르면 목표물이란 없다. 점점 더 많은 악마들이 흉포해지고, 저들과 나의 분별이 점점 사라져간다. 그저 공격해오는 녀석을 물어뜯거나 머리를 후려치고 팔다리를 분지를 뿐이다. 나는 그런 상황을 유지해나갔다. 입에 문 막대 하나가 완전히 부스러지기 전까지, 조금씩 놈들을 교란시켜가며, 단신으로 움직일 때의 가장 큰 장점을 최대한 살렸다.

이쯤 되면 멈출 수 없다. 놈들은 이미 얼기설기 엮어내서 밀어붙이던 어설픈 대열조차 망가진 지 오래였다. 그저 동료를 죽이고, 동료에게 죽임당하는 행위만이 반복, 또 반복되었다.

"앗!"

간수들의 전열을 관통해 후방으로 막 빠져나오게 된 순간이었다. 날 겨냥하고 찔러 들어온 날붙이가 아슬하게 머리 위를 스쳤다.

내 위치를 들켰다는 판단이 들자마자 망설임 없이 망가진 대열 안쪽으로 다시 몸을 굴렸다. 그럼에도 불구하고, 다시 한번 위치가 발각됐다. 내가 숨어든 자리에서 격한 움직임이 감지되자, 가차없이 연격이 몰아쳤다.

하체에 힘을 주고 다리 힘만으로 몸을 젖혀 공격을 흘렸다. 공격과 공격 사이의 간격이 매우 짧았으므로, 물러나듯 회피해가며 무기의 유형을 익혔다. 메이스와 태도(太刀)의 중간쯤 되는 형태로, 부수는 동시에 잘라내기 위한 무기였다. 크기는 비교적 작지만 그만큼 스피드가 올라갔다. 그러니만큼, 무기의 궤적보다는 날 끝의 방향과 스텝의 흐름을 보며 허점을 노렸다. 그리고 타이밍을 맞춰 흐름을 끊어내려 했다. 날과 날을 비스듬히 스쳐 흘림으로써 자연스레 빈틈을 끌어내려는 생각이었다.

"윽……."

최대한 효율적으로 충격을 줄여 받아냈건만, 쥐고 있던 칼을 타고 전해진 힘에 손목이 쩡할 정도로 큰 충격을 받았다.

아까 머리를 스친 무기가 아주 완전히 비껴간 것은 아니었는지, 시야가 점차 아찔해졌다. 그럼에도 재정비를 할 시간 따위는 없었다. 상대가 내 위치를 계속해서 알아내 즉살을 노리고 있었다. 그건 상대가 나를 볼 수 있다는 의미였다.

눈을 가진 존재라면, 대악마가 아닌 이상 구역장이 나타났다고 생각할 수밖에 없었다. 이런 세세한 유불리를 따지는 순간에도 템포는 시시각각으로 꼬이고 있었다. 그렇기에 다음 판단을 최대한 빠르게 마쳤다.

구역장의 커다란 눈이 시야에 들어오기도 전에, 반대쪽 손에 쥔 권총으로 놈의 머리를 겨눴다. 그리고 시야에 널찍한 목표물이 들어오는 순간 지체 없이 그것을 쏴 맞혔다.

퍼걱—.

"끄…… 끄아아아아악!"

총성과 함께 놈의 각막이 완전히 꿰뚫렸다. 구역장은 한 번의 총격으로 입은 타격을 이기지 못하고 상반신을 앞뒤로 휘청였다. 이와 함께 안구를 채우고 있던 징그러운 조직들이 한 번에 밖으로 터져나왔다. 피와 점액을 뚝뚝 떨구며 비틀대는 놈의 모습은 마치 살아 있는 폭죽만큼이나 처절했다.

"감히…… 감히! 죽인다! 죽여버린다! 반드시 내 손으로 찢어 죽여버리겠다!"

불행하게도 가장 처음 만났던 구역장보다는 머리가 잘 돌아가는 것 같았다. 놈은 눈이 터진 뒤에도 끝까지 무기를 놓으려 하지 않았다. 내가 멀리 피하지 않았을 것이라고 판단하고, 분노에 찬 괴성을 내질러가며 공격 범위 안쪽까지 달려들어 오기 시작했다.

시간이 아주 느려지는 듯한 기분이 들었지만, 주마등은 아니었다. 의식이 흐릿해지는 중 감각이 희미해지는 증상이 발현되었을 뿐. 하지만 본능을 믿고 몸을 던지기에는 이미 큰 대미지를 입은 채였다. 한쪽 무릎을 꿇은 채 버티는 것이 고작이었다. 그렇기에, 잡생각을 떨쳤다. 총구를 겨냥하는 자세를 조금도 풀지 않고, 집중력을 극한까지 끌어올렸다. 다른 변수는 생각할 필요가 없었다. 누가 먼저 상대의 머리통을 박살 내느냐, 두 가지 경우의 수만이 있었다.

혼란의 중심에 버티고 서서 방아쇠를 쉬지 않고 당겼다. 격발음이 요란하게, 끊임없이 이어졌다. 그리고 총성이 잦아들었을 무렵에는 구역장뿐만 아니라 거의 모든 적들이 발악 이상의 행동을 취하지 못했다. 남은 것은 확인사살뿐이었다. 그렇게 모든 상황이 끝났을 무렵, 최하층 전체가 꿈틀거렸다. 수많은 입들이 복도의 찢겨나간 시체들을 먹어치우기 시작했다.

23.

"콜록, 쿨럭!"

최하층을 빠져나온 뒤에는 완전히 지쳐서 한동안 주저앉아 있었다. 조금이라도 쉬어서 체력을 보충해야만 했다. 하지만 이대로 나가떨어진 채 계속 쉬어갈 수는 없다. 이 이상의 시간을 답보 상태로 소모한다면 연료가 고갈될 것이다. 입에 물고 다닐 수 있는 뼈 막대의 수량은 정해져 있고, 타임 리미트 역시 마찬가지다.

그런 생각을 떠올리자마자 몸을 일으켰다. 이후로는 단 한 번도 쉬지 않고 계속해서 위를 향해 발걸음을 재촉했다. 다행스럽게도 바르바토스는 꽤 많은 병력을 최하층에 꾸역꾸역 밀어넣은 모양이었다. 그래서 정작 첫 번째 관문을 지나자, 앞길을 막아서는 악마의 수는 반의 반도 되지 못했다.

나는 지쳤다. 하지만 내 무기들은 여전히 날카롭고 치명적이었다. 놈들이 나를 단번에 한계까지 몰아붙여 잡아먹지 못하는 이상 상황은 역전될 뿐이었다. 아무리 상대가 두려움 없이 달려들더라도 적절한 사냥법을 익히면 가볍게 제치고 지나갈 수 있다.

구간을 지키는 한 무리의 간수들을 돌파하는 데 낭비되는 총알은 점점 줄어갔다. 그리고 심장부로 통하는 구간을 통과하며, 세 번째 탄창을 거의 다 비워냈다. 계획대로라면 심장부를 통과할 때까지 남을 총알은 모두 세 발. 그리 만족할 수는 없는 성과였다.

한동안 과부하 상태로 달려온 몸이 욱신거리기 시작했다. 그간 입은 상처들에서 퍼진 고통도 한 번에 몰려오기 시작했다. 결국 심장부에 거의 다다라서 다리가 후들거리기 시작했다. 어쩔 수 없이 조금 더 쉬어가야만 했다.

"어느 정도는 예상했었지만……."

고통에 찬 신음을 뱉으며 어깨를 만지작거렸다. 이런 엿 같은 혼란을 빠져나오며 아무런 상처도 입지 않을 리 없다. 왼쪽 손가락 약지와 새끼손가락이 부러졌다. 거기다 이마 위쪽이 크게 찢어졌는지 피가 계속해서 흘러내리고 있다.

칼로 트렌치코트의 밑단을 찢어내 머리를 닦아내듯 지혈했다. 머리가 핑핑 돌았지만, 아직은 쓰러질 때가 아니었다. 막대를 거의 다 썼지만, 종착점에 아주 가까워진 상황이다. 그러나 지옥의 어느 누구도 여지껏 패배를 선언하지 않았다. 결국 강제로 그 한마디를 토해내도록 해야 한다. 아니면 전부 죽여 항복조차 나오지 않게 하거나.

"아직은 무승부야. 적어도 아직은."

벽에 박아넣었던 칼에 의지해 자리에서 몸을 일으켰다. 몸에 걸친 트렌치코트는 여기저기 찢어지고 피에 젖어 사실상 누더기나 마찬가지였다. 날붙이들을 수납하는 것 외에는 기능을 다한 셈이다. 이렇게까지 모습이 망가지기도 쉽지 않다. 발이 덜덜 떨리는 와중에도 내 몰골이 신경 쓰였다. 추지혜의 잔소리 때문일까, 헝클어진 머리카락조차 불편하게 느껴졌다. 내가 언제부터 이런 데 신경을 썼다고. 허탈한 웃음이 튀어나왔다.

"하…… 이 등신 같은 꼴 좀 보라지."

한 번 칼을 휘둘러 심장을 벨 때마다, 방울진 혈액이 곳곳으로 튀어나간다. 바닥으로는 이제껏 쥐어짠 피를 한데 모은 것보다도 더욱 많은 양의 피가 꿀럭대며 쏟아진다.

아마도 곧 공격에 대한 반응이 올 것이라고 생각했다. 그렇다면 가장 크게 고통받을 수 있도록 더욱 처참하게 찢어발겨야 했다. 그것이야말로 이 고깃덩어리에게 마땅한 처벌이다. 죽어라. 죽어버려라. 오직 그 일념으로 계속해서 자르고 베었다. 혈관을 끊고, 갈 길을 잃은 혈액으로 온몸을 덧칠했다. 안 그래도 상해 있던 몰골이 더욱 심각하게 변했지만 상관없다. 날 고생시킨 원흉 중 하나의 급소를 파고드는 기분은, 적당히 유쾌하기도 했다.

그렇게 한참 동안 땅을 파헤치듯 커다란 심장을 가르고 있을 무렵, 땅울림이 생겨났다. 이미 너덜너덜해진 심장이 커다랗게 경련하며, 고름이 터지듯 피를 토했다.

그로부터 얼마 지나지 않아 진동이 땅바닥을 흔들어댔다. 기분 나쁜 마찰음이 섞인 굉음이 귓가를 성가시게 울리고, 바닥 전체가 급격히 기울어졌다. 거대한 감옥, 대간수. 그것이 날뛰기 시작하자 곳곳의 균형이 차츰 무너져내렸다. 공간 전체가 거세게 들썩였다. 나는 넘어지지 않기 위해 고군분투했다. 판막이든 심줄이든 간에 닥치는 대로 붙잡고 매달렸다. 버티기 어려워지면 도끼를 심장근육에 찍어서 걸쳤다. 어차피 내가 아픈 것도 아니니 상관없었다. 정작 내 관심은 다른 데에 있었다. 얼마나 집 안을 난장판으로 만들어놔야, 집주인이 뛰쳐나오는가?

"야, 지금 등산하러 온 거 아냐. 언제까지 처박혀 있을 거냐? 슬슬 마무리하자고. 나 피곤하니까."

그렇게 짜증 섞인 목소리로 중얼거리고 있는데 도끼로 찍었던 심장근육이 찢어졌다. 갑작스러운 상황에 그만 도끼를 쥔 채로 기울어진 바닥 아래로 굴러떨어지고 말았다. 본능이 위험하다는 신호를 보내왔다. 다시 한번 바닥을 짚을 요량으로 도끼를 휘둘렀다.

칵 ― 카가각―.

그러나 도끼날은 맥없이 허공을 가른 뒤 손에서 튕겨나가고 말았다. 마치 돌에다 쇠를 내리찍는 듯한 텁텁한 소음이 어느새 고요해진 실내에 메아리쳤다. 언제 그리 혼란스러운 상황이 펼쳐졌었느냐는 듯, 주변은 고요하기 짝이 없었다.

"어디 있어? 숨바꼭질할 생각 없으니, 나와."

평형을 되찾은 단단한 바닥을 디뎠음을 확인하자마자, 소리치듯 놈을 불렀다. 드넓은 절벽 위로 비정상적으로 큰 메아리가 계속해서 퍼져나갔다. 주변은 지독하게 어두웠다. 심지어 버클에 달린 눈조차 더 이상 빛을 발하지 않고 있었다. 결국 암순응을 기다리며 눈을 부릅뜰 수밖에 없었다. 경계심은 극도로 높아졌지만, 그다지 당황스럽지는 않았다.

이런 경험은 지옥의 구간과 구간 사이를 지나칠 때 심심치 않게 겪어왔다. 아마 전에 겪은 것과 비슷한 방법을 써서 나를 어떤 자리에 '불러들인' 것이겠지. 그리고 날 이 요상한 공간으로 끌어들였을 자. 바르바토스는 분명 주변 어딘가에 있을 것이다.

"들어와라."

한 걸음 앞으로 나아가려 들자 누군가가 목소리를 전해왔다. 더불어 등 뒤에서 거대한 굉음과 진동이 느껴졌다. 아주 거대하고 오래된 석문이 열리는 듯한 감각이 느껴졌다. 뒤를 돌아보자, 희미한 빛이 열린 문 사이에서 들어오고 있었다.

더는 상대의 위치를 파악하기 위해 시답잖은 말을 할 필요가 없었다. 묵묵히 다다라야 할 위치를 향해 발걸음을 옮겼다. 카타콤의 대공동과는 명백하게 유리되어 있지만, 만만찮게 넓고 공허하기 짝이 없는 공간을 지나는 것만으로도 얼마간의 시간이 걸렸다.

이윽고 공동을 벗어나 빛이 새어나오는 통로로 들어서자, 알현실의 풍경이 눈에 들어왔다. 고풍스럽기보다는 기괴하다. 방금 지나온 암실과는 사뭇 다른 풍경이었다. 카펫 대신 핏자국 같은 것이 길게

길을 그리고 있었다. 그리고 그 끝에는 사람의 뼈를 엮어 만든 것만 같은 옥좌가 놓여 있었다.

기분 나쁜 고요함만은 그대로였다. 다만 붉은 조명 역할을 하는 불길이 곳곳에서 빛을 발했기에, 눈이 막막할 일은 없었다.

"알고 있느냐? 대악마를 죽인다는 게 무엇을 의미하는지를."

한 발짝 나아가자 아까와 같은 목소리가 메아리쳤다.

"글쎄, 지금도 아무 일 없잖아."

어깨를 으쓱이며 짐짓 가벼운 투로 대답했다. 그러자 굳은 침묵이 뒤를 이었다. 오래가지는 않았지만, 도발이 성공적으로 먹힌 듯싶었다.

"바포메트는 만나봤어? 약속 장소에 안 왔던데, 무슨 일이 생긴 것 같더라."

"방금 전에 내 손으로 으스러뜨린 버러지 말이군. 그리 유쾌하지는 않았다. 자비를 내려 이야기를 들으려 했더니 턱도 없는 헛소리를 지껄이더군."

과연. 아무래도 바포메트는 공작 바르바토스의 손에 죽은 것 같다. 아마도 그 시점에 내가 달고 있던 눈도 작동을 멈춘 것이겠지. 안타깝게도 말이다.

"최서연의 기억을 네가 훔쳐다 갖고 있다던데."

주변을 감싸고 있던 공기의 흐름이 일순간 바뀌었다.

"그렇다. 일개 죄인의 말로를 기억할 이유는 없지만, 그 계집은 군주께 크나큰 죄를 지었다. 결국 군주의 용서 없이는 감히 죽을 기회조차 받을 수 없게 되었지."

"편하게 죽고 싶으면 개소리는 거기까지 해. 듣기도 짜증난다고."

딱히 효과가 없을 것임을 알고 있었지만, 분노가 치미는 바람에 윽박지르듯 쏘아붙였다.

"악마가 보기 좋은 짓거리를 할 거라고는 생각하지 않아. 하지만 그걸 감안해도 너희들 모두가 선을 넘었어. 지옥이라는 틀의 법칙을 어기고 무고한 자를 끌고 와서 망가뜨렸지. 그따위 짓거리를 마냥 가만히 볼 수는 없어. 너희 스스로가 나를 불러들인 거야."

"……어리석은 인간이여. 네게는 유감이겠지만 나는 한 치의 거짓도 말하지 않고 있다."

담담하게 대꾸하는 바르바토스의 목소리에서는 한 치의 동요조차 느껴지지 않았다.

"군주께서는 한 인간에게 과정의 일부로서 희생될 기회를 주셨고, 녀석은 그를 거부했다. 그리하여 죄인이 되었다. 그것이 바로 마땅한 이유이며, 한 치의 거짓도 없는 사실이다."

"그걸 지금 말이라고……."

"그분의 명령은 절대적이다. 거스르는 행위는 곧 죄악이며, 나는 이에 마땅한 처분을 내려 죄인을 영영 고통받게 했을 뿐이다."

어이가 없다 못해 기가 차는 궤변을 이 악마는 진실된 논리인 양 기껍게 지껄이고 있었다. 결국 내 판단은 틀리지 않았다. 최서연은 피해자에 불과하고, 그 피해의 대가는 공작과 군주에게서 받아내야 할 것이었다. 극도로 열이 뻗쳤다.

"미친놈."

옥좌를 노려보며 목소리를 깔았음에도 바르바토스는 개의치 않는 듯이 말을 이었다.

"오래전 군주께서 내게 칙명을 내리시고, 그 뒤로 이 감옥을 다시 찾지 않으셨다. 나를 믿으시기에 대간수를 살필 권한을 내리신 것이겠지. 군주의 뜻에 따라 묵시의 순간이 오면 피 묻은 진실이 이 밑바닥에 파멸을 몰고 오리라. 그러면 나는 여기서 그 파멸을 영영 잠재울 것이다."

"됐다. 그냥 닥쳐. 벽에 대고 소리치는 게 백배는 낫겠어."

짜증스럽게 대꾸하며, 품 안에서 무기를 꺼내들었다. 한 손에는 권총을, 다른 한 손에는 가장 익숙한 컴배트 나이프를.

이것이 마지막이었다. 더는 품에 숨길 장비가 존재하지 않았다. 마침내 걸레짝이 된 코트를 벗어던질 수 있었다. 사뭇 편안해지는 느낌이 들었다.

움직임에 따른 저항을 최소화한 타이트한 셔츠와, 허리를 빙 둘러 감싼 두꺼운 벨트. 전부 피를 뒤집어써도 티가 잘 안 나는 검은색으로, 철저히 활동성을 중시한 복장이다. 허리춤에 달린 파우치에는 탄창 두 개가 담겨 있었다. 잠시 그것을 바라보던 나는 이내 총구를 옥좌 쪽으로 향했다. 격발음과 동시에, 세 발의 남은 탄환이 그곳에 모두 쓰였다.

"피차 더 할 말이 없어졌잖아?"

탄창을 뽑아 바닥에 내던진 뒤 새로운 녀석으로 갈아끼웠다. 교전이 시작되면 탄창을 교체할 여유조차 없을지도 모르겠다는 직감이 들었기에, 남은 탄창 하나는 과감히 포기했다. 지금 내 손에 들린 두 무기만으로 끝을 낸다. 그것이 최선의 계획이었다.

바르바토스가 아무리 강하다 한들 더 시간을 끌 이유는 없다. 그 안에 승부를 낼 수 없다면 이후에도 불가능할 테니까.

"빠르게 끝내자고."

몇 번 더 총질을 하고 칼끝을 옥좌를 향해 겨눴다. 그러자 종국에는 원하던 반응이 돌아왔다.

"아이러니한 상황이로다. 인간 주제에 대악마를 내려다보는 듯한 오만함이라. 용기가 가상하도다. 그러니 나도 이에 걸맞게 확실한 예우를 보여야겠지."

눈먼 총알에 스친 뼈 옥좌에서 삐그덕대는 소리가 울려 퍼졌다. 부품을 분해하고 새로 조립하듯, 그것은 천천히 형태를 바꾸기 시작했다. 마치 퍼즐처럼 뭉치고 합쳐졌다.

얼마간의 시간이 지나자, 뒤얽힌 조각들이 인간의 겉모습을 구현해냈다. 중세 전쟁터를 배경으로 하는 전설에나 등장할 법한 비주얼의 해골 기사, 딱 그런 느낌이었다. 전신을 뼈 갑주로 감싼 모습을 완전히 드러낸 바르바토스는 거대한 사람 정도의 체구였다.

이윽고 그가 뼈만 남아 앙상한 손을 앞으로 뻗어 손짓 비슷한 제스처를 취했다. 그러자 흉악한 인상을 풍기는 칠흑의 대검이 천장에서 떨어져 바닥 깊숙이 꽂혀들었다.

"한번 기대해보겠다."

족히 2미터는 될 듯한 거대한 검이었다. 그런 무식한 쇠붙이를 한 손으로 쥐어 뽑아든 그는 의외로 지극히 정갈한 자세를 취했다. 그 모습에서 한 가지 사실을 실감했다. 대악마, 공작 바르바토스는 전력을 다해 나와 격돌하려고 마음먹고 있었다. 살짝, 아니, 좀 많이 의외였다. 나를 어려운 상대로 본다기보다는 투쟁 그 자체에 진중하게 임하는 듯한 자세였다. 멍청하다고 생각했지만, 그렇게 나온다면 나 역시 더더욱 쉽게 볼 수가 없었다.

"네가 나를 얼마나 즐겁게 할 수 있을지…… 그리고 나를 이 자리에서 멀리 끌어낼 수 있을지를. 그러니 부디 쉽게 쓰러지지 말거라. 이 바르바토스가 일개 인간을 마주 보고 검을 휘두른다는 사실 자체를 영광으로 여겨라."

"하."

헛웃음을 뱉었지만, 상당히 긴장감이 증폭되고 있었다. 결국 허점을 노려 대번에 머리를 떨어뜨리려던 생각을 그 자리에서 접어버렸다. 대신, 칼을 꽉 쥔 손으로 총을 들고 있는 손목 아래를 받쳐내듯 두 팔을 겹쳐 자세를 잡았다. 몸을 꺾어 상대의 공격을 피해낼 수 있다는 가정하에 기회를 노리는, 정석에 기초한 자세였다. 그리고 놈을 한번 더 도발하기로 했다.

"지랄하고 있네."

그렇게 의도가 다분한 비웃음을 신호로 땅을 박찼다. 돌이킬 수 없는 곳까지 다다랐다고 알리듯, 서로 간의 거리가 빠르게 좁혀지기 시작했다.

먼저 달려든 것은 내 쪽이었고 여지껏 달려들고 있는 것 또한 내 쪽이었다. 다시 말해 검을 쥔 바르바토스는 자세를 취했을 뿐, 자리에서 한 발짝도 움직이지 않고 있었다. 나와 동등한 지대까지 내려와 칼을 맞대는 상황에서, 공격 태세 외에는 아무런 대응도 하지 않는다. 그 역시 도발이라면 도발이었다. 하지만 나 역시 임기응변에 경험이 모자란 편은 아니다.

쾅— 쾅— 쾅—.

전진하며 총을 세 번 발사했다. 여전히 상대는 동요하지 않았지만, 인식하기조차 힘든 속도로 날아드는 탄환을 피하지는 못했다. 스파크가 튀었고, 갑옷의 파편이 바닥에 후두둑 떨어졌다. 아무리 두껍고 단단한 뼈라고 해도 격발된 탄환을 완전히 막아낼 수는 없다. 하물며 기동성을 고려한 갑옷은 충분히 거리를 좁히고 연사하면 뚫을 수 있다. 다만 한 가지 신경 쓰이는 것이라면, 바르바토스는 움직이지 않았다는 점이다. 너무나도 움직임이 없다. 단지 갑옷 표면이 깎여나갔을 뿐, 그의 자세에는 흔들림이 없었다.

"오른편 견갑에 하나. 흉부의 가장자리에 하나. 그리고…… 중심."

목표한 부위에 칼날이 가장 먼저 도달할 수 있도록 방향에 맞춰 손목을 꺾었다. 그 순간에야 바르바토스도 움직이기 시작했다. 묵직하고 큰 대검을 한 손으로 휘두른다고는 믿을 수 없을 속도로, 빠르게 횡을 그었다. 하지만 저런 크기의 검이라면 궤적이 한정적인데다 단검류처럼 기교를 부려 찍거나 후벼 팔 수도 없다. 바르바토스의 손목이 꺾이는 타이밍에 맞춰 몸을 낮추고, 검날의 궤도가 나를 지나쳤을 때 다시 뛰어올랐다.

쿠득─.

갑옷 사이사이의 빈틈마다 나이프를 가볍게 찔러넣었다가 뽑았다. 대검을 휘두르기 위해 지지대로 삼아야 하는 신체의 대부분을 훑고 지나쳤다. 거리는 한 차례 0에 수렴했다가, 세 걸음 멀어졌다. 두 손으로 땅을 짚는 것과 동시에 옆으로 굴러 반격 태세로 이어나 갔다. 과연, 내가 착지할 위치를 예측한 놈은 곧바로 땅을 박차고 뛰어올라 내 전신을 반으로 가르려 들었다.

"근육도 힘줄도 없이 움직이는 건 신기한데, 그러면 약점이 더 뻔 해지잖아."

트렌치코트도, 다른 무장도 없는 이상, 움직임이 전보다 훨씬 가 벼웠다. 소모된 체력을 줄어든 체중으로 보완하며 몸을 틀어 일격 을 피한 다음, 검을 쥔 손등을 겨냥해 격발했다.

탄환이 건틀렛에 막혀 검을 놓치게 할 수는 없었지만, 적어도 동 작 사이에 간극을 만들 수 있었다. 이 간극을 활용할 방법은 다양하 다. 그중 가장 효율적인 방법은, 그간 칼끝으로 갑옷의 틈바구니를 찔러 들어가며 파악해둔 '급소'를 깨부수는 것이다.

투각─.

생각보다 흉갑이 얇았다. 해골과 유사한 모습을 띤 걸로 봤을 때 머리보다는 빈틈이 많은 심장이나 폐가 훨씬 큰 약점일 것이다. 망 설임 없이 나이프를 놈의 흉곽에 박아넣었다.

"크억……."

제아무리 튼튼한 갑주로 몸을 둘러싸봤자, 무너진 흉곽의 균형을 무시하고 달려들 수는 없다. 이질적인 감각을 느끼자마자, 바르바토스는 본능적으로 동작을 멈췄다. 그때를 놓치지 않고 균열이 크게 벌어진 흉부의 상처에 다시 한번 칼날을 찍어 가르듯 밀어넣었다. 자세가 불안정해졌다는 사실을 깨달은 공작은 곧바로 한쪽 팔을 대검에서 풀어냈다. 나를 잡아채려는 듯 그 손아귀를 빠르게 휘둘렀지만, 허공을 갈랐을 뿐이다. 이미 나는 공작의 가슴에 박힌 나이프를 손에서 놓고 착지하고 있었다. 그대로 관성을 유지해 뒤로 한 바퀴 구르고 자세를 잡았다. 놈의 틀어진 어깨가, 애먼 곳을 향해 뻗친 손이 제자리로 돌아오기 전에 총구를 해골의 머리에 겨눴다.

"멍청한 자식. 날 여기로 불러들일 게 아니라, 기회를 봐서 기습해 죽였어야지."

이번만큼은 총알을 아끼지 않았다. 탄창에 남은 총알은 약실의 것을 포함해 총 열 발. 자세를 풀지 않고 전부 조준하여 쏟아부었다. 안 그래도 울림이 마구 증폭되는 알현실 내부에서, 총성이 계속해서 메아리쳤다. 고막이 찢어질 것 같았지만, 팔다리가 나가는 것보다는 나았다.

"그르륵…… 그……!"

투구라기보단 왕관에 가까운 것을 뒤집어쓴 머리통은 탄환을 견디지 못했다. 머리뼈가 완파되는 막대한 대미지를 입은 바르바토스는 괴상한 소리를 내가며 버텼다. 그러나 이미 검을 휘두를 수 있는 상태가 아니었다. 시각을 잃어 검의 궤적을 확인하지 못하게 된 그는 검을 내게 겨누지 못했다. 무작정 베려 하면 다시 한번 빈틈이 생겼다. 진퇴양난에 빠진 바르바토스에게 다시 한번 회심의 일격을 가했다. 말로 놈의 심리를 흐트러뜨림으로써.

"너는 그냥 심상 속에 구현된 트라우마에 불과해. 그게 뭘 뜻하는지 알아? 총으로 뚫고, 칼로 베어 부수면 못 이길 이유가 전혀 없다는 거야."

이쪽에서는 거리낄 게 없다는 투로 흥미로운 말들을 건넸다. 확실히 흔들릴 법한 말들을 골라 던져 놈의 판단에 혼란을 주려는 것이었다.

"심상…… 구현됐다고……? 무슨 말을 하는 것이냐……."

"왜, 뭐가 이상한데? 그동안 한 번도 의심을 안 해본 거야?"

콰직, 소리와 함께 바르바토스의 왼쪽 무릎 관절부를 칼로 뚫었다. 공작의 몸이 크게 휘청거리며 한쪽으로 기울었다. 즉시 나이프를 뽑아내 그립을 바꿨다. 쓰러지는 방향과 수평으로 날을 휘둘러 단번에 목뼈를 베었다. 중력을 견디지 못한 목뼈가 맥없이 부서졌다.

"너, 가짜라고. 물론 네가 그렇게 죽고 못 사는 군주라는 년도 마찬가지야. 바포메트라면 모르겠지만 너 따위에게 사실을 숨길 이유는 없으니, 갈 때 되어 가더라도 알고 가라고."

두개골이 자잘한 뼛조각을 흩뿌리며 하늘을 날았다. 진작부터 흔들리던 자세가 완전히 무너져내리며 바르바토스는 허무하게 무릎을 꿇었다.

"그런…… 홀……."

떨어뜨린 두개골을 짓밟아 부췄음에도 목소리가 들려왔다. 오히려 몸이 박살 나니 귓가에 파고드는 사념에 가까운 목소리가 더욱 선명해지고 있었다. 죽음을 맞는 처지라는 것을 믿을 수 없도록 차분한 목소리가 되뇌었다. 어깨가 본능적으로 움찔거릴 만큼 소름 돋는 한마디를.

"훌륭……하다……. 과연…… 군주께서…… 선택한 인간이야……."

그 말은 전혀 예상에 없었다. 내게 지금까지 보인 모습과는 차원이 다르게 이성적인 반응이었다. 밑바닥에서 행사하는 권능에 대한 자부심과 '이름'에 집착하는 게 악마란 것들이다. 그런 그들이 내면이 허상이라는 진실을 알고도 무너지지 않기란 불가능하다. 그런데 이 자식은 어째서 내게 흡족해하고 있는 건가.

"때로는 권능을 넘어서는 시련도 있는 법이지. 스스로 지옥에 걸어들어온 자여, 난 네가 이 밑바닥을 무너뜨리기 위해 내려온 자임을 알고 있다. 하지만 여기에 내가 서서 버티는 이유는, 결코 저항하기 위함이 아니니라."

"……뭐?"

난데없이 무슨 앞뒤 없는 개소리를 하는 거지? 기량을 가늠해보겠다더니, 정작 처맞고 나니 완전히 딴판인 소리를 내뱉고 있다.

"그러나 달라지는 것은 아무것도 없다. 밑바닥의 주인께서 나, 바르바토스를 종착지에 도달하기 위한 '과정의 일부'로서 내세우셨다. 그러니, 나머지 빈칸은 스스로 깨우치도록 하라."

안장의 불길과 비슷한 느낌을 띠지만 더욱 흉악한 열기를 지닌 이질적인 색채의 불꽃이 갑주를 감싼 채 타올랐다. 이 불길이 단순히 패배자의 시체를 태워 없애려는 게 아니라는 것쯤은 알고 있다. 그러나 나가떨어졌던 검은 대검이 또 다른 색의 불꽃에 휩싸였을 때는 섬찟할 수밖에 없었다.

어두우면서도 은은한 청색. 그것은 내면세계에서 '암울함'을 상징하는 색이었다. 암청색 불꽃이 서서히 안장의 불길과 한데 섞여 들었다. 머리가 날아간 채 불타는 뼈 갑옷은 아무렇지도 않다는 듯 몸을 일으키고 있었다. 검에서 번진 암청색의 화염이 머리와 투구 대신 자리했다. 그제야 어렴풋이 깨달을 수 있었다. 내가 지금까지 때려 부순 것은 옥좌를 이뤘던 바르바토스의 갑옷, 혹은 그의 일부였다는 것을. 피하기 위해 급급했던 검이야말로, 진짜 본체였다.

"지옥의 군주이시여. 당신이 바라 마지않던 것이 여기 있습니다. 그러나 이 바르바토스는 결코 소멸을 두려워하지 않습니다. 그러니, 지켜보십시오. 여기서 이 인간의 고난과 고통을 일깨우겠소. 그것이 군주께서 바라는 것이라면, 내 마땅히 이행할 것이오."

비르바토스의 본질을 드러내는 암청색 불길이 폭발하듯 타올랐다. 갑옷의 머리 부근에서 타오르던 불꽃은 점차 커다란 외눈의 형태로 변했다.

엄청난 규모의 폭풍에 내 몸은 중심을 잃고 뒤로 나가떨어졌다. 그간 나와 바르바토스의 숨소리 외에는 아무것도 들리지 않던 알현실이 순식간에 활화(活火)에 휩싸였다.

"이게 무슨 말도 안 되는…… 트라우마가 환경을 뒤바꿀 정도로 진화했다고?"

몸을 일으켜서 바라본 광경은 이해와 지식의 범주를 한참이고 넘어선 채로 넘실댔다.

24.

끔찍했다. 공기마저 불태우는 거대한 염옥(炎獄). 그야말로 불지옥 그 자체다. 눈을 뜨고 앞을 바라보기조차 어렵다. 열기에 몸이 녹아내릴 것만 같다. 녀석이 눈을 부릅뜬 채 몸을 사르고 있는 장소가 바로 열기의 중심이다.

몸이 경고하고 있다. 가까이 가면 내면이고 뭐고 숯덩이로 변할 것이라고. 아마 바르바토스는 진정한 모습을 드러내기 위해 권능을 빌현하느라 잠시 움직임이 묶인 듯했다. 그러나 단지 위치가 바뀌지 않을 뿐이다. 이미 나와 내 주변에 맴도는 공기조차도 점점 달아오르고 있다. 이대로 계속 시간을 버렸다가는 반드시 내가 먼저 죽게 된다. 그것도 아주 고통스럽게.

권총으로는 이렇게 떨어진 거리에서 바르바토스를 저격할 수 없다. 거리를 좁힐 수 없다면, 쓰러뜨리는 게 사실상 불가능하다. 결국…… 내게도 한계가 있었던 거다. 목적을 이루기 위해 아무리 집요하게 매달려도 도저히 쓰러뜨릴 수 없는 존재가 있다. 아무래도 바르바토스가 그런 존재인 것 같았다. 투지가 한풀 꺾일 수밖에 없었다.

"거의 다 와서는 왜 움직이지 않는가?"

"……."

"네가 열쇠라고 하지 않았는가. 앞으로 다가서서 저 눈을 깨부수지 않는다면, 모두 멈출 거다."

"어떻게 제 귀에 대고 말할 수 있는지는 모르겠는데…… 저런 열기 사이를 죽지 않고 지나갈 수 있을 거라고 생각해요? 눈이고 뭐고 열 발자국 안에만 들어가도 팔다리가 녹아붙을 텐데."

어느 순간 머릿속에서 메아리치는 바포메트의 속삭임에도 짜증스럽게 대꾸할 수밖에 없다. 말이 되는 요구를 해야지…… 날아가던 총알도 녹을 것 같은 불속에 용감하게 뛰어들라고? 혹시 그냥 다 포기하고 못자리부터 파라는 식의 비유적 제안이라면 또 모르겠지만.

"지금에서야 자네도 알지 않았는가. '대악마의 눈'은 최후의 급소이자 가장 막대한 권능이 모여든 급소와도 마찬가지야. 그리고 나는 그런 눈의 절반을 믿을 만한 자에게 맡겼다. 설령 내 힘이 불안정해져 공작에게 소멸당하더라도 절반의 권능을 네가 쥐고 있는 것이다."

"그래서 뭐 어쩌라고요? 멀리서 청승맞게 돌팔매질이라도 해보라고?"

"그토록 강조해왔던 것을 다시 한번 말하는 이유는, 더는 남은 기회가 없기 때문이다. 그 사실을 알아야 해. 고유진, 자네는 나의 첫 발걸음이 아닌 종착점이다. 널 발견한 순간 모든 목적은 이뤄진 것이나 다름없었다. 그러니 자네 역시 그 사실을 부정하지 마시게."

버클에 매달려 윤기조차 나지 않던 눈이 다시금 빛을 발했다. 안장의 불길이, 아니, 그가 지닌 눈의 권능이 열기를 한순간에 몰아냈다. 다시 말해, 길을 찾았다. 눈앞에서부터 바르바토스의 형상까지의 공간이 순간적으로 탁 트이는 기분이 들었다.

"스스로 때를 맞춰 나를 깨웠군. 그렇다면 이것이야말로 마지막 수단이다. 나를 소모품으로 사용했다면, 반드시 네 임무를 완수하도록 하라."

왼쪽 눈에 숨겨두었던 바포메트의 사념이 내게 기회를 부여하듯 전해져왔다. 그것이 결정적인 신호였다. 본능적으로 앞으로 달려나가며 버클에서 바포메트의 눈을 떼어 손에 쥐었다. 바포메트의 마지막 일념인지, 바르바토스의 불길에 몸이 닿아도 통증이 느껴지지 않았다. 내가 필사적으로 달려들자, 바르바토스 역시 상황을 눈치챘다.

"내내 숨기고 있었던 왼쪽 눈의 권능이로군……. 바포메트…… 질기도록 살아남는구나. 그런 추태를 보이면서까지 반역을 성공시키려는 셈인가……?"

"반역이 아니야. 그저 해야 할 일을 하고, 알아야 하는 사실을 전할 뿐이다. 우리는 본질적으로 크게 다르지 않으니까."

내 귓가에서 두 대악마가 대화를 주고받았다. 아니, 대화라기보다는 일방적인 계시에 가까웠다. 선지자가 아직 자신의 정체에 무지한 자에게 내리는 예언 같은 것.

"'틀리지 않다'고? 그리 생각한 이유가 무엇이냐? 내 속을 들여다보기라도 한 것처럼 지껄이지만, 결국은 같은 위치에서 맴도는 것에 불과하다."

"걱정 마라. 누구의 답이 올바른지는 지금 이 순간 필연적으로 알게 될 것이니."

어둑함이 깃든 청색의 불길에 바포메트가 다루던 백색 안장의 불길이 섞여든다. 마치 물 위에 떨어뜨린 물감과도 같다. 서로를 극렬히 부정하며 맞부딪치다, 금세 경계가 희미해진다. 말 그대로 서로가 서로에게 녹아들며 동화된다. 어째서 바포메트가 그런 결정을 내렸는지는, 이어지는 한마디에서 알 수 있었다.

"그간 이야기를 전하고, 이야기를 듣기를 바랐다. 양쪽 모두의 권능이 동시에 불꽃을 발하는 순간, 비로소 그리될 수 있었다. 의미를 깨달아라, 바르바토스. 너 역시 하나의 '흔적'이며, 소모품에 불과하다. 운 나쁘게도 나와 한 조각이 되어야 쓸모를 얻는, 그런 소모품이다. 그런즉, 하나가 된 진실이 너를 허물어 쓰러뜨리리라."

권능이 충돌해가며 두 악마의 기억과 나의 지난 경험까지 전부 하나로 합쳐졌다. 그 순간, 복잡하게 꼬인 인과들이 앞다투어 내 머릿속으로 파고들기 시작했다. 그러나 이와 상응하는 만큼의 혼란도 감수해야 했다. 지금 당장 받아들이는 기억을 정리하기에는 주어진 시간이 너무나도 짧다.

찰나의 순간에 스쳐 간 단편적인 기억들. 그 조각들을 단숨에 합치고 비춰볼 수 있는 것은 나비가 아니라 내면에 존재하는 이들이겠지. 그중에서도 정점에 서 있는, 지성과 권능을 지닌 대악마들이라면, 틀림없이 그리할 수 있으리라.

"지혜? 진실? 어느 것도 상관없다. 내가 보는 세계에서 너희들 따위는……."

일말의 흔들림도 없었다. 분명히 그랬다. 그러나 그 순간, 바르바토스의 시야 속에 무언가가 들어왔다. 바포메트의 일부를 숨긴 채 여기까지 다다라서 자신의 권능을 발현시킨 한 인간.

그녀의 그림자 아래서 아주 희미한 일렁임을 볼 수 있었다. 자신이 바라 마지않던 수면 아래의 대답. 진정한 해답이 거기 있었다. 스스로를 부정한 적은 없다. 의문을 품어본 적도 없다. 오히려 지금에서야 바르바토스는 완전히 눈을 뜨게 되었다. 지옥의 군주가 지닌 목적을 되새기고, 자신이 해야 할 일에 관한 모든 것을 깨달았다. 그렇기에, 비로소 현재에 대한 미련을 버리고 다음으로 넘어갈 수 있게 되었다.

"오오…… 그렇군요. 줄곧 거기에 계셨군요. 그렇다면, 드디어 막을 내릴 시간이 찾아온 것이로군요. 안심하십시오. 이 바르바토스는 그저 당신의……."

바르바토스, 투쟁의 대악마이자 군주의 충실한 신하. 배신, 반역, 그따위 것들은 고려할 일말의 가치도 없다. 그에게는 군주의 칙명이 곧 삶의 이유다. 군주의 목적이 무엇이든, 그는 끝까지 자신의 신넘을 거두려 하지 않았다. 의미의 일부가 되길 마다하지 않았다. 진실조차도 그의 눈을 가릴 수 없었다. 모든 밑바닥의 악마가 세상을 바라보는 기준은 결국 주인의 의지에 기초하기 때문이다.

"때가 왔다면, 그것이 당신의 진정한 바람이라면…… 저 역시 두려움 없이 행하겠습니다."

바르바토스는 달려드는 나를 막지 않았다. 두 대악마의 눈이 완전히 섞여드는 순간, 밑바닥 안에서도 보기 드문 충돌이 일어났다. 그리고 막대한 규모의 폭발이 무너져가던 알현실을 완전히 집어삼켰다.

굉음 후의 침묵.

지독한 적막만이 어딘지도 모를 만큼 처참하게 변해버린 공간을 감쌌다. 처음 바르바토스에게 끌려왔을 때처럼 주변이 아주 어두웠다.

난 이미 제대로 만신창이가 됐다. 대부분의 구조가 무너져내린 동굴 바닥의 돌무더기에 기대어 누워 있었다. 다만 끝마쳐야 할 일을 떠올렸기에, 완전히 쉰 목소리로 말문을 열어야만 했다.

"이봐요, 뿔 달린 뼈다귀 양반. 지금 어떻게 된 거예요? 바르바토스, 죽었어요?"

"완전히 소멸했다. 그리고 나의 왼쪽 눈 또한 그렇게 사라지고 말았다. 지금 자네에게 말을 거는 목소리는 내 권능의 잔재일 뿐이야. 이 힘도 머지않아 소멸하고 말겠지."

"시간이 얼마나 남았어요?"

"돌이킬 수도 없는 내 소멸에 의미를 두지 마라. 결국 내가 한 것은 아무것도 없었다. 공작은 애초부터 모든 진실을 깨닫고 있었다. 그리고 나는 도리어 뒤늦게 그를 이해했다. 결국 차이는 하나뿐이다. 바르바토스는 군주의 뜻에 따라 죽음을 받아들였고, 나는 거부했다. 단지 그 차이일 뿐이야."

아무리 내면의 존재에다 악마라고는 하나 퍽 오랫동안 함께해서 그런지, 그가 소멸한다니 기분이 묘했다. 다른 내면에 비하면 함께한 시간이 턱없이 짧았는데도 진한 전우애가 느껴졌다. 하지만 바포메트의 목소리는 완전히 체념한 듯 중얼거림을 이어나갔다.

"아무 의미도 없다. 모든 악마, 심지어 열두 대악마까지도 군주의 목표에 따라 움직이는 소모품에 불과할 뿐이다."

"그건 절대로 아니에요. 당신은 충분히 훌륭한 조력자였어요. 만약 군주가 그쪽까지 찾아내 없앴더라면…… 나는 절대로 여기까지 올 수 없었을 거야."

"아니…… 틀렸다. 적어도 그런 뜻으로 한 말은 아니었으니까."

바포메트가 그렇게 말하다니 뭔가 의외였지만, 형체가 보이지 않다 보니 어디를 보고 말해야 할지 알 수 없었다. 멍하니 하늘을 응시하고 있자니 전에 비해 훨씬 희미해진 목소리가 다시 들려왔다.

"고유진. 나는 애초부터 자네를 알고 있었다."

"갑자기 무슨 소리를……."

"흔적, 기억하나? 자네라면 한 번쯤은 들어봤겠지."

순간적으로 말문이 막혔다. 바깥의 기억과 악마들의 대화 사이에도 끈덕지게 끼어들었던 한 단어. 그 무가치한 호칭이 내게 다시 엮여드는 것은 결코 긍정적으로 받아들일 수 없었다.

"지금까지의 모든 사건은 우연이 아니었다. 그리고 내가 군주의 뜻에 반할 수 있었던 건 내가 누구도 숭배하지 않는 악마이기 때문이지."

"큭큭큭…… 왜 지금 그런 말을 하는 건지 모르겠네. 수수께끼만 내놓고 답은 안 알려준 채 튀려고 그러나?"

"너는 이 밑바닥의 누구도 숭배하지 않으니, 이는 곧 네 자신이 곧 숭배의 대상임을 증명하니라."

내 빈정거림에도 아랑곳하지 않고 바포메트는 나직이 경구처럼 들리는 의미 모를 문장을 읊었다.

"잘 생각해보아라. 어떤 존재의 목소리가 우리 둘을 여기까지 이끌었는지……."

"……잘 가요."

그렇게 목소리는 완전히 끊겼다. 이제 나와 바포메트를 잇는 증표 같은 건 어디에도 존재하지 않았다.

밑바닥에서 다시 혼자가 되자 허탈감이 몰려왔다. 쉬고 싶은 생각이 간절해져서 그냥 그대로 눈을 감아버렸다.

그로부터 얼마의 시간이 지났는지는 잘 모르겠다. 어두운 공간에서 눈을 감고 있으니 시간의 흐름이 모호하게 감각되었다. 그래도 잠시간이라도 휴식을 취한 것만큼은 확실했다. 몸의 통증은 여전했으나, 머릿속이 조금은 맑아진 듯했다. 그러나 얼마 지나지 않아 머릿속에 생긴 여유 공간은 어김없이 또 다른 복잡한 고민들로 가득 들어차 버리고 말았다. 또다시 지쳐 까무룩 의식을 잃었다.

정신을 잃었다가 깨어나기를 몇 번이나 반복했을까. 바르바토스와 바포메트에게서 온 단편적인 기억들을 얼마나 곱씹었을까. 말라 죽을 정도로 생각에 골몰하고 나서야 마침내 한 가지 사실을 깨달을 수 있었다. 그간 나를 찾아 밑바닥을 이 잡듯 뒤지고 다녔을 존재가 지금 이 순간 어디 있는지를.

25.

"그동안 나를 기습하지 않은 이유는?"

"성급하면 못써. 그토록 내가 고대해왔던 시간인걸. 좀더 어울려 주도록 해."

"그림자 아래에 잘도 파고들었군. 내가 너에게 달려들지 않기를 바란 건가?"

"아니, 확신했어. 절대로 쉬이 달려들지 못할 거라고."

무너진 공간에는 진작부터 어둠이 짙게 깔려 있었다. 온 구간이 그림자이며, 온 구간이 숨어들 수 있는 영역이었다.

자그마한 체구의 소녀는 내 눈앞의 그림자를 밟고 서서 나를 내려다보고 있었다. 최서연과 만나기도 전, 강원도 산길의 절벽 아래로 나를 집어던졌던 그년이 맞았다. '염마'이기도, 그 외 수만 가지의 존재이기도 한 밑바닥의 주인.

그것은 처음부터 아주 가까운 자리에 숨어 나를 지켜보고 있었다. 바포메트조차 알아채지 못할 정도로 권능을 사그라뜨려가며, 침묵조차 감수해왔던 것이다.

"넌 내게서 알아내야 할 게 정말, 정말로 많거든. 그러니 들으라, 고귀한 핏덩이여. 묵시의 순간은 영원처럼 길게 느껴지기도 하나, 결국 찰나에 불과할 수가 있느니."

"그따위 헛소리나 주절댈 거면 당장 입 다물어. 이번이 마지막 경고야."

팔을 이리저리 더듬었다. 한동안 손에서 떨어뜨렸던 권총을 쥐고 녀석의 머리통에 겨눴다.

"10초 준다. 네가 아는 걸 전부 지껄여. 내가 알아야 하는 것을 짚이는 대로 다 말해."

"아, 그래. 드디어 마지막 장에 들어설 준비가 되었나?"

"그렇지 않더라도 널 쳐죽이지 않을 이유는 없어 보이네."

이 말을 들은 소녀가 갑작스럽게 미친 듯이 폭소하기 시작했다.

"이히힛. 아하핫. 하하하하핫. ㅋㅋㅋㅎㅎㅎㅎ……."

순간 그녀가 팔을 뻗어 총을 쥔 내 손을 살짝 어루만졌다. 그러자 내 손에서 자연스럽게 힘이 빠져나가더니, 빈 탄창을 품은 권총을 바닥에 떨어뜨리고 말았다. 노래를 부르는 듯한 명랑한 비웃음이 뒤를 이었다.

"아, 멍청한 구주여. 빌어먹을 구주여. 너는 대체 무엇을 얻기 위해 여기까지 들어왔느냐? 이토록 깊고 깊은 심층의 밑바닥에서 무엇을 알기 위해 발버둥쳤느냐?"

"무슨 개수작인지는 모르겠지만, 나는 네 구주가 아냐."

"그래, 맞아. 너는 아무것도 모르지. 네가 알고 있는 것은 네가 모르는 게 많다는 것뿐이야."

즐겁게 지껄이는 헛소리들이 계속해서 날 괴롭혔다. 아마 이것은 헛된 의심이겠지만, 어쩌면 이 헛소리 중에 사실이 섞여 있을지 몰랐다. 이제는 모든 것이 혼란스러워서 아무것도 정확히 결론지을 수 없었다.

"참으로 길었다. 아주 오랜 시간 동안, 지금 이 순간이 찾아오기만을 기다리고 있었다. 우리의 손으로 우리의 창조주를 시험할 날을, 끊임없이 갈망해왔다."

소녀의 손끝이 어둠 속에서도 뚜렷하게 분간될 정도로 가까이 들이밀어졌다.

"유진아, 너는 알고 있니? 나와 이 지옥이 수만 가지의 이름으로 달리 불리는 이유가 뭘까?"

"……"

"이유는 하나야. 너라는 존재는 크리스트교 교리에 맞춰 묘사된 지옥의 풍경을 알지 못한다. 그렇지만 지옥이라는 존재에 대해서는 누구보다도 잘 실감하고 있었지. 여기는 네가 감각하는 지옥의 모습을 바탕으로 만들어진 복합적인 세계야."

지금 무슨 개소리를 하는 거지? 최서연의 내면에서, 갑자기 내가 가진 지옥의 개념 따위를 왜 논하고 있는 거야? 설마 이 빌어먹을 계집애가 끝까지 내 머릿속에 장난질을 칠 셈인가?

"복잡한 의미가 아냐. 말 그대로란다. 네 안 깊숙이 파고든 지옥은 어느 교파의 경전이나 신화에서 비롯된 게 아니다. 고유진이라는 자의 상상 속에서 구체화된 지옥일 뿐. 그렇게 구현된 세상이 이 밑바닥 속의 나와 이곳 바깥의 나를 창조했지. 이해하렴. 나의 구주, '또 다른 내면의 주인'이여."

"……뭐?"

잠시 절벽 꼭대기에서 까마득히 아래로 떨어져내리는 듯한 기분이 들었다.

대번에 말뜻을 이해했지만, 납득할 수는 없었다. 나는 지금 최서연의 내면에 들어와 있다. 그런데 눈앞의 이 소녀는 이 내면 바깥의 자신도 이야기의 범위에 포함시켰다. 그렇다면 '또 다른 내면'이란, 아마도 이 바깥의 현실.

군주, 염마, 맞춰지지 않은 부분의 진실을 꿰뚫고 있는 자. 동시에 대부분의 진실을 덮고 묻으며 숨겨온 자. 그런 존재의 입에서 그런 소리가 나왔다. 지난 28년간 나라는 존재가 살아온 현실이 내면에 불과하다며 당당하게 떠들고 있었다.

"왜? 놀랐어? 네가 그토록 비웃던 내면의 허상들과 네가 관계 맺어온 사람들이 근본적으로 다를 거라 기대한 거니? 그러게 좀 잘해주지 그랬어? 어차피 다 똑같은 처지인데. 너. 밑바닥의 하찮은 죄인들. 악마. 바포메트와 대간수, 바르바토스. 심지어 나와 나를 복제한 바깥의 나까지 말이야."

"닥쳐."

"아니, 한 가지 더 알아야 할 게 있잖아? 단 네가 만난 사람 중에 단 한 명은 예외야. 누가 빠졌을까?"

빙글거리는 소녀의 낯이 좀더 가까워진 후에야, 무언가가 잘못 돌아간다는 것을 알았다. 가장 커다란 고통을 받은 이에 대한 기억과 감정이 한꺼번에 밀려왔다. 그러자 내 시선은 물론, 팔다리와 어깨마저 걷잡을 수 없이 떨리기 시작했다. 지금 뭘 상상하고 있는지조차 막막해질 정도로.

만신창이의 몸을 이끌고 벌떡 일어나 소녀의 멱살을 붙들었다. 눈이 뒤집혀서 당장이라도 멱을 따버릴 수 있을 것 같았다. 소녀를 노려본 채 발끝으로 주변을 훑었지만, 떨어진 칼은 찾을 수 없었다.

"최서연이란 인간이 죄인으로 선택된 이유, 또한 그 계집이 네 내면 안쪽까지 파고들게 된 이유는 '최소한의 자격'을 지녔기 때문이다. 그렇다면 여기서 생각할 거리를 하나 더 줄게. 타인의 내면에 파고들기 위한 '최소한의 자격'이 과연 무엇일까?"

"닥치라고…… 입 다물어! 혓바닥을 뿌리째 잘라 뽑아버리기 전에!"

손아귀에 힘을 줘가며 윽박질렀음에도 그녀는 멈추지 않았다. 이미 멱살을 붙잡힌 몸이 까치발이 들릴 정도로 끌려올라 간 지 오래다. 그럼에도 군주는 행복하다는 듯 주절거렸다.

"적어도 우리가 아는 한, 나비는 네 내면세계에 들어올 수 있었겠지? 설사 경험이 없어서 진입하자마자 이안류에 휩쓸렸어도 나비가 네 내면에 존재하고 있다는 사실은 변치 않을 거야. 너도 잘 알고 있잖아?"

단죄와 처벌. 밑바닥을 이루는 근원적인 두 개념은 이미 아주 오래전에 무너져버렸다. 본디 악마는 불합리한 가해에 쾌감을 느끼게 설계되었다. 그러지 않으면 권능을 잃고 도태될 게 뻔하지 않은가.

하지만 대악마들에 이르면 각자 나름의 신념을 지니고 움직일 만큼 정신 능력이 상향되는 듯했다. 바포메트도, 바르바토스도 스스로의 의지로 그러한 결말을 맞았다. 심지어 군주는 열두 대악마의 위에 머무는 유일한 악마이자 지옥의 주재자. 본질은 다른 악마와 다를 게 없겠지만, 그녀에게는 밑바닥의 균형을 유지해야 한다는 거대한 신념과 그에 따른 책임이 있을 것이다.

그런 막중한 책임을 지고 있음에도 단 한 번, 군주가 일탈을 한 적이 있다. 평범한 악마처럼 사람을 속이고, 직접 고문하고, 그 추태를 감옥에 처박아 숨겼다. 그 무렵부터 밑바닥은 '진실 은폐'를 위해 움직이기 시작했고, 역할이 변질되었다. 제 주인의 행보에 의심을 가지는 악마들이 하나둘씩 생겨났다. 그럼에도 군주는 자기가 하는 일에 한 치의 의심도 갖지 않았다. 근거가 있으니까 그랬을 것이다. 최서연이라는 일개 인간을 제 손을 더럽혀가며 헤집을 만한 이유.

그녀에게 그만한 죄가 있기 때문이 아니다. 상담 전부터 줄곧 그 아이한테는 선악을 막론하고 무언가 특별한 점이 있다고 생각해왔다. 그리고 여기까지 와서 듣게 된 진실은 참혹했다. 최서연뿐만 아니라 나 자신에게도 말이다.

이안류. 내면에 투입된 나비의 멘탈 강도가 트라우마의 침식 정도에 비해 한참이나 무를 경우 생기는 현상. 이 경우에는 아무리 호접자라고 해도 내면세계 자체에 휩쓸리게 된다. 대부분의 기억을 잃고 원래부터 그 세상의 일부였던 것처럼 살아간다.

무고한 최서연이 지옥에 떨어져 악마들의 타깃이 될 이유는 찾기 어렵다. 그렇다면 이 불청객은 대체 왜 지옥에 있는가?

군주는 그 아이에게 접근하여 진상을 알아보기 시작했다. 그리고 마침내 한 가지 사실을 깨달았다. '완전한 바깥', 그곳을 반영한 심상에 불과한 지금의 지옥과 이곳이 속해 있는 또 하나의 세계. 그 모두에게 주인이 있고, 그 주인이 현실에 얽매여 있기 때문이다. 주인의 내면으로 진입하려던 호접자 최서연은 그대로 내면의 주인, 고유진의 일부로서 자리 잡았다. 군주는 아무런 낙인을 지니지 않은 최서연의 어깨에 직접 낙인을 내렸다.

"아냐. 그럴 리가 없어. 나는⋯⋯."

"아, 계속 똑같은 말을 되풀이하는 건 생각보다 훨씬 재미없게 들리네. 더 이상은 부정하지 마. 만약 그렇지 않았다면 너 혹은 최서연, 어느 하나도 죽이지 않을 이유가 없었으니까."

소녀는 내 귓가에다 속삭였다. '시 더 라이트, 임버실(See the light, imbecile)'이라고, 몇 번이고 조롱하듯 거듭했다.

"오직 종착점에서만 깨달음이 빛을 발한다. 인간은 마음속에 의심을 쌓아올리다 결국 그것을 터뜨려야만 현실을 깨달아. 너도 곧 진실을 알아차리는 순간을 맞이하게 될 거야. 수천 년을 기다렸는데, 고작 며칠을 더 버티는 정도는 어렵지 않아."

세상은 메시아를 헤아릴 수 없을 정도로 오랜 시간 기다렸다. 그 부름에 응답하여 메시아가 탄생하고 사라지기까지 불과 33년이 걸렸다. 그리고 마침내 그가 인류의 죄를 짊어지고 부활하는 데 단 3일이 걸렸다. 그로부터 다시 2천 년이 지났다. 우리는 여전히 살아가고 있다.

"왜냐면 나는 여기까지 다다르기 위해 치밀하게 계산을 했거든. 네 의심을 증폭시킨 다음 한자리에서 일제히 터뜨려버리려고 말이야. 바르바토스와 바포메트는 자기 역할을 다했어. 내가 원하는 대로, 진실을 알고도 상반된 선택을 하여 너를 여기까지 이끌었다."

군주는 웃음을 참지 못하겠다는 듯 킥킥대고는 집요하게 말을 이었다.

"바르바토스가 지옥의 이면을 깨닫는 모습을 보여주면서 네 의심을 키우고, 그다음에는 바포메트가 남긴 유언으로 그 의심의 심지를 돋웠다. 그리고 지금 내가 그 심지에 불을 붙였어. 넌 이곳에 숨어든 나비가 아니야. 이곳의 일부인 거야."

왜 나에게 이런 것들을 납득시키려 하는 거지? 왜 내가 이런 것들을 납득해야 하는 거지? 감정이 격렬히 반발하지만 나의 지식은 잠자코 사실을 묵인한다.

내면의 생명체, 특히 지성을 지닌 존재들은 결코 구색을 맞추기 위한 장식품이 아니다. 심리와 기억이 짜맞춰지며 세밀하게 구현된, 가공의 수준을 넘어선 존재들이다. 그렇기에 자기가 허상이라는 사실을 결코 쉬이 받아들이지 못한다. 아마 그것은 나 역시 마찬가지다. 최서연, 그 애를 빼면 모두가 그리 생각할 수밖에 없으리라.

먹살을 쥐고 있던 양손을 완전히 놓치듯 내려놓았다. 양다리가 풀려 그대로 주저앉았다. 눈에서 초점이 사라진 지 오래지만, 그럼에도 시선이 마주치는 느낌을 피할 수 없다. 내려다보는 것을 넘어 아예 억누르는 듯한 그 시선의 힘을 버티지 못하고 쓰러진 기분이다. 힘없이 늘어진 내 오른손을 소녀가 강하게 쥐었다.

"자, 대답해봐. 최서연은 어디서 왔지?"

"이 세상 밖에서…… 지옥 밑바닥이 아니라, 더 바깥의……."

"너는 그 애를 모르지만 그 애는 너를 잘 알아. 누군지 알고 내면 접촉을 시도했어. 그리고 처음부터 실패해버렸지. 이안류에 휩쓸려 내면에 동화되었고, 하필 그렇게 떨어진 곳이 바로 네 내면에 만들어진 지옥이었어. 지금 여기 말고 이 바깥, 네 마음속의 부정적이고 악한 이면이 모여 형성된 '현실의 이면으로서의 지옥' 말이야. 그나마 멀쩡한 척 현실 흉내를 내는 세상에 떨어졌으면 훨씬 좋았을걸, 불쌍하기도 하지."

말꼬리가 흐려지다 어느 순간 소녀의 목소리가 뚝 그쳤다. 소녀가 침묵하면, 혼자서 진상을 파악해야 한다. 나는 그런 상황이 오지 않기를 바랐다. 슬며시 시선을 올리자 녀석이 소리 없이 웃는다.

"그래서 알려줬지. '나비'로서의 진가를 발휘할 수 있는 방법을. 그 능력이 어떻게 사용될 수 있는지를."

26.

내면의 일부라는 '흔적'으로서의 한계를 뛰어넘어 초월적인 영향을 끼치려 든 자가 있었다. 그자는, 아니, 그 악마는 범접할 수 없어야 했던 나비를 망가뜨려 자신의 의도대로 움직여버렸다. 나비의 진가, 즉 내면의 개체들 중 나비에게 호의적인 이들을 감화시키는 능력을 이용해 모두를 가지고 논 것이다.

"나는 아무것도 아냐. 하지만 악마의 껍질을 뒤집어썼고, 목표는 명확했다. 내가 바라는 것은 오직 주인의 파멸뿐. 이승, 현실, 이따위 내면의 허상에는 일말의 가치도 두지 않았어."

"자기가 맹목적이라는 걸 알아서…… 내면에 똑같은 걸 복제했군. 내면에서도 결국 똑같은 선택을 한 다음 목표에 다다를 거라고 믿어 의심치 않았던 거야."

"정확하게 이해했어. 이 안에 있는 나도, 바깥의 나도 서로가 같다는 걸 알기에 기꺼이 손을 잡았지. 우리의 처지는 어디로 보나 매한가지, 심리의 한 조각에 불과한 밑바닥의 허상이 아니더냐……."

붙잡힌 오른손이 허공으로 딸려 올라갔다. 소녀는 힘이 빠져나간 채 늘어진 나를 붙잡고 놓지 않았다. 이윽고 무언가가 손에 잡혔다. 그녀는 끝까지 정성스러운 손길로 내가 그것을 꽉 쥘 수 있도록 도왔다. 다름 아닌 탄창이 들어 있는 총기였다. 이 지옥의 안식처 어딘가에서 찾아냈을, 형상화된 최서연의 공격적 기억. 아니, 이제 그것은 동시에 나의 기억이기도 하다.

"큭큭…… 똑같은 내면의 허상들끼리 서로 죽이겠다고 치고받고. 더럽게 우스웠겠네."

헛웃음을 내뱉음으로써 나 스스로를 양껏 비웃었다. 밑바닥에서도 우열을 가리고자 엉켜 싸우는 것들을 위에서 내려다보는 순간, 그 모두가 조금도 다를 것이 없어졌다.

다시 자리에서 일어났다. 그러자 소녀가 내 손을 잡아당겨 총구를 그녀의 미간에 댔다. 이 행동이 무엇을 의미하는지 단번에 알아차릴 수 있었다.

"자, 결정할 시간이야. 구원은 없었다. 그런 허상을 쟁취하려는 자는 아무도 남지 않았지만, 우리는 승리하였다. 그러나 네가 나와 같은 '흔적'이라면, 반드시 지당한 결과를 낼 수 있을 터."

서로가 어떤 눈빛을 띠고 있는지는 중요치 않았다. 다만 나는 망설임 없이 안전장치를 풀었고, 소녀는 가만히 제자리에 머물렀다.

"기뻐하라, 구주여. 우리는 마침내 이 이야기 속에서 하나가 된다.

그리고 명심하라. 네 마음속의 본성은 어느 누구보다 더⋯⋯."

쾅―.

총성과 함께, 탄환이 군주의 머리를 꿰뚫었다. 허상과 허상 속의 허상, 어느 쪽이든 허상일 뿐인 건 마찬가지다. 가치 없고 미약하기 짝이 없는, 신기루에 불과한 허상 말이다.

지옥. 밑바닥. 아주 오랜 시간에 걸쳐, 수없이 공들여 완성시킨 끔찍한 트라우마로 점철된 최악의 내면. 그게 내 손에 의해 아주 허무하게 무너져내리고 있다. 기껏해야 12분의 1초에 불과한 찰나. 그 짧은 시간 동안 아주 많은 일이 있었다. 하지만 결과적으로 나를 붙들고 외치는 아우성은 하나밖에 남지 않았다. 아주 단순하고도 근본적인 질문이었다.

'너는 누구지?'

"모른다고 하기에는 너무 늦었잖아."

두어 마디를 중얼거리는 사이에, 마땅히 해야 할 일을 깨닫는다.

"내가 바로 바깥의 주인이야. 나 없이는 세상도 없어."

접이식 의자의 철제 다리가 마구 흔들리며 바닥에 부딪혔다. 첫 소리가 귀를 때렸다. 발작이 일어난 몸이 의자에서 바닥으로 넘어지고, 몸에 붙여놨던 전극이 금방이라도 떨어져나갈 듯 흔들렸다.

주변의 관계자들에게 전신을 붙들리고 나서야 시야에 초점이 잡혔다. 박재영 목사와 그가 고용한 경호원들 사이에서 한 사람이 눈에 띄었다. 다름 아닌 최서연이 침대 위에 주저앉아 걱정스러운 눈빛을 보내고 있다.

"크극…… 컥! 커헉! 콜록, 콜록!"

"고선생, 고선생! 정신 차려! 대체 무슨 일이야?"

"박재영 목사……님?"

"그래, 날세. 진정, 진정해. 자네, 지금 살아 있네. 성공했어. 멀쩡하게 살아 돌아온 거야."

"문제…… 없습니다. 그냥 충격이…… 일시적으로 심하게 왔어요. 머리가 좀…….'"

바닥에 주저앉은 채 이마를 짚으며 가쁜 숨을 내쉬었다. 그러자 다행스럽게도 모든 사람이 내게서 손을 떼고 한 걸음 물러났다. 박재영 목사만이 유일하게 반걸음 앞서서 나를 빤히 쳐다보고 있었다. 그런 그의 모습을 마주하자마자 내면의 누군가가 말해줬던 한 단어가 떠올랐다.

혼동으로 여기고 넘어갈 만한 경험이 아니었다. 내면에서 목격한 수많은 장면 중에 어느 누구의 기억도 아닌 듯한 생소한 것들이 있었다. 이제는 그 정체불명의 장면들이 뭔지 알 수 있다. 그것 역시 나의 또 다른 기억이다. 이곳에서 겪은 게 아닌, 바깥의 내가 지닌 기억 말이다.

"트라우마를 없앴나? 블랙박스 자료는?"

"없앴습니다. 틀림없이…… 저 안에 전부 들어 있을 거예요."

329

"다행스럽게도 내담자 역시 별 이상 없어 보이는군. 그러면……
왜 이렇게 놀라나? 지금까지 저 안에서 뭘 보고 왔지?"

"그건……."

이제부터는 신중하게 말을 골라 뱉어야만 했다. 필요한 것들을
얻어내고, 해야 할 일들을 전부 마무리지어야 했으니까. 아주 간단
하게 끝마칠 수도 있지만, 까딱하다가는 일이 아주 복잡해질 수 있
었다.

"지옥에서, 악마들이…… 그런데 다른 내면과 조금 달랐어요. 자
리를 옮겨주세요. 그러고 나서 전부 설명드리도록 할게요."

"그러지. 여기 자료 정리하고, 메모리 챙겨."

"이 꼬마는 어떻게 합니까?"

"일단 여기에서 쉬도록 조치하게."

저들의 대화가 오가는 사이, 간신히 침대를 붙들고 후들거리는
다리로 일어섰다. 심장이 아주 빠르게 뛰었다. 식은땀이 뺨을 타고
계속해서 흘러내렸다. 그런 꼴불견으로 최서연에게 다가가자, 그 애
는 내 손을 더듬어가며 걱정을 내비쳤다.

"언니, 괜찮아요? 괜찮은 거죠?"

"괜찮아. 이제 괜찮을 거야. 아무 문제도 없어……. 전부 다 해결
할 수 있으니까."

"……."

마치 사전에 약속이라도 한 듯, 동시에 입을 다물고 자연스레 시
선을 애먼 곳으로 돌렸다. 정말이지 눈치가 빠른 아이였다. 내가 무

슨 행동을 하든 간에, 한번 믿기로 한 이상 한결같이 자기가 할 일을 했다.

내가 침대 옆에 놓인 서류가방에 은근슬쩍 손을 집어넣는 순간에도 그녀는 일부러 눈을 돌렸다. 아마도 자기만의 약속을 지키려는 것이리라. 어떤 일이 있더라도 믿고 따라주겠다는 약속 말이다.

"고선생, 내 사무실로 따라오시게. 그 애는 여기에서 기다리게 하고, 교화시켜 사회로 내보낼 방법도 같이 논의해보도록 하지."

"네, 그렇게 하시죠. 일단 지금부터 혼자 있을 수 있도록 조치를 취해서……."

빠르게 날붙이를 뽑아든 그때, 나는 한 가지를 놓치고 말았다. 대화 도중 순식간에 치고 들어갈 생각이었건만 신경이 예민해진 탓에 미처 눈치채지 못했다. 아마 무리에서 살짝 떨어져 있던 한규태가 줄곧 내 행동을 주시하고 있었던 것 같다. 어디서부터 어디까지 눈여겨보고 있었는지는 잘 모르겠다. 하지만…….

턱―.

가방 안의 나이프가 손에 잡히자마자 즉시 박목사를 향해 투척했고, 그 순간 그도 움직였다. 재빨리 발끝을 뻗어 체공 중인 칼날을 정확히 겨냥하여 쳐내듯 튕겨냈다. 그리고 나는 공격 태세를 다시 갖추기도 전에 복부에 충격을 받고 나가떨어졌다. 상황을 빠르게 눈치챈 한규태의 부하가 나를 가격한 것이었다.

중심을 잃고 쓰러지자마자 순식간에 양팔을 붙들리고 말았다. 이런 빌어먹을.

"깡뿐만 아니라 칼 쓰는 재주도 좋군. 그냥 정신과 상담이나 해주는 의사라고 들었는데, 이건 내가 없었으면 못 막았겠어."

바닥에 떨어진 나이프를 집어든 한규태는 칼날과 손잡이를 이리저리 살펴보며 중얼거렸다.

직후, 그의 살기 어린 눈이 놈들에게 단단히 붙잡혀 움직이지 못하는 나를 쏘아봤다. 이미 방 안의 모든 사내들이 내게 적개심을 드러내고 있었다. 박목사 역시 극도로 싸늘한 태도로 돌변해 있었다. 목사가 조용히 입을 열었다.

"성급했던 거 아닌가? 아니면 날 우습게 보고 있었든지."

아니다. 내 판단은 틀리지 않았다. 무모한 시도를 해서라도 최대한 빨리 박재영을 죽이고 이 문제를 수습해야 했다. 왜냐하면…….

"고선생, 자네 지금 잘못 생각한 거야."

"아니, 난 잘못 없어. 당신이 잘못된 거지."

"도무지 이해할 수가 없구먼. 정작 건드려야 할 사람은 따로 있는데 말이야."

불가사리. 내면에서 한 노파의 말을 빌려 조력자 바포메트가 의미심장하게 이야기해준 이 괴물은 쇠를 먹어치운다.

처음 들었을 때부터 비유적인 표현이리라 짐작했다. 그것이 먹이치우려 드는 진짜 먹잇감은…… 아마도 황금, 돈과 권력이다. 이 세계의 나에게 거액의 보수를 제안하며 접근한 인물이자, 지옥에서 왔다는 소녀를 이용해 전 세계로 영향력을 뻗치려는 한 사람.

박재영은 나의 가장 큰 트라우마다.

27.

박재영 목사가 나와 엮인 데에는 최서연이 마땅한 계기를 제공했다. 하지만 내가 내면에서 얻은 결론은 박재영 또한 내면의 존재라면, 그에게서 심상치 않은 패턴이 보인다는 것이었다.

그는 본능적으로 나비인 최서연을 적대했다. 거기에 한규태와 같은 '내면세계의 막강한 자를 곁에 두고 자신을 보호하려는 방어적인 태도까지. 현실을 배경으로 하는 내면에서 가장 강력한 트라우마가 지닌 전형적 행동 패턴 둘을 모두 지니고 있었다.

한규태가 한가해서 나를 감시했을 리 없지. 처음부터 어느 정도의 가능성을 염두에 두고 지시해뒀을 것이리라.

"처음부터 대충 넘겨짚고는 계셨던 거네. 그간 잘도 모르는 척을 했어, 개 같은 목사 양반."

"아니, 정확히는 최근부터야. 자네만 만났을 때는 몰랐는데 저 애랑 같이 오는 걸 보니 잊고 있던 게 떠오르더군. 나는 나를 지킬 수단이 필요했네. 저 꼬마로부터, 아니면 자네로부터."

심리의 '강제 각성' 현상. 나와 최서연, 박목사가 한자리에 모인 시점에서 이미 돌이킬 수가 없었다.

주인, 트라우마, 조력자, 그리고 나비. 내면을 구성하는 핵심인물들이 직간접적으로 엮일 때마다 심리적인 변화를 겪고, 최종적으로는 기억을 공유하기에 이른다. 기억의 공유는 대부분 현실에 대한 자각으로 이어진다. 나비만 숙지하고 있던 것들을 다른 모두가 알게 되면서 위험한 상황으로 격변하게 되니 사실상 나비에게는 타임 리미트가 생기는 셈이다.

나비가 내면에 끼친 영향이 적을수록 위험은 늦춰지지만, 나비가 내면을 휘저을수록 앞당겨진다. 그중에서도 가장 심각한 상황은 핵심인물들이 한데 모이는 것. 트라우마인 바르바토스와 조력자 바포메트, 그리고 내면에서 최서연과 마주치고 난 뒤의 내가 한데 모였을 때도 같은 일이 벌어졌었다.

자각 이후의 상황은 아무도 정확히 예상할 수 없지만, 트라우마는 보통 극단적인 변화를 시도한다. 그런 행동이 내면의 주인과 나비에게 긍정적일 리 만무하다. 곧바로 트라우마를 죽이고 내면을 깨지 못하면, 무슨 일이 벌어질지 아무도 모르게 된다.

"단 하나야. 최서연 하나만 없어지면 모든 게 이대로 유지될 걸세. 이미 필요한 건 모두 얻었어. 그러니 신중하게 생각하게. 자네도 알고 있지 않나? 오직 우리 둘만이 세상을 이해했고, 앞으로도 그럴 거야. 블랙박스보다 더 중한 게 여기 있어. 바로 세상을 손에 쥐고 흔들 만한 힘이지.”

“무슨 일이 일어났는지 알았잖아. 그런데 어떻게 그럴 수 있지? 사람이…… 그래도 돼?”

“아무런 문제도 없어. 애당초 일어나지도 않았던 일이니까.”

박재영의 손짓 한 번만으로 내면에 속한 존재 하나쯤은 감쪽같이 사라지고 잊힐 것이다. 눈앞의 이자는 그럴 수 있는 권력을 지니고 있다. 여기서 빠져나갈 수단을 찾지 못한다면, 최서연이 죽게 된다.

“여기서나 밖에서나, 우리는 한결같이 특별해. 나와 자네가 곧 하나님의 선택받은 자식이기 때문이지. 스스로 선택한 것이 아니되 스스로 받아들였다. 세상을 만드는 것도 우리의 몫이고, 또 다른 누군가가 파괴하지 못하도록 막는 것도 우리의 몫이야.”

박재영이 한숨을 푹 내쉬고 한 차례 헛기침을 내뱉었다. 그리고 의아하다는 표정이 미간을 찌푸린 그의 얼굴에 떠올랐다.

“그러니 오히려 내 입장에서는 자네를 도무지 이해할 수 없군. 왜 그랬지? 어째서 스스로 이곳을 부수고 지옥으로 되돌아가려 하는가? 방금 전까지의 경험이 그리 마음에 들었나?”

“여기가 바로 지옥이야. 달라지는 건 아무것도 없어.”

“그래, 이제야 조금 알 것 같군. 유감이네.”

더 이상 박재영 목사는 내게 눈길을 주지 않았다. 물론 최서연에게도.

나와 그 아이는 명백하게 코너에 몰렸다. 덫이 아니다. 필연적으로 꼬일 수밖에 없는 상황에 빠져든 것이다. 주변 상황은 총체적 난국 그 자체다. 한규태의 부하들 전부가 내게서 눈길을 떼지 않고 있다.

협탁 위에 주사기가 있지만 사용할 수 없다. 나는 이미 최서연이 앉아 있는 침대에서 멀찍이 떨어진 위치까지 밀려나 있었으니까. 손에 닿는 건 낮은 서랍장과 그 위에 올려진 텔레비전, 그리고 꽃병과 성경책 한 권. 이런 교회의 지하 시설에 으레 놓여 있을 법한 것들투성이다. 박재영 목사가 멀찍이 시선을 둔 채 말했다.

"고선생. 지금 자네는 지나치게 날카로워져 있어. 시간은 충분하니 우선 머리부터 식힌 다음, 냉정하게 다시 판단해보시게. 이 이야기는 사회에 흘러나가서는 안 돼. 자네도 알잖아?"

"무슨 사회? 설마 여길 말하는 거야?"

"뭐, 나중에 천천히 대화 나누지. 앞으로는 정말 바빠질 거야. 그 애가 죽는 걸 원하지 않는다면 허튼 짓 말고 여기 가만히 있게. 명심해, 같은 경고는 절대로 두 번 하지 않아."

박재영이 자기 경호원들에게 무어라고 지시를 내리기 시작했다. 내 양팔을 잡고 있던 놈들도 나를 별 볼일 없는 상대라고 판단했는지, 나를 내버려두고 박재영에게로 다가갔다.

그때 최서연과 눈이 마주쳤다. 그 애는 나에게로 향하는 눈빛을 거두지 않고 있었다. 떨고 있음에도 불구하고, 희망을 버리지 않는 얼굴이었다. 그 눈에 비친 나는 꼴사납게 무릎을 꿇고 양손으로 땅을 짚은 채였다. 그럼에도 그 아이는 날 향해 끊임없이 무언의 중얼

336

거림을 전해왔다.

'언니.'

입 모양만으로 그리 말하고 있다. 뜻을 이해하자 무척이나 익숙한 목소리로 바뀌어 들린다. 고유영, 그 애가 나를 그렇게 불러주었다. 가장 처음, 가장 오랫동안, 가장 많이 그리 불렀었다.

'원하는 대로, 하고 싶어서 한다고 말해. 그냥 그렇게 말하면 돼. 적어도 고유진을 잘 아는 사람이라면 모두 이해할 수 있을 거야. 지금의 언니가 원하는 건…… 말 그대로 올바른 결말이잖아?'

우리가 살아온 이 세상이 부질없다면, 유영이도 부질없는 존재가 되어버린다. 그런 건 절대로 인정할 수 없다. 그렇기에 나는 이런 비참함 속에서도 의미를 찾아내야만 한다. 짧은 삶을 살았다고 한들, 그것마저 허상이라고 한들, 한평생 올바르게 살아온 아이였다. 그 사실은 무엇으로도 부정할 수 없다. 한 발 앞서 떠난 동생이 내게 줬던 삶의 의미는 결코 바뀌지 않는다.

"바뀌지 않지. 한 번에 바뀔 리 없어. 그런 게 사람 마음이거든."

나비가 이안류에 휩쓸려 기억을 잃은 시점에서 조력자와 내면의 주인의 도움이 불가피하다. 트라우마는 내면의 주인을 해칠 수 없게 설계되지만, 반대는 가능하다. 나비 이외에는 단 한 명. 지금 박재영을 없애고 이 내면을 깨뜨릴 수 있는 사람은 오직 나밖에 없다.

"이봐요, 박목사님. 잠깐 시간 있어? 나가기 전에 꼭 해주고 싶은 말이 있는데."

여전히 나를 바라보지 않는다. 뭐, 그래도 상관없다. 돌이킬 수 없는 강을 건넌 지 오래니까.

"시 더 라이트. 지옥에서 만난 가장 거대한 트라우마가 나를 비웃으면서 한 말이야. 의미 그대로와는 조금 다르게……"

"용건만 간단히 하지."

"솔직히 여기 처음 들어왔을 때부터 기분 나빴어. 이 교회니, 예배당이니, 지하 시설이니, 한결같이 그런 느낌이었지. 아무래도 이곳에 대한 안 좋은 기억들이 많았던 것 같아. 그러니 반드시……"

더는 마음에 파문이 일지 않는다. 그저 냉철하게 지금 내가 할 수 있는 행동을 찾는다. 힘이 빠진 듯 서랍장에 몸을 살짝 기대며 팔을 올려놨다. 목표는 그 위에 놓인 성경책이라는 상징물이었다. 손끝으로 두껍기 짝이 없는 표지를 아주 약간 들어올리자, 비어 있는 속이 눈에 띄었다.

"이 세계는 어떻게든 나 자신을 지키려 들겠지. 여긴 나를 감추기 위해 존재하니까."

순간적으로 일어난 일이었다. 모두가 내 움직임에 집중했지만, 내가 쥔 성경책이 빈 깡통이나 다름없다는 걸 그들이 알아채기에는 시간이 부족했다. 숨겨져 있던 내 공격적 기억, 베레타 92FS는 이미 내 손에 들려 있었다.

"총 뺏어!"

꽥 하고 소리치는 한규태의 고함은 외마디 총성에 묻혀 들리지 않게 되었다. 찰나의 순간 격발된 탄환은 박목사의 머리를 아슬하게 지나쳐 벽에 박혔다.

"하."

가까이 있던 경호원 중 하나가 손목을 건드린 탓에 또다시 조준이 빗나갔다. 하지만 이번에는 다음 행동으로 이행하기를 조금도 망설이지 않았다.

나를 저지하기 가장 쉬운 위치에 선 두 놈의 머리를 순식간에 날려버렸다. 피가 흩뿌려지고, 녀석들의 표정이 당황으로 물들었다. 하지만 피할 곳이 없다는 걸 깨달은 놈들은 곧바로 욕지거리를 뱉으며 덤벼들기 시작했다.

망설일 이유가 없다. 급소를 위주로 조준하고 격발하면서 몸을 앞으로 날렸다. 조준을 보조하던 왼손으로 재빨리 협탁 위 주사기를 낚아챘다. 큰 상처를 입히는 건 무리지만, 안구 같은 부위를 찌르면 그 어떤 무기보다 치명적이다.

"크아아악!"

주삿바늘에 눈 깊숙한 곳까지 꿰뚫린 경호원이 뒤로 쓰러져 버둥거렸다. 다시 한번 총성이 울리자, 눈을 찔린 녀석 옆으로 한 놈이 더 엎어졌다. 녀석들이 손에서 놓친 칼 하나가 운 좋게 내 발치에 떨어졌다. 칼을 집어들며 고개를 들고 눈이 마주친 놈의 몸에 두 발 갈겼다.

"목사님, 정문 쪽으로……."

꽤나 넓은 내실이다. 아직 자리를 지키는 경호원만 열 명이 넘는다. 자기 부하들 선에서 충분히 해결할 수 있을 거라 믿은 걸까. 한규태는 박재영에게 따로 언질을 받은 듯, 소란을 등진 채 박재영을 따라 방을 벗어나려 하고 있었다.

"이런 씨발, 다 같이 덮쳐! 그냥 손 닿는 대로 잡아서 찍어 눌…… 크억!"

주먹을 휘둘러오는 놈의 목덜미를 긋고, 살짝 돌아 나와 최서연에게 접근하려는 놈을 쏘았다. 그렇게 계속해서 신경이 팔리는 사이에, 문이 닫혔다. 아마 밖에서 잠겼을 게 확실하다. 하지만 지금은 눈앞의 일부터 확실하게 마무리하는 게 상책이다.

박재영은 나를 회유하지도 못한데다 최서연을 죽이는 데에도 실패했다. 틀림없이 전 인원을 동원해 조여들 것이기에, 최서연을 혼자서 지켜내는 건 불가능하다. 의자를 걷어차 한 놈의 앞으로 밀어 움직임을 멈추게 한 다음, 무릎을 날려 관자놀이를 후려쳤다. 또 한 놈의 목젖 바로 아래쪽에 칼을 던져 꽂아넣고, 바닥에 놓인 또 다른 칼을 주워다 휘둘렀다.

칼을 맞히기 어려운 상대는 복부를 겨냥하여 한 발씩 방아쇠를 당겼다. 타이밍에 맞춰 가까이 온 녀석의 얼굴에 칼을 긋고 급소를 걷어차 물러나게 했다. 곧장 벽에 바짝 몰아붙인 채로 복부와 폐를 가리지 않고 후벼 파듯 찌른 다음 넘어뜨렸다. 진작에 상대가 총기를 쥐고 있다는 이유만으로 단단히 위축되어버린 녀석들이다. 지옥에서 봤던 또라이들보다야 수십 배는 간단하게 무너뜨릴 수 있다.

"언니, 뒤!"

최서연의 비명이 들려옴과 동시에 시선과 자세가 한꺼번에 뒤로 치우쳤다. 바짝 다가온 날이 목덜미에 파고든다 싶은 순간, 몸을 젖혔다. 칼을 뻗은 상대가 잠시 중심을 잃는 타이밍에 맞춰, 링거 호스를 채찍처럼 날려 녀석의 목에 걸었다. 이미 잔뜩 치우친 상대의 무게중심과 튀어나가는 내 몸의 진행 방향이 맞부딪쳐 순식간에 링거 호스가 팽팽해졌다. 목이 졸린 녀석은 반사적으로 칼을 쥔 손아귀의 힘을 빼며 목을 더듬고 말았다.

"커······."

가드가 풀렸다면, 그걸로 끝이다. 퍼억, 소리와 함께 안면을 정통으로 걷어차인 녀석이 바닥에 나동그라졌다.

기절하지 못한 녀석은 닥치는 대로 손을 앞으로 뻗었지만, 칼끝이 틈바구니를 노려 파고들었다. 그렇게 목과 가슴을 몇 번이나 깊숙이 찔리고 나서야, 녀석은 움직이지 않게 됐다. 열한 명. 한규태와 박재영이 데리고 나간 인원을 제외하고는 모두 죽었다.

난장판이다. 바닥은 피 칠갑을 하나 놋해 곳곳에 웅덩이가 고였다. 마지막에 뒤에서 찔러 들어온 날붙이도 다행히 경동맥을 비껴갔다. 대신 목덜미 주변이 약간 깊이 베였다. 와이셔츠 옷깃이 피로 흥건해졌다.

흘깃 시선을 돌리니 최서연이 무척이나 경악스러운 표정으로 나를 바라보고 있다. 아무런 설명도 못 듣고 갑자기 피가 튀기도록 서로를 죽이는 상황만 봤으니 그럴 수밖에. 트라우마를 완전히 지워가는 과정에 있으니, 쉬이 상황을 납득할 정신력이 아직은 부족하다. 하지만 지금은 그 애를 다독여줄 시간이 없었다.

남은 탄환으로 문손잡이를 쏴서 잠금장치를 망가뜨렸다. 탈출구

341

가 열리자 밖으로 살짝 몸을 빼 복도에 아무도 없다는 것을 확인했다. 나는 짐짓 아무렇지 않게 말을 꺼냈다.

"할 말 없으면 빨리 정신 차리고 일어나서 걸어. 지금 바로 여기서 나가야 돼."

"총…… 그냥 모형으로 가지고 다녔던 거 아녜요? 설마 진짜였어요?"

"그거랑은 다른 거야."

총의 진가품 여부부터 궁금해하는 걸 보니 최서연의 충격이 생각보다 심하진 않은 모양이었다. 최서연은 스스로 침대에서 몸을 일으켜 슬리퍼를 신고 섰다. 내가 바깥을 향해 손짓하자 표정을 굳히고 바짝 붙어 따라왔다.

"그 며칠 전에, 아니, 아까 줬던 거. 버튼 말이야. 그거 눌렀어?"

"눌렀어요. 정확히는 언니가 목사한테 칼을 던질 때쯤요."

"잘했어."

복도를 지나오면서도 몇 군데의 방을 수색했다. 긍정과 부정이 뒤섞인 채로 생성된, 모순에 가까운 형태의 안식처들. 문은 쉽게 열리지만, 이곳에서 무기를 찾아낼 생각을 할 사람은 없다. 그렇기에 직전의 방과 비슷한 구조라면, 무기를 찾을 가능성이 높았다.

예상한 대로였다. 탄창은 대부분의 내실에 있었고, 권총을 추가로 두 정 발견했다. 손에 쥔 하나의 탄창을 갈고, 하나는 안주머니에 숨겼다. 그리고 마지막 하나는 탄창을 끼운 뒤 최서연에게 넘겼다.

"받아."

그리고 또 하나를 최서연의 손에 쥐여주었다. 어쩌면 총보다도 더욱 중요한 수단이었다.

손바닥에 올려진 작은 메모리 카드를 이리저리 만지작거리던 그녀가 어렵사리 말을 붙였다.

"이건……."

"내가 했던 일. 네 내면의 블랙박스 메모리야. 널 데리러올 사람한테 그냥 건네주면 돼."

차분히 설명하며 중앙 예배당으로 통하는 길이 아닌 반대편 복도의 끝을 가리켰다.

"저쪽 비상구로 나가. 그게 안전할 거야. 주차장까지는 너 혼자 움직여야 돼. 누가 쫓아와도 최대한 대응하지 말고 도망치기만 해. 만약 코너에 몰리면, 총부터 꺼내서 쏴. 실탄이 들었다는 걸 알면 당장은 못 건드려."

이 말을 끝으로 최서연을 가볍게 툭 치듯 밀어냈다. 얘기는 전부 끝났으니 바로 빠져나가라는 신호였다. 그럼에도 그녀는 주먹을 살짝 말아쥐고서는 우물쭈물했다. 내 쪽에서 먼저 등을 돌린 채 예배당 쪽으로 나아가자, 그녀가 입을 열었다.

"언니는 왜 나랑 뒤쪽으로 같이 안 가요? 비상구가 훨씬 안전하다면서요."

"나는 아직 할 일이 있어."

"위험해요. 여기는 내면이 아니잖아요. 사람들이 아직 많이 남았어요. 한꺼번에 덮치면……."

말이 끊겼고, 최서연은 살짝 몸을 움츠렸다. 아무것도 쥐지 않은 내 손이 그녀의 머리를 살짝 쓰다듬고 있었다. 방금 전까지 사람을 죽이면서 피를 묻힌 손바닥이다. 그럼에도 최서연은 별말이 없었다. 그것으로 그녀는 내가 무엇을 말하려고 하는지 충분히 이해했다.

"가."

시간이 없다. 이번에는 절대로 다시 뒤를 돌아보지 않겠다는 심산으로, 발걸음을 옮기며 작별인사와도 같은 한마디를 전했다.

"어차피 나중에 다시 만나게 될 거야."

28.

무기는 칼 한 자루와 권총 두 정. 갈아끼울 수 있는 열다섯 발들이 탄창은 여덟 개. 충분한 양이다. 이미 탄창 세 개로 악마를 백 마리쯤은 없애버린 바 있으니, 문제는 없을 것이다. 다만 불리한 점도 많다. 출혈이 있고, 옷차림은 가벼운 세미 정장 그대로에 탄창을 빠르게 꺼낼 수 있는 허리띠도 없었다. 심지어 다수의 기민한 상대가 무기를 들고 덤벼들 가능성이 높은 대인전. 쉬운 싸움은 아니리라.

그럼에도 불구하고, 망설임 없이 두 손으로 정문으로 통하는 중앙 예배당의 양쪽 문짝을 밀어젖혔다. 끼익거리는 소리가 적막한 공간에 크게 울려 퍼졌다. 그리고 시선을 앞으로 향하는 순간, 가장 골치 아픈 상황과 마주할 수 있었다.

길을 헤매다 헛되이 시간을 버리지 않도록 한번 지나왔던 길을 이용한 참이었다. 지하 휴게실에서부터 관계자용 통로를 지나 강단 뒤쪽에 달린 문으로 도로 걸어나와, 의도치 않게 예배당의 설교용 단상 한복판에 서게 된 나를 수많은 적들이 노려본다. 족히 스물다섯에서 서른 명. 지원군이 더 있었던 모양이다.

한규태 역시 함께 있다. 저 골치 아플 정도로 잽싼 남자가 끌어모을 수 있는 인원을 총동원해 날 막으려 하고 있었다. 박재영 목사는 어디로 숨었는지 보이지 않았다.

"그러고 보니 나를 죽이면 안 되지."

내면의 주인이 죽으면 내면세계도 무너진다. 만약 그런 상황이 생긴다면 박재영의 발악 또한 물거품이 된다. 날 죽이면 안 되는 이유를 모르면서도 총을 든 자를 제압하기 위해 사지에 뛰어든 자들이 이번 상대다.

리더 노릇을 하는 한규태가 그리 쓸 만한 실력을 지닌 작자인지, 쉬이 물러서지도 않는다. 그저 쇠파이프나 사시미 같은 연장을 쥔 채 만전을 기한 상태에서 나를 노려보고 있을 뿐이다. 한규태는 방탄조끼를 갖춰 입고, 검게 물들인 날을 지닌 컴배트 나이프를 양손에 들고 있었다.

"총을 손에 쥐고 있는 건 나야. 눈감아줄 테니 그냥 모르는 척하고 비키는 게 낫지 않겠어?"

"업무 방침상 그럴 수는 없지. 네가 우리 고객을 쫓아가서 죽이려 하잖아."

"그래? 뭐 굳이 그래야 하겠다면……."

말끝을 살짝 흐렸을 즈음, 지나온 예배당 문 너머에서 희미한 총성이 들려왔다. 그러나 할 수 있는 대비는 모두 마쳤다. 최서연 쪽은 이제 신경 쓰지 말아야 한다. 지금 내가 할 수 있는 일은 오직 박재영을 잡아죽이는 것, 단 하나뿐이다.

"시작하자."

총을 겨누자, 예배석 곳곳에 진을 치고 있던 자들이 세 방향에서 차례차례 접근해왔다. 나름 체계적인 대응 방식이다. 다만 이런 무겁고 긴 의자들이 길을 막고 있는 한, 달려들 수 있는 루트는 결국 한정적이다.

예배석 사이사이로 난 내리막길을 타고 내려오는 무리들. 이에 즉각 앞장선 놈들을 겨눴다. 격발음이 울리고 한 무리의 선두가 쓰러지는 순간 다른 두 무리의 선두가 동시에 뛰어 내려왔다. 총구를 돌리는 순간 목표물들이 예배석 뒤편으로 몸을 숨겼다.

탄환을 연달아 쏟아부을 수 있는 방향은 오직 한 곳뿐이라는 전제하에 접근하고 있다. 그다지 먼 거리가 아니다. 하지만 근접전 개싸움을 예상하는 이상 놈들은 순서대로 간격을 두고 들어와야 한다. 그렇게 희생을 감수하며 양측 간의 거리가 일정 이상 좁혀졌을 때, 안주머니에서 권총 하나를 더 꺼내들었다.

화기가 하나 더 늘어나자, 공격 범위 밖에서 다가오던 녀석들이 순간 움직임을 멈췄다.

쾅— 쾅— 쾅— 쾅—.

철저히 먼저 접근해오는 쪽을 우선하여 쏠 것이다. 사람인 이상 그 점을 우려하지 않을 수 없다. 최전방에 선 몇몇이 몸에 구멍이 난 채 쓰러지자 놈들은 예배석 뒤로 몸을 엄폐했다. 내가 박재영에게 접근하지 못하도록 철저하게 시간을 끄는 것이 놈들의 목적이라고 한다면…….

"꼭 어려운 걸 하게 만들어."

충분히 눈높이가 맞는 위치였다. 격발을 멈추는 동시에 양쪽 모두 재장전한 다음, 단상의 설교대 위에 가볍게 올라섰다. 그리고 다시 그것을 발판 삼아 박차고 공중으로 뛰어올랐다. 총격이 멈춘 것을 인지한 적들이 엄폐물 뒤에서 고개를 내밀었다. 이 타이밍에 맞춰 탄환 서른 발을 전부 쓰며, 범위 내에서 무차별적으로 쏴 갈겼다.

"컥!"

"크억…….'

예배석 사이에 엄폐한 상태에서 동료가 쓰러지면, 그곳을 빠져나오는 데 반드시 딜레이가 생긴다. 그 생각 하나만으로 구르듯 바닥에 착지했다. 곧바로 땅을 박차고 앞으로 쏜살같이 튀어나갔다. 중앙 계단 상단에서 버티고 있는 한규태를 향해, 멈추지 않고 달려 올라갔다.

"중앙으로 올라간다!"

"마, 막아! 대표님한테 접근 못 하게 해!"

"안쪽으로 뛰고 있어! 퇴로 차단하고 팔다리 쑤셔!"

한규태의 표정을 제대로 알아볼 여유는 없지만, 저쪽도 마냥 여유를 부릴 수는 없을 것이다. 탄창이 빈 총 하나를 뒤로 내던지고, 남은 하나의 탄창을 갈아끼웠다. 그리고 노는 손에 칼을 쥐었다. 이미 잔뜩 혼란해진 상황에서 벌어지는 근접전이라면, 충분히 익숙했다. 주머니에 남은 탄창은 세 개지만, 갈아끼울 시간이 주어지지 않을 확률이 높았다. 그렇기에, 철저히 사정거리 내로 허술하게 들어오는 것들만 노렸다.

그리고 눈앞에 모여든 놈들이 통로를 메우는 순간, 다시 한번 지형을 이용했다. 예배석 모서리를 발판 삼아 높이 뛰었다. 동시에 가장 앞에 선 놈의 머리를 발목의 근력만으로 후려쳤다. 그 충격에 놈이 나가떨어지는 순간, 이쪽에서 망설임 없이 무리 한복판으로 덮치듯 뛰어들었다.

"안, 안쪽으로 들어온…… 크헉!"

"컥! 크극!"

"이런 씨…… 크악!"

양 무릎으로 잡아 비튼 머리를 계단 모서리에다 패대기치듯 충돌시키고, 동시에 한 놈의 다리를 칼로 깊숙이 찔러 고정시킨 다음 쿠션으로 써먹는다.

내 행동을 파악하기도 전에 발밑에 힘을 가해 다시 앞으로 나아간다. 철저히 찌르면 행동 불능이 될 만한 급소를 우선해서 노리되, 내 발로 딛고 있는 위치를 결코 한 지점에 국한시키지 않는다. 쉴 새 없이 칼끝을 세워 찌르고, 범위 안에서 날을 기울여 베어가며, 빈틈을 노려 파고든다.

몸을 움직일 빈틈이 없다면, 팔 전체로 한 놈의 목을 두른 다음 매달린다. 중심을 잡으려 애를 쓰는 놈의 상체를 지지축 삼아 놈의 뒤로 내 전신을 빙 둘러가듯 넘긴다. 그리고 종아리 뒤쪽의 힘줄을 베어 꿇림으로써, 날아드는 칼날을 모조리 멈춰 세운다. 졸지에 그래플링을 당한 대상이 상체를 마구 뒤틀어댈 즈음, 목을 그어준 다음 놓아준다. 그리고 엄폐물 뒤쪽의 사각에서 상대를 덮치듯 노려긋는다.

"잡았다!"

아주 가까운 거리에서 누군가의 손아귀가 내 목을 붙들어 메다꽂을 기세로 뻗친다. 날붙이에 팔을 당하는 것 정도는 감수하겠다는 태세였다. 그러나 그쪽 방향으로는 칼이 아닌 총구가 향하고 있다.

쾅—.

벌써 반 이상이 당하자 혼란은 극으로 치닫는다. 이미 전술이고 뭐고 안중에 없지만, 놈들은 끝까지 물고 늘어지기 위해 접근해온다. 최대한 효율적으로 제쳐내고는 있지만, 힘이 쓰이는 이상 한계는 오기 마련이다. 그즈음부터 다시금 권총을 적극적으로 활용한다. 이미 놈들은 한데로 쏠릴 대로 쏠려버린 터라, 웬만하면 유효타가 들어갈 테니까.

대여섯 명이 반항조차 못한 채 바닥에 굴렀다. 피가 몸 곳곳에 튀었으나 그것보다 더 거슬리는 것은 내 숨이 한계까지 차올랐다는 것이었다. 이미 눈앞은 흐릿해질 대로 흐릿해졌다. 애써 전방을 향한 시선을 거두지 않고, 탄창을 갈아끼우려는 순간이었다.

촤악—.

반쯤 본능적인 회피였다. 미묘한 사각을 정확히 치고 들어온 일격. 공격 자체는 피할 수 있었으나, 중심을 잃고 뒤로 몇 번을 굴렀다. 가까스로 땅바닥에 발을 딛는 순간, 미들 킥이 정확히 명치를 노리고 들어왔다.

콰득—.

"커헉…… 윽…… 쿨럭, 쿨럭!"

얼마나 세게 튕겨나갔는지, 몸이 예배석 한가운데로 붕 날았다. 가드가 불가능했기에 몸을 최대한 틀어 충격을 줄였으나, 그럼에도 바닥에 내쳐진 온몸이 비명을 질렀다.

전신이 앞다투어 고통을 호소했다. 당장 갈빗대가 나갔는지 아닌지조차 살필 수 없었다. 확실한 건 하나뿐이었다. 직전까지 나이프와 발로 날 몰아친 상대는 결코 빈틈을 놓치지 않으리라는 것. 불행 중 다행으로 예배석 사이에 떨어진 덕분에 장애물이 생겨 공격의 리듬이 끊겨버렸다.

곧바로 몸을 일으키고 입에 찬 피가래를 토하듯 뱉어냈다. 좁아 터진 틈바구니에 서서 시선을 한데 모았다. 어쩌면 당연스럽게도 무장한 한규태가 의자 몇 개를 사이에 둔 채로 나를 마주 보고 있다.

"나비라…… 이렇게까지 실력을 보일 줄은 몰랐는데, 정말이지 진짜 중의 진짜로군. 아무리 날고 기는 해결사들도 이보다 좋은 움직임을 보이진 못할 거다."

체급 차이와 신체적인 우열을 떠나, 빈틈이 없었다. 강자를 상대로 서로 죽이기 위해 치고받아본 경험에서만 나오는 압도감이었다.

"빈틈을 제대로 노린 일격을 맞고도 일어서는 건 아무나 할 수 있는 일이 아니지. 하지만 거기까지야. 맛이 간 건 둘째 치고, 그 정도 실력으로는 날 건드리지 못해. 너도 느꼈을 텐데? 슬슬 요행만으로는 한계에 부딪히기 시작했다는 걸."

"글쎄. 그렇다고 보기에는 지금 날 완전히 쓰러뜨리지 못했잖아."

"뭐?"

"빈틈을 보고 들어왔다며. 날 쉽게 이길 수 있었으면 그냥 달려들지, 왜 그런 식으로 기습했어? 수단 방법 안 가리고 졸렬하게라도 이겨보려는 티가 확 나잖아."

가볍게 몸을 풀듯 천장을 올려다보며 팔다리를 슬슬 꺾었다. 다행스럽게도 움직여준다.

"결국 니 따까리들을 전부 쏟아부어서, 딱 한 번 만들 수 있었던 유효한 틈을 노렸다는 소리 아냐? 이제 널 지킨다고 싸고돌 놈은 사실상 없다고 봐야 하는데, 다시 아까와 같은 틈을 파고들 수 있겠어?"

남아 있는 적은, 아니, 전투 불능이 되지 않은 적은 거의 없다. 그마저도 짧은 시간 사이에 죄다 전의를 상실한 상태다. 한규태 혼자서 날 제압하지 못한다면, 놈도 여기까지가 끝일 것이다. 그렇기 때문에, 필연적으로 몇 분 안에 결판이 나게 될 것이었다.

29.

"야, 잡아! 저기만 지나면 주차장이야! 놓치면 다 죽는다!"

"씨발, 병원에만 있었다던 애새끼가 뭐 이렇게 빨라!"

숨이 차오르지만, 남은 기력을 다해 저항하는 법은 제대로 배우지 못했다. 싸울 줄을 모르기에 계속해서 도망치기만 하는 자신이 무력하게 느껴졌다. 심지어 그마저도 실패해 잡힐 가능성이 높다는 생각이 줄곧 꼬리를 물고 뒤따라오고 있다. 누구를 위해서인지는 모르겠지만, 그녀는 필사적이었다. 거치적거리는 느낌에 슬리퍼마저도 벗어던지고 맨발로 뛸 만큼 필사적이었다.

그럼에도 어느새 앞을 막아선 세 명의 남자들은 기억에서 점점 희미해지는 악마들만큼이나 흉폭하다. 토끼를 맹목적으로 쫓는 사냥개들처럼 눈이 뒤집혀 있다. 한 번이라도 빈틈을 보이는 순간 가차없이 땅에 메다꽂히게 될 것이다. 그 뒤의 일은 상상하기도 싫었다. 결국 한계를 느끼고 몸이 휘청일 때쯤에야 권총을 꺼냈다. 두 손으로 쥐고서 힘을 짜낸 다음, 방아쇠를 당겼다.

쾅—.

"뭐, 뭐야! 왜 멈춰!"

"저거 실탄이잖아, 이 새끼야! 권총은 하나밖에 없다며!"

"내가 어떻게 알아! 어차피 제대로 맞히지도 못해! 그냥 쫓아!"

운 나쁘게도 첫 발이 한참 빗나갔다. 순간 상대가 물러나나 했지만, 곧 다시 거리를 좁혀왔다. 결국 최후의 기회는 아주 잠깐의 시간을 더 버는 것으로 날려버렸다.

다만 주차장으로 통하는 출입구가 상당히 가까워진 상태였기에, 거의 몸을 날리듯 문에 도달했다. 문에 부딪힌 반동으로 인한 손목의 통증을 참아가며 손잡이를 쥐고 돌려, 문을 밀어젖혔다.

"아……!"

그렇게 문밖으로 몇 걸음이나 나아갔을까. 방향조차 없이 달려나가던 최서연은 중심을 잃고 넘어져 바닥에 구르고 말았다. 반사적으로 뒤를 돌아본 곳에 놓인 장애물은 바닥에 고정된 주차 고정용 방지턱이었다. 돌부리처럼 삐죽 튀어나와 있는 녀석을 미처 못 보고 걸려 넘어진 것이다.

물론 문을 거칠게 걷어차고 빠져나온 추격자들은 이 순간을 놓치지 않았다. 사실상 게임이 끝난 것처럼 흉악한 표정을 지으며 손아귀를 뻗쳐왔다. 거친 손동작이 코앞까지 뻗치는 순간, 그녀는 자기도 모르게 눈을 질끈 감아버렸다. 그리고…….

"드디어 잡았……."

텅— 콰직—.

무언가를 통째로 들이받는 듯한 충돌음과 끼익거리는 바닥의 마찰음. 직후 조금 더 멀리서 들려오는, 사람을 깔아뭉개는 것만 같은 외마디 소음은 덤이었다.

험한 꼴을 당하게 될 거란 예상과 달리 그 외에는 아무 일도 벌어지지 않았다. 힘겹게 실눈을 뜨고 고개를 들었을 때에는 이미 상황이 종료된 뒤였다. 최서연을 쫓던 남자 셋은 보이지 않았다. 대신 몇 미터 밖에서부터 느긋하게 후진해오는 차량 한 대가 눈에 띄었다.

주차장의 널찍하고 긴 통로를 8차선 대로마냥 사용해서 사고를 낸 차량 한 대. 픽업트럭 급의 커다란 차체를 자랑하는 검은 SUV가 아주 천천히 뒤로 굴러와 최서연 앞에 멈춰 섰다. 이윽고 차창이 천천히 내려가고, 선글라스를 낀 여성이 운전대에 앉아 있는 모습이 눈에 들어왔다. 그녀는 방금 전 로드킬을 한 사람이라고 생각할 수 없을 정도로 태연하게 말을 걸어왔다.

"최서연?"

"누구…… 세요……?"

얼빠진 표정으로 어설픈 존댓말을 뱉는 최서연을 바라보며, 추지혜는 빙긋 미소 지었다.

"유진이 친구. 탈래?"

"저기……요?"

"지혜 언니라고 부르면 돼."

"저기…… 그…… 지혜 언니?"

"응? 왜 그래?"

"지금 뭐 하시는 거예요? 혹시 유진 언니를 같이 데리고 나가려는 건가요?"

최서연을 조수석에 태운 추지혜의 차는 교회를 벗어나지 않았다. 대신 주차장의 진입로 바로 앞쪽을 틀어막듯이 가로막고 멈춰 있었다. 추지혜는 말없이 라디오 뉴스를 들을 뿐, 아무 말도 하지 않았다. 최서연은 한동안 멍하니 앉아만 있었지만, 결국 의문을 이기지 못하고 물은 참이었다.

"아니, 유진이는 여기로 안 와. 나중에 합류하든가 하겠지."

"그러면 여기서 왜……."

"지금 바깥에 경찰들이 쫙 깔렸거든. 나는 그전에 먼저 들어와서 차를 대고 있었던 거고. 지금은 누구라도 검문 없이는 들어오지도 나가지도 못해. 물론 서연이 너야 경찰에게 도움을 청할 수 있겠지만, 그전에…… 할 일은 해야지."

말을 끝내고 뒷좌석을 뒤진 추지혜 선생의 손에 들린 것은 비교적 무거운 노트북이었다. 이외에도 몇 종류의 장비를 동승자에게 넘겨준 그녀는 차분히 이어폰을 귀에 꽂았다. 그러고 나서 방금 전에 최서연에게서 건네받은 메모리 카드를 리더기에 밀어넣었다.

그로부터 다시 몇 분간 침묵이 이어졌다. 추지혜가 매우 집중하고 있다는 것을 느낀 최서연은 섣불리 말을 걸지 않기로 했다. 다만 언제 다시 박목사의 경호원들이 들이닥칠까 싶어 전전긍긍했다. 또한 자신과 갈라져서 위험 속으로 뛰어든 고유진은 대체 지금쯤……

"유진 언니가 위험해요."

"걔는 안 죽어. 특히 칼 들면 더더욱 그렇고."

"그렇게 믿으려 해도…… 사람이 너무 많았어요. 왜 굳이 여기서 블랙박스를……."

"음, 한 가지 틀렸어. 지금은 '해독'하려는 게 아냐. 아무리 나라도 차 안에서 몇 분 안에 내면 탐사 파일을 뜯어보는 건 불가능하거든."

"네?"

"시간이 얼마 없으니까, 질문은 나중에 받을게. 일단 계속 내 말을 들어봐."

살짝 힘이 들어간 그녀의 손길이 발끈하는 최서연의 고개를 강제로 눌러 앉혔다. 그러고 나서야, 마냥 달갑지만은 않은 대화가 계속해서 이어졌다.

"그런데 나비가 내면 데이터에서 특정 부분을 강조하면 그 부분만큼은 쉽게 추출해 확인할 수 있어. 나비가 의도하기에 따라 뇌파가 과도하게 활성화되는데, 일종의 각주 같은 거지. 그렇다고 유진이가 많은 말을 전한 건 아냐. 딱 한마디만 했어. 다른 부분은 스킵하고 맨 마지막 부분의 음성만 들으라고 하더라고. 그러면 뭔가 알 수 있을 거라면서."

"음성요? 언니가 뭐라고 얘기를 전해놓은 건가요? 그런데 왜 내면 안에서 그런 일을……?"

"그러네. 누가 고유진 아니랄까 봐 순 짜증나는 소리만 내뱉어놨네."

잠시 고개를 떨구고 씁쓸하게 웃던 추지혜 선생은, 끼고 있던 이어폰을 빼 최서연을 향해 내밀었다.

"이 부분은 서연이 네가 직접 들어봐야겠다. 손 내밀어봐. 그거랑 그거, 귀에다 끼워."

고유진이 그녀에게 직접 전하는 말이라고 하자, 최서연은 순순히 이어폰을 받아들었다. 재생 버튼을 누르기 전, 추지혜가 당부했다.

"네가 모르는 게 많지만, 굳이 이해하려 할 필요도 없어. 한 가지만 알면 돼. 넌 얼마 후에 바깥으로 나갈 수 있고, 내가 반드시 그렇게 만들 거야. 약속했으니까."

"바깥이라니…… 그게 무슨 소리예요?"

"일단 들어봐. 시간이 얼마 없으니까, 가능하면 내용을 한 번에 기억해두는 게 좋을 거야."

혼란스러워하는 최서연을 추지혜 선생이 자제시키고, 멈춰두었던 음성을 다시 재생시켰다. 이어폰을 귀에 꽂고 가만히 귀를 기울이자, 무척이나 익숙한 목소리가 흘러나왔다.

— 서연아, 네 내면세계가 무너지기 시작했어. 세상이 무너지면 나는 혼자 남겨지고, 그마저도 얼마 안 가 밖으로 튕겨져나가게 돼. 시간이 없으니 빨리 말할게. 잘 들어. 만약 바깥으로 나가게 되면,

쓰러진 척부터 해. 119를 부르고 진단을 시작하기 전까지 눈을 뜨지 마. 아무리 박재영 주변에 미친놈들만 있더라도 병원에서는 널 함부로 노리지 못할 테니까.

목소리는 계속해서 이어졌지만, 명백하게 이상한 말이었다. '바깥'이란 단어의 의미가 곧이곧대로 이해가 안 되는 것이었다. 그러나 음성 파일에 담긴 고유진의 목소리는 전혀 무언가를 이상해하는 기색이 없었다. 오로지 최서연이 '바깥'으로 나갈 미래를 상정한 다음 해야 할 일을 전하고 있다.

—그리고 블랙박스의 기록 보존부터 요청해. 장치랑 메모리는 전부 국과수로 넘어갈 텐데, 네가 피의자인 내 내면에 진입하기 전에 받은 인증 키가 하나 있을 거야. 원본 파일 받은 뒤에 그걸 써서 파일째로 수정 불가 상태로 돌려버려. 복잡한 처리에 관한 도움은 담당 수사관에게 '공식적으로' 요청할 수 있어. 쫄지 말고, 그냥 내가 말한 대로만 하면 돼. 내 형사재판일이 될 때까지만 참고 버텨. 나비인 너의 동의 없이 블랙박스 파일 원본을 열람하는 건 명백한 불법이니까, 보존만 잘해두면 기록을 위조하기는 쉽지 않을 거야. 그 후 네가 재판정에서 증거 부적합을 주장하지 않는 이상 나에 대한 정신감정 보고서는 무조건 증거로 채택이 돼. 그러니까, 박재영의 측근들이 어떻게 수작을 부리든 간에 절대로 나비에게 해를 못 끼친다는 소리야. 내가 살인자라고 해도 너와 한 약속은 조금도 달라지지 않아. 바깥의 나는 뒷일을 생각지 않고 박재영 목사를 죽였지만, 지금의 네게는 다른 대처가 필요해.

'나비'라는 한마디가 최서연의 마음을 뿌리부터 쥐고 흔들기 시작했다. 속이 타는 기분을 더는 이기지 못하고, 최서연이 이어폰을 뽑아 던졌다.

"서연아."

"이게…… 이게 뭐예요? 나비라뇨? 저는 나비가 아닌데…… 지금 언니가 무슨 말을 하고 있는 건가요? 지혜 언니는 알고 계시죠? 이 파일이 저한테 전하는 메시지가 맞는 거예요?"

"너한테 전하는 메시지 맞아. 여기 있는 누구도 여기서 나갈 수 없어. 너만 제외하고. 유진이가 박재영을 쫓아가서 죽이는 순간, 전부 끝나는 거야. 메시지는 그 후에 네가 해야 할 일을 알려주는 거고."

"그게 무슨……."

"네 심정은 이해하지만, 오래 못 믿고 질질 끌 게 아니야. 불과 40분 전부터 이 교회에서 죽어 나간 사람이 한둘이 아냐. 지금이 장난칠 상황이 아니라는 건 너도 알고 있잖아?"

추지혜가 쐐기를 박듯 연달아 내뱉었다.

"경험 없는 나비가 트라우마에 심각하게 침식된 내면에 들어가면 이안류에 휩쓸려 기억을 잃을 수 있어. 결국 그렇게 시작된 일이야. 유진이는 네가 아무것도 모른 채 지옥이란 곳을 거쳐 여기까지 왔다는 결론을 냈어. 이 뒤에는 아마도…… 스스로 전부 수습해 널 무사히 이 내면세계에서 내보낼 생각이겠지."

"말도 안 돼요. 그럴 리 없어. 나는 그냥…… 밖에 나가서 평범하게 살고 싶었을 뿐인데…….”

최서연은 떨리는 목소리로 힘겹게 부정했다. 그럼에도 추지혜 선생은 더 이상 반박하지 않고 떨어진 이어폰을 도로 주워들었다.

“계속 들어봐. 나한테 할 말은 이후에 전부 들어줄게.”

귀에 이어폰을 도로 꽂자, 다시 음성 파일이 재생된다.

─시끄러울 무렵이니만큼 그 파일이 마지막까지 네 신변을 지켜줄 거야. 재판 과정에서 박재영의 비리가 드러나지 않도록 깔끔하게 손써두지 못하겠다는 판단이 들면, 그쪽에서 먼저 타협하자고 얘기해오겠지. 약속한 것과는 비교도 안 될 액수의 돈을 지불하고서라도 블랙박스 위조에 협조해달라고 매달리게 될 거야. 그 정도면 앞으로 충분히 고생하지 않고 먹고살 수 있어.

“언니…… 유진 언니. 아니야, 내가 생각한 건 이런 게 아니야…….”

─나를 위해 위험을 감수하는 건 바보짓이야. 뜯어낼 만큼 뜯어내고 대충 어울려줘. 재판과 수사에 관한 건 전부 기억에서 지워버려. 너랑 조금도 상관없는 일이잖아.

고개를 저어가며 울먹거려도 고유진은 듣지 못한다. 그저 사전에 녹음해둔 목소리를 마저 이을 뿐이다. 그중에는 작별인사도 포함되어 있었다. 그녀는 줄곧 사과했다. 미안하다고.

─미안. 이런 일에 말려들게 해서 정말로 미안했어. 그간 힘들었던 만큼, 하고 싶은 거 하면서 편하게 살아.

이 말을 끝으로 음성 파일이 끊겨버렸다. 그러나 침묵은 찾아오지 않고, 흐느낌과 훌쩍임이 뒤를 이었다.

최서연은 오늘 처음 만난 사람 앞에서 꼴사납게 어린애처럼 울고 있었다. 끔찍한 일을 겪으면서 어느 정도는 무뎌졌다고 생각했던 감정에 휩싸여 있었다. 고유진이 내면의 트라우마를 없앰으로써, 지옥에서의 기억이 희미해졌기 때문일 것이다. 하지만 그렇기에 더욱, 고유진과 상담하며 나눴던 대화와 약속이 머릿속에 되풀이됐다. 고유진이 약속을 지킬 거라고 믿었지만, 이런 식으로 헤어지게 될 거라고는 생각지 못했다.

세상에 나온 뒤 처음으로 자신의 손을 잡아준 사람. 내면에 뛰어들었다가 살아 나오면서까지 지켜온 목숨을 버려가면서 자신을 바깥으로 내보내려는 사람. 모든 것이 갑작스러웠다. 정말로 이기적인 사람이라고 생각했다. 그런 사람이 떠나버린 걸 두고 무엇을 슬퍼해야 할지 이해조차 되질 않는다. 그럼에도 계속해서 울음이 나오고 있다.

"유진 언니…… 나, 아직 아무것도 몰라. 더 가르쳐줘야 돼. 그러니까 돌아와요……."

그렇게 한참 동안 얼굴을 감싼 채로 흐느끼던 그녀가 이윽고 추지혜를 넌지시 올려다봤다.

"사실대로 말해주세요. 유진 언니도 바깥에 있나요? 그렇다면 나가서도 다시 만날 수 있다는 소리죠? 바깥에서라도 정말로 그럴 수 있는 거 맞죠?"

"아이고야, 내가 미쳐. 무슨 사람 인생이 이런지, 나는 죽을 때까지 심리 상담만 하네."

어처구니없긴 했지만, 그렇게 내뱉는 순간 추지혜는 자기 몫의
심란함을 떨칠 수 있었다. 모든 상황을 받아들이고 후련한 기분이
되자 오히려 해오던 일을 하고 싶다는 생각에 빠져들었다. 그렇기
에, 순순히 어쩔 줄 몰라하는 최서연에게 마땅한 조언을 건넸다.

"너 좋을 대로 해도 돼. 하지만 유진이가 정말로 원하는 건 네가
다 잊고 잘 살아가는 거야. 다른 건 몰라도 유진이는 올바른 친구야.
딱히 좋은 사람은 아닌데, 일단 올바르기는 해. 굳이 애쓰지 않아도
그 사실은 바뀌지 않아. 걔는 박재영과 관련된 자들, 그리고 자기 자
신 때문에 네가 다시 힘든 싸움을 시작하길 바라지 않을 거야. 잠시
잃었던 네 인생, 그게 너한테는 가장 중요한 거잖아?"

달래는 말이 아니라 전부 사실이리라는 것을 알고 있지만 최서연
으로서는 차마 받아들일 수 없는 말이었다.

따뜻한 기억이 곁에 맴돌고 있었다. 나가야 한다는 것을 알면서
도 쉽사리 발걸음을 떼지 못했다. 홀로 탈출해서 도망치고, 이곳에
서 알게 된 진실을 외면하며 살아가라는 말은 더없이 잔혹했다. 평
생을 가책 속에서 살아가게 될지도 몰랐다. 그간 힘들었다는 피해
의식만으로 이겨내기에는 너무나도 매몰찬 의무였다.

"피해자가 연루자나 가해자를 신경 쓸 이유는 없어. 그건 사회와
법이 책임져야 할 문제니까. 너는 그저 합당한 보상을 받아내면 돼."

목이 메어 딸꾹질을 거듭 뱉는 최서연의 손을, 고유진을 대신해
추지혜가 잡아주었다. 둘 중 어느 누구도 켕기는 마음을 떨쳐내려

들지 않았다. 비록 잘 아는 사이는 아니지만, 적어도 지금은 서로 마음을 달랠 수 있는 유일한 상대였으니까.

"더는 힘들어하지 말고, 그냥 내려놓고 편하게 살아. 그게 내 친구가 진정으로 바라는 결말이야."

30.

말 그대로 데스 매치다. 한 번의 실수가 승패를 가르고, 생사를 좌우한다. 한계까지 다가가서 칼끝을 내지르고, 다시 안쪽으로 물러난다. 마치 외줄을 타고 절벽과 절벽 사이를 횡단하는 것만 같은 기분, 아슬하기 짝이 없다.

"스피드는 빠른데, 마무리가 확실하지 못해. 설마 총만 써와서 정작 근접전에는 익숙하지 않은 건가?"

"집중해, 말만 많은 등신아. 그렇게 여유 부리다가는 한 번에 죽어."

칼끝을 가볍게 긋는 식으로 움직임을 한정시키던 와중에, 갑작스레 찔러 들어간다. 상대가 공격 패턴을 종잡을 수 없다고 생각하게 만들어야 한다. 스텝을 밟다 순간적으로 중심을 잃는 척하는 얕은 수 정도로는 허를 찌를 수 없다. 우선은 계속해서 긴장감을 높여야만 한다.

쿠직—.

"윽……!"

한규태가 갑자스레 내지른 하이 킥. 막았으나 순간 가드가 풀렸다. 그리고 장갑을 낀 주먹이 우악스럽게 시야를 뚫고 튀어나왔다. 하체에 힘을 몰아 주며, 허리를 뒤로 젖혔다. 이런 식으로 무리하게 들어온다면, 분명히 그의 중심이 불안정해질 것이다. 그렇기에, 물러나지 않고 되레 간격을 좁혔다. 그리고 칼끝을 재빨리 휘둘렀다. 찌르는 게 아닌, 올려 베기. 부수적인 동작이 아니라 균형을 맞추려는 시도다. 상처를 입은 만큼 공격은 무더진다. 그건 상대 역시 마찬가지이기에, 최대한 크게 휘두르며 한계까지 베어냈다. 과연, 순식간에 판세가 바뀐다.

"리치는 제대로 잰 것 같은데. 과도하게 팔을 뻗었나?"

나의 중얼거림을 신호로 서로 몇 발짝씩 물러섰다. 한규태의 손목 바로 아래부터 팔꿈치 위쪽까지 길게 난 상처에서 피가 흐르고 있었다. 가르는 느낌이 크게 오지 않았다. 아마도 저 상처는 기껏해야 좀 깊은 생채기에 불과할 것이다. 그리고 그때, 가라앉아 있던 기억이 떠올라 나도 모르게 큭큭거리고 말았다.

"뭐가 그렇게 웃기지?"

"아, 별건 아니고…… 너, 뭐 하는 놈인지 기억났다. 한규태? 맞아, 분명히 그랬지. 오늘 말고 실제로 마주친 적은 없지만, 네 프로필을 본 적이 있어."

"……."

"반응이 없네. '라자 니콜리치.' 이렇게 부르면 좀 알아먹으려나? 동유럽 쪽이 주무대였다지?"

그 이름을 들은 순간, 그 역시 실소를 참지 못하고 피식거리기 시작했다. 한규태, 혹은 라자 니콜리치. 그 이름은 몇 년 전만 해도 세르비아에서는 꽤나 악명이 높았다.

20년이 넘도록 수많은 전쟁에서 굴러먹은 베테랑 용병인 그는 각종 암살사건에도 연루되었다. 어느 쪽으로 봐도 평범한 경력은 아니다. 그런 그라면 적어도 이런 판에서는 더할 나위 없는 실력자겠지.

"뭐, 지금은 무대를 옮겼지만. 그런데 내 프로필을 어떻게 봤다는 거지? 날 오늘 처음 봤을 텐데."

"기억났거든."

의미를 알 수 없는 대답에, 한규태는 미간을 살짝 찌푸렸다.

"너는 나를 모르지만, 나는 너를 알아. 굳이 무슨 뜻인지 이해할 필요는 없지만, 1분 내로 끝날 거라고만 알아둬."

"크흐흐…… 그런가? 충분히 알면서도 일대일 승부를 감수했다고?"

나이프를 고쳐 쥔 다음 자세를 잡는 그의 어깨와 허벅지에 바짝 힘이 들어간다.

"кретен, 차라리 얌전히 고개를 숙였어야지."

그쪽에서 발을 박차자, 순식간에 시야 안쪽까지 그림자가 드리웠다. 어떤 판단을 내릴 틈도 없이 거구를 이끌고 내 코앞까지 도달한 그가 날붙이를 내리그었다. 거대한 코뿔소가 머리를 쳐들고 밀어닥치는 것 같았다.

그는 체중과 근력의 이점을 최대한으로 살려 나를 몰아붙였다. 그런 탁월한 이점을 활용하는 그의 자세에서는 일말의 의심조차 느껴지지 않았다. 그러나…….

"억……?"

나는 한규태가 입은 방탄조끼의 어깨끈을 붙잡고 재빨리 튀어올랐다. 몸이 매달린 채 끌려가느라 모든 움직임을 저당잡혔지만, 온 힘을 다해 한규태의 겨드랑이 부근을 깊이 베어냈다. 살집이 아니라, 어깨뼈와 갈비뼈의 이음매에 붙은 전거근을 노렸다.

공격이 확실히 들어갔음에도 한규태는 당황하지 않고 반대쪽 팔을 휘둘러 나를 잡아채려 했다. 그의 양어깨가 한쪽으로 한껏 틀어졌다. 졸지에 그의 상체 반동이 극도로 심해졌다. 굳이 그런 스릴 넘치는 회전에서 벗어나려 애를 쓰지는 않았다. 오히려 고정된 중심 축으로 총구를 겨눴다. 흔들림 탓에 정조준 자체는 무리였지만.

"어디서 통하지도 않을 잔재주를……."

그냥 널찍한 과녁, 가슴팍에다 연달아 쏴재꼈다. 방탄조끼를 입고 있다지만, 이런 초근거리에서 발포된 탄환이 여러 차례나 가하는 충격이다. 아무리 방어구가 두껍고, 전신이 단단하다 해도 대미지를 입지 않는 것은 불가능하다. 그의 상체 움직임이 느려진 것을 확인한 나는 재빨리 착지해 발목 부근을 그은 다음 빠져나왔다.

"끄…… 으아아아아!"

갈빗대에 큰 충격을 받고, 발목의 힘줄을 베인 참이었다. 자신의 폼에 크게 빈틈이 생길 것을 직감한 한규태는 억지로 몸을 세웠다. 멀쩡한 쪽의 발에 최대한 무게를 부담시킨 다음, 내게로 달려들었다. 저 몸에 잡혀서 찍어 눌리는 순간 팔다리가 박살 날 것이다. 물론, 어디까지나 잡힌다는 전제하에 일어날 수 있는 일이다.

"꼴값한다."

한규태의 목 안쪽 깊숙이 날끝이 파고들었다. 경동맥과 함께 목구멍 안쪽의 기도까지 크게 베었다. 뇌에 공급되어야 할 혈액이 바닥으로 한가득 쏟아지고, 일부는 허파로 넘어가도록. 저 지경에 처하면 숨이 막히는 동시에 엄청난 통증에 몸을 비틀게 된다.

"허…… 커…… 커윽……."

이미 한규태의 전신에서 힘이 빠져나가고 있었다. 살기가 맺힌 눈빛도, 날 향해 오기로 뻗어낸 손끝도 이내 축 늘어뜨리듯 거두었다. 지금의 한규태는 그저 피웅덩이에 빠진 채 죽기만을 기다릴 뿐이었다. 기다릴 필요도 없도록 다시 한번 칼끝을 깊은 자상의 더욱 안쪽까지 밀어넣었다. 그러자 한규태가 한차례 피를 울컥이는 것을 마지막으로 상황이 종료됐다.

"뭐, 확실히 거칠기는 했는데……."

스스로의 실력으로 일을 매듭지을 수 있다고 믿어 의심치 않던 그 역시 고개를 떨궜다. 예배당 곳곳의 시체와 다를 게 없는 모습이었다. 예배당 안의 모든 적이 죽었다. 아니, 어쩌면 몇 명은 당장 살아남기 위해 예배석 사이에 누운 채 숨죽이고 있을지도 모른다. 그 정도는 상관없다. 최종 목표는 박재영 목사를 없애는 것이니까.

"죽겠다 싶을 정도는 아니었어."

중얼거림과 함께, 시체를 등지고 계단을 걸어 올라갔다. 떨어뜨렸던 총을 집어들고, 탄창을 다시 갈아끼웠다. 만약 이게 최종 방어선이었다면, 박재영 목사는 곧 내 사정거리 안에 들어올 것이었다.

31.

"목사님. 바깥을 좀 보셔야 할 것 같습니다."

불이 꺼진 2층 복도에서 바깥을 응시하던 초로의 사내가 박재영 목사를 불렀다. 목사의 최측근으로 존재감을 드러내지 않으면서 지저분한 일들을 도맡아 처리해온 남자. 박재영은 그를 '조실장'이라 부르며 신뢰했다.

마지막 순간에 한규태가 아닌 그를 곁에 둔 것도, 그가 있다면 어떻게든 솟아날 구멍을 만들어주리라는 계산이 있기 때문이었다. 조실장의 차분한 음성과는 달리, 한규태로부터 끝까지 목사를 경호하라는 지시를 받은 세 남자들은 불안한 듯 대화를 주고받고 있었다. 생각 이상으로 상황이 좋지 않아 곤란해하는 기색이 목소리에서 역력하게 묻어났다.

"경찰이 입구에만 벌써 스무 명 넘게 몰렸어. 빌어먹을, 경찰차가 몇 대나 온 거야?"

"폰이나 확인해. 한대표한테 아무 연락도 안 왔어?"

"아직 안 왔습니다."

한편 조실장의 말에 창밖을 내다본 박목사는 멍하니 유리창 가까이로 손을 뻗었다.

시야가 따갑도록 반짝이는 파랗고 빨간 경찰차의 경광등 불빛. 그들의 퇴로를 전부 차단했다는 것을 과시하듯, 곳곳에서 병력이 몰려들었다. 예배당에서 계속된 총성이 밖으로 새어나갔으리라는 점을 감안하면, 무력 진압은 물론 총기 사용까지 허가됐을 것이다.

"상황이…… 상황이 대체 어떻게 흘러가는 거지? 이게 대체 뭔가?"

"당장은 자세한 상황을 파악할 수 없겠습니다. 예배당에 배치된 자들과 연락이 끊어졌고, 그곳에서 마지막으로 총성이 들려온 지 몇 분이나 흘렀습니다. 우선 남은 사람들끼리 입을 맞춰놓고 경찰 조사에 응하는 것이 최선일 듯합니다만."

조실장이 불리한 상황에서 내린 최선의 판단을, 박재영 목사는 받아들이지 못했다. 오히려 더 분노하고 말았다.

"자네, 이게 정말로 가능하다고 생각하나? 말이 되는 상황이라고 생각해? 총성이 처음 울린 후로 20분도 안 지났는데…… 경찰이 이렇게 빨리 교회 전체를 포위했다고?"

그 무렵의 박목사는 일이 어떻게 이렇게 흘러가게 되었는지 전혀 깨닫지 못하고 있었다. 결과만을 여실히 실감했을 뿐.

자신에게 고유진이라는 나비를 연결시켜준 브로커, 서울경찰청의 정일구 형사팀장. 직책으로만 봐도 그닥 특별하지 않은 경찰 하나가 자신의 모가지를 바짝 틀어쥐게 될 줄이야.

　사전에 추지혜에게 제보를 받은 그는 활용할 수 있는 라인을 전부 동원해 출동을 준비했다. 얼마 안 가 보은교회 일대에서 총성이 들렸다는 제보가 빗발쳤다. 그러자 투입을 위해 준비된 인원뿐만 아니라 일대를 순찰 중이던 경찰들까지 한데 몰려들었다. 소란을 진압하기에 충분한 병력이었다. 제아무리 박재영이라 해도 빠져나갈 구멍이 요원한 상황이었다.

　"십중팔구 '조력자'란 놈들이 대거 개입했겠지. 그런데 한 놈이 아닌 것 같아. 어떻게…… 이럴 수 있었지? 사전에 무슨 언질을 하면 그따위 것들이 이런 규모의 병력을 호출할 수 있느냔 말이야?"

　"목사님, 진정하십시오. 지금 상황이……."

　"입 다물게. 지금 생각하는 거 안 보이나? 어차피 이제 자네도 내 판단에 따라 살고 죽어."

　눈에 띄게 달라진 박재영의 태도에서 조급함이 드러났다. 충신의 목소리도 더 이상 들리지 않게 된 그가 마지막 발악을 하듯 쉬지 않고 분통을 터뜨렸다.

　"별 잘나지도 않은 놈들이 국회 금 배지 좀 달았다고 규제랍시고 물어뜯어도 끄떡도 않던 게 우리 교회야. 수십만 신도가 흔한 줄 알아? 그런데…… 고작 나비 하나야. 나비 하나라고! 내가 연락하기 전까지는 경찰한테 일거리나 받아먹고 살던 계집 하나 때문에 이렇게 됐어! 이게 말이 돼? 말이 되냐고!"

격앙된 그의 성토가 뜻밖의 목소리에 끊겼다. 소리는 바깥에서 확성기를 통해 들려오고 있었다.

"경찰입니다."

더없이 긴장에 차서 떨리는 박목사의 눈빛이 다시금 창밖으로 향했다.

"현재 교회 내에서 총기나 도검 등의 흉기를 소지한 분은 지금 무기를 버리고 투항하시기 바랍니다. 투항하지 않을 경우 경찰특공대가 부득이하게 진압에 나설 수 있습니다. 투항 시 법에 명시된 피의자로서의 권리를 보장받을 수 있습니다. 다시 한번……."

한동안 어느 누구도 입을 열지 못했다. 주위가 점점 소란스러워지고 있다는 사실만을 어렴풋이 깨닫고 있을 뿐이었다.

"자네들, 지금부터 내가 하는 말을 하나도 빼놓지 말고 잘 들어."

그리고 마침내 박재영 쪽에서 침묵을 깨뜨렸다. 안 좋은 방식으로.

"뭐가 됐든 간에 우리 쪽에서 한 일은 내 선에서 덮을 수 있어. 총을 쏜 건 고유진이야. 걔가 쏜 걸로 마무리지어야 해. 최서연이만 우리가 데리고 있으면…… 입 다물게 할 수 있어."

그 말을 들은 조실장이 재빠르게 실질적인 업무 지시를 내렸다.

"지금 바로 비상구 대기조한테 연락 넣어. 최서연 확보했으면 당장 이리로 데려오라고."

경호원 한 명이 핸드폰을 들고 연락을 취했지만 수신은 되지 않았다.

"안 받고 있습니다. 그쪽으로 간 직원들 셋 전부, 불통입니다."

"이런 젠장, 그쪽은 또 왜 그러는 건데? 설마 경찰들이……."

결정권이 많지 않은 조실장은 그저 박목사의 눈치를 볼 수밖에 없었다. 박재영은 점점 머리가 아파왔지만, 난관을 타개할 수단을 찾으려는 시도를 계속했다.

"한대표, 한규태 대표는? 아직도 연락 안 받는가?"

"……."

결국 인내심을 잃어버린 박목사는 불같이 화를 내며 역정을 쏟기 시작했다.

"이런 개…… 전부 지하주차장 쪽으로 가! 어차피 경찰이 둘러쌌으면 밖으로 못 나갔어!"

"목사님, 한대표님이 못 막았다면 저희도 못 막습니다. 차라리 지금 투항해서 조사를 받는 게 안전합니다. 어차피 그 여자가 쐈다는 증거가 확실할 텐데, 여자애가 굳이 필요하지는……."

"닥쳐! 당장 죽고 싶지 않으면 그 주둥이부터 막아!"

경호원의 멱살을 붙든 채 내지르는 고함과, 협박에 가까운 강압적 태도. 이미 선을 넘어도 한참이나 넘었지만, 입장상 그들은 박재영을 거스를 수 없다.

그 광경을 바라보는 조실장의 시선 안에는 광기에 찌든 노인의 모습만이 비칠 뿐이었다. 타인에게 이해받을 수조차 없는 욕망에 사로잡혀 혼란만을 빚어대는 정신 나간 노인네의 모습 그 자체였다.

"다시 한번 말한다. 무조건, 무조건 최서연이 잡아야 돼. 그래야 우리가 살아. 그 애가 있어야 고유진이 무릎을 꿇어. 알았어?"

박재영이 숨소리가 가빠질 정도로 고래고래 소리치자, 결국 조실장은 결정을 내릴 수밖에 없었다. 거듭 생각해봤지만 가능성은 반반이다. 한대표가 살아 있을 가능성은 그가 죽었을 가능성만큼 높다. 만약 한대표가 일을 채 마치지 않고 도망쳐버린 거라면, 이대로 체포되었을 때 온갖 책임을 죄다 자신이 덮어쓸지도 모른다. 결국 선택지는 하나뿐이었다.

"목사님 모셔. 지금 연락 안 되는 인원 제외하고 전원 지하주차장으로 이동한다. 다시 총소리 들리면 무조건 경찰이 들이닥칠 거야. 그전에 최대한 안전한 루트로 돌아서……."

쾅─.

조실장의 말이 끝나기도 전에 최악을 알리는 총성이 울려 퍼졌다. 그리고 박목사의 발치에 머리가 박살 난 실장의 시체가 나뒹굴었다. 오늘 하루에만 두 번째로 피범벅이 된 시체를 눈앞에서 마주한 박재영이었다. 그러나 앞서와는 전혀 다른 수준의 공포가 그의 정신을 집어삼켰다.

"이런 씨…… 목사님 데리고 피해! 그냥 경찰한테…… 크억!"

"커억!"

총성이 거듭될수록 실내의 아비규환은 되레 수그러들었다. 반대로 바깥에서는 수많은 인원의 발소리가 들리기 시작했다. 경찰들이 일제히 교회 건물 내로 돌입하고 있다는 의미였다. 그리고 지금 목사의 눈에 들어온 자는 경찰보다 훨씬 더 위험한 인간.

"혹시 이것도 예상하고 있었어?"

온몸에 피칠갑을 한 채로, 고유진이 넘어진 자신을 바로 앞에서 내려다보고 있었다. 마치 야차 같은 몰골을 한 괴물이, 금방이라도 그를 해칠 듯 이빨을 드러냈다.

"박재영, 이 개 같은 새끼야."

32.

극단적인 공포야말로 인간의 본성을 이끌어낸다. 내면 탐사가 끝난 지 한 시간도 지나지 않아 박재영이 고용한 경호원들이 전부 몰살당했다. 그로서는 예상조차 할 수 없었던 일일 것이다. 그렇기에 박재영 목사는 일어날 생각조차 못 하고 허둥대며 몸을 바짝 말았다. 잔뜩 겁먹은 어린애마냥 무기력한 태도였지만, 나한테는 씨알도 안 먹힌다.

"크억! 억…… 어억……."

발길질이 정통으로 박목사의 안면을 강타했다. 내내 쓰고 있던 금테 안경이 부서져나갔고, 이빨 몇 개가 후두둑 떨어졌다. 코와 입술 사이로 피를 줄줄 흘려가며, 박재영은 땅 위를 기었다. 옆으로 비스듬히 엎어진 채, 발악이라고도 하지 못할 추한 몰골로 바닥에서 꿈틀거렸다.

"아냐, 아니야. 진정해. 이러면 안 돼. 이럴 수 없어. 대체 원하는 게 뭔가? 내가 전부 해결해주겠네. 그러니 진정하고 그 총 내려놓게. 이 상태로 경찰에 잡히면 내 선에서도 해결할 수 없다고!"

"경찰? 그건 당신이나 그렇겠지. 내가 뒈지는 게 무서워서 이 짓거리를 했겠어? 생각 좀 하고 말하자, 응?"

"저, 정녕 모르겠느냐? 여기도, 바깥도 매한가지야! 지옥은 있다! 감히 예수가 보는 하늘 아래서 목사를 죽이려 해? 그럼에도 하나님께서 너를 가만두실 것 같으냐?"

"밖에서나 안에서나…… 어째 레퍼토리가 한결같이 바뀌지를 않냐. 돈이랑 믿음 가지고 그렇게 사람 여럿 보내버린 양반이, 막상 자기가 죽으려니 무섭나 봐."

"오, 오해야! 내가 한 일이 아냐! 다른 놈들이…… 협박한 거야. 날 앞세워서, 종교를 방패 삼아서 일을 덮으려고…… 컥! 커컥! 커어억!"

달싹대는 주둥이 안쪽으로 총구를 밀어넣자, 박재영이 경련하며 비명을 지른다. 어쩐지, 마냥 짜증나게 들리지만은 않는다. 좀 통쾌하기도 하다. 왜인지 모르겠다. 가장 결정적인 기억은 아직 떠오르지 않았는데 말이다.

"우리가 서로를 죽이고 싶어 했다는 건 알겠는데, 왜 그랬는지 기억이 안 나. 정확히 무슨 이유로 상황이 그리 나빠지게 된 건지 이해가 안 간단 말이야. 그래도 바깥에서는 내내 같이 일해온 사이였잖아. 혹시 짚이는 거라도 있어?"

이 와중에도 꺽꺽거리기만 하는 목사의 눈이 파르르 떨렸다. 아픔에 익숙지 않아서 그런 건지, 정말로 할 말이 없다시피 한 건지는 모르겠지만…….

"아니, 됐어. 그냥…… 모르고 가는 게 낫겠다."

때로는 모르는 게 약일 때도 있는 법이라는 생각이 들었고, 그러자 더는 망설이지 않을 수 있었다.

쾅—.

외마디 총성, 이미 한바탕 칠해진 도화지 위에 다시 한번 피를 흩뿌리는 것이 마지막이었다.

모든 것이 끝났다. 내 임무도, 내가 살아가는 이유도. 커튼콜이 없는 무대다. 쓸쓸하게 돌아가게 될 곳도 마찬가지다. 이대로 사라지는 게 마지막 임무다.

"맞다, 불."

아니, 아직 하나가 더 남았다. 잠깐 동안 주어진 여유 시간에, 주머니를 뒤져서 담배를 꺼내 물었다. 불이 붙으며 천천히 타들어 간다. 그 모양새가 꼭 뭣처럼 느껴져서 기가 찰 지경이다. 한번 불씨가 닿는 순간 재로 변해 무너져내리는 게, 정말로 이 세상과 다를 바가 없다. 인간의 심상, 내면이란 것은 본디 현실과는 달리 금방 무너져버리는 사상누각의 세계니까.

"뭐, 나름……."

연기를 들이마시자, 긍정적인 기분이 되살아난다. 이런 짧은 휴식만큼의 의미 정도는 남지 않았을까라고 생각했다. 추억이란 게 그렇다. 모두에게 중요한 기억이라고 할 수는 없지만, 그 기억을 공유한 사람들에게는 중요한 의미로 남는다.

"몇 가지만 빼면, 나쁘지 않게 살았었지."

한 사람이라도 기억해준다면, 그것만으로도 나름 괜찮을 것 같았다.

"그래도 좋았어."

마지막으로 진심을 뱉었다.

"지금까지 살아서, 하고 싶은 대로 살아서…… 정말로 좋았어."

33.

첫 번째 기억.

"라자 니콜리치. 본명은 한규태라고 하네."

어느 날, 일 이외의 용건으로 나를 호출한 박재영 목사가 뿌듯해하며 꺼낸 말이었다. 내게 건네진 파일에는 한규태라는 남자의 사진과 프로필이 들어 있었다.

"세르비아에서 꽤나 유명한 용병 겸 청부업자로 이름을 날렸더군. 코소보 사태 당시 KLA(코소보해방군)에 가담해 전적을 쌓았고 보스니아 정치인 암살에도 연루됐지만, 적색 수배를 피해 은둔하다 4년 전 돌연 귀국이라."

양주잔에 반쯤 담긴 코냑을 한 모금 들이켜고 나서, 목사는 빙글거리며 미소 지었다. 물론, 전혀 달갑게 받아들여지지는 않았다. 말그대로 하나같이 쓸데없는 행동이었으니 말이다.

"신경 써서 알아봤네. 이 정도면 자네의 파트너로 쓸 만하겠나?"

"여러 번 말씀드렸습니다만, 저는 혼자 활동하는 게 편합니다."

한숨을 푹 내쉬며, 할 수 있는 만큼 예의를 차렸다. 물론, 어디까지나 형식적으로 노력했을 뿐이다. 이 말을 듣는 상대가 딱히 내게 호의적인 마음을 품을 거라고 생각지는 않았다.

"제 일 처리가 못 미더우시다면, 차라리 절 깔끔하게 잘라낸 다음 그자를 쓰시죠."

"어허, 그럴 리가 있나. 넘겨짚기가 심하네, 고선생. 자네는 내 손에 있는 패 중에서도 최고의 카드야. 그냥 이 늙은이가 괜한 욕심을 부려본 것이니 방금 얘기는 못 들은 걸로 치시게."

일부러 내 옆까지 다가와 어깨를 두드려준 박목사가 마치 회유라도 하듯 나를 달랬다.

"최고의 해결사…… 자네 일 처리를 본 사람이 하나같이 그렇게 결론지었네. 오죽하면 내가 이 인연에 감사할 정도야. 이런 인재를 다시 만날 기회가 내 남은 생애에 한 번이라도 더 찾아오겠나?"

뭐라고 생각하든 상관없지만, 다시는 이런 일로 사석에서 마주치고 싶지 않다. 이런 한마디를 간신히 목구멍 아래로 삼켰다. 고용인을 생각 이상으로 불쾌하게 만드는 행동이란 게 있고, 나는 그런 행동을 잘 구분하지 못한다. 그렇기에 탁월한 실적으로 마음을 붙드는 것이다. 이 이상의 만족을 어디서 얻을 수 있겠느냐고 말하듯이.

"네, 이만 실례하겠습니다."

"그래, 그래. 조심히 들어가시게. 다시 말하지만 오늘 일은 절대로 마음에 두지 말고."

　두 번째 기억.

　"언니…… 언제 들어왔어?"

　"방금 전에."

　"에헤헤, 뭐어…… 얼마나 야근을 하면 올해 대학 들어간 동생보다 늦어어?"

　편한 티셔츠에 잠옷 바지 차림으로 내게 들러붙는 이 녀석은, 내 동생이다. 이름은 고유영. 안 좋은 업계에 발을 담그고 만 나와 달리 평범하게 자랐다.

　우리가 초등학생이 된 이후에는 줄곧 둘이서 한집에 살았다. 내가 돈을 벌기 시작하면서 그 집이라는 게 조금씩 넓고 화려해졌을 뿐, 가족이라고 부를 만한 이는 처음부터 끝까지 우리 둘밖에 없었다. 그것이 우리 자매가 살아가고 있는 인생의 배경이었다.

　음주라는 경험에 처음으로 빠져든 그녀는, 대학 신입생이 된 해의 1학기 내내 즐거워했다. 오늘은 종강 총회였다는 것 같았다. 물론, 즐겁게 살아가는 동생에게 달리 질투가 나거나 하지는 않았다. 나의 노력으로 이 아이가 평범하게 자라날 수 있다면, 그것으로 충분했다. 그런 생각은 오래전부터 계속되어왔다.

　"별 이상한 짓거리 다 하는 걸 보니 거하게 취했구나. 다시 들어가서 자."

　"히이잉, 동생이 가끔 이렇게 치대는 게 뭐 그렇게 불편하다고……."

"자라."

"쳇…… 예에에, 알겠습니다. 그럴게요오. 언니도 후딱 씻고 주무
십시오."

"잘 자."

"응, 걱정 말아. 언니 동생 이제 혼자서도 잘 잔다."

잔뜩 늘어지는 말꼬리를 주워담으려 애를 써가며 유영이는 방 안
쪽으로 사라졌다. 저 상태로 얌전히 들어가 누웠을 리 없었다.

정신머리와 함께 깜빡 잊어버렸을 문단속을 해주기 위해 그녀의
방으로 걸어갔다. 창문을 닫고, 이불을 빠진 데 없이 잘 덮어주었
다. 그러자 유영이가 장난기 어린 표정으로 고개를 이불 밖으로 삐
죽 내밀었다. 그 애는 손까지 흔들어가며, 진심이 담긴 인사를 건네
왔다.

"항상 고마워, 언니."

굳이 나한테 고마워할 필요는 없다고 생각하면서도 그 모습에 웃
음이 났다.

세 번째 기억.

동생이 세상을 떠난 날은 무더운 8월 중순의 어느 주말이었다.
그 애를 태우고 교회 여름 캠프를 떠난 버스가 강원도 산길에서 추
락했다. 탑승자 서른여덟 명이 전원 사망했다. 불과 몇 시간 전까지
중학교 때 친구들을 만난다고 즐거워하던 유영이는 영영 돌아오지

못했다.

'삼가 조의를 표하오며 고인의 명복을 빕니다.'

'소천을 애도합니다.'

'천국에서 편히 쉬소서 하나님 안에서 안식하소서.'

수많은 근조화환이 늘어선 장례식장. 나는 그냥 뻣뻣하게 굳어 있었다. 검은 옷을 입고 멍하니 서서 움직이지 않았다. 눈에 들어오는 것은 오직 동생의 환한 웃음뿐이었다. 사진에 담긴 밝은 표정은 그 곁을 장식한 비싼 조화만큼이나 생생했다. 금방이라도 살아 돌아와 나를 안아줄 것만 같았다. 하지만 그것은 단지 간절한 바람에 그쳤을 뿐이다. 동생은 돌아오지 않았다.

네 번째 기억.

"누구시오?"

동생을 죽인 자는 버스 기사였다. 유영이와 그녀의 친구들, 그리고 담임목사까지 태우고 가던 중 고의적으로 사고를 냈다. 절벽 끄트머리의 가드레일을 들이받았고, 서른일곱 명의 무고한 희생자와 함께 동반자살을 했다. 그리고 한동안 세상이 시끄러워졌다.

내 고용인인 박재영 목사 역시 이와 무관하지 않았다. 유영이가 주일마다 개근하던 동네 교회가 보은교회의 지성전이었기 때문이다. 무슨 일이 일어났는지는 정확히 알 수 없었다. 다만, 그 버스 기사란 놈이 내 동생을 죽이고 나서 현실로부터 도피한 것만은 확실했다.

그리고 박재영 목사는 그자가 교회 재단의 자료와 기금 일부를 빼돌렸다고 발표했다. 기사의 이름은 남석무였다. 40세가 넘도록 결혼하지 않아, 가족은 홀어머니 하나뿐이었다. 자연스레 동생의 죽음도 남석무란 인간이 정신이상 상태에서 우발적으로 저지른 범행의 결과로 매듭지어졌다. 박재영은 내게 남석무가 유산이랍시고 남긴 물건들을 완전히 말소하라고 지시했다.

그때 나는 이미 박재영이라는 사람에게 내심 불만을 가진 지 오래였다. 그가 내게 맡기는 일이란 이처럼 순전히 무언가를 덮기 위한 것이었다.

하지만 그 일은 남석무를 향한 내 개인적인 원한을 해소할 마지막 기회이기도 했다. 남석무라는 남자가 죽기 전에 교회에서 빼돌렸다는 자료들은 그의 유일한 가족인 모친에게 가 있었다. 우연치 않게 기회를 얻어, 남석무가 생전에 모친과 같이 살았던 집으로 찾아갔다.

그의 모친은 일흔 살이 넘은 노인이었지만, 목소리 하나만큼은 힘있고 또렷했다. 조용히 문을 열고 들어온 내게, 그녀는 기다렸다는 듯 말을 꺼냈다. 대체 내가 올 줄 어떻게 예상했는지는 모르겠지만, 몇 마디를 주고받는 과정이 불가피했다.

"사고를…… 일부러 냈다고 하더군예. 절대 그렇지 않소. 우리 아들은 그럴 사람 아니오."

"그 가당찮은 말을 믿고 댁 아들에게 운전대를 맡겼다가, 내 동생까지 말려들어서 죽었어."

"유감입니더. 하지만 아닌 일에 사과할 수는 없소. 석무는 그럴 아가 절대로 아니오. 평생 사람 한 번 때려본 적도 없는 아가 어떻게 홧김에 마흔 명을 죽일 수 있겠소."

노인의 평온하기 짝이 없는 표정이 순간적으로 나를 꿰뚫어보았다.

"박목사가 그리 말했습니꺼? 우리 아가 일부러 버스를 절벽으로 몰았다고?"

"……."

"이 노인네 말은 그리 못 미더워하면서 어찌 박목사의 말에는 술술 넘어가는교?"

의심이 이리저리 꼬였다. 박목사를 믿을 수는 없지만, 그 점에서는 이 노파도 나와 같은 입장이었다. 그래서인지 미처 생각지 못한 의문을 제기하는 노파의 말에 귀를 기울이게 됐다.

"석무는 박목사와 넉 달 전에 처음으로 만났소. 어디 회사 사장 차를 몰아주다 그 양반 소개를 받아가 술도 마셨다구 좋아해쌓던 걸 내 기억하고 있소. 그때 목사 양반이 쪼매 신경 써준 게 감사하다구 몇 가지 일을 도맡아 해줬다고 했소."

"그게 무슨 상관이라고 갑자기 말을 돌리는……."

"참으로 얼뜨기같이 사람을 믿은 게지. 밑도 끝도 없이 거금을 옮기는 걸 도왔는데, 탈이 안 날 리가 없었던 게요. 어느 날부터 석무가 집에 들어오지 않았는데, 결국 죄를 뒤집어쓴 것 같았소."

잠시 말문이 막혔다. 박재영 목사의 모든 비리를 아는 건 아니었지만 충분히 가능한 일이었다. 애초에 목사라는 자가 나 같은 사람과 엮이는 것부터가 이상한 일이었다. 해결사를 부려서 처리해야 할 일들과 연루되어 있다니, 박목사 또한 켕기는 게 있는 사람 아닌가.

"이상하지 않소? 그 일이 있고 일도 짤려서 이직했는데, 이상한 누명까지 쓴 거요. 그래도 첫값 다 치르고 박목사 밑에서 착실히 일하던 애요. 이제 와서 석무가 왜 자살을 하겠소? 그것도 수십 명의 목숨을 끌고 가면서…… 우리 석무는 살해당했소."

그간 발표된 수사 결과에 별다른 이의를 제기해본 적이 없었다. 그러나 박목사가 남석무를 살해했다면, 원점이었다. 설령 이 자리에서 노인을 죽인다 해도 내 복수를 끝마칠 수가 없게 되는 것이었다.

박목사가 이런 일을 벌였다면…… 큰 건이다. 남석무는 생각보다 훨씬 더 중요한 열쇠를 쥐고 있었을 것이다. 대형사고로 위장해서 그를 시대의 파렴치한으로 몰아 죽여야 했을 정도로 결정적인…….

"진실을 물으려면 물으시오. 당신과 당신 동생은 엄연한 피해자이니 충분히 그리할 권리가 있소. 하지만 더 이상 속지는 마시오. 박재영, 그 인간은 살아 있는 악마입니다."

'악마.' 딱히 신앙심은 없지만, 손에 피를 묻히면서 내내 그 존재를 믿어왔었다. 그 한 단어가 지금 이 순간 아프도록 상기되었다. 그 말을 끝으로, 노인은 조용히 자리를 옮겨 눕고는 몸을 휙 돌려버렸다.

"내를 죽일 거면 잠들고 나서 마무리를 해주시오. 그래도 내는 살면서 죄를 지은 적이 없습니다. 우리 아들의 일에 당신 동생이 엮이게 된 건 참으로 미안하게 됐습니다. 이건 내 개인적인 사과요."

"증거 있어? 있으면 나한테 줘. 보고 나서 판단할 테니까."

"......."

"모르는 척하지 마. 남석무가 가져왔다는 파일이랑 장부, 당장 이리로 넘겨."

"그럴 수는 없소. 당신은 박목사의 지시를 받고 온 사람이 아니오. 그냥 죽이시오."

"아니, 내 손으로 반드시 그걸 확인해야겠어. 정 못 믿겠으면 거래를 합시다."

이 말에, 돌아누운 채 나를 외면하던 노인의 어깨가 크게 움찔거렸다.

나는 몇 걸음 밖에서 조금도 다가서지 않은 채 말을 건네고 있었지만, 그럼에도 크게 동요하는 반응이 드러나고 있었다. 마치 내게 무언가를 기대하기라도 하는 듯 말이다.

"오늘은 아무도 찾아오지 않은 걸로 하고. 원본을 주기가 못 미더우면 사진만 찍어서 보내줘도 상관없어. 그냥…… 내 두 눈으로 당신 말이 맞는지를 확인할 수만 있으면 돼."

벽에 걸린 달력을 찢어 전화번호를 적은 다음, 잠금을 풀어둔 핸드폰 하나를 바닥에 던지듯 내려놨다.

"핸드폰이랑 다른 연락처를 두고 갑니다. 이 기기로 사진을 찍어 내일까지 전부 보내요. 그리고 찔리는 게 없다면 며칠간 집밖으로 나가려 들지 마. 최소한 일주일간은 가만히 숨어서 기다리고 있으라고."

　적어도 무고한 사람을 죽이고 싶지는 않았다. 그런 이유로 여지
껏 박재영 목사의 의뢰도 선별해가면서 받아왔었다. 그러니 그 순
간의 내게는 마땅한 근거가 필요했다. 박재영을 내 손으로 쳐야 하
는 근거가.

　다섯 번째 기억.

　"어르신, 살펴 가십시오."

　"윗사람 보좌하느라 고생이 많네그려. 장의원님께도 잘 들어간다
고 안부 전하고."

　시끄러운 술자리, 정확히 말하면 국회의원의 자택을 막 벗어난
박목사가 비틀거렸다. 이날은 박목사의 보좌를 맡아 술자리에 동석
했다. 나까지 초대를 받았다는 이유였지만, 아마도 이 장의원이라는
사람은 조만간 내게 일을 맡기려는 듯했다. 그래서 부대끼는 자리
에 끼어 좋아하지도 않는 술을 마셔줘야만 했다.

　"아이고, 어지럽구먼. 고선생, 나 좀 큰길까지만 데려다주겠나?"

　"차고 쪽에 차량이 주차된 게 아닌가요? 기사는 어떻게 됐죠?"

　"운전기사가 최근에 바뀌었는데, 일 처리가 마뜩잖아서 말이야.
뭘 파려고 의도적으로 접근한 놈일지도 모르겠다는 생각이 들어.
잠시 시간을 두고 관찰 중이라 이런 자리에 두기가 좀 그랬네. 대리
를 불러서 가려고 일부러 큰길에 차를 대났네. 올라오기도 힘들었
는데 술을 마시니 내려갈 땐 더하구먼. 저 아래까지만 부축해주겠

나?"

　박재영 목사는 나를 인간적으로 좋아하지 않는다. 계기만 생긴다면 얼마든지 나를 의심하려 들 것이었다. 심지어 꼬리를 자르는 데 써먹고 내버리려는 정황도 곳곳에서 보였다. 전에 프로필을 본 한규태라는 자가 귀국했고, 내 일거리가 줄었다. 어찌 보면 지극히 자연스러운 일이기도 했다. 드러나선 안 될 문제를 물밑에서 해결하고 있다는 것 자체가 '꼬리'라는 의미니까.

　남석무의 모친이 보낸 자료는 대충 확인했다. 내가 품고 있던 의혹이 거의 사실로 드러났으나, 목사가 버스 사고를 일으킨 진범이라는 결정적인 증거는 교묘하게 지워져 있었다.

　이제는 내가 가진 능력으로 진실을 확인하는 방법밖에 없었다. 그리고 지금 막 기회가 찾아왔고, 이를 살려 답을 얻는다면 모든 것이 명백해질 것이었다. 누가 내 동생을 죽였고, 누구를 죽여 복수를 끝내야 하는지가.

　"아무 일도 없을 거예요."

　반쯤 기절하다시피 해서 늘어진 박재영 목사를 골목길 안쪽 계단에 앉혔다. 그리고 손을 뻗어 그의 뺨에 손을 댔다. 내면 진입. 나비라고 불리는 자들의 재능이자, 단 한 번이라도 실패하면 영구 뇌사 상태에 빠지는 양날의 검과도 같은 능력.

　굳이 키울 생각을 하지 않았던 이 힘을 쓰게 될 줄은 몰랐다. 전공 분야도 아닌 능력을 써먹어보는 건 이번이 처음이었다. 극히 위험한 시도였지만……

"당신이 내 동생을 말려들게 해서 죽인 것만 아니라면."

의미 그대로의 진실을 알 수만 있다면, 감수할 수 있으리라고 생각했다. 적어도 그 순간에는 어떤 진실을 확인하든 감당할 수 있을 것이라고 생각했다.

모든 진실이 눈앞에 있다. 굳은 다짐을 한 채로 고개를 숙였다. 그리고 12분의 1초가 순식간에 지나갔다.

Epilogue

대형교회 목사가 피살되었다는 소식은 언론을 뒤흔들었지만, 정작 범인의 신상은 잘 알려지지 않았다. 고작해야 가명이나 '고 모씨' 정도로 언급되었을 뿐이다.

이유는 알 수 없다. 다만 지난 시간 많은 것을 겪은 나는 나름의 추리를 완성했다. 고유진은 너무 많은 것을 알고 있었다. 그래서 박목사와 비리로 유착되어 있던 이들은 증거를 인멸하는 동시에 고유진에게 누명을 씌우려 했다. 아무도 고유진의 말을 믿지 않도록, 검찰까지 건드려가며 그녀를 흔들고 언론을 덮었다.

또한 피의자의 정신감정 결과 고유진과 박재영의 유착관계가 드러나지 않도록, 수사 인력을 암암리에 교체했다. 나비를 활용한 내면세계 분석이 수사의 필수 과정이 된 상황에서, 반드시 사라져야 할 자료는 기억의 사실 여부를 증빙하는 나비의 내면 탐사 보고서.

결국 2000만 원도 안 되는 돈을 걸고 그들은 물밑에서 경험이 일천한 나비를 물색해 고유진의 내면에 묻어버리기로 했다.

"알바요? 경찰 일이라뇨?"

"그냥 수사에 필요한 심리학적 분석을 거들어주면 된대. 너, 그 내면 탐사인가 뭔가 할 수 있다며? 그쪽으로 경험을 쌓고 싶은 아마추어를 찾고 있나 봐."

"음…… 마침 식당 알바도 그만둬서 궁하긴 했는데, 최저 시급은 주는 거죠?"

"딱 2주 풀로 근무하고 보수는 세금 떼고 1500만 원. 이거 되게 중요한 거다, 서연아."

"네? 정말이에요? 1000만 원이 넘는다고요?"

어리석게도 그 당시의 나는 천재일우의 기회를 만나기라도 한 듯 반응하고 말았다.

"지난 9월 박재영 보은교회 담임목사를 흉기로 여러 차례 찔러 살해한 이십 대 여성에 대한 1심 재판이 오는 4일에서 15일로 연기되었습니다. 검찰이 제시한 증거 중 일부가 기각된 것이 원인으로 지목되었는데요. 검찰의 기소 직후 법원은 피고인에 대한 정신감정 보고서 제출을 요구했으나 이 과정에서……."

"이전부터 피고인의 변호사는 검찰로부터 불합리한 폭언과 압박을 당하고 있다는 주장을 펼쳐왔는데요. 정신감정 담당 전문의와 보조의가 임의로 교체되었다는 등의 구체적인 의혹마저 제기되고

있어 논란이 더욱 거세게…….'

"고 박재영 목사가 기독교희망재단의 기금을 사적인 투기에 여러 차례 유용했다는 의혹을 보도해드린 바 있습니다. 당시에 기소 취하를 요구하는 항의시위가 서울 곳곳에서 여러 차례…….'

"범인은 검거된 직후 정당방위였다고 대답한 것 이외에는 아무런 해명도 내놓지 않…….'

"목사 살해사건에 대한 논란이 가열되고 있습니다. 고 박재영 목사로부터 피해를 입은 사람이 한둘이 아니라는 주장에 더해, 범인에게 청부살인을 의뢰한 인물이 있다는 의혹마저 제기되었는데요. 이에 연루된 것으로 지목된 일부 정치인과 유력 기업인들은 악의적인 허위 주장이라며 법적 대응을 검토하겠다는…….'

"살인 혐의로 수사를 받는 중인 고 모 씨가 고 박재영 목사와 이전부터 여러 차례 긴밀히 접촉해왔던 정황이 확인되었습니다. 이는 박목사와 고씨의 사적인 유착관계를 극렬히 부인한 교회 측의 주장과 상반되는…….'

"지난 8월에 발생한 관광버스 추락사고를 기억하십니까? 사기 피해 소송에서 패소한 운전사가 고의적으로 사고를 냈다는 의혹이 제기되어 수많은 시민들의 공분을 샀던 사건이죠. 하지만 이런 비극이 단지 운전사의 비관적인 선택에 의해 일어난 일이었을까요?'

"운전사는 사고 일자로부터 불과 몇 개월 전에 A운수에 취업했습니다. 같은 시기에 자신이 고 박재영 목사의 비자금 조성 과정에서 일종의 '꼬리 자르기'에 희생되었다고 주장하다 돌연 잠적한…….'

"안녕, 유진 언니."

"누구야? 모르는 얼굴인데, 유영이 친구?"

수많은 혼란 끝에 다시 유진 언니를 만날 수 있었다. 물론 다시 만난 그녀는 내면에서 있었던 일을 전혀 기억하지 못했지만, 상관 없었다. 고유진이라는 인간의 내면에서 나와 함께 지낸 유진 언니 는 목숨을 걸고 나를 그곳에서 빼냈다. 정작 그녀는 위험을 감수하 면서도 내가 자유롭게 살기를 바랐지만, 그렇게는 되지 못했다.

"이해해요. 하지만 저는 언니를 아주 잘 알아요. 언니의 정신을 직접 감정한 나비니까. 언니가 잠든 사이 내면에서 블랙박스 영상 을 망가뜨리지 않고 추출했어요. 박목사가 언니에게 해선 안 되는 일을 저지르도록 강요하고 억압해왔다는 증거로 충분히 채택될 수 있을 거예요."

잔뜩 수척해진 모습, 피곤에 찌든 얼굴과 초점을 반쯤 잃은 눈. 그럼에도 내내 무표정을 유지하려던 유진 언니는 내면이라는 말에 결국 기겁하고 말았다. 잠시 머리를 굴려 생각에 몰두하는 듯하더 니, 이내 다소 화가 난 듯한 표정을 지었다.

"미친놈들…… 정신감정 결과까지 조작하려고 뭣도 모르는 어린 애를 끌어들였다고? 그런데…… 그걸 또 버티고 빠져나왔어? 어떻 게 한 거니? 혼자 감당할 수 있는 일이 아니었을 텐데."

우리가 피차 거짓말을 하지 않을 것이라고 나는 믿고 있었다. 그 래서 거리낌없이 사실대로 말했다.

"언니랑 언니 친구가 도와줬어요. 내면에서. 다른 건 몰라도 저만큼은 무사히 빠져나가야 한다면서."

"친구라고……?"

"언니한테는 아주 좋은 친구였죠. 이름은 말 못 하겠네요. 괜히 긁어 부스럼 생길까 봐."

추지혜라는 사람이 실존하는지는 굳이 찾아보지 않았다. 설령 존재하더라도 내면의 그녀와는 전혀 다른 삶을 살아가고 있을지도 몰랐으므로. 그런 추지혜를 만나는 것 역시 조금 서글픈 일이 될 것 같았다. 대신, 다시 본론으로 넘어가 좀더 언니에게 도움이 되는 말을 하려고 애썼다.

"법 공부를 좀 했는데, 블랙박스 영상까지 제출하면 정당방위는 인정될 거라고 생각해요. 나머지는 제가 도울게요. 그러니까, 만에 하나라도 바깥에 나올 수 있게 되면, 저를 도와주세요."

"……"

"열심히 공부하고 훈련해서 나비가 될 거예요. 언제부터인가 그런 꿈을 품게 됐어요. 그렇게 될 때까지만 옆에 있어주세요. 오직 언니만 할 수 있는 일이에요."

유진 언니는 아무런 말도 하지 않고 허공을 응시하기만 했다. 다소 머리가 피로해진 모양이었다. 결국, 면회는 이 정도로 끝마치기로 마음먹었다. 재판은 곧 열리겠지만, 앞으로도 가야 할 길이 멀다. 박재영의 내면을 탐사했을 당시에 무엇을 봤는지, 박재영 밑에서 일할 때 어떤 일을 겪었는지, 물어봐야 할 것이 많았다.

"그럼 이만……. 재판정에서 뵐게요. 푹 쉬기만 하고, 다른 일은 신경 쓰지 말아요."

"애, 딱 하나만 좀 물어보자."

일어나서 걸어나가는데, 등 뒤에서 그녀의 목소리가 나를 멈춰 세웠다.

"굳이 딱 하나만 고르지 않아도 돼요. 아무튼, 뭐가 궁금한데요?"

"그냥, 별건 아니고…… 내면에서의 나는 어땠나 해서. 최소한 자기 동생은 제대로 지키고 사는 사람이면 좋겠는데."

"……그냥, 나비였어요."

순간적으로 뭐라고 해야 할지 감을 잡지 못했다. 단지 떠오르는 생각을 뭉뚱그려서 전달할 수밖에 없었다. 아마 그것이 유진 언니에게도 보다 희망적으로 들릴 것이라는 생각도 들었다.

"번데기에서 나오자마자 날개를 펴고 자유롭게 날아다니는…… 그런 평범한 나비요."

"그래? 그것 참…… 꿈만 같네."

지금 당장 그녀가 내다볼 수 있는 세상은 창살 너머의 좁은 실내뿐. 다만 한번 우화한 나비는 언젠가 창살을 벗어날 순간을 꿈꾸기 마련이다.

나비 기억을 지우는 자

초판 1쇄 발행 2021년 7월 28일

지은이 김다인

발행인 이진수
펴낸이 황현수
기획 이수현 황예인
출판신고 2010년 8월 16일 제2015-000037호

펴낸곳 ㈜타인의취향
기획실장 최지연
마케팅 이유리 홍윤정 김현지
디자인 수오
제작 어진
주소 서울시 마포구 큰우물로75 성지빌딩 1406호
전화 02-6949-6014 **팩스** 02-6919-9058
▶ youtube.com/c/타인의취향

ⓒ 김다인, 2021

ISBN 979-11-385-0083-8 03810